論創ミステリ叢書　117

鮎川哲也

探偵小説選 II

論創社

鮎川哲也探偵小説選Ⅱ

目次

凡例

一、「仮名づかい」は、「現代仮名遣い」（昭和六一年七月一日内閣告示第一号）にあらためた。
一、漢字の表記については、原則として「常用漢字表」に従って底本の表記をあらため、表外漢字は、底本の表記を尊重した。ただし人名漢字については適宜慣例に従った。
一、難読漢字については、現代仮名遣いでルビを付した。
一、極端な当て字と思われるもの及び指示語、副詞、接続詞等は適宜仮名に改めた。
一、あきらかな誤植は訂正した。
一、今日の人権意識に照らして不当・不適切と思われる語句や表現がみられる箇所もあるが、時代的背景と作品の価値に鑑み、修正・削除はおこなわなかった。
一、作品標題は、底本の仮名づかいを尊重した。漢字については、常用漢字表にある漢字は同表に従って字体をあらためたが、それ以外の漢字は底本の字体のままとした。

鮎川哲也少年小説コレクション　上

冷凍人間

挿絵・古賀亜十夫

くつみがき

三吉《さんきち》の仕事場は銀座のはずれのやなぎの並木の下にある。そこにずらりとならんだ五人のくつみがきの中で、いちばんの年少者が三吉なのであった。くつみがきという仕事は、夏はあつい太陽にじりじりと照らされ、冬はさむい風にふきさらされて、とてもつらいものである。だが、三吉は一度もぐちをこぼしたことはなかった。ぶつぶつ不平を言うことが大きらいだったからだ。それほど三吉は負けん気がつよく、そして元気な少年なのである。

そのとき三吉は、わかい女の人のハイヒールをみがいていた。グリーンの洋服を着てハンドバッグをかかえた、やさしそうな人だった。小学校のとき音楽を教えてくれた先生に、どことなく似ている。三吉は一生けんめいにくつをみがいていた。

「どう？　決心がついたこと？」

女の人は、となりで短ぐつをみがかせている青年にむかって話しかけた。その青年は黒めがねをかけ、灰色のソフトをかぶっている。気の毒なことに右腕がないとみえ、水色のオーバーの右そでが、肩のつけ根のところからダラリとさがっていた。

「時彦《ときひこ》さん、あなたがあの悪い仲間とつきあっているかぎり、あたし時彦さんのおくさんにならないわよ」

「うむ……」

時彦とよばれた若者は、短く答えてじっと考えこんでしまった。

時彦はこのきれいな女の人を、およめさんにもらいたいらしいのだ。ところが女の人は、時彦がわるいやつと友だちなので、彼らとえんを切るようにすすめているのだった。

「……うん、和子《かずこ》さんがいうとおりだ。じつはぼくも、あいつ等と仕事をするのがいやになったんだ。やつらはまるで悪魔みたいにざんこくなんだからね。きみの言うようにキッパリえんを切ることにしよう」

「ほんと？　約束してくださるわね？」

「ほんとうだとも」

「よかったわ。それじゃ、あたしも、あなたの奥さんになることを約束するわ」

女の人がはずんだ声で言った。三吉は下をむいて、くつをみがいているから、ふたりの顔は見えない。しかし女の人はいかにもほっとしたような、はれやかな声であった。

「はい、お待たせしました」

くつをみがきあげた三吉は、元気よく言った。

「きれいになったわね。おいくら?」

「三十円いただきます」

「そう。おつりはいいのよ。キャラメルでも買ってあがりなさいな」

女の人は百円玉をくれると、時彦とうでをくんで行ってしまった。

三吉は腰をウンとのばして、二、三度体操みたいな動作をくり返したのち、電車通りのビルの上の、青い空を見あげた。

そうだな、キャラメルかガムでも買って食べようかな……。三吉はそう考えながら、空をながめていた。三吉が、あの特長あるしわがれた男の声を聞いたのは、そのときである。

「やろうッ!　うらぎる気だな?」

三吉はびっくりして顔をあげた。となりの公衆電話のかげに立って、時彦と和子のうしろ姿をにくにくしげに見送りながら、その男はくわえていたタバコを歩道の上にたたきつけ、大きな鼻のあなから灰色のけむりをフーッとはきだした。

「どうもようすがへんだと思ったから、尾行していたんだが、やっぱりおれたちをうらぎる気だったんだな。ようし、親分に報告をして、ひでえ目にあわせてやるぞ」

そう言ったかと思うと、ジロリとこちらをむいた。男は、お祭のときにテンテレツクスッテンテンとおどりながらやって来る、おシシの面そっくりな顔をしている。口をあけると、金歯がぞろりとならんでみえた。

「おい小ぞう、おれのくつもみがけッ」

男は三吉の前に、どろだらけのくつをぬっとつきだした。

怪自動車

それから三日のちのことである。仕事をおわった三吉は、くつクリームやブラシのはいった箱をかかえて、夜の町を家路についた。三吉が働いている銀座と、家のある深川までの間は、ほぼ四キロ近い距離になる。三吉はそれを歩いて通っているのであった。

にぎやかな銀座通りから遠ざかるにしたがい、人かずはしだいにまばらになってくる。隅田川の橋を渡って、大通りから横道にまがると、ゆきかう人もほとんどなくなるのであった。ただ、三吉のくつ音だけがコツコツとひびいている。腕時計の針はすでに十一時すぎをさしていた。

うしろから自動車が走ってきた。くらい道路がパッと明るくてらしだされ、三吉の影がまるで大入道のように、大きくながく道路にうつった。一台の車がすべるように三吉の横を走りぬけていった。

「おやッ?」

急に三吉は立ちどまった。自家用車らしい車。その車の中に、三吉は意外なものを見かけたのである。ふたりの男に手足をおさえられ、しかもなお車からとびおりようとしてもがいていた男。黒いめがねをかけ、灰色のソフトをかぶって水色のオーバーを着ているその男。それは時彦にまちがいなかった。

……では、時彦はなぜあのようにもがいているのであ

ろうか。彼をおさえつけている人々は、いったいだれなのであろうか。

「あれッ?」

二台目の車が通りすぎた瞬間、三吉はまた棒のように立ちどまってしまった。二台目の車にのってニタニタわらっている男の顔にも、やはり見おぼえがあったからである。くちびるの間から、ピカピカ光る金歯がのぞいていた。……あの男だ! 電話ボックスのかげにかくれて、ようすをうかがっていた、あの男にちがいない!

「親分に報告して、ひでえ目にあわせてやるぞ……」

そうつぶやいた男のことばが、いまもなお三吉の耳のおくにこびりついている。三吉は、時彦という青年の運命が、にわかに心配になりだした。時彦の身の上になにかかわるいことが起きそうな予感がして、不安になってきた。

二台の自家用車は、二〇〇メートルばかり走ったのち、右に向きをかえると、どこかの門をくぐったとみえ、赤いテール・ライトが急にかきけすように見えなくなった。まるで、さい眠術にでもかけられたかのように、ジーッと自動車のゆくえを見つめていた三吉は、そこでハッとわれにかえったのである。

車がはいっていったところがどこであるか、朝晩この通りを往復している三吉は、すぐ見当がついた。そこには製氷会社がある。そしてこの会社は、氷が売れなくてもうけが少ないために、去年の秋以来その工場を閉じているはずであった。時彦をだれもいない会社につれこんで、そこで彼等はなにをするのだろうか。

そうだ、窓からようすをみてやろう。そう決心した三吉は、製氷会社のほうに向かって、いそぎ足で歩き始めた。

あわれな犠牲者

高いへいにそって進んでいくと、赤茶色にさびた大きな鉄の門がある。いつもはピッタリしまっていたのに、今夜はあけてあった。門をはいった三吉は、そっとあたりを見まわした。目の前のくらやみの中に、会社の建物がくろぐろと立っている。だがどの窓もまっくらで、あかりは一つもついていない。だれもいないようだ。

ふいに三吉は耳をそばだてた。もし三吉がいぬだったら、その耳はピクリッと動いたにちがいない。……きこえる。……なにかの物音がきこえる……ゴットン、ゴットンという音にまじって、モーターの音がする。

その音は、どうやら製氷工場のほうからきこえてくるようである。三吉は足音をしのばせ、会社のよこを通りすぎて、裏手の工場へまわった。モーターの音は工場に近づくにつれて、しだいにはっきりとしてくる。

三吉はなおも足音をしのばせて、歩きつづけた。くらいから、足もとに気をつけなくてはならない。何かにつまずいて音をたてたなら、たちまち気づかれてしまうのだ。

二台の車がエンジンを止めて駐車してある。そのむこう側に、工場の窓がぼんやりと明るくみえた。モーターのひびきも、そこからきこえてくるようであった。三吉は窓に近づいて中を見ようとしたけれど、残念なことに身長がたりないのでのぞくことができない。

いそいであたりを手さぐりでさがし、ようやくリンゴのあき箱をみつけだすと、それを窓の下にすえてふみ台にした。いまや三吉の胸はわくわくしている。去年の秋から運転を休止していたはずの工場の機械が、今夜にかぎってなぜ動いているのであろうか。モーターのうなりをきいた瞬間から、三吉の胸はその疑問でいっぱいになっていたのである。

三吉が息をひそめてのぞいた場所は、工場の一室で、天井と壁にそって、太いパイプや細いパイプが、二十本近くはりめぐらされていた。三吉は解剖された動物の腹の中をながめているような、へんてこな気分になった。太いパイプは大腸だ。そして細いパイプは小腸だ。三吉はガラスに目をおしつけ、どんな声でもききのがすまいとして、耳をすませた。

「親分、あっしはたしかにこの耳できいたんですぜ。この森時彦のやつは、おれたちの仲間からにげだそうということを、女と相談してやがったんです。おれたち、仲間をうら切ろうとしたやつには、きびしいせいさいを加えるのが、イカリ組の規則じゃねえですか。親分、思うぞんぶんこらしめてやりましょう」

しわがれた声でそう言ったのは、鼻のあなの大きな、金歯をはめた男であった。口をひらくたびに、金色の歯がキラキラとかがやいてみえた。

「おい森、おまえはほんとうにおれたちをうらぎるつもりだったのか」

「親分」とよばれた音羽権兵衛《おとわごんべえ》は、のっそりと立ちあがった。でっぷりとふとった男で、その動作はどこかうしに似ている。右手にもっているのはふといムチだった。

「おい森、ようく考えてから返事をしろ。われわれの仲間から逃げだそうとしたやつは、どのような理由があるにしろ、死刑にする約束なんだ。それを知らぬお前でもあるまい」

音羽権兵衛は、いかにもギャングのボスみたいな声をだす男だった。壁ぎわに立たされた森時彦はまるで銅像のようになにを言われてもじーっとして、身動きひとつしない。よく見ると動かないのは当然で、手も足も細いビニールのロープでしばられているのである。ただそのくちびるが、いかにも残念そうにゆがんで見えた。

「知ってるとも」

時彦は答えた。

「しかしおまえたちといっしょに仕事をするのはもうごめんだ。ぼくは、お前たちが悪者だということを知らなかったから、仲間になったんだ。だがきさまたちは、まるでマムシやサソリみたいな悪人ばかりだ。ぼくはつくづくあいそがつきたのだ」

「だまれッ！　なまいき言うな！」

大声で音羽権兵衛がどなった。窓ガラスがビリリとふ

るえるようなすごい声だ。きいていた三吉が、あやうくリンゴ箱からおちそうなおそろしい声だった。

「よくもほざいたな。よし、このムチのいたさを思い知らせてやるぞ。こいつで貴様の息がとまるまで、千回でも二千回でもたたきつづけてやるんだ。おい、二ノ宮ッ、こいつをはだかにしろ!」

「へい、承知しました」

金歯の男がしわがれた声でいうと、つかつかと近づいてきて、時彦の洋服の肩に手をかけた。すると、それをおしとどめたのが、杉川徳平《すぎかわとくへい》というやせた青白い顔の男であった。

「ちょっと待ちたまえ。親分、それからみなもきいてくれ。ぼくも森時彦がにくらしくてたまらない。なぶり殺しにしてもあきたらないほどだ。しかし、だからといって、ムチでなぐり殺すのはじょうずな方法ではないと思う」

「ふむ。ではどうすればいいのだ?」

「ぼくが、この工場の製氷技師であることをわすれないでもらいたいね。ぼくはこいつを製氷室にぶちこんで、生きたままカチンカチンに氷らせてしまおうと考えたんだ。つまりだな、人間の冷凍魚みたいなものができ上がるという寸法なんだ」

「うまいッ、そいつは名案じゃねえか」

片目に眼帯をした男が答えた。胸はばがコンクリートのようにあつく、ゴリラみたいにがっしりとした体格である。はだかになったならば、からだ中に針金のような毛が一面にはえていそうな感じがした。

「カチカチにこおった死がいは、はこびだして町かどにすてておけばいいんだ。まさか冷凍室でこおらされたとはだれも気がつくめえ。よっぱらって、道ばたで寝てしまってよ、こごえ死んだものと思われらア」

やせたノッポが言った。まるで野原の一本すぎみたいに、ヒョロリとした男だ。身長は少なくとも一メートル八〇はありそうに見える。

「そうさ。それがぼくのねらいなんだ」

杉川徳平は一同をみまわしながら、ゆっくり言った。色白の女のような顔をしているくせに、なんというおそろしいことを考える男なのだろう……。三吉のせなかのあたりがぞくぞくしてきた。

「そうすれば、われわれは決してうたぐられることもないし、あやしまれることもないんだ。どうです親分、いい考えでしょう?」

「うん、さすがに杉川徳平だ、頭がいいぞ。早速こいつを冷凍してしまおう。おい森時彦、おとなしくおダブツしろよ。二億円の品物は、のこった五人でやまわけするからな」

酒をのんだようにテラテラしたあから顔にあざけり笑いをうかべて、音羽権兵衛は時彦の頭のてっぺんからくつの先まで、じろりとイヤな目でながめた。時彦はすでにかくごをきめているのだろう。しかし、いかにもくやしそうな顔つきだ。

「おい。早いとこぶちこんでしまえ」

杉川徳平はへやをよこぎると、正面の鋼鉄のドアに手をかけ、それをぐいと引いた。おもたいとびらがギイイと開いて、白いしものこおりついた製氷室がみえた。それは、見ただけでひやりとするほどの、冷たそうなひえびえとしたへやであった。

「さあ、森時彦。この中にはいるんだ」

製氷技師はあらあらしく時彦のからだをかかえると、荷物をひきずるようにして、製氷室の中にどさりとなげこんだ。

「おい、死んだら化けてでてこいよ。おまえの幽霊をとっつかまえて、もう一度こおらせてやるからな。アッハハハ」

腹をかかえてわらいながら、どすんととびらを閉じてしまった。

「杉川、何時間ぐらいで冷凍されるものかねえ?」

親分がたずねる。時彦のこおってしまうのが、まちどおしくてたまらないらしい。

「そうですね。四時間とみれば十分ですが、まあ一時間余分にみて、あと五時間たてばコチコチにこおっていますよ」

「そうか。しかしこの寒い工場で五時間も待っているのはたいへんだからな。いったんみな自分の家へ帰って、五時間のちにふたたび集まることにしよう。それまでぐっすり眠るんだな」

親分がそう言うと、あとの連中もさんせいしてぞろぞろと立ちあがった。三吉はあわてて頭をひっこめ、五、六メートルはなれたものかげにひっこんで、こっそりようすをみることにした。みつけられたら一大事だ。


しまった!

悪者共をのせた二台の車は、ガソリンのにおいを残して、通りのほうに走り去っていった。それをみとどけたのち、三吉は立ちあがって、あらためて窓の中をのぞきこんだ。冷凍モーターがウーンとうなっているばかりで、なにも見えない。電灯が消してあるからだ。

三吉の頭の中では、あのボスが言った『二億円の品物』ということばがうずをまいていた。二億円……、それは気が遠くなるような大金だ。『二億円の品物』とは、いったい何だろうか。しかもそこには、なにか秘密めいた空気がただよっているのである。

ふと三吉はわれにもどった。いまはのんびり考えている場合ではないのだ。一刻もはやく、森時彦の命を助けださなくてはならない。そこで三吉は工場の入口に突進して、そのドアをあけようとした。しかしボスどもが、カギをかけていったため、どうしても開かない。三吉はあせった。ノブをにぎって右にまわし左にまわし、ガタガタやってみたけれど、どうしてもだめだった。

「よわったな。おまわりさんに知らせようか」

風がつめたい夜だったのに、三吉のまるいおでこには、汗がびっしょりとうかんでいる。

「そうだ。窓と裏口をみてみよう!」

さけぶより早く走りだすと、あらゆる窓と裏口のドアをひっぱってみた。だが、どこもピタリと、とじてある。工場の中にしのびこむことは、なんとしてもできないのであった。……どうしようか。いまから警察へいったのでは、その間に時彦がこおってしまうかもしれない。

耳をすませるまでもなく、冷却機のモーターの音はたえることなくつづいていた。それにつれて冷凍室内の温度はどんどん降下し、やがてマイナス五度……六度……七度とひえてゆくのである。時彦の筋肉と内臓がかたくこおりついてしまうのは、時間の問題だ。

そうだ、窓ガラスをたたきわって、そこから手をさしこみ、カギをまわしてやろう。そう考えたとたんに、三吉の心には、急に勇気と元気がわきだしてきた。

三吉は走りだした。先ほどまでのぞき見をしていたあの窓にむかって、夢中でかけだした。だが、それがまちがいのもとになったのである。夢中になった三吉は、足もとに注意することを、つい忘れていた。そこに大きな穴がほってあることに少しも気がつかなかったのだ。

「あッ……」

三吉の悲鳴は、むなしくくらやみに消えた。三吉のからだはドサリとばかり穴のそこにたたきつけられ、それきり気をうしなってしまった。そして冷却機のモーターだけが、いつまでもなりつづけていた。

開いたとびら

ゴットン、ゴットン……。どこか遠くのほうで音がしている。あれは、たしか水車のまわる音だ。小学生のころに、遠足に行った埼玉県のいなかで、静かにのんびりとまわっていた水車の音だ。

水車小屋のわきに、つめたくきれいな水がながれている。竹やぶの中でウグイスがなき、川の向こう岸にはモモの花がまっさかりだった。

「おーい、メダカが泳いでいるぞ。おーい……」

友だちをよぼうとして、三吉は自分の声で目がさめた。モモの花も水の流れもかきけすように見えなくなり、あたり一面のくらやみである。おや？　ぼくはなぜこんなところに寝ているのかな？

三吉は自分で自分に質問してみた。そうだ、いままでユメをみていたのだ……。

だが、待てよ。三吉はまた小首をかしげた。目がさめたにもかかわらず、水車の音はいまもなお聞こえてくるではないか。ふしぎだな、なんだろうあの音……。

急に三吉はわれにかえった。そうだ、ここは製氷会社の庭なのだ。ぼくは庭を走っていて、石につまずいて穴の中におちこんだのだ。とするとあの音は、冷凍室のモーターではないか！

三吉はよろよろとおき上がった。冷凍室の中でコチコチの氷になりかけている、あの時彦青年のことを思いだしたからである。早くたすけにゆかないと、死んでしまうぞ。

穴は三吉の肩ぐらいの深さだった。三吉はそんなことには目もくれずに、ただいちもくさんに工場のほうへ走りだしていた。ゴットン、ゴットンというモーターの音が、時彦のうめき声のように聞こえるのだ。

ところが、工場のそばまでいった三吉は、ぎょっとして立ち止まってしまった。入口のドアがぱっくりと開いているではないか。どうしたのだろう……。三吉はあわてて工場にとびこみ、冷凍室の電気のスイッチを入れた。だがつぎの瞬間三吉はあッとさけんだきり、その場に棒のように立ちすくんでしまった。

冷凍室のドアも、あけ放たれたままになっている。そしてそこには、時彦のかげもかたちもないのだ。

「しまった！　おそすぎた！」

三吉は地だんだふんで、くやしがった。三吉が穴におちて気を失っていたころ、権兵衛たちがやって来て、コチンコチンにこおった時彦の死体をはこびだしてしまったにちがいない。

「残念だなあ……」

三吉はがっかりしてつぶやいた。もしあのとき、穴につい落しなかったならば、時彦をぶじに助けだせたのにちがいないのだ。

と、そのとき工場の門のあたりでエンジンの音がしたかと思うと、自動車のヘッドライトがキラッと光った。車がはいってきたのだ。三吉は思わずしゃがんで、そっと窓から外のようすをうかがってみた。二台の車がとまり、五人の男がぞろぞろとおりてくる。

「おい、へんだぞ。工場に電灯がついているではないか」

そう言ったのは、音羽権兵衛の声だ。三吉は思わず首をすくめた。スイッチをひねって電灯をけすひまがなかったのである。

「おかしいな。入口のドアがあいているぞ」

今度の声は、製氷技師の杉川徳平だった。五人の男はどやどやと工場にかけこんで来た。

「見つけられたら一大事だぞ」

三吉はすばやくあたりを見まわして、となりのへやににげこんだ。そこは物置なのだろう。イスやテーブルがたくさんつみ重ねてある。三吉はドアを三センチばかりすかせておいて、そのすき間からそっとのぞいて、ようすをうかがうことにした。

シベリア物語

「おッ、たいへんだ。時彦が逃げているぞ!」

「なにッ、しまった!」

眼帯の男とせいたかノッポが、冷凍室をのぞいたとたんに、口々に叫んだ。

「ちくしょうめ、どこへずらかりやがったんだ……」

くやしそうにしわがれた声で言ったのは、あの金歯の男であった。

いままで三吉は、この五人の男が時彦の冷凍死体をはこびだしたものとばかり考えていたのである。

ところが、彼らのあわてたようすから判断してみると、そうではないらしい。時彦は自分からナワをほどいて、逃げたのだ。

急にモーターの音がやんで、あたりが静かになった。技師の杉川徳平がスイッチを切ったからだ。

「おい半公、時彦の手足をロープでくったのは、お

まえだったな」

権兵衛がすごい顔をして、金歯の男をにらみつけた。

「へえ、さようで……」

半公はちぢみあがって答えた。

「ばかやろう、おまえのしばり方がへたなもんだから、時彦のやつ、なわをほどいてずらかりやがったじゃねえか」

「すんません」

「すんませんで、すむと思うのかッ」

半公はますます小さくなって、べそをかいている。いくじのない弱虫だな。三吉は思わずニヤリとしてしまった。

製氷技師は、冷凍室の床に落ちているビニールのロープをひろいあげ、電灯の下で、しげしげとながめていたが、やがて権兵衛に声をかけた。

「親分、半公がわるいんじゃありませんぜ」

「なに?」

「ぼくもうっかりしていたんだが、このロープはビニールでできているんです。ビニール製品はすべて、気温がぐんと下がると、固くボロボロになってしまうんですよ。ほら、こんなぐあいです」

技師が指に力をこめると、ロープはまるで木の小枝のように、ピシピシと折れてしまった。

「しかし、それにしてもおかしな話じゃないか。ビニールがこおるのと同時に、時彦のからだもこおっているはずだ。こおった人間が逃げだすわけがないだろう」

「そうだ、親分のいうとおりだ」

眼帯の男が、権兵衛のきげんをとるように言った。

「冷凍された人間が動けるならば、冷凍魚だって水の中を泳げるはずじゃねえかよ」

せいたかノッポも言った。

「うん。だが、かならずしも否定することはできないんだ。広い世界にただひとつだけ、こおった人間が歩きだした記録がある」

製氷技師は学校の先生のように、まじめな顔で説明をはじめた。

「一八五四年のことだから、いまから百六年まえの話だ。シベリアのノボシビルスクという町のはずれで、百しょうのばあさんが、ふぶきにおそわれて、カチカチにこおってしまったんだ。ふぶきがやんで、それを発見した町の人は、おばあさんがすでに死んでしまったものとばかり思っていた。なぜならば、かの女のからだは氷みたいにかたく、冷たかったからだ」

「それからどうなったんだ」

半公が言った。金歯が光ってみえた。

「ところがおばあさんは、からだのしんまでこおっていたわけじゃなかったんだな。心臓だけは動いていたんだ。やがておばあさんはむっくり起き上がると、まるであやつり人形のようにギクシャクした足どりで、自分の家へむけて帰っていったという話なんだ」

「ふむ。それからどうなった?」

せいたかノッポがきいた。

「知らない。ぼくが読んだ本にはそこまでしか書いてないんだよ」

「ふーむ」

人々は腕をくんだり首をかしげたりして、考えこんでしまった。

「すると時彦のやつも、冷凍になりかけたまま、逃げだしたというわけだな?」

「そうだな。いまごろはコチコチのからだで、町の中をうろついているかもしれん」

そう言うと、権兵衛はふたたび元気をとりもどしたように、子分たちを見まわした。

「夜があけたら、おまえたちは手わけをして時彦をさがすんだぞ。見つけたらわしの家へつれてこい。わかったか」

「へえ」

「つれて来た者には、特別のボーナスとして十万円のほうびをやる」

「へえ、ありがたいな」

半公がうれしそうに笑った。

やがて五人の男が立ち去ってゆくと、三吉は物置からでてきて、窓から外をのぞいてみた。二台の車はガソリンの煙をのこして走っていった。

三人組

それから二日のちのことである。三吉はお客さんのくつをみがきながら、心の中で、時彦のことを考えつづけていた。運わるくイカリ組につかまってしまうと今度こそたすかるまい。考えただけで、三吉はくらい気持になってくるのであった。それとも、全身にしもやけを起こして死んでいるかもしれない。

「なあカメさんよ。おまえさん、へんなうわさを聞かないか」

そう言ったのは、三吉がくつをみがいている男の人だった。鉛筆を耳にはさみポケットにメモをさしこんでいるから、新聞記者にちがいない。

「へんなうわさって、なんだね？」

となりでくつをみがかせている人が、きき返した。カメラを片手にもっているから、カメラマンなのだろう。カメさんとは名前がカメというのでなく、カメラマンのカメらしいのだ。

「きのうの夜のことだ。日本橋のパン屋にみょうな人間があらわれたんだよ。ぼうしからオーバーまでまっ白にしもがついていて、まるで冷ぞう庫からでてきたような男なんだ」

「ふうむ」

「そいつの歩き方が、ギクリ、バタリ、ギクリ、バタリというふうな、人造人間みたいなんだよ。パン屋の小僧がびっくりして目をまわしたという話さ」

それをきいた三吉は、みがいていた手をとめて、新聞記者に話しかけた。

「おじさん、その人は片手がなかったでしょう？」

「おや？　よく知ってるんだな」

新聞記者はびっくりしたように三吉をみた。

「それ、人造人間ではありません。森時彦という人なんです。悪者のために冷凍人間にされてしまったんです」

「な、なんだって？　冷凍人間？」
記者もカメラマンも、目をまるくしてからだをのり出してきた。
「きみ、もっとくわしくきかせてくれないか。そこの喫茶店でコーヒーをのもうよ」
そこで三吉は記者たちとおいしいコーヒーをのみながら、森時彦のことをはじめから話してきかせたのであった。カメさんは、こうふんのあまり、コーヒーのカップをひっくり返してしまったほどである。

「三吉くん、そのことを警察におしえてやらなかったのかい？」

と、山田という記者がたずねた。

「知らせました。だけどおまわりさんたちは、冷凍人間のことも、イカリ組の二億円の話も本気にしてくれないのです。ぼくがでたらめを言っているんだと思って、相手にしてくれません」

「よし、三吉くん、この事件は、われわれ三人でしらべようじゃないか。おい、カメさんよ、三吉くんにもっとたくさんケーキを食べさせてくれ」

山田記者はそう言って、三吉においしいイチゴのショートケーキを食べさせてくれた。

第一の犠牲者

そのあくる日の夜のことであった。朝からくもった天気は、夜になるとともにいまにも雨がふりそうな空もようになってきた。

「なあ三ちゃん、ふってもらいたくないもんだな」

空を見上げながら、となりのおじさんが言った。雨がふるとくつみがきができない。くつがみがけないと、お金がもうけられないのだ。

「ほんとだね。おじさん」

三吉がそう答えたとき、だれかがうしろからポンとかたをたたいた。ふりむいてみると、それはきのうのカメラマンと山田記者だった。

「あ、カメさん」

「おや、もう名前、おぼえられちまったな」

カメさんは笑った。わらうと目が糸みたいにほそくなってしまう。あんなほそい目でみえるのかな、と三吉は思った。

「おい、三吉くん、すぐでかけようぜ。いま新聞社に読者のひとから電話がはいったんだ。冷凍人間が亀戸《かめいど》にあらわれたんだよ」

「ええッ」

「さ、早くいこう」

ふたりにさそわれて、三吉はいそいでブラシを箱につめると、それをかかえて新聞社の車にのった。たちまち車はものすごいスピードで走りはじめた。

「亀戸のどこにあらわれたんですか」

「三丁目の停留所の近くだよ。いまから三十分ばかり前に、冷凍人間が果物屋でリンゴを買っているのをみつけて、電話でおしえてくれたんだ。だから、まだあの近所にいるにちがいないよ」

山田記者が言った。

「なぜ亀戸にあらわれたのでしょうか」

「わからないね。とにかく彼を発見したらすぐ病院へつれていって、手あてをくわえてやろうと思っているんだ。イカリ組の問題はあとまわしだよ」

車はなおも走りつづけている。須田町から右におれ、くらい隅田川をわたって十分のちに亀戸三丁目の停留所でストップした。

「見ろ、あそこに果物屋があるぞ」

「よし、この近所をさがしてみよう」

三人は車をおりた。前にものべたように月の光はない。電車通りから奥にはいると、あたりはまっくらだ。なんだか急に寒くなったような気がする。

ふと、山田記者はきき耳をたてた。

「みんな、あのいぬの声をきいてみろ。まるで気ちがいみたいなほえ方じゃないか」

「ひょっとすると、冷凍人間がいるかもしれないぞ」

三人は、いぬの声をめざして進んだ。最初のかどをまがり、ふたつめの四つつじをすぎた。そこは片側が時計工場のコンクリートへいで、反対側にポツンポツンと人家がならんださびしい場所である。いぬの声は、その三

軒目の家の庭の中から聞こえてくるのだった。

「あッ、あれだ！」

山田記者が小声で叫んだ。三吉はやみをすかしてみた。百五十メートルほど先の電柱に、黄色い電灯がともっている。いましもその下を、ソフトをかぶりオーバーをきた男が、うつむいて歩いていくのだ。重たいくつ音が聞こえてくる。三人は足をはやめて、あとを追いかけた。

男がつぎのまがりかどをまがるとき、そこの電灯の光で、横むきの顔がもっとよく見えた。黒めがねをかけ、水色のオーバーの袖は、右の肩からダランとたれさがっている。もうまちがいなく時彦青年だ。三人はなおも足をはやめて、二分ほどおくれてかどをまがった。

「あれ、冷凍人間がいないぞ。どうしたんだろう……」

「どこかの家にはいったのじゃないのかな」

時彦のすがたが急にみえなくなったので、山田記者もカメさんも、ちょっとあわてたようすで、そのへんに立っている家の門をのぞいたり、門柱の標札をみてまわったりした。

「おじさん、ひょっとするとこのへんに時彦さんの家があるのじゃないでしょうか。自分の家にはいっていったのかも知れませんよ」

「それもそうだな」

三人はなおも一軒、一軒、標札をのぞいてあるいた。だが、どこにも森時彦という家はない。

「おかしいなあ。時彦さんはいったいだれの家へはいっていったんだろうな」

三吉がひとりごとを言うのと、ギャーッという悲鳴がしたのと、ドサリと人のたおれる音が聞こえたのが、ほとんど同時だった。

「なんだ、あの声は?」

山田記者が立ちどまった。三人は耳をすませたが、それきり何も聞こえない。なんだか、みょうにぶきみな感じがしてきて、三吉のむねはひとりでにドキドキと波をうちはじめた。

「この家から聞こえたんだよ。たぶん」

カメさんはとある家の前にたたずんで庭のほうをのぞきこんだ。小さな西洋館で、まどにはあかりがつき、カーテンがしめてある。だがその家は、死んだようにしずまりかえっていた。三吉はなにげなく門の標札をみていたが、たちまちあっとひくくさけんだ。

「どうした、三ちゃん」

「この家、杉川徳平のうちなんです」

「杉川? だれだい、その人は」

「ほら、時彦さんを冷凍にしようとした製氷技師ですよ」

「なんだって!」

山田記者とカメさんはおどろいて、あらためて標札をながめた。

「なるほど、まちがいなく杉川徳平の家だ」

「おいカメさん、すると冷凍人間は復しゅうをするために杉川をたずねてきたのじゃないかな。自分を冷凍にしたやつにうらみをはらす目的で、やってきたのじゃないだろうか」

「うむ、そうかもしれないぞ」

カメさんがきんちょうした顔でうなずいたときである。ガタリとドアがあいた音がした。げんかんをふりかえった三人は、そのとたんまるで水をあびせられたようにゾッとなった。家からでてきたのは、冷凍人間である。彼は肩に、大きな麻袋をかるがるとかついでいた。袋の口から二本の足の先がニョキリとつき出ている。

門のわきのくらやみの中に三人がかくれていることは少しも気がつかぬように冷凍人間は重たい足どりで、目の前を通りすぎた。だが三人は、そこでまたもやどきりとしなければならなかったのである。なぜならば、門灯にてらしだされた麻袋には、赤い血がべっとりとついていたからであった。

ガラス工場

……どたり、ばたり、……どたり、ばたり。

冷凍人間の重たそうなくつ音が聞こえる。三吉とカメさんと山田記者の三人は、足音をしのばせて、そっとあとをつけていった。

住宅街をぬけると、あたり一帯は工場ばかりだ。昼間は、モーターの音や、たち働く工員さんたちで、さわがしい場所だけれど、一日の仕事をおえてしまったいまは、ひっそりと静まりかえっている。ねこの子一ぴきいなか

った。

その、工場と工場にはさまれた通りを、冷凍人間は大きな袋をかたにかついで、まるでサンタクロースみたいに歩いていくのだ。

「いったい、どこへいくつもりだろうか」

三吉もカメさんも山田記者も、心の中でおなじことを考えていた。

十分近く行ったころで、冷凍人間はとある工場のうら口に、すっと姿を消した。三人が追いかけて行ってみると、裏門がこわれている。冷凍人間は、それをちゃんと知っていたにちがいない。

「山田さん、ここは何の工場かしら?」

「待てよ、うん、ガラス工場とかいてある」

門にかけてある木のふだに目を近づけて、新聞記者が答えた。

一個の電灯が、工場のうら側のかべを照らしだしている。そこに、鉄の手すりがついたコンクリートの階段が、二階の入り口のところまでのびている。冷凍人間はえものをかついだ働きアリのように、重たい麻の袋をしょって、ただ一心に階段をのぼっていくのだった。

ガラス工場の二階へ上がって、彼は何をする気なのだろうか。三吉たちには、やはり冷凍人間の目的がわからなかった。ともかく、あとをつけて、彼のすることを見とどけるほかはない。

そうしている間にも、冷凍人間は階段をのぼりきって、とびらをあけ、その中に吸いこまれるようにはいっていった。袋からつきでた徳平の足が入口にぶつかって、ガタン!と音をたてた。

「おい、急ぐんだ!」

山田記者を先頭に、三人は一列にならんで階段をのぼると、二階の入口から中にとびこんだ。

そこは汽船のデッキのように、手すりがめぐらしてあり、一階のガラス工場のようすが、手にとるように見おろせるようになっていた。

一階の中央に、赤レンガの炉があって、その中でコークスが、白いほのおをあげてもえている。そのとなりに、やはりレンガづくりのかまがたくさん並んでいて、一つ一つのかまの小さな窓から、どろどろにとけた赤い液体がみえていた。この工場は、夜も仕事をしているのだ。

六、七人の工員さんたちが、手にもった長いパイプの先端をかまの窓にさしこむと、そこにどろっとした赤いガラスがついてくる。工員さんは、ほおをふくらませて、ちょうどシャボン玉をつくるときのように、パイプの一端から息をおくりこむ。すると赤い液体のガラスは、みるみるうちに風船のようにふくらんでいく。それを、助手がさしだした型に入れると、たちまちガラスびんができあがるのであった。

三吉たちは、思わずみとれて立ちつづけていたが、すぐにハッとわれに返って、あたりを見まわした。冷凍人間はどこに行った？

「おッ、見ろ！」

「あっ！」

三人は同時にさけんだ。はるかむこうの壁ぎわに、冷凍人間が、仁王立ちになって、いましも背中の袋をなげおとしたところだった。彼の足の下には、あついガラスのとけたかまが、パクリと口をあけている。袋はその中に、まっさかさまに落ちていった……！

三人の耳に、びちゃん……という音が聞こえたような気がした。しかし実際には、赤とみどりの炎がめらめらともえあがり、肉のこげるにおいが、プーンとしてきただけで、音は聞こえなかった。

一しゅんのうちに、杉川徳平は肉も骨もやけただれ、どろどろのガラスになってしまったのである。三吉は気が遠くなった。いや、三吉ばかりではなく、あまりの恐ろしさに、カメさんたちも、ただぼんやりと立ちすくんでいた。カメさんはカメラをかまえることすら忘れ、赤くてらしだされた冷凍人間の横顔を、ただぼんやりとながめていたのであった。

……やがて三人がわれにかえり、工場の中が大さわぎを始めたときには、冷凍人間は姿をけしてしまっていた。

和子のなげき

その翌朝のことであった。大沼和子は、満員電車の中で、つりかわにぶらさがりながら片手で新聞をひろげた。大沼和子、それは、森時彦のおよめさんになろうとした、あの美しい女の人なのだ。彼女は毎朝サラリーマンたちで、ぎゅうぎゅうづめになった電車にのって、丸の内のオフィスへ通っているのである。

和子には、このごろ少し心配ごとがあった。それは、時彦からちっとも電話がかかってこないことだった。いままでは二日に一ぺんとか、三日に一度のわりあいで、電話がかかってきたり、手紙がとどいたりする。それなのに、ここ一週間ちかく、何の便りもないのである。どうしたのだろうか。

……病気かも知れないわ。和子はそっとつぶやいた。そうだ、今夜おみまいに行ってみよう……。そう考えな

がら新聞をひらくと、そこに大きな活字で、

冷凍人間あらわる！

と書いてある記事を読みはじめた。読んでいくにつれて和子の顔はまっ青になった。彼女は、森時彦が生まれもつかぬ冷凍人間になってしまい、そしておそろしい復しゅうの鬼と化したことを、そのとき初めて知ったのである。

　和子は息ぐるしくなって、いまにも気ぜつしそうだった。心配のあまり、気がくるいそうだった。

　そうだ、この新聞社をたずねて、記事を書いた記者にあい、もっとくわしい話を聞いてみよう……。和子はそう考えると、会社へ行くことはやめて、有楽町で電車をおり、数奇屋橋《すきやばし》のほうへ歩いていった。東京新報の、あかるい感じの建物は、駅から五分ほどのところにある。和子はそこの五階の応接室で、山田記者と面会した。

「どうもお気の毒なことですな。森時彦くんは、くやしさのあまり、発狂してしまったにちがいありませんよ。そうでなくては、人間をガラスのとけた中になげこむような、恐ろしいことはできませんからね」

　山田記者は、昨夜見た事件をくわしく語ってきかせたあとで、そうつけ加えた。和子はかなしそうな表情をう

かべて、目をふせた。

「あたくしもそう思いますね。時彦さんはとてもやさしい人でしたもの。もし正気だとしたら、そんな残こくなことはできません」

「ところで大沼さん、イカリ組というのは、どんな団体なのでしょうか」

「麻薬を密輸入して、それをこっそり横ながししている男たちなのです。ご存知でしょうが、わずか試験管に一本ぐらいの麻薬が、三十万円もします。だからイカリ組の人々は、おもしろいようにお金もうけができるんですわ」

麻薬！　それは人体をそこない、人間を生けるしかばねにしてしまう、おそろしい薬なのだ。そして一度、麻薬の味をおぼえた人は、どろ沼におちこんだように、なかなかぬけだすことはむずかしいのである。

「彼らの正確な住所氏名は？」

「そこまでは存じません。残念ですけど……」

「森君は、わるいやつらと手を切ろうとして、彼らのために死刑にされかけたわけですな」

和子はだまってうなずいた。時彦が冷凍室にほうりこまれた恐ろしい話は、思いだすだけでもぞーっとする。そして、時彦のかなしい運命を考えると、和子は涙ぐんでしまうのだ。

「あの、時彦さんは、もとのような元気なからだになれるでしょうか」

「だいじょうぶ。いまのうちに病院に入れて手あてを加えれば、かならず元気になりますよ」

山田記者はうそをついた。カチカチにこおった冷凍人間が、もとのような元気な肉体をとりもどすはずはない。やがては、全身にしもやけをおこして、死んでしまうのである。だが、ほんとうのことを言って和子をがっかりさせるのは気の毒だった。だから、うそをついた。

「……でも、警察につかまったら、死刑にされてしまうでしょうね。杉川徳平さんを殺した殺人犯人なんですもの」

山田は、あわれな和子の顔をみていることができなくなって、思わず視線をそらせて、窓の外を見た。青空の下を、数十羽の伝書鳩が、羽音をたててとんでいった。

半公の恐怖

半公は、蒲田《かまた》のアパートに住んでいる。もう五十ちかい男だが、妻も子もいないひとりぐらしである。むかし一度結婚したことはあるけれど、半公があまりだらしのない男だったために、おかみさんは、あいそをつかして出ていってしまったのだ。

半公は朝寝坊だ。目がさめたのは十二時前である。あくびをして、のっそり起きあがると、ふとんもたたまず、顔もあらわずに、ふらりと外へ出た。これからめし屋へゆき、朝食を食べるつもりだった。

夜になると気温はさがるが、日中はあたたかい。花屋の店先には、小さな鉢にうえたパンジーやデージーがならべられ、赤や黄のうつくしい花々が、人々の足を止めていた。

しかし半公は、花や音楽には少しの興味もない男だった。彼には、自然の美しさや、芸術の美しさを鑑賞しようとする気持ちは、全然ないのである。

花屋の前を通りすぎて、ラジオ屋の前にさしかかったとき、半公は思わず立ちどまった。十人ばかりの人が集まって、ニュースの放送に熱心に耳をかたむけている。おや、なんだろう？　半公もなかば好奇心から、アナウンサーの声を聞き始めた。

「……昼間は、心配あるまいと思われます。なぜならば、冷凍人間は、太陽に照らされると、とけてしまうからであります。冷凍人間自身も、おそらく本能的に、そのことを知っているでしょう。冷凍人間が活やくするのは、夜間にかぎられると考えられます。都民のみな様、夜の外出には、ことに注意してください……」

半公は新聞をよんでいない。だから、冷凍人間の話をきいたのも、それが最初であった。冷凍人間てなんだろ、聞いたことのない名前だぞ。のんびりした顔つきでそんなことを考えていた半公は、つぎの瞬間、ぎょっとした。

「……冷凍人間が命をねらっているのは、イカリ組というグループの男たちだということが判明しました。しかしなお一般都民のみな様も、十分のご注意を……」

半公は、もうアナウンサーの声が耳にはいらなかった。彼は急にガクガクとふるえだして、立っていることができなくなり、思わずとなりの人につかまってしまった。

「あんた、どうかしたんですか。顔色がわるいですよ」

「だだだだ、だいじょぶです。ほほほ、ほっといてください」

半公は歯をカチカチといわせて、しきりにどもった。金歯がぴかぴかと光ってみえた。

時彦が復しゅうをはじめた！　そして第一の犠牲者が杉川徳平だ！　それを思うと、半公は、くちびるまで青くなってしまった。杉川のつぎは、おれがやられる番かもしれない。なぜなら、時彦の裏切りを親分に言いつけ、そして彼を死刑にしようと主張したのは、ほかならぬ半公自身だったからである。

　半公はふらふらと歩きだした。夢遊病者のように、ただあてもなく、足のむくままに歩きだしていた。

　ああ、おれは、時彦にもっとやさしくしてやればよかった。あんなにいじめるべきではなかった。半公はなかば後悔し、なかば気が遠くなる思いで、町のなかをさまよいつづけていた。そして数時間後に、彼は音羽権兵衛の家の前に立っている自分を発見したのである。

　あたりはすでに暗くなっていた。蒲田のアパートから、王子の権兵衛の家まで二十五キロあまりの距離を、半公は朝めしを食べるのもわすれて、むがむ中で歩きつづけてきたのだった。

　半公はほとほとと、とびらをたたいた。

「おう、よく来たな。まあ、はいれ。そして一ぱいのめ」

　どてらを着た権兵衛は、大きなさかずきで、酒をのんでいるところだった。へやの中には、せいたかノッポのひょろ松と、眼帯をしたゴリラみたいなからだつきの熊吉も、赤い顔をしてすわっている。それは、しばいや、映画でみかける山賊の酒もりのシーンに似ていた。

「なんだ、おまえ、あおいつらしてやがるじゃねえか。いくじがねえぞ」

熊吉があざわらった。

「おい半公、いまみんなと相談をしていたところなんだ。冷凍人間なんかにビクビクしていちゃいけねえ。森の姿をみかけたら、おれたちのほうから向かっていくんだ。そして、あいつをたたき殺すんだ」

「へえ、わかりやした、親分」

半公は、すすめられた酒を、一ぱい二はいとのむうちに、しだいに顔がサルみたいに赤くなり、それにつれて、気が大きくなってきた。

「親分、あっしが時彦のやつをぶっ殺したら、十万円くれるといいましたね」

「うん、十万円は少ないな。五十万円やる」

「てへ、五十万円か。ありがてえぞ。おい、ひょろ松に熊吉の兄貴、冷凍人間を殺す役目は、あっしにまかせてもらいてえね」

しまいに半公はすっかり元気になり、そんなことを言いだした。

「ばかやろ、五十万円はおれのもんだ。おれはな、森をみつけたら、このパチンコでうち殺してやるんだ」

ひょろ松は、黒いコルト（ピストル）をとりだして、それをハンカチでみがきはじめた。

「おれは、このげんこつでアッパーをくわせてやる。どんながんじょうなあごだって、こいつをくらえばイチコロだ」

うで自まんの熊吉は、自分のにぎりこぶしにぺっとつばをはきつけた。むかし東洋へビイウェイトのチャンピオンだった彼は、アメリカのジャック・デンプシーとノンタイトル試合をやって、第二ラウンドで相手をKOしたことがある。熊吉のげんこつには、それほどすごい威力がこめられているのだった。

「うん、その意気だぞ。しっかりやれ」

さかずきになみなみと酒をつぎ、それをひと息でのみほすと、権兵衛は満足げにうなずいて言った。だが、権兵衛もほかの三人も、そのときうしろの窓の外に立って、そっと内部のようすをうかがっている男のことには、少しも気がつかなかったのである。水色のオーバーを着たその男のことには……。

草津よいとこ

夜の十時すぎに、熊吉とひょろ松と半公の三人は、ようやく酒もりをおえて、権兵衛の家をでることになった。

「ウィーッ、親分、ごちそうさまでした」

「気をつけて帰れよ」

「だいじょうび。へん、冷凍人間がなんだってんだ。矢でも鉄砲でもこい！」

三人はてんでに勝手なことをわめきながら門をでた。外は静まりかえっている。冷凍人間のうわさにおびえた都民は、かたく戸をとざして、家の中にとじこもっているからだ。いつもはタクシーがゆきかう大通りも、今夜は廃きょのように人ッ子ひとりいない。

「おい、国電の駅まで、いっしょに行こうぜ」

三人は肩をくみ、ひょろひょろとよろけながら草津ぶしをうたって、五〇〇メートルほど離れた駅のほうへむかった。

どこかでいぬが鳴きだした。それにつづいて、あちこちでほかの犬もほえはじめた。だがこれもしばらくするとやんで町の中は再び、もとの静けさにもどった。

「おい、兄貴、先へ行ってくれよ。くつのヒモがほどけやがったんだ」

半分ばかりきたとき、半公は言った。

「そうか、じゃ先に歩いていくぞ。チョイナ、チョイナ……」

ひょろ松と熊吉は、なおもうたいつづけながら、よたよたと歩き去った。ふたりがまがりかどをまがると、姿は見えなくなったけれども、草津ぶしの歌だけは大きく聞こえていた。

半公はとてもよっていた。空腹なところにお酒をのむと、よっぱらうのは当然である。くつのヒモをむすぼうとしてもなかなかうまくむすべない。

「ちきしょうッ、このヒモのやつ、なま意気だぞ！」

そんなことを口ぎたなくののしりながら、やっとのことでむすびおえて、さて立ち上がろうとしたときであった。半公のうしろで、カタンという重たい金ぞく音が聞こえてきた。

おや？　本能的にふり返った半公は、そこにへんなものを見た。外灯のほの暗い光をあびた、道路のまん中にあるマンホールのふたが、一センチ……五センチ……一〇センチというふうに、少しずつもちあがっていくのだ。

おれがよっぱらっているから、あんなふうに見えるんだ。半公はそう考えたので手で目をこすってみた。だが、なんどそれをくり返しても、結果はおなじことであった。マンホールの丸い重いふたは、ガタンと音をたててひっくり返り、ぽっかりあいた黒い穴からニョッキリと一本の手がでてきた。

「あ――」

半公は声をのんだ。つづいてもう一本の手があらわれると、つづいてソフトをかぶった首が、水色のオーバーをきた肩が……。そして一分後には、サナギから出てきたチョウのように、そこに冷凍人間が立っていた。

半公はふたたび短くさけんだ。いや、さけぶというよりも、うめいたのだ。

「き、きさまだな！」

半公はそういうつもりだった。だが、恐ろしさのあまり、舌はかたくこおりついて、ことばにならない。

冷凍人間は片方の袖をぶらんとさせて一歩ふみだした。

半公は逃げだそうとしたが、足がすくんで歩けない。

ぎくり、ばたり……。ぎくり、ばたり……。冷凍人間は、一歩、そしてまた一歩と近づいてくる。半公はなきだしそうに顔をゆがめ、口をぱっくりあいた。金歯がぞろりとみえた。

「たッたッたッ……たッ助けてくれ！」

かすれた声で助けをもとめようとした。だがその声は、途中でプツンと切れてしまった。冷凍人間の片腕が、発止《はっし》！　とばかり、半公の脳天めがけてうちおろされたからである。半公はばたりとひっくり返ると、それきり動かなくなった。

草津よいとこ、一度はおいで、ドッコイショ……。と おくのほうで、熊吉たちのどら声の歌が聞こえてきた。

赤いどろ

その翌日、銀座通りのヤナギの木の下で、くつみがきのおじさんやおばさんたちが、一枚の新聞をのぞきこみながら、ガヤガヤと話しあっていた。こうふんしているので、しだいに声が大きくなっていく。

「おい、見ろよ。冷凍人間がまたやったぞ」

「まあ、すごい。ふたり目だわね」

「だけどよ、こんなイカリ組みたいなわるいやつは、みな殺しにされたほうがいいな」

「そうだとも。こんどはだれがやられる番だろうな」

そんなことをしゃべっているところに、三吉がやって来たのだった。

「お早う、おじさんたち」

元気よくあいさつをして、抱えてきたくつみがきの箱を、ドッコイショとばかり、いつもの場所におろした。だが、だれも三吉のことばに返事をする者がない。

「あれ、おじさんたち、どうしたの?」

「おお、三吉君か。じつはね、冷凍人間がまた復しゅうをやったんだ」

「ええ? だれか殺されたの?」

「そうなのよ、半公という男がやられたの」

それをきいて、三吉はびっくりした。まだ朝刊も読んでいないし、ラジオもきいていないので、知らなかったのだ。

「もっとくわしい話をきかせてよ」

「だめだ。新聞にもくわしいことはかいてないのだよ」

「よしっ、新聞社へいって聞いてこよう。おじさん、この道具をたのんだよッ」

三吉はそうさけぶと、あっ気にとられていたおとなの人たちをあとにして、通りかかったバスにとびのって新聞社へむかった。山田記者やカメさんならば、くわしい話をきかせてくれるにちがいないと思ったからだった。

五階の応接間へ上がっていくと、そこには、山田記者やカメさんのほかに、ひとりの女のひとがいた。あお白い、やつれたようすをした、わかい人だ。

「よう、三ちゃんか。いいところに来たな」

カメさんが言った。

「このおじょうさんは、大沼和子さんだよ。ほら、冷凍人間の……、いや、森時彦君のおよめさんになるはずだった人なんだ」

そう説明されて、三吉は、大沼和子がこの間くつをみがいた女の人であることに気がついた。それにしても、彼女はなんとかわってしまったことだろう。和子の顔には、あの幸福そうなおもかげは全くない。ほおがげっそりとやせこけている。

この人は、愛している森時彦がおそろしい復しゅう鬼になってしまったことをとても悲しみ、なげいているのにちがいない。気の毒な人だな……。心の中で、三吉はそう思っていた。

「山田さん、こんどは半公が殺されてしまったそうですね」

「そうなんだ。大沼さんも新聞記事をよんで、おどろいてかけてきたんだ。ほらこれがその写真だよ」

カメさんは、新聞にのせることができなかった現場の写真を、十枚ばかりみせてくれた。ふたのとれたマンホールが、なんだか悪魔の口みたいにみえて、とてもきみがわるかった。

「ほかにもいろいろな収穫があったんだよ」

今度は山田記者が言った。

「まず現場の近くで、冷凍人間のくつのあとがみつかったこと。もう一つはこれなんだがね」

そう言いながら、山田記者はポケットから紙づつみをとりだし、ひろげてみせた。それは、カーキ色のどろのかたまりだった。

「これはねえ、冷凍人間のくつの底についていたどろなんだよ。このどろを分析すれば、なにかおもしろいことがわかるだろうと思うんだ。ひょっとすると、冷凍人間をつかまえることができるかも知れない」

彼は目をかがやかせて言った。

「えッ、森さんをつかまえるのですか」

三吉はちょっと不服だった。

「そうだよ。このままにしておくと、またイカリ組の連中が殺されるからね」

「でも、ぼく、あんな悪者は殺されたほうが社会のためになると思うんだけど」

「たしかにあいつらは、悪人さ。だが、悪人ではあっても、人間は人間だ。人間のいのちはたいせつなものなのだよ」

山田記者はさとすように言った。

「三吉さんの気持ちは、あたしにもよくわかりますわ。けれども、これ以上、人を殺させるのは、いけないことだと思うんです」

大沼和子が、あおい顔を三吉にむけて言った。目がなみだにくもっていた。それを見ていると三吉は、彼女と、冷凍人間にされてしまった森時彦のあわれな運命とに、ふかく同情しないわけにはゆかなかった。

肉じるとジュース

ある夜のことだった。その日は日本海に寒冷前線がはりだしたために、東京もとても寒かった。まるで、冬に逆もどりしたような一日でもあった。

池袋のマルヤという食料品店では、少年店員の良雄《よしお》が、流行歌をくちずさみながら、店にならべた品物にハタキをかけていた。もう十一時に近い。十一時の時計がなるのを合図に、良雄は店をしめ、そしてフロにはいってねるのである。

「あーあ、ねむたいなあ……」

良雄は、大きなアクビをしながら、ひとりごとを言った。アクビをしていると発音がはっきりしなくなる。

「ねむたいなあ」といったのに、それはフガフガフガ……というふうにきこえた。

良雄はパタパタと音をたててカンヅメの棚のほこりをはたいた。そして、こんどはサイダーのびんにハタキをかけようとして、くるりとふりむいた拍子に、店先にひとりの男が立っていることを知った。

「いらっしゃいませ」

良雄は、あいそよく言った。どんなにねむいときでも、良雄は決してフクレッつらをしたことはない。商売人は、いつもニコニコしていなければならないことを、良雄はよく知っていたからだ。

「なにをさしあげましょうか」

良雄がそうたずねると、男は店の中をぐるりと見まわした。黒いめがねをかけた、なんだかとても感じのわるいお客さんだ。

男の黒めがねは、奥の棚にならべられたマヨネーズと、肉じるのびんづめのところに、ピタリとむけられていた。そしてギクシャクした、まるで人造人間みたいな動作で左腕を上げると、皮手袋をはめた手で、そこをさした。

「へい、マヨネーズでございますか」

良雄がきくと、男は、赤ん坊がイヤイヤをするようにゆっくりと首をふった。

「へえ、それでは肉じるのびんづめでございますね」

男は、ゆっくりとコックリをした。変なお客さんだな……。良雄はそう思った。この人、口がきけないのかしら。それとも、日本語のできない外国人かも知れないぞ……。

良雄が肉じるのびんづめをとって、それを紙につつもうとすると、男はいきなり手をのばして、びんをひったくってしまった。そして、横の台にのせてあるセンヌキをつかって、王冠をポンとぬくと、まるでトランペットを吹くようなかっこうをして、むさぼるように飲みだしたのである。

良雄はあっ気にとられ、ポカンとした顔つきで、ゴクゴクとのどをならしながら、うまそうに飲んでいる男をながめていた。いままでに、こんなお客さんを見たことがなかったのだ。

男は、からになったびんをコトンと台の上にのせると、百円玉を三つ、じゃらりとなげだした。

「へ……、へい。毎度ありがとう存じます」

やっと、われに返って、良雄はどもりながら答えた。そして、三十円のつり銭をそろえてふりむいたとき、良雄は再びびっくりしてしまった。お客の姿は、どこにもなかったからである。

「……おかしいな。夢でもみていたのかな」

良雄は小首をかしげて、ぶつぶつとひとりごとを言っていた。ほんとうにそれは変なできごとであった。ソフトをふかくかぶり、水色のオーバーをきた右腕のない客。……良雄の目の底にあざやかな印象をあたえておきながら、いっぽうでは、なんだかまぼろしを見ていたような気がした。

しかし、良雄がみたのは、決して、夢やまぼろしではないのだ。冷凍人間は昼間はどこかに身をひそめていて、あたりが暗くなると町をさまよい歩き、食物をもとめた。彼の凍った胃はもはや消化する力を失っているにちがいない。それは、冷凍人間が姿を現わす場所が、果物屋や、牛乳屋などにかぎられていることから判断できた。彼が買っていくのはもっぱらミカンやジュースやミルクなどであった。パン屋やそば屋などには、一度も姿をみせたことはない。

「かわいそうな時彦さん……」

そうしたうわさをきくたびに、大沼和子は、胸をいため、涙ぐんでいた。そして彼女自身も、かなしみのあまり食事もとらず、だんだんにやせていくのであった。

夜のおくりもの

半公が殺されてからというもの、片目の熊吉はそうでもなかったが、のっぽのひょろ松は、すっかりおびえてしまっていた。

彼は、夜ねるときも、まくらの下にコルトをかくしておき、いざという場合には、すぐに発射することができるようにしてあった。

「ちくしょうめ、あの時彦のやつ！　やって来たら、このコルト一発で、ぶち殺してやるぞ」

ひょろ松は、夜となく昼となく、そんなひとり言を言っていた。目がギロギロと光り、ちょっとした物音にもおびえてピストルをふりまわす姿は、まるで気がくるったようでもあった。

けれども、ひょろ松の警戒は、決して意味がないわけではなかったことが、まもなくわかるときが来たのである。

それは、なまぬるい風の吹く、あるばんのことであった。ひょろ松がテレビをみていると、玄関のベルがジーンとなった。近頃のひょろ松は、その音をきいただけでも、ビクッとしてイスからとび上がるのである。

「うん、時彦のやろう、いよいよ来やがったな。よし、おれがでてやる」

立ちかけた女中をすわらせておいて、ひょろ松は、ポケットのコルトを右手にかまえて、パッとドアをあけた。ところが、そこにはだれもいない。

「おい、かくれていないで出て来い。おれはピストルを持っているんだぞ」

ゆだんなくあたりを見まわしたが、やはりだれもいないのだ。ひょろ松は、ひたいに流れでたあぶら汗をふきながら、なに気なく横をみると、紙につつまれた箱がおいてある。

「おや、なんだろう……」

家の中にもちこんで、そっとあけてみた。中にダイナマイトでも入れてあってふたをひらくと同時に、ドカン！と爆発するようなことがあっては、一大事である。

だが、箱の中にはいっていたのは、爆弾ではなくて、きれいな洋菓子であった。赤や黄のクリームでかざられたデコレーションケーキだ。

「まあ、おいしそうだこと！」

女中が思わずさけんだ。

「いや、たべるわけにはゆかん。ひょっとすると、冷凍人間のやつが、毒を入れて持ってきたのかもしれないからな」

ひょろ松は、ちょっと考えていたが、やがてナイフをとりだすと、ケーキを切りとって、皿の上にのせた。

「おい、これをネズミの出るところにおいておけ。もし、ネズミが食っても死ななければ、毒がはいっていないことになるんだ」

「はい。わかりました。うら口の下水のところにおいておきます。あそこにネズミがよく出ますから」

女中さんは、おさらをもって、台所から外に出た。そして、下水のあなの横に、そのケーキをおいた。

「こんなおいしそうなケーキの中に、毒がまぜてあるなんて、信じられないわ。このごろのだんな様は、なんだかようすがへんよ。神経衰弱かもしれないわね」

そんなことをつぶやきながら、立ち上がって、二、三歩ゆきかけた。ところがそれを垣根のかげから見ていたのが一ぴきのノラ犬であった。ノラ犬は、とても腹がへっていたのだ。だから、女中さんが家の中にはいってゆくまで待っていることができなかった。

ワン！　ひと声うなって走りよると、ケーキをぱくりとのみこんでしまった。

「こら、このノラ犬めッ」

女中さんが石をひろって、犬になげようとしたのと、犬が短くうめいてひっくり返えるのとが、ほとんど同時だった。

キュン……キュン……悲しそうに鳴いたかと思うと、ノラ犬はそれきり動かなくなってしまったのである。

女中さんは、にぎっていた石ころを思わずなげだして、犬のそばに走りよってみた。だがノラ犬は、もう完全に死んでいた。いままでにくらしい犬だとばかり思っていたけれども、いざ死んでしまうと、今度はにわかにかわいそうになってきた。

「だんな様……だんな様……」

女中さんは、なみだ声になってひょろ松をよんだ。

「なんだ？　どうした？」

出てきたひょろ松は、ノラ犬の死がいをみたとたんに、うむとうめいて、あとはことばもなく立ちつづけていた。冷凍人間がつぎに命をねらっているのは、まぎれもなくこの自分であることが、はっきりわかったからである。

ひょろ松のからだは、しだいにブルブルとふるえてきた。

第三の犠牲者

その翌日のことである。片目の熊吉のところに、親分から、電話がかかってきた。

「おい、いいニュースがあるからすぐ来い。ひさしぶりで酒をのもう」

「へえ、すぐでかけます」

熊吉はガレージから車をとりだすと、夜の町を走りぬけて、王子の親分の家をたずねた。へやの中にはすでにひょろ松が青い顔をしてすわっている。

「おい、熊にひょろ」

「へえ」

「イギリスから、うまいウイスキーがとどいたんだ。えんりょしないで飲んでくれ」

音羽権兵衛は、酒をすすめながら、自分もガブガブのんだ。

「しかし親分、半公のやつが死んでしまったから、なんだか急にさびしくなりやしたな」

熊吉がいうと、親分はすごい目をニヤリとさせて答えた。

「じつはな、そのことで来てもらったんだ。おれたちの持っている二億円のアヘンが、いよいよアメリカ人のブローカーに売れることになったんだ」

「へえ、そいつは何よりのことですな」

「うん。二億円で売ることにした。それを、おれたち三人で山わけするんだ」

「へえ、ありがてえ」

「もし半公が生きていれば、四等分しなくちゃならねえ。杉川徳平が殺されなかったとすれば、五等分しなくてはならないわけだ」

そう説明されて、熊吉はようやく気がついたとみえ、思わず自分のおでこをピタンとたたいた。

「なるほど、そうでしたか。仲間が死ねば死ぬほど、のこったものがたくさんのかねをもらえるわけですね」

「そうさ。死んだ連中には気の毒な話だがな。あ——。おい、ひょろ。おまえ、元気ないな」

親分は、だまって酒をのんでいるひょろ松に声をかけた。ひょろ松は、あおい顔を上げた。いくら酒をのんでも、今夜はいい気持ちになれないのだ。

「だって親分。今度やられるのはあっしですからね」

「ばかやろ、元気をだせ。そのコルトを一発おみまいすれば、冷凍人間なんてイチコロじゃねえか！」

「へえ——」

そうはげまされても、ひょろ松はやはりしずんだ顔つきをしているのだった。

酒をのみ、熊吉が親分の家をでたのは夜中の十二時をすぎていた。

「じゃ親分、さようなら。ひょろ松、あばよ」

手をふって車を走りださせた。

酒をのんで、よっぱらい運転をすることは、事故をおこす原因になるのである。

だが熊吉は、平気だった。人をひき殺すことなど、少しもわるいことだとは思っていないのだ。熊吉という男は、そんな乱暴な人間であった。

熊吉はどんどんスピードを上げた。

さいわいなことに、冷凍人間におびえて、大通りはしずまりかえっている。タクシーの数も、いつもの十分の一ぐらいにへっているのだ。だから熊吉は事故もおこさずに、自分の住んでいる目黒のちかくまでやってきた。

たんたんとしたアスファルト道路は、二〇〇メートルほど先で、左のほうにゆるく曲がっている。両側はたかいがけになっていた。つまりそのあたりは、東京都内でありながら、ひどくさびしい一帯であった。

熊吉はアクセルをふみ、さらにスピードアップした。そして片手でハンドルをにぎり、片手でタバコに火をつけようとした、熊吉の目は、なに気なく、前のバックミラーにそそがれた。

だが、彼の視線は、そのままかがみの上に、くぎづけにされてしまったのである。バックミラーには後部の座席がうつっていた。その、後部のシートに、いつの間にのったのか、ひとりの男がすわっているのだ。

まぶかにかぶったソフト……。黒めがね……。そして水色のオーバー……。まぎれもない冷凍人間だ。親分の家でウイスキーをのんでいる間に、こっそり車の中にしのびこんでいたのにちがいない。

「き、きさまか……」

熊吉の口から、ポロリとタバコがおちた。熊吉の目は、とびだしそうに見開かれている。あの、デンプシーを一撃のもとにノック・アウトした自慢のげんこつも、役に立たなかった。不意をつかれたために、熊吉はすっかり圧倒されてしまったのだ。今度殺されるのは、ひょろ松だとばかり思いこんでいた。だから、すっかり油断をしていたのである。

熊吉は思わずブレーキをふんだ。キ、キーッと音をたてて、車は急停車した。その反動を利用して、冷凍人間はぐっとのしかかり、熊吉の首をしめてきた。

車の中はせまい。おまけに熊吉はよっぱらっていた。

あらゆる点で、熊吉の立場は不利であった。

熊吉と冷凍人間のあらそいは、二分間つづいた。そして二分間ののちに、この乱暴ものの悪人は、だらしのない姿で、運転台の上に横たわって動かなくなっていたのである。

ぎくり、ばたり……。ぎくり、ばたり……。くらい夜道を、冷凍人間は足をひきずるようにして、歩き去っていった。

深夜の車

その夜の十二時すぎに、現場のちかくを、ふたりの会社員がとおりかかった。おそろしい冷凍人間のうわさをきいているものだから、ふたりの足は、自然に早くなるのであった。

「おい、へんな車がとまっているぞ」

ひとりが立ちどまると、もうひとりの会社員は、友だちの腕をひっぱるようにして言った。

「よせよせ。早くかえって寝たほうがいい」

車はドアがあいていた。そしてそこから、ほのかな車内灯にてらされて、運転台にゴリラみたいな大男が横たわっているのがみえた。

「もしもし、どうしたんですか。こんなところで眠っていると、カゼをひきますよ」

その会社員は親切な人だった。そう声をかけて、からだをゆすぶろうとした。その拍子に、男はごろりと反転すると運転台の下にころげおちてしまったのである。

「たいへんだ。死んでるぞ」

「えッ」

もうひとりの会社員は、思わず悲鳴をあげた。ところが大男はまだ生きていたのだ。かすかなうめき声が、男の口からもれてきた。

「おい、しっかりしろ。だれにやられたんだ」

男は、眼帯をあてていない片方の目をあけると、口をもぐもぐさせた。

「……れい……とう……にん……げん」

「なに？　もっとはっきり」

「……れ……冷凍……人間」

「な、なんだって？　冷凍人間？」

大男はこっくりを一つしたかと思うと、がっくりと首をたれた。死んだのだ。

会社員は顔を見合わせた。ふたりとも足がガタガタとふるえていた。

「おい、これは大事件だぞ」

「け、けいさつに知らせなくちゃならんな」

ふたりの会社員は、ふるえる足をふみしめて、人影ひとつないさびしい道を、公衆電話にむかって歩いていった。

警視総監は語る

冷凍人間、三度の殺人

翌朝の新聞は、全紙面をさいて、森時彦の復しゅうを、でかでかと報じた。電車に乗って会社へでかけるサラリーマンたちが、あらそって新聞を買うものだから、駅に店をだしている新聞売りは、とても忙しかった。

「おれに二枚くれ。東京新報と毎朝新聞だ」

「早くおつりをちょうだいよ！」

「へい、へい」

売り子はてんてこまいをしていた。そして新聞はたちまち売り切れてしまう。あとからあとからオート三輪ではこんでくるのだが、それでもまにあわない。けさは、どこの駅の売店も、みなそうだったのである。

電車の中で、人々は新聞をひろげて、むさぼるように活字を読んだ。どの新聞にも、道ばたに停車している熊吉の自家用車や、殺された熊吉の、片目に眼帯をあてたゴリラみたいなすごい顔の写真がのせてあった。新聞を買いそこなった人たちは、横から首をのばして、となりの紙面をのぞきこんでいた。

「けいさつは、なぜボヤボヤしているんでしょう」

「森時彦というやつは、悪魔ですな。一日も早くひっつかまえて、死刑にしなくてはいかんですよ。ほんとに」

見知らぬ人どうしが、こうふんした声で語りあっている。だれもかれもが冷凍人間のことで夢中だった。それはまるで東京都民全体が熱病にかかったみたいであった。

人々の会話は、電車にのっている大沼和子の耳にもはいってくる。和子はますますあおい顔になり、気がくるいそうになるのを、必死でがまんしていた。わるいのは時彦さんじゃありません！　イカリ組の男たちがいけないのです！　そうどなりたい気持ちをむりにおさえているのはとても苦しいことであった。和子はゆううつな顔をして会社へいった。

その日のおひるの休みに、和子は友だちと休憩室でテレビをみていた。ブラウン管には、えらそうなヒゲをはやした警視総監と、アナウンサーとが、一問一答をしているところだった。問答の内容は冷凍人間のことである。和子はたちまち頭の中がジーンとしびれるような気持ちになった。

「総監、今度の事件をどう思われますか」

アナウンサーがたずねた。

「いや、どうも面目がない。しかし、森時彦のたいほは時間の問題じゃよ。われわれには自信があるのだ」

総監が答えた。

「冷凍人間の胃袋は、すでに消化能力を失っておる。それがしょうこに、やつは液体飲料ばかりのんどるではないか」

「ははあ、なるほど」

「今夜から刑事を総動員して、ミルクスタンドや、果物屋や、ジュースや肉じるを売っている食料品店にはりこませることにした。森時彦のやつがノコノコと出て来おったら、みごとにふんづかまえてみせるよ。アッハハハ」

総監はヒゲをひねり、歯をむきだして笑った。

「都民を安心させるために、ぜひともがんばってください」

アナウンサーが言った。

和子は、もう心配でたまらない。胸がしめつけられるようだった。時彦は刑事がはりこんでいることなど少しも知らずに、今夜もまたどこかの店に姿をあらわすことだろう。そして、待ちかまえていた刑事たちにとらえられてしまうにちがいない。

和子は思わずイスから立ち上がると、のがれるように休憩室をでた。その背中に、警視総監のにくらしいわらい声が、追かけるように聞こえてきた。

恐怖の電話

このテレビ放送を、冷凍人間はどこかで聞いていたにちがいないと、思われる。なぜならば、彼はその夜から、ピタリと姿をみせなくなったからである。東京中のミルクスタンドや果物屋にはりこんでいた刑事たちは、手もちぶさたのあまり、あくびをかみころして、ねむたい目をこすっていた。そしてそれは、一週間もつづいた。

「なに、今夜こそきっと姿をあらわすさ。冷凍人間のやつ、空腹にたまりかねて、きっと出てくるよ」

総監たちは、そんなつよがりを言っていた。だが都民たちは、もう総監の話を信用しなかった。

「おそらく、森時彦はうえ死にしているんだと思うな」

「きまってるさ。それに、持っていたお金もつかいはたしてしまったにちがいないからね」

そんなうわさが、町じゅうにひろがっていった。あたたかい春の日ざしをあびて、人々はなんとなくホッとした思いになった。

ひょろ松にとっても、それは同じことである。いままで、家の中にとじこもって、夜もねむれずにビクビクふるえていたひょろ松も、ようやく元気をとりもどしてきた。

「アイテテ、指にタコができたぞ」

ひょろ松はピストルを机にしまいこんで、自分の指をのばしたりちぢめたりしていた。この一週間あまり、朝からばんまで、いや寝るときもピストルをにぎりしめていたひょろ松の指は、しびれたようになっていたのだ。

その夜、ひょろ松は窓からはいってくるつめたい空気を胸いっぱいにすいこみながら、なんだかいい気持ちになって、王子の権兵衛親分の家に電話をかけた。

「もしもし、親分ですかい？」

「おう、ひょろ松、元気がでたようだな」

権兵衛はウイスキーをちびちびなめながら、赤い顔をして、受話器を耳にあてていた。

「へえ、じつはね、時彦のやつがうえ死にしたなんてうわさを聞いたもんですからね、ひさしぶりでほがらかな気分になったんでさ」

「うん。おれもな、ほっとした気持ちだよ。しかし、まだゆだんしてはいかんぞ」

親分が忠告すると、ひょろ松はバカにしたような声でわらった。

「もう大じょうぶですぜ。親分。おれは一日めしをくわずにいると、もうフラフラになって、死にそうになるんです。冷凍人間のやつは、もう七日間もくわずにいるんですからね。いまごろは骨と皮ばかりになって、くたばっているにちがいねェです。アッハ——」

笑いかけたひょろ松の声が、急にプツンととぎれた。そして、息をすいこむようなハーッという声が、受話器をつたわってきた。

「おい、ひょろッ！　どうしたんだ！」

権兵衛がどなった。しかし返事がない。そして受話器をつうじて、パタンと窓のしまる音と、それにつづいてだれかが歩く足音が聞こえてきた。ぎくり、ばたりぎくり……。

「おいッ、ひょろ松ッ！　返事せい……」

ふたたび権兵衛がどなる。受話器がこなごなにくだけるほど、力をこめて、にぎりしめていた。

権兵衛は耳をすませた。ひょろ松は、よわよわしい息づかいをしている。

「おい、ひょろ松ッ。どうしたのか」

「……れ、冷凍人間……」

「なにィ?」

うえ死にしたとばかり思いこんでいた冷凍人間が、ひょろ松のへやにはいりこんできたのだ。権兵衛には、それが信じられなかった。

「たッ、たッ、たのむから、命だけはたすけてくれ。たのむ、たのむ……」

ひょろ松の泣きそうな必死の声。だが冷凍人間は答えない。いや、声帯まで氷ってしまった時彦は、声をだすことができないのだろう。ただ、ぎくり、ばたりというくつ音が聞こえてくるばかりである。一歩、また一歩と、ひょろ松にせまっていく姿が、目にみえるようだ。そしてそれは、無言であるだけになおいっそう、ぶきみな感じであった。

「たッ、たすけ――」

ことばがとぎれた。ついで、ギャーッという悲鳴がしたのと同時に、ひょろ松の手をはなれた受話器が机の上におちてゴトン! という音が聞こえた。

「おいっ、ひょろッ、しっかりしろ!」

親分はまっかな顔をして、つばをとばしてどなりつづけた。だがもはや何の応答もない……。そうだ、警察に知らせよう。そう思った権兵衛は、あわててダイヤルをまわして一一〇番をよびだした。

深川へ?

銀座のヤナギの木の下は、夜おそくなっても、昼間みたいにあかるい。そして、散歩する人たちがたくさんいる。だから三吉は、夜もくつみがきをしているのである。

「どうだね、三ちゃん。そろそろ店をしまって、帰ることにしようか」

「そうだわね。帰っておふろにはいってぐっすりねむるのが何より楽しみだわ」

おじさんおばさんが、そんなことを言って、クリームとブラシを箱につめている。東京新報社の車が、小旗をひらひらさせ、キューッと音をたてて止まったのは、ちょうどそのときであった。窓から、山田記者の首がのぞいた。

「三ちゃん、早くのれよ。冷凍人間がまたあらわれたんだ」

「えッ」

三吉もおじさんたちも、びっくりしている。三吉たちもまた、冷凍人間はうえ死にしたものとばかり思っていたからである。

「おい三ちゃん、ぼんやりしてないで、早くのれよ」

カメさんにせきたてられて、三吉はあわてて車にのりこんだ。車は三吉の家のある深川のほうに向かって、走りはじめた。

「今度やられたのは松山金助《きんすけ》という男なんだ。やせてヒョロリとしているものだから、ひょろ松というあだ名をつけられている。今夜、女中さんが休みをもらって映画見物にでかけたるすの間に、冷凍人間がしのびこんできたんだ。ひょろ松は頭をなぐられて、即死だ」

山田記者が、テキパキした調子で語った。

「冷凍人間のカチカチにこおった腕は、まるで鋼鉄みたいにかたいのだ。それでなぐられれば、だれでもひとたまりもないよ。もっとも、このカメさんみたいな石頭はべつだがね」

「ひでえな、あんなこと言ってやがる」

みなが笑ったので、車内のきんちょうした空気がときほぐされた。


車は隅田川の橋をわたって、深川の町にはいった。この電車通りを右のほうにおれていくと、森時彦が冷凍された製氷工場がある。だが車はまっすぐ走りつづけた。

車はまた、橋をわたった。このあたりは運河と倉庫が多いのだ。運河の水は黒くにごっているけれど、夜みると町のあかりがうつって、ダイヤモンドをちりばめたみたいだ。

「ひょろ松の家は、もうじきだよ」

カメさんがそう言ったとき、前方を見つめていた山田記者が、にわかにこうふんしたようにさけんだ。

「おいッ、見ろッ、あそこを歩いている男を」

みんなはいっせいに、指さされた歩道をみた。

ひとりの男が、うつむき気味に、とぼとぼとあるいていく。背中をまるめ、たましいのぬけた人形のような足取りである。右腕が、肩のところからダラリとなっていた。

「運転手君、スピードをおとして近づいてくれ」

山田記者が言った。カメさんはカメラをかまえた。車はすべるように接近していく。あと一五〇メートル、一四〇メートル……。距離がせばめられるにつれて冷凍人間のうしろ姿は、いよいよはっきり見えてきた。水色のオーバーには、ほの白くしもがおりている。

パッとあかりがきらめいた。カメさんが写真をとったのだ。ギクリとしたように、冷凍人間はふり返った。黒めがねがヘッドライトを反射して、ギラリと光る。

「しまった、気づかれたかな」

カメさんがさけんだ。

たしかに冷凍人間は、三吉たちに気づいたにちがいなかった。キョロキョロとあたりを見まわしたかと思うと、まるでゼンマイじかけの人形のようにギクギクギク……、というへんな足取りで、横にまがっていった。彼の姿は、たてもののかげになって、かきけすように見えなくなったのである。

ふくろのネズミ

「山田さんとカメさん、あの横町は出口が一つしかないんです」

三吉が言った。三吉はこのあたりの地理をよく知っているのだ。

「両側が食堂の長いかべになっているんです。だから、谷底に追いこまれたと同じことなんです」

「ふむ。では、出口はどこにあるんだね？」

「ぼくが案内します」

「よし、カメさん、きみはあの入口に立っていてくれ。すぐ警察に連絡をとって警官隊をさしむけるからね。ではわれわれは、出口のほうへ行こう。運転手君、たのむぜ」

山田記者はテキパキした調子で言った。そしてカメさんを横町の入り口でおろすと、車はふたたび動きだして、交叉点をまがり、さらに三〇秒ほど走った。

「とめてください。あの横町が出口なんです」

三吉は車からとびおりると、先頭に立って走りながら言った。山田記者はかけよって中をのぞきこんだ。ほのかな電灯にてらされて、右側にも左側にも、コンクリートの倉庫のかべがつづいている。

その道は、二〇〇メートル先で直角に右におれて、さらに二〇〇メートル前方で、カメさんが立っている所にでるのだ。

「三ちゃん、ほかに出口はないのかい?」

「ありません。マンホールがないから地面の下にもぐることはできないし、倉庫のかべには窓がないから、倉庫の中にかくれることはできないんです」

三吉は説明した。

「倉庫のかべをつたわって屋根にのぼることも、もちろんできません。倉庫の屋根はたかいし、かべはまるで絶壁みたいですからね」

「うん、気の毒だが、冷凍人間が手錠をはめられるときが来たようだね」

山田記者はだれにともなくつぶやくと、車をふり返って、運転手に命じた。

「きみ、すまないが警察に連絡をとってくれないか。冷凍人間をはさみうちにしたといってね」

「はい、すぐ行ってきます」

運転手も、気おった声になった。車が走り去ったあとに、ガソリンのにおいがのこった。

三吉は、なんだか冷凍人間が気の毒になってきた。あれほどひどい目にあったのだ。森時彦が復しゅう鬼になったのもむりがないような気がする。つかまえられた森時彦は、やがて死刑になるのだろう……。

ふと、足音が聞こえてきた。ものおもいにふけっていた三吉は、はっとして顔をあげた。足音は、横町のおくの、くらやみから聞こえてくるのだ。

三吉と山田記者は、両側にぱっとわかれて、ものかげにかくれた。冷凍人間がとびだしてきたら、左右からタックルしようという作戦だった。

足音はいよいよ大きくなる。ヒタ、ヒタ、ヒタ……という、はだしの足音だ。おかしいぞ、冷凍人間ならば、ドタぐつをはいているはずだ。それに、走ることはできないはずである。

そう考えているうちに、足音はなおも近づいてきて、白シャツをきたひとりの男の人がポイととびだした。

「もしもし、だれですか、あなたは？」

「ああ、びっくりした。あなたこそだれです」

「わたしは東京新報の記者ですよ。いまこの横町の中に、冷凍人間を追いこんだのです」

「えッ、れ、れ、れ、冷凍人間を？」

その人は、息をはずませながら言った。シャツとランニングパンツ姿の、スポーツマンタイプの青年だ。

「わたしはマラソンの練習をしているんですがね、おどかさないでくださいよ」

「いや、ほんとうです。あなたのうしろから、ぎくり、ばたりと歩いてくるはずです。くつの音、聞きませんでしたか」

「そ、そんなもの知りません。さ、さよなら」

その人はあとも見ずに走り去った。

「ハ、ハ、ハ、行ってしまった」

山田記者はわらった。しかし三平はわらう気持ちになれなかった。冷凍人間は気がくるっているのである。も

し冷凍人間があばれだしたら、どうしよう。

「おい、三ちゃん、パトカーのサイレンの音が聞こえるぜ」

山田記者が言った。三吉は耳をすました。はるかかなたから、何台かのサイレンがいりまじって聞こえてくる。

「ほんとだ。聞こえる、聞こえる……」

ふたりがそんなことを言っているうちに、東京新報の車を先頭にして、六台のパトカーがやってきた。そのあとから各新聞社や、ラジオやテレビのニュース記者をのせた車まで到着した。

と、無電で連絡をとっていた警部が、車からおりてきて、部下をかえりみて、叫んだ。

「入口のほうも準備ができたそうだ！　さ、行こう！」

地下室の争い

「おい、冷凍人間が追いこまれたらしいぞ」

「むこうと、こっちの入口から攻めこんで、はさみうちにするんだってさ」

三吉たちのたくみなゆう導と、警官たちの包囲で、冷凍人間がつかまるのは時間の問題にみえた。ところが、最後の瞬間に、むこうとこちらの入り口から進んできた警官隊は、まがり角でむなしくハチあわせしていた。

かんじんの冷凍人間はまるで煙のように消えてしまったのである。

翌日の夜、王子の音羽権兵衛の家に、西洋人のウィリアムズが、二億円のアヘンの取りひきに来ていた。翌日の八時にひきわたす約束がおわって帰るころ、すさまじい春雷をまじえて大雨が降りだした。権兵衛のレインコートと、帽子をかりたウィリアムズは、どしゃぶりの中を歩いていた。と、暗やみをつらぬくいなずまにうかび上がった一つの影が彼を、一気にうち殺してしまったのだ。それこそは、消失したはずの冷凍人間だった。――しかし、その男の顔をおこしてみて、それが権兵衛とよく似た、ウィリアムズであるのに気づいて、冷凍人間はひどくあわてて逃げだした。

いっぽう三吉と山田記者、カメさんが集まって、冷凍人間のもつナゾをまとめてみた。(1)、倉庫街の冷凍人間がどうやって消えたか。(2)、お金をもっていない冷凍人間がどうして、肉じるやくだものを買うことができたか。(3)、杉川徳平の時だけ、死体をガラスのかまどに入れてとかしたのに、あとの死体は、なぜそのままになっていたか。(4)、冷凍人間のくつについていた、どろはめずらしい赤い土だが、それはどこのものか、である。

　そのうち、最後の赤い土のナゾは、東京の地質研究所で解かれた。東京、赤坂の氷川神社の土であることがわかった。そして、神社の裏のしめなわをはったほら穴の中に、三人はおどろくべきものを発見したのだ。

　話はかわって、冷凍人間、森時彦の身の上を最も心配する大沼和子は、ウィリアムズが殺されて三日めの夕方、会社の帰りに知らない人から声をかけられた。

「森時彦さんにあいたくありませんか」

　男はそう和子をさそって車にのせ、ある西洋館につれて行った。和子は、ぐうぜんその男の手にイカリのいれずみをみた。それこそ相手がイカリ組の親分、音羽権兵衛であることを知らせるものだ。

　権兵衛は和子を地下室にとじこめ、森時彦をおびきよせようとしたのだ。地下室でふたりが争っているところへ、とつぜん、例のぎくり、ばたり、と冷凍人間の足音がきこえてきた。

生きていた男

きんちょうした空気が、地下室の中にみなぎっていた。冷凍人間の表情は、ふかくかぶった帽子と、大きなサングラスにおおわれてほとんど見えない。しかし、最後にのこされた音羽権兵衛を前にして、冷凍人間の心は、復しゅうのよろこびにふるえているにちがいなかった。自分をカチカチに冷凍したギャングのボスに、いまこそうらみをはらすときなのだ。

「き、き、きさまっ」

歯がみをして立ちすくんでいた権兵衛は、そう叫んだかと思うと、ぱっと横にとんで、和子のわき腹にぐいとピストルをおしつけた。

「やい、森時彦っ。少しでも動いたら、この和子のどてっ腹に風穴をあけるぞ！」

ひきょうにも権兵衛は、和子を利用して、この急場からのがれようとしているのだ。

「おねがい、時彦さん、この人をにがしてやって。人殺しはいけないことなのよ……」

そういった和子は、なにを思ったか急に顔色をかえてしまった。

「ちがう、ちがうわっ。この人、時彦さんじゃないわ」

「な、なんだと?」

意外なことばに、びっくりして聞きかえしたのは権兵衛だった。声がふるえている。

「うそをいうな! どうしてわかるんだ」

「からだつきや全体の感じでわかるわ」

「ふむ……ふむ……」

権兵衛はちょっとしあん顔だったが、いきなりピストルの先を冷凍人間にむけた。

「おい、おまえはだれなんだ。正体をみせろ」

そういわれた冷凍人間は、おもむろにスプリングコートのボタンに片手をかけて、一つ一つはずすと、ぱっとはね上げた。とたんに権兵衛は、カエルをふみつぶしたような、ギャッという悲鳴をあげた。見よ、そこにはないはずの右手がちゃんとあるではないか。

「うむ、きさまは森ではないな。その黒めがねをはずせっ」

冷凍人間は、おちついた態度で帽子をぬぎ、めがねに手をかけると、さっとはずした。

「おっ、おまえか。おまえだったのか!」

権兵衛はそう叫ぶのがやっとだった。目を見開き、口をぽかんとあけてあえいでいる。冷凍人間の正体は、それほど意外な人物であった。

「きっ、きさまは殺されたはずじゃないか」

「フフ、そう見せかけただけだ。あの新聞記者のバカヤロウどもに電話をかけてよびよせると、その目の前で、おれが殺されたような、しばいをしてみせたんだ。あの麻袋からニューッとはみ出していたのは、おれの足じゃない。人形屋で買ってきたマネキン人形の足だったんだ」

「だが、ガラスのかまどの中で、肉のやけるにおいがしたというではないか」

「あれは、肉屋で買ったヒツジの肉さ」

冷凍人間、いや、製氷技師の杉川徳平はさも愉快そうに、アハハハハと笑いつづけた。まるで悪魔みたいなおそろしい笑い方だ。

「どうだ、うまくいっぱいくわされたろう。杉川徳平が生きているのを知っているのは、おまえたちだけだ。おまえたちがだまっていれば、警察や新聞社は、なおも必死になって冷凍人間のあとを追いつづけるにちがいない。そのすきにおれは日本を脱出して、ホンコンへ飛ぶんだ。そして二億円のアヘンをひとりじめにして、イギリスの王さまみたいなぜいたくな生活をするんだ」

杉川徳平は、親分の権兵衛が考えていたよりも、はるかに悪がしこい男だったのだ。

「ふむ、そうだったのか。これで深川の倉庫街に追いつめられた冷凍人間の消えてなくなったわけが、やっとわかったぞ」

「フン、いまごろ気づいたのか。あのときは着ていた服をぬいで、道路の水道せんの穴におしこんでかくしたんだ。そしてはだかになったおれは、マラソン選手にばけたというわけさ。どうだい、頭がいいだろう」

得意そうに彼はうそぶいた。

人々は、冷凍人間は右腕がないものとばかり思いこんでいる。そして、動作がにぶいものという先入観をもたされている。だから、マラソンを練習している男を見ても、それがまさか犯人であるとは、ゆめにも考えてみなかった。

死のへや

冷凍人間の正体が杉川だったとするならば、森時彦の運命はどうなっているのだろうか。ひょろ松や熊吉たちとおなじように、おそらく殺されているにちがいない。


そんなことを考えているうちに、和子は気分がわるくなってきた。

「おれさまはな、自分を冷凍人間にみせかけるために、ずいぶん苦心をしたもんだぜ。夜間にかぎって出歩いたのも、声がでないふりをしたのも、ジュースやミルクばかり買ってのんだのも、みなそのためだったのだ。液体ガラスを帽子にたらしてツララみたいにみせたり、白い粉をふりかけて白いしものようにみせたのも、おなじ目的からなのさ」

「ち、ちくしょうっ。音羽権兵衛ともあろうものが、きさまみたいな青二才にだまされたとは残念だ。もうがまんはできないぞ。一発でぶち殺してやるから、かくごしろ！」

権兵衛が、ひたいに青すじをたてて叫んだ。

「おっとっと。あわてちゃいけねえ。よーくにおいをかいでみな。この地下室の中には、石炭ガスがいっぱいたまっているはずだぜ！」

「えっ」

「おれがガス管をひきずってきて、せんをひねっておいたんだ。ピストルをうてば、ダイナマイトに火をつけるもおなじだ。おれも、おまえもこなごなになっちまうんだ」

権兵衛は、あっけにとられて立ちつくしている。きんちょうしていたために権兵衛は、いままでガスのにおいに気がつかなかったのである。

「……さあ権兵衛、死にたくなかったら、アヘンをかくした秘密の場所をおしえろ」

杉川はハンカチで自分の鼻をおさえていった。和子はもう顔が青くなって、ひたいの血管がなみをうち、頭がズキズキといたんでいる。

「いやだというなら権兵衛、気のどくだが、おまえはここでオダブツだ。いいか」

「ウーム」

くやしそうな権兵衛の顔。ひたいからあぶら汗が流れている。

「無念だ。しかし、やむをえないことだ。そのかわり、必ずおれの命を助けてくれるな?」

「くどいぞ、早くいえっ。ぐずぐずしていると、おれまでガス中毒になるじゃないか」

「よし、いおう。新宿駅の手荷物あずかり所だ。このあずかり証をもって行け」

権兵衛はふところから一枚のカードをとりだし、床の上になげだした。

「ありがてえ、親分、礼をいうぜ」

かがんでカードをひろったかと思うと、杉川は身をひるがえして、すばやくドアの外に走り出た。まったくそれは、あっという間のでき事であった。バタンとドアがしまると、ガチャリとカギをかける音がした。

「おいっ、杉川っ、約束がちがうぞ!」

「なにをブツクサいってやがんでえ。おとなしくくたばってしまえ。あばよっ」

あざけり笑いをのこして、とんとんと階段をかけのぼっていった。

「おい、あけろっ、あけないかっ」

権兵衛が大声でわめく。ドアをどかんどかんとたたく。だが杉川がもどってあけてくれるはずがない。

やがて、権兵衛はどなることをあきらめて、ふとったからだを、ドアめがけてぶつけはじめた。体あたりでたたきこわそうとしたのだ。

一度、二度、三度……。しかし、ドアはびくともしない。そして四度めにからだをぶちあてたとき、力つきて、そのままくずれるようにうずくまってしまったのである。

和子もすでに意識を失い、床の上にたおれていた。とざされた地下室の中で、ガスのふき出る音だけが、シューと聞こえていた。

追跡

「しっかりしなさい、大沼さん、しっかり」

かすかな声が聞こえる。大沼和子は、ふかい海の底からしだいに水面に浮かび上がっていくような、たよりない気持ちだった。

「おい、気がついたらしいぞ」

なんだか聞きおぼえのある声がした。和子はぼんやり目をあけた。目の前に、三つの顔が自分をのぞきこんでいる。それは思いもかけぬ山田記者やカメさんたちであった。三吉も、心配そうにくもった表情をしている。

「……あなたがたが助けてくださったのね」

そういいながら、起きあがろうとした。すると目まいがして、はげしく頭がいたんだ。

「まだ起きてはいけない。すぐ救急車がくるから、それまでねていてください」

カメさんがいった。

和子がねかされているのは、権兵衛の客間で、もう一つのソファの上には、権兵衛がだらしない姿で横たわっている。換気のために、窓が大きくあけてあった。

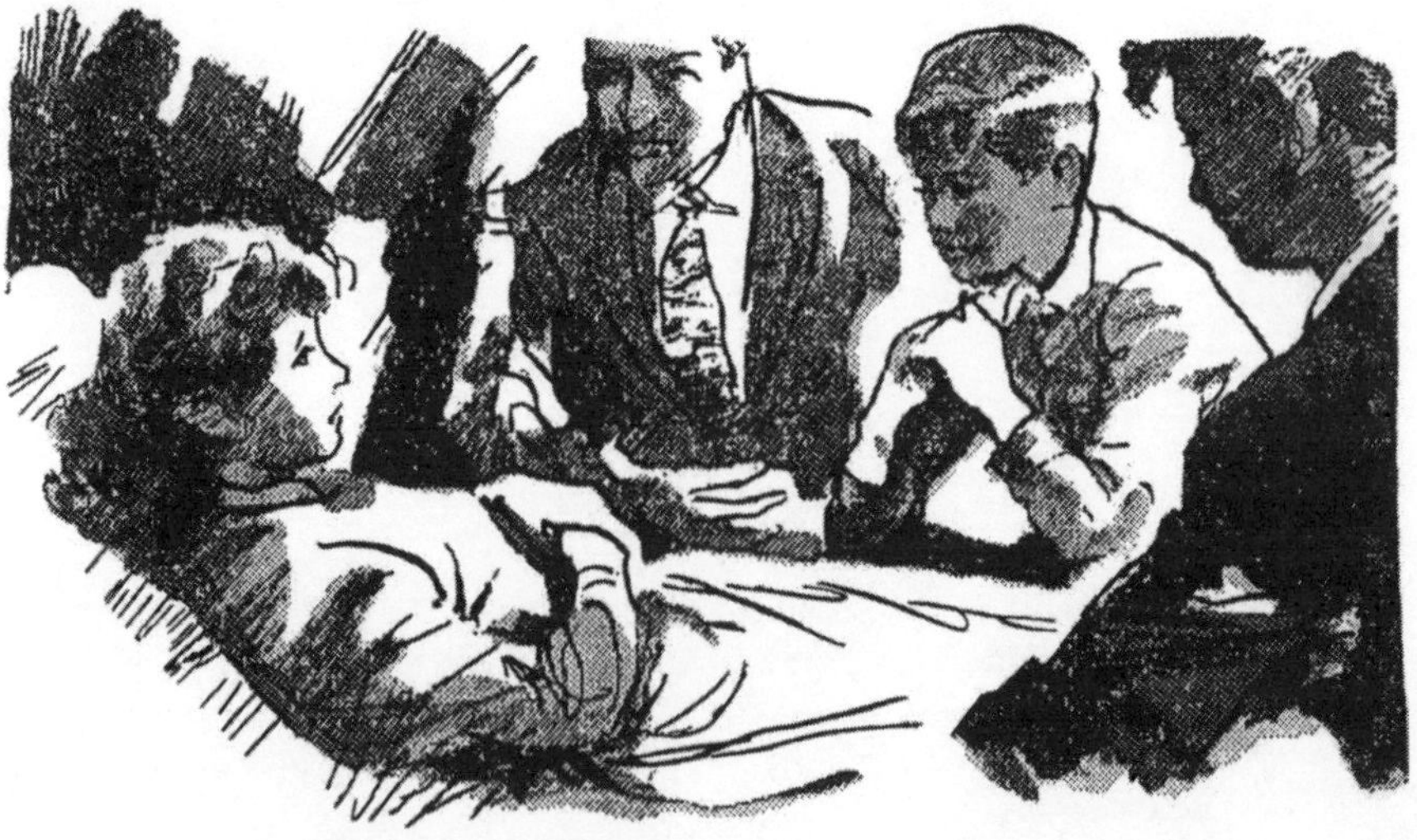

「よくこの家がわかりましたのね」

和子は、それがふしぎだった。だれが教えたのだろうか。

「なあに、それは簡単なことなんです。ぼくはこんな予感がしたから、こっそりあなたを見まもっていたんです」

「まあ」

「権兵衛が東京駅の前で、あなたを車にのせるところも、ちゃんと見ていたんです。だからぼくは、すぐタクシーをひろって、あとを追いかけました」

「そしたらその車が、とちゅうでパンクしちまって、カメさんはあわててほかのタクシーに乗りかえたんだけど、ついにあなたと権兵衛が乗った車を見失ってしまったんです」

後から山田記者が説明をはさんだ。

「しかしぼくは、その車の番号と、タクシー会社の名まえとをおぼえていましたからね、さっそくタクシー会社に電話をかけると、その車の運転手に連絡をとって、権兵衛の家を教えてもらったんです。そんなわけで、思わぬ時間がかかったために、大沼さんをあんなおそろしいめにあわせてしまったわけです。どうもすみません」

カメさんはぴょこりと頭をさげた。


「あら、こちらこそありがとうございました。……あっ」

和子が小さな叫び声をあげたのは、重大なことを思いだしたからであった。

「どうしたんです」

「あの、冷凍人間のことですの」

「杉川徳平のことですか」

ふしぎなことに、山田記者は冷凍人間の正体が杉川であることを、ちゃんと知っている。

「そうです。二億円のアヘンをうけとるために、新宿駅へ行きました。早くつかまえてください」

「なにっ、そいつは一大事だ。すぐ警察に知らせて、追いかけよう！」

カメさんがそうどなったときに、救急車のサイレンの音が近づいて来た。

新宿駅にて

新宿駅は、東京の西口のげんかんである。ここから、中央本線の列車が、毎日何十本となく発車している。国鉄ばかりでなく、私鉄や地下鉄も走っていて、このあたり一帯は、銀座以上ににぎやかな場所である。

王子の権兵衛の家をぬけだした杉川はタクシーをひろうと、すぐさま新宿駅にかけつけた。自分が生きているということは、あくまで秘密にしておかねばならない。その秘密を知っているただふたりの人間は、いまごろ地下室の中で死んでいるはずである。

しかし、ゆだんをするわけにはいかないから、黒いサングラスで人相をかくしていた。

ホンコンへ逃げて、そこで宮殿みたいな大きな家に住むことを空想していると、ひとりでに口もとがほころびて、微笑がうかんでくる。自動車の中で、杉川はニヤニヤしていた。

「だんな、新宿駅ですぜ」

運転手に声をかけられて、杉川はわれにかえり、車をおりた。

新宿は、散歩する人でにぎわっていた。商店街には、青や赤のネオンがオーロラのように輝いている。杉川は人波をよこぎると、駅の構内へはいって行った。そして、荷物あずかり所の前に立つと、あずかり証をさしだした。

「これを頼む」

「はい、ちょっと待ってください」

駅員は、はいって行ったかと思うと、すぐ一このトランクを持って出て来た。

「これですね？」

「うん、これだ、これだ」

二億円のアヘンがこの中にはいっているんだ！　そう考えると、さすがの杉川も思わず手がふるえた。だが、駅員にあやしまれて、感づかれてしまってはおしまいである。だから杉川は、むりに平気なようすをよそおって料金をはらい、トランクをさげると、落ちついた足どりで外にでた。

気温のひくい春の夜だったけれど、杉川のひたいには、じっとりと汗がにじみでている。彼はトランクをかかえたまま、片手にハンカチをにぎって、ひたいの汗をふいた。

「早いとこタクシーをひろってずらからないと、あぶないぞ」

そんなことを思っていると、ちょうどあつらえむきに、一台の車がすーっととまり、中から三人の客がおりてきた。運転手は空車のふだをだした。

「そうだ、こいつに乗って逃げよう」

そう考えて、つかつかと歩いて行った杉川は、三人の客とばったり顔を合わせたとたん、とび上がるほどにおどろいた。山田記者とカメさんと、くつみがきの三吉だ

ったからだ。

「よう、杉川さんじゃないですか。杉川徳平さん、ひさしぶりですな」

山田記者が声をかけた。

「いや、人ちがいだ。ぼくは杉川徳平じゃないです」

杉川は、ぶあいそうに答えた。人ちがいのふりをして、この場をきりぬけなくてはならない。

「そうでしょうか。からだのかっこうも、声も、杉川徳平くんにそっくりですがね。ちょっとこの黒めがねをはずさせてもらいますよ」

あっという間もなく、カメさんがサングラスをはずしてしまった。

「な、なにをするんだ」

「しつれい。ほら、やっぱりあなたは徳平くんだ」

「ち、ちがう。ぼ、ぼくは徳平の弟の、三平です。あ、あにきは冷凍人間のために殺されてしまったんだ」

徳平は、必死でうそをついた。

「おかしな話ですね、それは。徳平くんには兄弟がなかったはずですよ」

「うそだっ。おれは三平だ、三平だぞ」

「杉川さん、もうじたばたしてもだめです。われわれは権兵衛の家の地下室から、大沼さんたちをぶじに助け出したんですよ」

「えっ？」

徳平は、息を吸いこんだきり、はきだすことを忘れたようにぼう立ちになった。

「そればかりではない。代々木の神社のうらのほら穴から、死にかけていた森時彦さんをすくいだしましたよ」

「で、でたらめをいうな！」

「でたらめじゃありません。森さんは、きょうやっと意識をとり戻して、病院でいろいろなことを話してくれたんです」

山田記者は、一語一語に力をこめて話していった。通行人がけげんな顔をして四人の男たちをながめて行く。

徳平は、くるった動物のような目をしていた。

「あの夜、森さんを製氷工場の冷凍室の中にとじこめると、ボスの権兵衛以下のギャングどもは、それぞれ自分の家へ帰って行った。しかし、きみはそうじゃなかった。帰るふりをして、あとでこっそり工場へもどってきたんだ」

「……」

「そして、冷凍室の中で気絶していた森さんを、きみは死んだものと早のみこみして、小型自動車で運びだすと、代々木のほら穴の中にすてたんだ。あそこは、中にはいるとタタリがあるという伝説で知られたほら穴だからね、森さんの死体をあの中にすてておけば、絶対にみつかるはずがないと思ったんだ」

「……」

「ところが森さんは、やがて息をふきかえした。そして地下水をなめて、かろうじて生きていたんですよ。お医者さんの話では、森さんはあと一週間もすると、すっかり元気になるそうです」

山田記者の話を聞いているうちに、杉川の目からしだいに光が消え、絶望の色が浮かんできた。そして、たいせつなトランクをばたんと落とすと、自分は車のステップの上にくずおれてしまった。

山田記者があいずをすると、少しはなれたものかげで、ようすをうかがっていた刑事たちが、どっと走りよって、杉川の両手にガチャリと手じょうをかけた。カメさんは、ここぞとばかり愛用のスピグラをかまえて、打ちのめされた冷凍人間を、何枚も写真にとっていた。


それから二日のちのことであった。三吉はカメさんたちにさそわれていつもの喫茶店へつれてゆかれた。

「三ちゃん、ありがとう。きみのおかげで、ぼくらは社長からほうびをもらったよ。それでね、社長が三ちゃんにもごほうびをあげたいって、いうんだ」

「なんだろう。おかしかな?」

「いや、学資をだしてあげようというんだよ。そしてきみがもし、新聞記者になりたいと思ったときは、わが社に入れてあげてもいいと言っていたよ」

「わっ、すてきだ。ぼく、うんと勉強して、おふたりにまけない記者になりたいな」三吉は思わず声をはずませた。

「三ちゃんなら大丈夫だ」

カメさんと、山田記者は愉快そうに顔をみあわせて、笑った。

透明人間

挿絵・古賀亜十夫

へんな紳士

それは、あの『冷凍人間事件』が解決してから、半年ほどたった、ある秋の夜のことであった。一日の仕事をおえた三吉《さんきち》は、仲間のくつみがきのおじさんとともに、帰ろうとしていた。

「どうだい、三ちゃん。うどん食べないか、おごるぜ」

「うん、ごちそうになろうかな。なんだか、今夜はあたたかいものが恋しいね」

「まったくだ。ギラギラ光るお日さんの下で、あせまみれでくつをみがいていたのは、うそみたいな話じゃないか」

おじさんは、夏のくるしさを思いだすような言い方をして、赤いちょうちんをさげている食堂の方へ歩きだした。くらい空には、金の砂をまいたように星がかがやいている。隅田川をわたってくる風がひやりと三吉のほおをなでた。

ダルマ屋というその食堂はトラックの運転手や労務者たちで満員だった。一本の酒をのんで赤い顔をしているのもあるし、パクパクと大きな口をあけてどんぶりめしをかきこんでいる人もいる。ふたりはあいたイスに腰をおろし、なべやきうどんを注文して、正面のテレビをみた。ふく面をしたさむらいが、白馬にまたがってさっそうと走っているところだった。

入口ののれんをかきわけて、あたらしい客がはいってきたが、三吉の前にどかりとすわった。

「おい、さしみをたのむ。マグロがいいな」

大きな声で注文している。なに気なくみると、ふとい白ぶちの黒の色めがねをかけ、シルクハット（男の正装用の絹のぼうし）にえんび服をきたひどくものものしいかっこうの紳士だった。

いや、ほんものの紳士なら、こんなところへ来るはずがない。だからこれは、紳士の服そうをしてはいるものの、サンドイッチマンか奇術師にちがいなさそうだ。三吉はそんなことを考えていた。

そこへ、なべやきがはこばれて来たので、三吉は、はしにはさんでつるつるとすすった。シイタケとカマボコがとてもうまい。

ふと顔をあげた三吉はへんなものを見て、あついうどんを、思わずゴクリとのみこんでしまったのである。前の席のシルクハットの紳士が、おもむろにポケットからとりだしたびんづめのふたをあけた。なんとそれは、イチゴジャムではないか。紳士はさしみにジャムをつけるとさもうまそうにペロリと食べて、舌つづみをうった。

三吉は、なんだか夢でもみているみたいなへんてこな気持ちになった。せっかくのなべやきが、まるで夢の中で食べているように、少しも味がない。

三吉はそっとおじさんに教えてやろうとしたが、他人のことをとやかく言うのもどうかと思って、だまっていた。おじさんは、テレビに夢中になっていたせいもある。

まもなく食事をすませた紳士は、ポケットから粉たばこをとりだした。そしてさいふの中から一枚の千円札をひきぬくと、その手の切れそうな千円札でタバコをくるりと巻き、ライターで火をつけるとさもうまそうにプカリ、プカリとやりはじめた。そのたびに千円札はチリチリともえていくのである。テレビをみているほかの人はだれもそれに気がつかない。

「あれれ、なんてへんなことをするんだろ」

心の中で三吉はあきれてつぶやいた。三吉はみて見ぬふりをしながら、横目をつかって、紳士のすることをじーっとみていた。

追跡

金をはらって紳士がでていってしまうと、三吉は、もうじっとすわっていることができなかった。あの、かわりものの紳士のあとをつけてゆきたくてたまらなかった。

「おじさん、ごちそうさま、ぼく用があるから、先に帰ります」

「おや、そうかい。じゃ気をつけて」

「また、あすね」

というのもそこそこに、三吉はくつずみとブラシのはいった箱をかかえて、外に出た。紳士はどっちの方向へいったのだろうか。

左右をキョロキョロとみまわしていると、一〇〇メートル近く前の方を、電車通りにそって、ゆっくり歩いてゆく姿がみえた。

三吉はすぐあとをつけはじめた。

昼間とちがって人通りはそれほど多くはない。だから

一〇〇メートルはなれていても、見失う心配はなかった。紳士はあとをつけられているとは、少しも気づかずに、ステッキをふりながら、胸をはってゆっくり歩いた。

途中でミルク屋にはいって、片手にミルクのびんをもってでてきた。家に帰ってネコにでもやる気かも知れない。

あたりは、いつしか人家がとだえ、原っぱになった。東京湾のほうからしお風がふきつけてくる。紳士はなおも歩いてゆく。

三吉はくたびれてきた。それに少したいくつしてきた。紳士のあとをつけるのがバカバカしくなって、もうやめて帰ろうかと思った。すると紳士はそんな三吉の心の中をみぬいたかのように、パタリと立ちどまって、ミルクのせんをぬき、かぶっていたシルクハットに中味をあけてしまったのである。

「あれれ、またはじめたぞ」

そう思ってようすをみていると、紳士はシルクハットにくちびるをよせて、さもうまそうにごくごくとのどをならして牛乳をのみだした。

「かわった人だなあ。ぬれたぼうしをかぶるつもりかしら」

そう思ってみていると、紳士はシルクハットを下において足をのせ、ボコン！　と音をたててふみつぶしてしまった。

「もったいない！」

三吉は思わずさけびそうになる。

紳士はふたたび歩きだした。三吉はひきつけられるようにあとを追った。

原のまん中に、小さな家が黒々とたっている。それが紳士の家だった。彼は、ステッキをふりながら、ドアの中にすいこまれていった。三吉はほっとして、それとなくあたりをみまわした。はるかむこうの東京湾に、汽船のあかりがイルミネーションみたいにみえている。東京タワーの赤いライトが、またたいていた。

三吉は家に近づいてみた。石をつみあげたようなそまつな家だった。家の中はひっそりとしずまり返っている。そこに住んでいるのは、紳士ひとりだけのようだ。奥さんや子どもがいるならば、にぎやかな笑い声や、ラジオの音がきこえてくるはずである。標札をみると、理学博士虫山《むしやま》次郎《じろう》、とかいてあった。それが紳士の名まえらしい。

窓からポッとあかりがもれた。紳士がスイッチをねじったらしい。

三吉は、なかばさい眠術にかけられたみたいに、ものごとを判断する力を失っていた。だから、思わずかけよって、カーテンのすき間から内側をのぞきこんだのである。

奇怪な実験

暗い、二〇ワットぐらいの電灯の下で、紳士はなにか考えごとでもするかのように、腕をくんで、じーっと立っていた。

三吉は室内をみまわした。紳士のうしろには大きな木の机があり、その上に五十本ちかい試験管と、フラスコやビーカー、ブンゼン灯やアルコールランプがのせてある。横の壁ぎわのたなには、ラベルをはった百本くらいの化学薬品のびんが四段にならべられてあった。うすぐらいので、ラベルの文字はよめない。しかしいちばん近いレッテルだけは比較的大きな字でかいてあるために、はっきりと、H_2SO_4とよむことができた。

「H_2……SO_4……、なんだっけなあ」

三吉は、しばらく小首をかしげていたが、その化学符号が硫酸であることにようやく気がついた。ここは小さいけれども、化学実験室なのだ。すると、あの紳士は、奇術師ではなくて、かわりものの科学者なのであろうか。

三吉はふたたび虫山博士の方をみた。いままで身動きもしないで立っていた博士がくるりとむこうをむいたからだ。博士は三吉に背をむけたまま、どかりとイスに腰をかけ、うわぎをぬいでへやのすみにほうりなげると、机の中から、一冊の大型ノートブックをとりだして、ページをひらいた。こまかい字がぎっしりと書きこんである。

虫山博士は、しばらくそれを熱心に読みつづけた。ときどき鉛筆でアンダーラインをひき、なおもいっしょうけんめいに読みふけっていた。三吉が、博士のワイシャツの背中を、あきることもなくながめていたのは、いまになにか、変わったことがおこりそうな予感がしたからであった。

十分ぐらいたっただろうか、虫山博士はぱたりとノートをとじると、立ち上がって、薬品だなから、四つのびんをとった。すきとおった色のないびんが一つ、茶色が二つに青が一つ。そしてその中味を、正確に量をはかって、試験管にいれた。量をはかるときの、たっぷりと時間をかけたようす、真剣そのものの目つきを考えると、これからはじまる実験が、とても重大な意味をもっていることがわかるのである。三吉は息をつめた。

虫山博士は、水道のせんをねじって、水そうの中に水をいれ、八分めほどたまると、今度はガスランプに火をつけて、いまの試験管の底をあたためた。試験管の中のあかい液体は熱せられてぶくぶくとあわ立ち、ふっとうしはじめた。こまかいあぶくがあとからあとからわいてくる。あかい液体はいつのまにか茶色になり、黄色いけむりがもうもうと立ち上がった。

「すごい。わっ、すごい」

三吉は声をひそめた。試験管の液体はいつか濃いみどりになって、なおもあわ立っている。すると、博士は「よしっ」というふうに口を動かしながら、ガスの火をけし、試験管を水そうにつけて、温度をさげていった。途中で二度ほどとりだして指をあててみたが、アチチという身ぶりをして、ふたたび水そうにつっこんだ。柱の時計は、いつか十一時半をさしている。

いったい、あのみどり色の、見るからにどくどくしい液体を、博士はどうするつもりなのだろう。実験がはじまるのはもうすぐなはずである。三吉は窓にかじりつき、呼吸するのもわすれて、なおもカーテンの中をのぞきこんだ。

いましも博士は、濃いみどりの液体をビーカーにあけ、それをそろそろと口へはこんでいくところだった。博士の顔はむこうをむいているから、見ることができない。しかし、おそらくは、毒をのんで自殺をしようとする人のように、目をとじているにちがいない。

博士は、けれども、すぐにのもうとはしなかった。何度も口にもってゆくが、そのたびにためらってやめてしまう。実験によって生じる結果に、自信がもてないのかもしれない。それをながめている三吉のほうが、ひたいにびっしょりと汗をふきだしているのだった。

だが、ついに博士は決心をしたとみえ思いきりよくビーカーを口におしあててそのみどり色のどろどろの液体を、ひと息にごくごくとのみおろしてしまった。そして、ビーカーを持ったまま、一分ちかい間、ぼんやりと立っていた。

異変はその直後にきた。げっとさけんだ博士は、思わず両手で自分の胸をかきむしった。床におちたビーカーはこなごなにとびちった。苦しさのあまりに、博士はネクタイをつかみとると、ずたずたにひきさいて、まるでよっぱらいのように、よろよろとよろめきながら、へやをよこぎり、ドアをあけて隣室にはいっていった。いや、ころげこんだと形容したほうが正しい。

カチッ。スイッチを入れたとみえ、つぎの窓からひとすじのあかりがもれた。三吉はあわててその窓にとびうつり、中をのぞいた。少し高いが、ブラシの箱を台にして、その上にのった。

そこは寝室らしくて、そまつな寝台が一つと、小さな机が一つ。机の上には水さしとコップがのせてある。博士はベッドにたどりつこうとして、よろよろしていたが、とうとう力つきたように、どさりとばかり机のかげにたおれてしまった。にょっきりつき出した二本の足が、くるしそうにバタバタしている。その拍子に赤いビロードのスリッパがへやのすみにとんでいった。ヒイーッという苦もんの声は、窓の外まできこえたほどである。

成功！

一、二分すると、ようやく苦しみもおさまったとみえ、博士は机に手をかけてちからなく立ち上がった。三吉は二、三年前の夏に、ヤゴから脱皮するトンボをみたことがある。そのときの博士の姿はまるで、カラからぬけでたトンボを思いださせるほどに、いたいたしかった。

そして、博士が机のかげから完全にからだを起こして、すっくと立ったようすをみたとたんに、三吉はおどろきのあまり、思わず台の上からころげおちそうになった。

見よ、博士には首がない！

最初、三吉は、博士がころんだ拍子にたいせつな自分の首をころりと落としてしまったのかと思った。そんなバカな話はないのだけれど、あまりにも意外な光景をみて、三吉が思わずそう考えたのも、むりないことだった。

博士は肩を大きく上下させて、ハアハアといきをしていたが、やがてそろそろと歩くと、壁の前にすすんで、そこにかけてあるカガミをのぞきこんだ。首をおとした博士は、カガミにうつる自分の姿を見て、さぞおどろくことだろう。三吉はそう考えた。

背をまるめて、博士はカガミをのぞいている。やがてその口から、ククク……というしのび泣きがもれ、窓の外の三吉の耳にまで聞こえてきた。三吉はてっきり博士が泣いているものと思った。

だが、それは三吉の早のみこみだったのだ。博士はわらっていたのだ。声をころして、いっしょうけんめいでわらいだすのをこらえているのだった。ククク、ククク……。うれしそうに、得意そうにからだをよじりながら、わらいたいのをむりにがまんしているようすが、三吉にはありありとわかった。首を失いながら何がおかしいのか。三吉は、博士が気ちがいになったのではあるまいかと思い、背すじがゾーッとしてきた。

真夜中、だれもいない野原の一軒家。そこで、ガラス一枚をへだてて狂人とむかいあっているおそろしさは、実際に経験したものでないとわかるまい。

「ハハ、ハハ、……ワァーッハハハ……」

とうとう博士は、爆発したように、大声でわらいだした。そして、わらってわらって、そのまま死んでしまうのではないかと思うほどに、五分間ちかくもわらいつづけた。

「……成功したぞ！　とうとう成功したぞ！　おれの

苦心はやっと実ったんだ。おれは……、おれは、世界でただひとりの、水みたいに、クラゲみたいに、そして、無色のガラスみたいにすきとおった透明人間になる薬を発明したんだ。ワァッハハハ……」

ほんとうに虫山博士は、気がくるったようにわらいつづけた。そして、からだじゅうのわらいのエネルギーをすっかり吐きだしてしまうと、たましいのヌケガラみたいに、ぼんやりと立ちつくしていた。三吉の二メートルとはなれぬ目の前に、首のみえない人間が、ぼーっとしたようすで立っているのをながめるのは、まことにぶきみなものであった。

……さらに二分ぐらいたっただろうか。ふとわれに返った博士は、ふたたびカガミの前に立って、自分の姿をうつしながら、ワイシャツのボタンを一つずつはずしていった。そして、ぱっと上半身はだかになった。三吉はそこに、期待したものを見た。いや、見えなかった。博士の上体は、みごとに透明になっていたのである。

つづいて博士は、バンドをはずしてズボンをぬいだ。下半身も完全な透明になっている。ゆかの上に、くつ下をはいた二本の足首だけが、おきわすれられたようにニョッキリとはえている。だが、その足首も、くつ下をとってしまうと、みえなくなった。

いままで三吉は、小説や映画で透明人間の話を、読んだり見たりしたことがあった。そしてそれは、小説家の空想だとばかり思っていた。だが、いま、理学博士、虫山次郎は、それが決して夢ものがたりでないことを証明してくれたのである。三吉はあまりのふしぎに、しばらくの間、われをわすれてながめつづけていた。

しばらく博士は、自分の成功によいしれたように、はだかのままで立っているらしかったが、やがてハクション！　というもうれつなくしゃみがきこえたかと思うと、ぬぎすてておいたズボンとシャツをとりあげて、あわてて身につけた。手には手袋をはめる。そして首には、いつか映画で見たように、薬箱からとりだしたほうたいをくるくるとまきつけた。たちまちそこに、海坊主みたいな、まっ白いほうたいの化けものみたいなものができあがった。

博士はそれから、ゆかにころがっている黒い色めがねをひろいあげて、はめると、おちついた足どりで、ふたたび実験室へもどっていった。

だが、実験室にはいった博士の行動がまた奇妙であった。さっきはよく読まなかったが、三吉の正面の壁に、人の名まえを、すみくろぐろとかいた紙がはりつけられていた。

大木戸三平太《おおきどさんぺいた》…………
西浦和夫《にしうらかずお》…………
名越隆盛《なごしたかもり》

虫山博士はそこに立って、ながい間、じーっとそれを見つめていたが、やがて筆をとると、西浦和夫の上に、すーっと棒をひいて消した。


西浦和夫とはなにものなのか。大木戸三平太とはなにものなのか。いや、この虫山博士はそもそも何人《なにびと》で、これから何をしようと考えているのか。

三吉は磁石にひきつけられたように、なおも博士のようすをうかがうのであった。

逃げろ!

壁にはりつけられた紙には、そのほかにもっとたくさんの名まえがかいてあった。だが、三吉の目にうつったのは、大木戸三平太たち三人だけであった。なぜなら、そのとき三吉が、夢中になりすぎたあまりに、窓ガラスにゴツンとおでこをぶつけてしまったからである。あたりが、シーンとしずまりかえっている夜中のことだ。その音はとても大きくひびいた。

しまった! と思ったとたんに、ほうたいのばけものは、くるりとふりむいた。二つの黒いレンズが、まるで底なしのほら穴みたいにぶきみであった。

「そこにいるのはだれだッ」

博士がとがめた。おそろしい声だった。

「こらッ、待て!」

どなったかと思うと、手にした筆をなげだして、ドアのほうにかけよった。

三吉の心臓は、キューッとちぢんでしまった。さあたいへんだ。つかまったらただではすまないぞ。あわててブラシのはいった箱をかかえ、いちもくさんに逃げだした。中のブラシが、ガラガラと音をたてている。

「待てッ……待たんか……おいッ」

ドアがあいて、博士がとびだしてきた。秘密をのぞかれたと知った透明博士は、もう、気ちがいみたいになって、おこっていた。

「やい……よくもわしのたいせつな実験をぬすみ見たな。ぶ、ぶち殺してやる。待てェ……」

その声を背中でききながら、三吉はひっしで走りつづけた。くらい原っぱを、死にものぐるいでかけぬけた。一度石につまずいてころびそうになったが、うまいぐあいによろけただけだった。もし倒れたならば、たちまち博士においつかれて、殺されてしまったかもわからない。

ようやくのことで、三吉は電車通りにたどりついた。そっとふりかえってみると、はるかかなたに、東京湾の汽船のあかりがみえている。だが、おそれている博士の姿は、どこにもなかった。

よかった、やっとたすかった……。三吉はほっとして、息ぎれのする胸をしずめるために、かかえていた箱を地面におくと、それに腰をおろして、ふかぶかと深呼吸した。気がつくと、ひたいには汗がびっしょりとふきだしている。いや、顔ばかりでなく、シャツもズボンも、ふろにはいったようにぬれていた。

やがて十分もすると、ようやく気分もおちついてきた。三吉は立ちあがってあるきだした。公衆電話をみつけて、この透明人間のことを新聞社に知らせてやらなくてはならないのだ。指をおってかぞえてみると、今夜はたしか山田記者が宿直室でとまる日である。そしてこのニュースをきいた山田記者は、きっととびあがってよろこぶにちがいない。山田さんの笑顔を想像すると、三吉はうれしくなって、電車通りをさまよいながら、ひとりでニコニコするのであった。

三〇〇メートルほどあるいて、やっと電話ボックスをみつけた。昼間はたくさんの人びとに利用される電話だけれど、いまはだれもいない。ひっそりした青い電話器は、とてもさびしそうに見えた。

「もしもし、社会部ですか。山田さん、いらっしゃるでしょうか」

「なんだ、きみ、三ちゃんじゃないか。いまごろ、どうしたんだい」

ねむそうな山田記者の声がきこえた。きっと、机の上で、いねむりしていたにちがいない。

だが、三吉が虫山博士のふしぎな実験のことをかいつまんで話すと、山田記者は、たちまち目がさめたような、元気な声になった。

「おい三ちゃん、そいつは大ニュースだ。すぐカメさんをつれて行くから、その電話ボックスのそばで待っていてくれよ」

それだけいうと、ガチャリ！と受話器をおく音がした。三吉には、山田記者のはりきった姿が、目にみえるようであった。

エメラルド

十五分のちには、三吉は新聞社の車にのって、先ほどにげてきたあの原っぱを逆に博士の家へむけて走っていた。今度は山田記者もいるし、カメさんもいるしそれに運転手さんもいるのだ。虫山博士がどんなにおこったところで、少しもこわくない。

「あ、ここです。博士はこのへんで牛乳をのんだんです」

「ふーむ、じつに変わったことをする人だな」

カメさんは車の窓に顔をくっつけて、くらい原っぱをみた。

「だいたい学者なんて人間はね、どこか変わっているものなんだよ。明治時代の話だけれど、研究に夢中になったあまり日露戦争がおこったことも、終わったことも、全然知らなかった学者がいたそうだからね」

山田さんが教えてくれた。

車の前部のガラスをとおして、三吉はふたたび東京タワーの赤い電灯をみた。それは腕時計の機械の中にはいっているルビーのように、赤くて小さくて、そして美しくかがやいていた。

「三ちゃん、あの家かい？」

「あ、そうです、あれです」

ヘッドライトをあび、虫山博士の小さな家が、そこにうかびあがっていた。もうねてしまったのだろうか。どの窓も、あかりがきえて、まっくらだ。

「山田さん、ぼく、車の中にのこっています。博士はぼくをみると、またこうふんして、おこりだすかもしれないから」

三吉はえんりょした。記者たちは、博士に面会して透明薬を発見した苦心談をきき、それをあすの朝刊に発表しなくてはならないのである。そのためには、博士のきげんを悪くしてはいけないのだ。

「そうだな、それがいいね。ぼくたちふたりでインタビューをしてこよう」

山田記者はカメさんをうながして、おりていった。ふたりの姿は、家のかどをまがり、げんかんのほうにきえていった。そして間もなく、ドアをたたく音と、

「虫山博士、虫山博士……」とよぶ声がきこえてきた。

「三吉君、ねむくないの？」

運転手さんがきいた。わかくてスポーツマンみたいにがっしりした人である。

「いつも十時にねるんです。でも今夜はちっともねむくありません」

「えらいな。チューインガムでもあげようか」

ありがとうと礼をいって、もらったガムを口に入れ、モグモグやっているところへ、くつ音がしてカメさんがもどってきた。

「もう、写真とったの？」

「いや、博士はいないらしいんだ。ちょっと来てごらん」

車からおりた三吉を、カメさんは博士の家へつれていった。そこは、三吉がのぞいたあの実験室の窓であった。

「いいかね、ほら」

パッとかい中電灯をともすと、あかるい光が矢のようにへやの中にとびこんだ。

「あれ、あれれ、……あれ？」

三吉がおどろきの声をあげたのも当然だった。実験室はあわてててひっこしをしたあとのように、ガランとしていたからである。残されているのは机だけであった。

「まるであき家みたいじゃないか」

「ほんとだ。あの机の上に試験管がいっぱいならべてあったんです。あっちのほうに薬品だながあって、正面の壁には、人の名まえをかいた紙がはりつけられて……」

だがその紙が、いまはひきちぎられている。虫山博士は、三吉がだれかをつれてもどって来ることを予想していたにちがいない。だから、大急ぎでにげだしたのだ。

「きっと虫山博士は、透明人間の実験の秘密を、まだ発表したくなかったにちがいないね。なにしろ、人類が、むかしから夢みていたような、重大な発見だからな」

「うん」

「となりのへやも、これとおなじことなんだ。タンスのひきだしがぬかれて、ゆかの上になげだされているよ」

カメさんがそういったときである。だしぬけに山田さんの声がした。

「おい、みんな来てみろよ」

ふりむいてみると、山田記者は庭先にしゃがんで、地面の上を、かい中電灯でてらしているのだった。

「ほら、ここに自動車のタイアのあとがあるだろう」

「うん、あるね」

「いいかね、こっちにあるのは三吉君のくつあとだが、タイアのあとは、くつあとの上についているのだ」

「それがどうしたんだい」

「ということは、三吉君が公衆電話をかけていたころに、博士は車にのってにげだしたことを意味しているんだ」

「ふむ」

カメさんはやみをすかして、家のほうをみた。

「この家にガレージ（車庫）はないから、するとタクシーをよんだのかね？」

「たぶん、そうだろう」

山田記者はそう答えたかと思うと、ひょいとひざまずいて、なにかをひろいあげた。そして立ちあがると、それを手のひらにのせて、かい中電灯でてらしてみせた。

「おや、エメラルドだな？」

「小つぶだから、きっと博士のネクタイピンについていたのだろうな」

山田記者がいった。三吉はいまだエメラルドというものを見たことがない。のぞいてみると、それはみどり色にかがやく宝石だった。

「今夜は残念だが、このままひきかえすとしようか」

そういうカメさんのことばにしたがって、みんなは車にのった。だが三吉は、車の中でもだまって何か、考えつづけていた。

虫山博士は、善良な一科学者にすぎないのだろうか。あの気ちがいみたいにおこった博士のようすを思い出すと、博士はなにか悪いことをたくらんでいるように思えて、ならないのである。

おそろしい何事かを……。

殺人予告

「おじさん、今晩は!」

元気な足どりで、事務室にはいってきた影山サユリは、大木戸三平太が、にが虫をかみつぶしたような顔をしてイスにすわっているのをみて、思わず立ちどまってしまった。

むかし軍隊にいたとき、鬼軍曹として部下の兵からおそれられていた三平太。いまもっておそろしい高利貸しとして、一部の人びとにおそれられ、にくまれている三平太が、こんなあおい顔をしていたことはいままでになかったのだ。

「おじさん、どうかなさったの?」

もう一度声をかけると、三平太はやっとと気がついたようにサユリをみた。

「ああ、おまえか」

「神田まで用があったので、ついでにおたずねしてみたの。どうなさったのよ、いったい?」

「うむ、これだ。こんな手紙がきたのだよ」

おじさんがさしだした手紙に目をやったとたん、サユリはまゆをひそめた。

なんとそれは、上書きもレターペーパーも、じょうぎ

をあてて線をひいたような、直線の文字でかいてあるのだ。もちろんそれは、差し出し人の正体を知られぬように、筆跡をかくすためになのだ。

「なあ、サユリ、いつかわしが酒をのんでよっぱらったとき、わしの秘密についておまえに話したことがあったろう？」

「おぼえているわ。軍隊時代に、部下の人を海になげこんで、フカのえさにした話ね」

「しーッ」三平太はとなりのへやにきこえることをおそれて、あわててサユリをだまらせた。

「あのときは、ああするよりほかに、しかたがなかったのだ。ボートが満員で、しずみかけていたから、だれかひとりが犠牲になって、海にとびこんでもらわなくてはならん。だからわれわれは、虫山一郎というあの兵隊を、海にほうりこんだのだよ」

さすがは鬼軍曹といわれた男だ。自分たちが人殺しをしたことを、少しも後悔していないのである。

「虫山はたちまちフカにくわれてしまったね。男のくせに、キャーッと悲鳴をあげてな。ハハハ、いくじのないやつだったよ」

彼はてんじょうをむき、のどをヒクヒクさせて笑っていたが、急にパタリと笑いやむと、まじめな顔になった。

「そうだ、わらっている場合ではない。その手紙はな、虫山の弟の次郎がかいたのだ」

サユリはソファにすわって、よみはじめた。

虫山一郎をフカのえじきにしたざんこくな鬼どもよ、予はかならず兄のうらみをはらすであろう。第一の犠牲者は西浦和夫なり、右予告す。　　虫山次郎
「なあ、サユリ、わしは、おく病者だと笑われたくない。だが、この手紙は決してじょうだんやいたずらだとは思われないのだ。西浦和夫はきっと殺される。そしてやがては、このわしも命をねらわれるにちがいない。サユリ、さいわいにもおまえは私立探偵事務所の優秀な女探偵だ。金はうんとだすから、わしの命をまもってくれ、な、たのむぞ」

勝気な三平太が、くちびるをまっさおにして、おがむようにいうのであった。

「おじさんのためですもの、どんなことでもしますわ。だけど、なぜ警察にいわないの」

「バ、バカ！　わしらは虫山一郎を殺した犯人ではないか。この秘密が警察に知られたら、われわれがつかまえられてしまうんだぞ」

三平太はサユリをしかりつけた。

「わかりましたわ」

「いいか、たのんだぞ。そして虫山次郎のいどころをつきとめてくれ。わしが殺される前に、わしがこいつでうち殺してやるのだ」

大木戸は机の中から、自動拳銃《オートマチック》をとりだすと、血にうえたオオカミのようにすごい目をして、ギロリとあたりを見まわした。

「おじさん、西浦さんて、だれなの？」

「わしの部下で、上等兵だった。いまはセメント工場につとめておるが、なかなかゆうかんな男だったよ。……うむ、あいつも手紙をもらって、ふるえているかもしれんな。これからたずねていって、ちからづけてやろうか」

「それがいいですわ。あたしの車でおくってあげることよ。場所はどこ？」

「四谷の双葉荘というアパートだ」

三平太はピストルをポケットにしまいこむと、合オーバーをきて、外出のしたくをした。

夜の訪問者

神田の大木戸金融事務所から、四谷の双葉荘までは、車をとばしてほぼ十五分の距離である。アパートは新宿御苑のちかくの、わりあいに静かな場所にたっていた。

サユリは、キ、キーッと車をとめた。

「それじゃ、行ってくるが、ひょっとするとるすかもしれん。そのときは、わしは家にかえるから、もう一度その車で送ってくれ」

「いいわ、おじさん、待っててあげる」

三平太は車をおりると、すたすたと双葉荘にはいっていった。西浦のへやには何度もたずねていったことがあったからアパートのようすもわかっているのだ。

ところがどうしたわけだろうか、二分ほどすると、三平太はまるでお酒によったような足どりで、ふらふらと中からでてきたのである。

「あら、おじさん、おるすだったの？」

「い、いや、いる。るすじゃないよ」

「じゃ、なぜ帰ってきたのよ」

「し、死んでいるんだ。こ、殺されているんだよ」

「えッ」

「背中をさされてうつぶせになっとる」

ショックをうけた三平太が、気がぬけたようになっているのに対し、サユリは女探偵だけあって、じつに冷静であった。

「おじさん、しっかりして。あたし、現場をみてから、一一〇番に電話してあげるわ」

「うむ。わ、わしはアパートの管理人室でまっておる」

「でも、事件のあったことは知らせないほうがいいわよ。アパートじゅうが大さわぎになるとこまるから」

「よし、何もいわん」

ふたりはまた双葉荘にはいった。サユリは女探偵になるくらいだから、からだつきも大がらだし、また勇気もある。ひとりで階段をのぼっていった。

三平太は管理人室のドアをノックして中にはいった。六十才ぐらいの管理人はめがねをかけて、荒木又右衛門《あらきまたえもん》かなにかの本をよんでいた。

「今晩は、井上さん」

「やあ、大木戸さんじゃないか。さ、おすわり。なんだか顔色がわるいようだね」

顔見知りの井上は、ふとんをすすめてすぐにお茶をいれるしたくをはじめた。

「いや、お茶はけっこうだよ。すぐ帰るからね。……ところで井上さん。今夜、西浦君のところに、だれかお客がこなかったかい?」

「おや、よく知ってますね。二時間ほど前にきたよ。二階の廊下ですれちがったんだがね」

三平太はごくりとつばきをのみこむとひとひざのりだした。

「で、ど、どんな男でしたか、その客は?」

「それがね、へんな人だったよ。シルクハットにえんび服というのかね、外国映画に出てくる紳士みたいなかっこうでね。おまけに、顔じゅうぐるぐるとほうたいをしているんだ。ひと目みたとき、わたしはギクッとしたね」

大木戸三平太は、まだ透明人間のことを知らない。だからその話をきいても、それほどはおどろかなかった。

「やけどをしたのかな?」

「そうね。わたしは皮ふ病じゃないかと思ったがね。だけど大木戸さん。あんたひどく熱心だね。そのお客さんがどうかしたのかい」

「いやいや、べつに何でもない」

あわてて三平太が話をごまかしたときに、ドアがあいて、サユリがはいってきた。

「ああ井上さん、これはサユリといってな、わしのめいです。よろしくな」

管理人とサユリがおじぎをすると、三平太は待ちかねたようにたずねた。

「で、どうだった?」

「死体のそばに、こんなものがおちていたわ」

小声でそういって、サユリがそっと見せたのは、白い小さなカードであった。だが、ちらっとみた三平太は、ギャッという声をあげたきり、ざぶとんの上にどすんとしりもちをついてしまったのである。そこには、じょうぎでひいたような黒い文字で、「虫山次郎」とかいてあったからだ。虫山はずうずうしくも、死体に名刺をのこしていったのだ。

「どうしたのです。大木戸さん」

管理人は心配そうに三平太をみ、ついでサユリをふりむいたが、たちまちおどろきの声をあげた。

「お、おじょうさん。てっ、手に血がついている。いったい、どうしなさったんです」

サユリはびっくりして手をみた。カードをひろったときに、うっかりついてしまったにちがいない。だが、見られた以上は、だまっているわけにはゆかなかった。

「井上さん、お電話をおかりしますわ。一一〇番にいそいでかけなくてはならないのです」

「け、警察へ?　なぜです」

「西浦さんが殺されたからです」

「えッ、西浦さんが、こ、殺された?」

管理人もそういったきり、へたへたとすわりこんでしまった。

戦友の死

とても気持ちのいい朝だった。井戸ばたで歯をみがいていると、あたまの上でモズがけたたましく鳴いた。新鮮な、スーッとする歯みがきのかおりが、あたり一面にただよっている。垣根のもとに、黄ギクが咲いている。

……もうじき冬だな。ことしはスキーに行こう。上越方面の山々を、思いきりスピードをだしてすべったら、さぞ痛快だろうな。

名越隆盛はそんなことを考えながら、しきりに歯ブラシをつかっていた。あたまの中で、彼の空想はまるでつばさがはえたように、とめどもなく発展してゆくのであった。雪の夜のあたたかいおふろ。お湯にひたりながらつめたいリンゴをかじったなら、うまいだろうなあ……。

四十近い名越隆盛は、学生時代から運動好きな男であった。顔はあさ黒く、きん肉のしまったからだをしている。

ふと名越は、家の中からきこえてくるラジオのニュースに耳をかたむけた。

「……犯人は西浦和夫を殺すと、なにもとらずに逃げ去っています。警察は、ものとりではなく、うらみのための犯行だと考えているようです……」

まてよ西浦和夫……。ハテナ、どこかで聞いたような名まえだぞ。彼はあたまをかしげた。……そうだ、むかしの戦友の名じゃないか。だが、その西浦がどうして殺されたのだろうか。

名越は手をやすめて、南方戦線ですごした三年間のことを思いうかべた。戦争にまけて、名越たちの部隊は、アメリカの船にのせられ、鹿児島湾に上陸したのである。名越と西浦和夫は、そのとき別れたきりであった。

ひさしぶりに旧友の名を耳にして、なつかしいという気もしたが、それよりも彼が殺されたというおどろきのほうが大きかった。

「……ちょっとお待ちください。ただいま、ニュースがはいりました。西浦さんを殺した犯人は、顔をほうたいでかくした、虫山次郎という男であることがわかりました……」

ガチャン！　コップが手からすべりおちコンクリートのながしにぶちあたって、こなごなになった。名越はそれにも気づかずに、息をつめて立ちつづけていた。虫山次郎という名を聞いたとたんに、反射的に、戦争中のいやあな事件を思いだしたからであった。しずみかけたボートをすくうために、乗っていた虫山一郎二等兵を、海中になげこんだという事件である。

虫山一郎は、たちまちとびかかったフカに片足をかみ切られて、ギャーッとひめいをあげたきり、海の底にしずんでいったのだ。だが名越の耳のこまくには、いまなお、あの叫びがくっきりとやきついている。

虫山次郎というのは、あの二等兵の弟にちがいない。兄のかたきをうつためににくい西浦上等兵をころしたのだ。すると、そのうちに、今度はこのおれの命をうばいに来るかもしれないぞ……。そう考えると、名越は皮ふがゾクゾクとさむくなった。

「あらだんなさん、コップをわりましたね」

背中でばあやさんの声がした。名越は独身だから、このばあやさんが食事のしたくをしてくれるのだ。

「うん、指がかじかんでいたもんだからね」

「そうですか。ほんとに朝ばん、めっきりひえてきましたね」

さむそうにちぢこまって、ばあやさんは言った。

名越は、口をすすぐのもそこそこに家にはいると、おぜんの前にすわった。あついお茶をのみながら、なあに、心配することはないさ、あいつがやってきたら木刀でぶんなぐってやるんだ、とひとりごとを言って、自分で自分を元気づけた。そしてかたわらの朝刊を手にとり、ひろげて読みはじめたが、たちまち彼は大きなおどろきに打たれてしまったのである。

社会面のトップに、**透明人間たん生！**という見だしで、虫山博士の実験の成功を大きく紹介していたからだった。

手紙

警察は熱心に虫山次郎の足どりを追いかけているが、なにしろ彼は目にみえない男である。そうかんたんにつかまるはずがなかった。こうして、いたずらに日にちばかりがたっていった。

だが、あとから考えてみると、これは虫山博士が第二のぎせい者をねらうための、準備期間であったことがわかるのである。透明人間は、つぎに復しゅうをすべき人物をさがしもとめ、その作戦をねっていたのだった。

さて、十一月一日のこと、名越隆盛はビルディングの建築現場にはりめぐらされた高いやぐらの上で、工事のかんとくをしていた。名越は丸高組という土木会社の技師なのだ。

来年の夏にできあがる予定のこの七階だてのビルの建築現場では、朝からばんまで、大ぜいの人夫がはたらいている。名越が立っているところでも、まっかにやけた鉄のくぎが、ダダダダ……と機かん銃みたいな音をたてて、鉄骨にうちこまれていた。

「主任さん、主任さん」

事務所から小づかいさんがやってきた。

「なにか用かい」

「手紙がきました。速達です」

「ありがとう」

うけとったとたん、彼はけげんそうにまゆをひそめた。ふうとうのあて名が、定木をあててひいたような、直線の文字でかかれてあったからだ。

へんな手紙だな。そんなことを思いながら、うらを返してみたが、さしだし人の名はない。ますますみょうな思いにうたれて、ふうを切って中をみた。そのしゅん間に、名越のくちびるからすーッと血の気がひいてしまったのである。

第二のぎせい者は汝、その命は十一月五日夜にはつるものなり。いかに警戒するとも、予はかならず目的をたっするものと知るべし。

虫山次郎

おそれていたものが、とうとうやって来た。しかも相手は、空気のように目にみえない存在だから、しまつが悪い。ふせぎようがないのだ。ひょっとすると、いまも自分のすぐそばに立っていて、おそれおののいているおれの姿をながめ、あざ笑っているのかもしれない。

「主任、どうしたんです。まるで、ゆうれいをみたような顔をしていますよ」

はなれた場所で、わかい人夫が声をかけた。

「いや、おれはカゼをひいたらしい。さむけがするんだ、病院にいってこよう」

彼はそう言うと、元気のない足取りで下へおりていった。吹きあげる北風が、いっそう身にしみてつめたかった。

事務所にもどった名越は、きいろい鉄のヘルメットを机にのせ、どさりとイスにすわった。透明人間を相手にたたかうのでは、最初から勝負はきまっていた。彼はあわれな西浦和夫の死にざまを思いうかべ、ゆううつな気持ちになるのであった。

気をしずめるために、タバコをすおうと思って、ポケットに手を入れると、けさ、町角でもらった宣伝マッチがでてきた。タバコに火をつけ、ゆっくりといっぷくしながら、なにげなくマッチに目をおとしたとき、彼のまゆは思わず、ピクリと動いた。

そこには『難事件と怪事件は、どうぞスバル探偵局へ』とかいてあった。スバル探偵局は、近ごろとても有名になってきた、私立探偵社である。つい先月ゆくえ不明になったある会社の社長をさがしだして、世間の人をあっといわせたことがあった。

そうだ。ここに相談して身をまもってもらおう。ここの探偵にたのめば、きっと助けてくれるにちがいない。

そう決心すると、名越は急に元気がわいてきたような気がした。そこで、病院に行ってくるという口実のもとに、銀座のスバル探偵局をたずねていったのである。

協力の約束

「やけにひえるなあ。こんな日には、あついおでんが食べたいね」

背中をまるめて、となりのおじさんが言った。その足もとを、北風がビュウと吹きぬけていった。

三吉もほっぺたをまっかにしている。でも負けずぎらいの三吉は、どんなに寒くても、寒いといったことはない。ただ寒い日には、くつをみがかせてくれるお客さんが少ないのだ。それがこまるのである。

三吉がとびちる落ち葉をながめていると、車のとまる音がして、山田記者がおりてきた。

「やあ三ちゃん、元気かい。ひとつみがいてもらおうかな?」

みがき台の上に足をのせて、山田記者は話しはじめた。

「午前中に、スバル探偵局の冬川局長がたずねてきて、透明人間のことをいろいろと質問していったよ」

スバル探偵局の名は、三吉でも知っていた。それほど有名なのだ。

「三ちゃん、虫山博士は不敵にも、つぎの殺人の予告をしたのだよ」

「えっ、だれですか、殺される人は」

「名越隆盛という土木技師だ。事件は五日の夜おきることになっているんだ」

はっとした三吉は、思わず手の動きをとめた。名越隆盛、それはあの虫山博士の実験室にかいてあった名まえではないか。

「名越さんはびっくりしてしまって、スバル探偵局に身をまもってくれるようにたのんだというわけだ。なにしろ敵は透明人間だからね。今回はとくに冬川局長自身

がのりだして、活やくすることになったんだそうだ」

「冬川さんといえば、日本一の私立探偵ですものね。まず名越さんも安心していいわけですね」

「さあ、どうかな……」

山田記者は、三吉の楽観論に賛成しなかった。考えぶかい顔つきで、首をかしげた。

「しかし透明人間対日本一の名探偵のたたかいだ。こいつはおもしろいことになりそうだぜ」

山田さんはうれしそうに、ほそい目をいっそうほそめてニヤリとした。

「でも、名越さんは、なぜ警察にたのまないのでしょうか」

「そうだ、それがナゾなんだ。局長も、なぜあなたは透明人間に命をねらわれているのかときいたんだが、名越さんはどうしてもその理由を語ろうとしない。ここに秘密があるんだ」

山田記者は、また考えこむ表情になった。さすが腕のいい、この社会部記者も南方海上でおきたボートの殺人のことはまだ知らないのだ。

「十一月の五日というと、あすですね」

「うん。だから名越さんはノイローゼになってしまって病人みたいに青白い顔をしているそうだ。ところで三ちゃん……」

山田記者はなにか重大なことでも言うかのように、声をおとした。

「え」

三吉もブラシをおいて顔をあげた。

「冬川局長からのおねがいがあるんだ。三ちゃんにもぜひ協力してもらいたいのだよ」

冒険ずきの三吉にとって、それはまたとないチャンスだった。三吉は、赤いほっぺたを、さらに赤くして、声をはずませた。

「ほ、ほんとう？　ぼくが行ってもいいの？」

「ほんとうだとも、虫山博士をみた人はきみ以外にいないのだからね。なにか参考になるだろうというわけだ。ぼくらといっしょに名越さんの家にいって、あの人の身をまもってやるのだよ」

山田記者や冬川探偵の熱心なたのみによって、三吉は名越家にいくことになった。そしてその結果、あのふしぎな第二の事件をみずから経験するようになったのである。

「では、またあすむかえにくるからね」

そう約束して、山田記者は帰った。

死刑囚

五日は、くもり空のいやな日で、すわっていると足の先がジーンといたくなるほどだった。しかし三吉は元気だった。そして朝からワクワクしていた。あまりそわそわしているので、となりのおばさんに、「三ちゃん、およめさんでももらうの？」なんて、わらわれたほどであった。

お客さんの黒いくつに、あかいクリームをべったりぬってしまったくらいだから、三吉のようすも想像できるではないか。

いよいよ夕方になると、むかえにきた新聞社の車にのって、たそがれの町の中を、名越家へむかった。車の先頭には、赤い社旗が、ヒラヒラとはためいている。半蔵門をぬけ新宿にでて、なおも北へむけて甲州街道をいそいだ。名越隆盛の家は、北多摩の国立という町はずれにあるのだ。

いつのまにか、車は人里はなれた畑の中を走っていたが、やがて火の見やぐらの下を右におれると、かき根にかこまれた一軒の家の前でとまった。

「ついたぜ、三ちゃん。これが名越さんの家なんだ」

ドアをあけてカメさんが言った。声は元気だが、顔は、アルプスにいどむ登山家のようにきんちょうしている。

三吉は車からおりた。足がかすかに、ふるえていた。寒かったのでもあり、武者ぶるいでもあったが、透明人間とのたたかいを前にして、こわい気持ちだったのも事実である。

いままでにそんなにふるえたことのない三吉だったけ

れど、透明人間という目にみえない敵のことを考えると、なにかぶ気味であった。

もう、あたりはほの暗い。ひとみをこらすと、家のまわりに、五、六名の人影がみえる。それはみな、スバル探偵局の人びとであった。

三人はそのまま門をくぐり、げんかんに立った。

「いらっしゃいまし。……ど、どうもごくろうさまでございます」

出てきたばあやさんが、おじぎをした。主人の身の上におそいかかったおそろしいでき事を心配して、おろおろしている。おくのへやから、冬川探偵がでてきた。

「やあ、冬川さん」

「よう、山田さんとカメさんか。おや、これが三吉君だね。よろしくたのみますよ」

冬川探偵はおちついた態度で、あいそよく三吉にあいさつをした。上等の洋服をきて、あぶら気のないかみの毛を、むぞうさにオールバックにしている。特長のない顔をしているので、三十才ぐらいにもみえるし、また五十才ぐらいにもみえる。じつは、こうした顔こそ、変装するのにもってこいなのである。

もし赤いネクタイをしめ、めがねをかけてマドロスパイプを口にくわえれば、たちまちにして冬川探偵は、ピアニストか洋画家にばけてしまうのである。

冬川探偵の顔は自信にみちていた。その顔をみていると、三吉君のあわだった胸もしずまってくるのだった。

六じょうのざしきには、テーブルを前てにして、和服を着た名越隆盛が、すわっている。死刑を宣告された囚人のようにおちつきのない目をしていた。

「名越さん、こちらは東都新聞のかたがた。それにこの三吉君は、少年探偵として有名な人です。この人びとが協力してくれるのだから、いわば鬼に金ぼうだ。安心していなさい」

冬川探偵がはげました。名越はだまったまま、かすかにうなずいた。声がでないのだ。

しまった！

もうあたりはすっかり暗くなっていた。北風が電球にあたってヒュウヒュウと鳴る音がきこえるほかは、何の物音もしない。

「山田君、もうわれわれのほうの準備はすっかりできているのだ。じつは、この家の門外に、黒い糸がいちめんに、はりめぐらしてあるのだ。いかに虫山が透明であっても、空気ではないからね。やってくれれば、かならずこの糸にふれるのだよ。そうすると、ベルがなるしかけになっておる」

冬川探偵は、おちついたようすで語りだした。

「そうしたらきみ、探偵局の五ひきのシェパードをはなつのだ。犬は鼻がきくから、たとえ虫山の姿がみえなくとも、かみつくことができるわけさ」

「なるほど、それはうまい計画ですね」

山田記者はようやく安心したように、ほっとした顔をした。やはり探偵局だけあって、すばらしいことを考えるものだ。

柱時計のゼンマイがギリギリときしんだかと思うと、

ボーン、……ボーンと八時をうった。

「では配置につくことにします。カメさんは、ばあやさんと茶の間にいてください。山田さんと三吉くんは廊下で見はりをしてもらいましょう。私はここで、名越さんを守っています」

冬川探偵はポケットから小型のピストルをとりだし、窓のカーテンをはぐって、かぎが、ちゃんとかけてあることをたしかめた。庭のくらやみの中から、こうふんしたシェパードの鼻息が聞こえてきた。

「では、しっかりやりましょう」

「名越さん、けっして心配はいりませんよ。がんばってください」

くちぐちにそう言いあって、一同はざしきを出た。カメさんはカメラをかかえ、げんかんのそばのばあやさんのへやにはいっていく。ばあやさんは、子どもみたいにおびえているから、カメさんがそばにいて、力づけてやる必要があるのだ。

山田さんと三吉は、オーバーを着たまま、ろう下にざぶとんをしいてすわった。台所にもふろ場にも、冬川探偵の部下がはいりこんでいる。家中に、ものものしいきんちょうした空気がみなぎっていた。

三十分たち、一時間たつうちに、あたりはしんしんとひえてきた。晩秋のむさし野はとても寒いのである。しかし三吉も山田記者も、少しも寒いとは感じなかった。透明人間がしのびこんでくるのをいまかいまかと待ちうけているのだった。どこか遠くのほうで、中央線の電車の音がする。

やがて十一時になった。最後のボーンという音が、暗やみにすいこまれるように消えていくと、家の中には再びしずけさがもどってきた。

「透明人間のやつ、なかなか来ませんね」

「うん。来たら、庭の糸にひっかかるはずだからね」

ふたりはそれきり、だまった。そしてまた、一時間たった。十二時がなりおわると、山田記者がひくい声でささやいた。

「三ちゃん」

「はい」

「なんだかようすがへんだ。あれだけワナをはりめぐらしてあるんだから、もし透明人間がやってきたら、ひっかからぬはずはない」

「うん」

「だからさ、透明人間は昼間のうちからあのざしきに、しのびこんでいたのかもしれないぜ」

いかにもそれは、山田記者の言うとおりだった。もしそうだとするならば、どれほど、庭を警戒しても、それはなんの意味もないのである。

「山田さん、そのことを冬川局長に注意してあげようか」

「そうだな、それがいいね」

ひそひそと相談がまとまったので、ふたりが立ちあがろうとした、まさにそのときだった。いきなりざしきの中で、ドタドタッとたたみをける音がしたと思うと、バタン、ドサッと人のたおれる音がして、ひと声たかく名越らしい悲鳴が聞こえた。

「あッ、虫山だなッ」

冬川探偵がさけんだが、とたんにそれは苦しげなうめき声にかわった。

思わず身をかたくしていた三吉と、山田記者は、つぎのしゅん間、バネではじかれたように、ろう下をけって走りだしていた。

第二の殺人

「名越さん！　冬川さん！」

大声でさけびながら、ざしきのふすまに手をかけようとした三吉を、山田記者はピタッとおしとどめた。

「三ちゃん、あけてはいかん」

「だって――」

「中には、まだ透明人間がいるんだ。そいつをつかまえるのが、第一の問題じゃないか」

そういっているところに、声をききつけたカメさんと、ふたりの探偵局員が、どかどかと足音をたてて、かけてきた。

「ど、どうしたんです？」

「名越さんと、冬川探偵がやられたらしいんです」

「えッ？」

「犯人はまだこの中にいます。ですからほかの皆さんもよびよせて、この入口のところで番をしていてください。ぼくら三人は中にはいって、ようすを見ます」

山田記者は、キビキビした調子でいった。その間にも、ざしきの中から、くるしげなうめき声が、とぎれとぎれに聞こえてくる。だれの顔もまっさおになっていた。

まもなく、ほかの局員たちもかけつけて来たので、彼らを入口に立たせておき、三吉たちはそーっとふすまを開いた。

ざしきの中は、見るもむざんなありさまだった。テーブルのむこうに、名越隆盛はうつぶせになってたおれたまま、身動きもしない。そしてかべぎわには、冬川探偵が、天じょうをむき、目をとじてころがっていた。

「名越さん、しっかりしてください」

カメさんと三吉は、土木技師をだくようにして、そっとゆすぶった。けれども彼のからだは、砂袋のように重たく、正体がなかった。そして、例によって死体の上に、『虫山次郎』の名刺がひとつ……。

カメさんは着物のえりをひらき、シャツのボタンをはずして、名越の胸に自分の耳をおしあてた。心臓の音をきいているのだ。

「カメさん、どう？」

「……うむ、だめだ。もう死んでいる」

カメさんはふたたび、死体の着物のえりをあわせて、山田記者をふり返った。

「きみのほうはどうだ？」

「いや、冬川探偵のほうは生きている。おでこをなぐられたんだが、さいわい、骨はおれていないようだ」

山田記者はおちついた口調でいうと、入口のほうにむいて、探偵局員に声をかけた。

「すみませんが、大急ぎで救急車とパトロール・カーをよんでください」

「はい、私がいってきます」

ひとりの局員がすぐにでていった。

山田記者はざぶとんを二つにおって、まくらがわりに、冬川探偵の頭の下にあてがっていたが、それがすむと、顔をあげて、みなを見た。

「いいかね、透明人間はまだこのへやにいるんだ。ぼくらのすることやいうことを、どこかで、じっと聞いているにちがいないよ」

そういわれて、三吉はあらためてきみわるそうに、ざしきの中を見まわした。百ワットの電灯にてらされたこのへやは、昼のようにあかるい。床の間にはキクの花がいけられ、ダルマをえがいたかけじくがかけてある。どこにも、あやしいものの影はみえなかった。だが虫山は空気のような男なのだ。その姿はみえなくとも、そこに存在していることは、まちがいのない事実であった。

「このへやからにげだす道は、あの窓とそれから入口の二つしかない。窓には、ちゃんとカギがかけてある。そして窓の外の庭には、イヌをつれた探偵局員がいる。だから、もし彼がにげだすとしたなら、この廊下の入口をとおっているにきまっている。われわれは、パトカーがかけつけるまで、虫山がにげてしまわないように、警戒をしていよう」

山田記者のことばにみな賛成した。そして見えない犯人をのがすまいと、警戒をつづけた。

タヌキ狩り

救急車がサイレンをならしてついたのは、それから五分ほどたってからのことである。白衣をきた救護員は、気ぜつしている冬川探偵をタンカにのせて、はこびだしていった。探偵局員のわかい部下がひとり、タンカとともに、救急車にのって病院へむかった。

その間も、山田記者と探偵局員たちはざしきの入口や窓の前に立って、へやの中にかくれている透明人間がにげださぬように警戒をおこたらなかった。

「おそいな」

腕の時計をみて、だれかがつぶやいたときに、どこか遠くのほうで、サイレンの音がきこえ、それはみるみるうちに大きくなって、名越家のげんかんの前でとまった。すでにそのころは、再三のサイレンに眠りをやぶられた近所の人が起きて、ねまきの上にオーバーなどをはおり人垣をつくっていた。

「名越さんのおたくに、どろぼうがはいったんですとさ」

「まあ、こわい、だれかけがしたの?」

「そうじゃないんですよ。コタツをひっくりかえして、火事になりかけたんです。ばあやさんが、やけどをしたんですよ」

やじ馬たちは、さもそれがほんとうであるかのように、でたらめなことをいいあっている。そして、そのうわさはたちまちにして人びとの口から耳へと、つたえられていくのである。

パトカーからおりたのは、「冷凍人間事件」のときに三吉たちとおなじみになった、あの沢田警部であった。

「こんばんは!」

「ああ、元気かね、三吉君」

警部はちょっと微笑をうかべたが、すぐにもとのきんちょうした顔にもどった。沢田警部は、先ごろ四谷の双葉荘アパートで起こった、西浦和夫ごろし事件をしらべているのである。ところが、その事件の目鼻もつかないうちに、犯人はだいたんにも、第二の殺人をやってしまった。だから警部はこころの中であわててもいたし、また、犯人に対してはげしいいかりを感じてもいたのだった。

「山田君、ちょっと来てくれ」

げんかんの片すみに記者をよびだすと、警部はニコリともせずにいった。

「だいたいのことは、電話できいた。透明人間は、まだざしきの中にいるのかね?」

「ええ、出たようすがないから、まだいるはずです」

「よし。ではすぐ準備にとりかかろう」

そういうと、警部は部下の刑事をよんで、なにかひそひそと耳うちをした。刑事はすぐに、パトカーのところに走り去った。

「どんなことをするんですか、警部さん」

「はは、見ていてごらん。山のりょう師が、タヌキやキツネをつかまえるときにするやり方だよ」

三吉と話をするときだけ、警部はやさしい顔になるのであった。三吉は、だからこの警部がすきなのである。

やがて、廊下も庭も、たくさんの刑事がはりこんで、それこそアリがはい出るすき間もなくなった。ざしきの入口のところにも、三人の刑事が立っている。そのほかに、スバル探偵局員も加わっているから、中にいる虫山次郎は、もう、絶体絶命なはずだった。

「警部、どんなことをやるんですかね」

カメさんがきいた。しかし警部は、その質問には答えずに、刑事たちを指揮して、へんてこなブリキかんみたいなものを持ってこさせ、ざしきのふすまを開けると、中へなげこませた。そして、すぐにピタリと閉じた。

「ガス弾だよ。さい涙ガス弾だ。虫山のやつ、たまらなくなって、ころげ出てくるにきまっとる。そこをひっつかまえる作戦だ」

沢田警部は自信まんまんだ。すでに刑事たちは手に手に手錠をもって、もしふすまを破ってころげだすものがいたら、ただちにたいほしようと待ちかまえている。

いかにもそれは、キツネやムジナを穴からいぶり出すやり方に似ていた。探偵局員も山田記者もカメさんも、かたずをのんで、ふすまを見まもっている。奥の時計が、ボーン……と一時をつげたが、だれの耳にも聞こえなかった。もう、みな夢中だったからだ。

まもなく、ふすまのすきまから白いけむりが、ふわふわともれてきた。それを吹《す》いこんだかと思うと、鼻のおくがツンといたくなって、ポロポロとなみだがこぼれ、三吉はなにもみえなくなった。だけど三吉はがまんした。あのふしぎな透明男がつかまるのは、時間の問題である。それを思うと、三吉のむねはワクワクして、やぶけそうになるのであった。

刑事たちは、なれているとみえて、ハンカチで鼻をおさえている。山田記者たちは、のどをしげきされて、ゴホンゴホンとせきをしていた。そしてさらに五分ほどたった。

「さ、もういいだろう。虫山のやつ、中で気ぜつしているかもしれないぞ」

警部のことばを合図に、ひとりの刑事がハンカチで口をおさえ、ざしきの中にとびこむと、まず窓のカギをはずして、ガラスをあけた。白いガスは、たちまち庭のほうへながれていく。二分のちにへやの中の空気はすっかり入れかわっていた。

「いいかね。虫山はたたみの上にころがっているにちがいない。つまずかないように気をつけるんだぞ」

警部の注意をうけて、刑事たちはざしきにはいっていった。そして、まるでメクラのひとが手さぐりをしているようなかっこうで、たたみの上をさがしはじめた。

「おい、床の間もしらべるんだぞ」

「はあ」

「テーブルの下もみろ」

「はい」

いわれるまでもなく、刑事たちはてってい的にしらべた。おし入れをあけて、その中にもぐりこんでみたりした。だが何というふしぎなことだろう。透明人間はついに発見することができなかったのである。いったいぜんたい、虫山はどこから逃げていったのだろう。


あいつだ！


それは名越隆盛の事件があってから、ちょうど五日めのことであった。もう銀座の並木もすっかり枯れてしまい、道ゆく人びとも、みんな冬のオーバーをきていた。でも、朝からいい天気だったので、太陽がポカポカとあたって、じっとしているうちに、いねむりでもしそうな気持ちであった。

三吉がおそい昼飯のコッペパンをかじっていると、「だれが三吉さんですの？」と、いっている女のひとの声がした。

「ぼくが三吉です」

ふりむいて元気よく答えると、わかいすらりとしたからだつきの人が、ニコニコ笑って立っていた。とても美人で、金色のパンプスをはいている。パンプスというのはハイヒールの一種で、かかとの高いくつなのだ。

「みがいてくださるわね」

「はい、どうぞ」

三吉はコッペパンをポケットにねじりこんで、くつクリームをとりだした。金色のくつにぬるのは、無色のクリームである。

「あたしね、冬川探偵局の女探偵よ。影山サユリというの、よろしく」

影山サユリは、小さな名刺をくれた。思いがけぬ人の出現に、三吉はちょっとびっくりして、ブラシでサユリのストッキングをこすってしまった。

「あ、いけねえ」

「かまわないのよ」

女探偵が微笑した。わらうと、白い歯がチラリとみえ、とてもやさしい顔になる。

「その後、冬川局長はいかがですか」

「ええ、だいぶよくなったわ。あと一週間すれば、退院できるのよ」

あの事件以来、冬川探偵は立川の中央病院に入院しているのだが、少し遠すぎるので、三吉はいちどもお見舞にいっていないのだった。

「あたし、きょうもお見舞にいって、あの夜のお話きいてきたわ。なにしろ相手は透明人間でしょ。ピストルを持っててもねらいをつけることができないんですって。ドギマギしているところを、いきなりなぐられてしまったのよ」

「名越さんは気の毒だったけれど、局員はたすかってよかったですね。はい、今度は右の足です」

「そうなのよ、名越さんはお気のどくだったわね」

サユリは右足を台にのせた。

「ところできょうは、あなたから、虫山博士が透明薬をのんだときのお話を、くわしくきかせていただきたいのよ。どう？　あのお店で、コーヒーのまない？」

三吉はパンをかじったあとなので、ちょうどのどがかわいていたところだった。そこでくつをみがきおわると、コーヒー店にいくために、横断歩道をわたろうとした。だがそのとたん、三吉はなにを見たのか、あッと小声でさけぶと、そのまま立ちどまってしまったのである。

「どうしたの？」

「む、虫山です。虫山があるいている」

「え、透明人間が？」

サユリもつられたように大声をだした。

「どこ？　どこよ」

「そら、あそこ。追いかけましょう！」

サユリの手をとって、三吉は車道をわたった。手袋をはめたサユリの指は、とてもほそくて、とてもやわらかだった。

むこうがわにわたってしまうと、ふたりは、十メートルばかり先をゆく灰色のオーバーの男のあとを、熱心に追いはじめた。男は黒いソフトをかぶり、オーバーのえりを立てて、顔をかくすように下をむいて歩いている。

「ねえ、人ちがいじゃないこと?」

「まちがいありませんよ。さっき横顔をみたんです。顔にグルグルほうたいをまいて、黒めがねをかけていました」

「そう、それじゃ本物だわね」

ふたりがそんなことを話し合っていることも知らずに、虫山は、せかせかした足取りであるきつづけた。そして、途中でふっとたち止まると、何かさがしもとめるように、店の看板をみる。

「買い物をしようとしているんだわ。なにを買うのかしら?」

そのうちに虫山は、一軒の薬屋をみつけると、すたすたと店の中にはいっていった。ふたりがショーウィンドウにかけよって、中をのぞいてみると、彼は店員としき

りに話をしている。店員は大きくうなずいて、うしろの戸棚から、二本の薬びんをとりだし、紙につつんでカウンターにのせた。

「あ、出てきます。かくれましょう」

三吉はサユリの手をとって、ポストのかげに身をひそめた。薬屋のドアがあき、虫山はわきの下に二本の大きな薬びんのつつみをかかえて出てきた。そして人ごみの中をぬって、ふたたび新橋のほうへあるいていった。

「さ、あとをつけましょうよ」

ふたりは手をとりあって、あとをつけはじめた。

悲しきレトルト

冬の日はくれるのが早い。虫山がいくつもバスをのりかえて、かくれ家についたころには、あたりはひっそりと夕やみがせまっていた。そこは東京と埼玉県の境にちかい足立《あだち》区の、北のはずれである。じめじめした運河のほとりにたつ、赤レンガの、くずれかかったようなあばら屋の中に、すいこまれるように彼ははいっていった。やぶけたドアが、ギイッときしみながらとざされた。

「まるでおばけ屋敷みたいだな」

「うまいところにかくれているものね」

ふたりはそっとささやいた。つめたい風がほおをなでていった。

「ようすをさぐってみましょう」

「どこかにのぞく穴はないかな」

三吉たちは、枯れた雑草をわけて、家のまわりをあるきまわった。だが、いつかの場合とはちがって、適当な穴がみつからないのである。そんなことをしているうちに、二十分ちかい時間がたってしまった。

「しかたないわ。中にしのびこんでみましょう」

サユリは探偵だけあっ

て、なかなか勇かんな女性だった。そしてハンドバッグの中から小さなスポイトをとりだすと、ドアの金具に油をさした。

「ほら、こうすると音がしないのよ」

いいながら、しずかに入口のとびらをひらいた。なるほど、さっきとちがってスーッとあく。やはり私立探偵だけあって、べんりなものを持っているものだな。心の中で、三吉は感心した。家の中は、ほの暖かかった。

はいったところはホールになっていて、左右のかべに二つずつドアがついている。その右側の奥のドアのすきまから、ひとすじの光線がもれていた。ふたりは顔をみあわせ、うなずきあうと、くつ音をしのばせて、ドアの前ににじりよっていった。そして、三吉はしゃがみ、サユリは立ったままで、ドアのすきまに目をおしあてたのである。

ほそいすきまからのぞくのだから、へやの中は、ほんの一部分しかみえない。だが、机の上にならべられた試験管やアルコールランプなどから判断すると、そこは実験室にちがいなかった。虫山博士はこのかくれ家にひそんで、なおも何かの実験をつづけるのだ。

鼻をつく臭気が、ドアの間からにおってくる。よくみると、レトルトの中の赤い液体が、蒸気をふいてふっ、ふっ、とうしているのだった。

はじめのうちは逆光線のために気づかなかったが、すぐ目の前に、大入道みたいな虫山博士がヌーッと立って、ふっ、ふっ、とうしている液体を、じっと見つめていた。やがて机の上においてある薬びんを手にとると、中の粉をスプーンにとり、量をはかって、サラサラとレトルトの中におとしこんだ。銀座で買ってきたあの薬品である。

虫山博士は机のむこう側にまわって、レトルトをつまみあげ、それを水にいれてひやした。それらの実験は、いつか東京湾のそばの家でみたことと、似たようなものである。だが、三吉が意外に思ったのは、博士の表情が、まるで真剣勝負をするときのさむらいのように、一心不乱だったことだ。

赤い液体がひえると、それをビーカーにそそいで、博士はイスに腰をおろした。そして、ごくごくとのどを鳴らしてひと息にのみほしてしまった。ビーカーが歯にあたって、カチカチという音をたてた。

机の上には、置時計がおいてある。博士はそれを手にとって、イライラしたように、ながいことにらめっこしていた。

「……五分たった。もう、薬がきいたころだ」

ひとりごとのようにいうと、立ちあがって、かがみのまえまでゆき、しばらくの間、自分のほうたいだらけの白い顔をみつめていた。いったい、博士はなにをするつもりなのだろう。

三吉とサユリがそんなことを考えていると、博士は顔に手をあてて、ほうたいの端をつまみ、それをスルスルとほどきはじめた。

「あ……、あ……、あ、あ……」

目の前、二メートルのところに、首のない男が立っているのをみて、サユリはおどろきのあまり、声をころして叫んでいる。話には聞いていたけれど、それを実際に目撃したときには、びっくりせずにはいられないのだ。

だが、サユリをおどろかせたのは、それだけではなかったのである。実験室の中の虫山博士が、いきなり悲痛な声をあげたかと思うと、机の上のレトルトを手にとって、ちからまかせにかべに投げつけたからだ。レトルトは、音をたててくだけた。

「ああ、どうしたらいいんだ。おれは……、おれは透明になる薬を発明した。だけど、もとにもどる薬をつくることができないのだ。ああ、おれは……おれは」

博士は机に顔をふせると、おいおいと泣きだしたのであった。

怒りと悲しみ

すでに西浦和夫をころし、さらに名越隆盛をころした殺人鬼虫山……。だが、その虫山次郎がおいおいと声をあげて泣いているのをみると、三吉の胸にも、同情の気持ちがわいてくるのであった。

ふと、サユリをみると、この女探偵も顔をくもらせている。がらんとしたあき家の中で、透明人間のなく声ばかりが、ぶきみにひびいていた。

五分ぐらいなきつづけていた虫山は、いきなり、ぱっと立ち上がると、机にのせてあったレトルトや試験管を、手でたたきおとした。

「ちくしょうッ、いまいましいやつだ。おれの実験を失敗ばかりさせやがって！」

そうどなりながら、片はしからこわしはじめた。ガチャンと音をたてて、ガラス器具はこなごなに割れ、中にはいっていた薬品があたり一面にとびちった。

「おれはあきらめた。おれはもう、あきらめたんだぞ。実験はやめた。おれは一生目にみえない透明人間として、生きていくのだ」

彼は悲痛なさけびを上げて、なおもこわれたビーカーなどを、くつの底でめちゃくちゃにふみにじった。真白なほうたいの化け物が、狂ったようにあばれている光景は、まるで夢の中のでき事みたいにへんてこなものだった。

さすがの虫山博士も、くたびれたのだろう。がっくりとイスにすわると、肩を大きく上下させて、しばらくはアはアとくるしそうな呼吸をしていた。

それからさらに五分もたっただろうか。博士は棚の中からびんせんをとりだすとしばらく考えていたが、やがて手紙をかきはじめた。その書き方がかわっている。三角じょうぎをあてて、まるで製図をする人のように、字をかいていくのである。

「三吉さん」

「え？」

「あれ、殺人の予告状だわ」

「うん。あいつ、まただれかころすつもりなんだな」

ふたりは、そんなことをコソコソとささやいた。ひょっとすると、あの手紙はおじの大木戸三平太あてのものかもしれないわ……。

そう思うと、サユリは、ぞくぞくと背すじがさむくなってくるのだった。

透明人間は、なれた手つきで、なおもスーッ、スーッと直線をひいていく。まもなく一通の手紙をかきおわった。机の上にのせられた一枚のびんせん。そのびんせん自体はごくありふれた、ふつうの紙片にしかすぎない。だが、それを受け取ったものは、かならず殺されてしまうのだ。

「影山さん」

「なあに？」

「ぼく、このことを東都新聞に知らせてくる。新聞社に、仲のいい記者やカメラマンがいるんです」

三吉としては、このことを警察に知らせる前に、まずカメさんたちに連絡してやって、よろこばせたいと考えたのである。

「それじゃ、ぼくといっしょに電話をかけに行こう」

「あら、あなたひとりで行ってらっしゃいよ。あたし、ここでようすを見ているわ」

さすがにサユリは女探偵だけのことはある。自分ひとりで、このさむざむとした家の中にのこっていると言うのである。

「だいじょうぶかな？」

「平気だわ。早く行きなさいよ」

声をひくめて、そっと三吉の背中をおした。

「では、すぐ帰ってくるからね」

少し心配ではあったけれど、三吉は思いきって外へでた。もう、あたりはすっかり暗くなり、つめたい冬の風がふいていた。

サユリの危機

三吉が出ていったあと、サユリはなおもドアの穴に目をおしつけて、観察をつづけていた。彼女がおそれていたのは、その殺人予告状が、おじにあてたものではないかということである。サユリはハンドバッグの中から小型の双眼鏡をとりだすと、そっと目にあてた。心臓が、むかしの入学試験の発表をみにいったときのように、ドッキン……ドッキンと音をたてて、波をうっていた。

だが、彼女の心配はきゆうにおわった。レンズにうつった文字は、大木戸三平太ではなくて、浜中良彦《はまなかよしひこ》という名まえだったからである。

〈ああよかった、おじさんじゃなかったわ〉

ほっとしたのも、つかの間のことだった。サユリは浜中良彦という名まえにききおぼえがあることに気づいて、小首をかしげてしまった。

〈だれだっけな。どこかで聞いた名まえだぞ〉

このようなきんちょうした場所では、なかなか思い出すことはできないものだ。彼女は片手に双眼鏡をもち、ふたたび目をドアにおしつけながら、一生けんめいに考えていた。

すると、突然に、いなずまがピカリと光るように、気づいたことがある。浜中良彦は、有名なテレビ俳優なのだ。せいの高い色の白い美男子で、この人がテレビに出るときは、どの家でもいっせいにスイッチを入れるために、電圧がさがって画面が見えなくなるといわれるほどである。

彼女は、息がつまるほどにおどろいて思わず双眼鏡をかたくにぎりしめた。いままでの西浦和夫にしろ、名越隆盛にしろ、サユリにとっては、見知らぬ人ばかりだったから、あまり胸がいたむこともなかったのだ。

サユリが息をのんで立ちつづけている間に、虫山博士はせっせと二通めの手紙をかき上げて、それを前のびんせんの上になげだすようにのせた。

〈へんなことをするわね。殺人予告状を二通もかくのかしら……〉

彼女はふしぎな思いにかられて、ふたたび双眼鏡を目にあてて、あて名をみた。

「あッ」

そのとたん、サユリは赤く焼けた鉄にさわったように、大きく叫んで双眼鏡をとりおとしてしまった。驚くのもむりはない。なぜなら、第二の手紙のあて名は、冬川探偵局長だったからである。

「だれだ?」

ドアがあいて博士がとび出した。逃げるひまもなく、サユリはすごい腕力で捕えられてしまった。

「いたいッ」

「女だな、何ものだ?」

「はなしてよッ」

サユリは身をもがいた。だが、それは狩人につかまった白ウサギみたいなものだった。

虫山博士は、ズルズルと女探偵をひきずりこむと、バタンとドアをとじてしまった。実験室の中から、とぎれとぎれにサユリの悲鳴が聞こえてきたが、やがてそれもプツンととだえて、ふたたび、静かになっていった。

火事

そのころ三吉は、電話ボックスの前でイライラしながら待っていた。このへんは公衆電話の数がすくないとみえて、三吉を入れて三人のひとが行列をつくって立っているのである。

だが、こまったことに、いま電話をかけているわかい女の人が、とてもおしゃべりなのだ。うしろにならんでいる三人のほうを、チラッと横目でみながら、なおも平気でむだ話をしている。

「ホホホ、そうなのよ、うん。だけどさ……」

そんなことを、もう二十分もしゃべりつづけている。三吉は、影山サユリのことが気がかりになって、じっとしていられないくらいだった。そして二十八分待ったころ、やっとのことで自分の番になったのである。

「もしもし、社会部の山田さんおねがいします」

新聞社の、ざわざわした、活気にみちた音がつたわってくる。間もなく、山田記者が電話口にでた。

「え? ほんとか。まだ警察も、ほかの新聞社も知らないんだな? よし、ありがとう。すぐ行くぜッ」

はずんだ声が言うと、ガチャンと電話がきれた。さあ、もうこれで安心だ。三吉は、なんだか愉快な気持ちになって、虫山博士のかくれ家にもどってきた。

「おや?」

ふと、三吉は立ち止まった。かたく閉ざされた窓のすき間から、なんだか煙がでている。

〈また実験をやっているんだな〉

そう思いながら近づいていくと、今度は赤い火がみえた。おかしいぞ……。三吉は走りだして、入口のドアを勢いよくひいた。その瞬間、三吉のからだをなめるように、真赤な舌をした炎が、めらめらと吹きだしたのである。

しまった！　火事だ！

「影山さん……、サユリさん！」

叫びながら中へとびこもうとしたが、もう、あたり一面は火の海であった。煙をのどにすいこんで、三吉ははげしくセキをした。サユリの名を呼ぼうとしても声が出ない。髪の毛がジリジリと焼けこげ、火の粉が雪のようにおちてきた。へたをすると三吉自身が黒こげになりそうだ。

「影山さァン……」

三吉はよろよろしながら、やっとのことで庭にでることができた。

「火事だあ、火事だぞォ……」

向こうのほうで、人々のさわぐ声がする。

がらがらッと音をたてて、レンガのかべがくずれ、パチパチと柱がもえた。実験室にはたくさんの化学薬品がおいてあるから、それに引火したにちがいない。火の勢いはとてもはげしかった。

ああ、影山さんはどうしたのだろう……。そして、虫山次郎の運命はどうなったのか。

三吉はそんなことを考え、ぼんやり立っていた。たき火にあたっているみたいに、からだが暖かい。

間もなくサイレンの音をたからかにひびかせながら、消防車が四台もかけつけてくると、ホースからいっせいに水をかけはじめた。さらに少しおくれて、山田記者たちもやってきた。

「三ちゃん、これはどうしたわけなんだ！」

「電話をかけて帰ってくると、火事になっていたんです」

「影山さんは？」

「ゆくえがわかりません」

「虫山は？」

「わかりません」

「ふむ」

カメさんたちは、腕をくんで考えこんでしまった。火勢は少しもおとろえるようすがない。

生きている悪魔

あの火事があってから、ちょうど一週間めのことである。テレビ俳優の浜中良彦は、放送局づけでとどいたファンレターを、一つ一つ読んでいた。小学生がたどたどしい文字でつづったものもあれば、おばあさんが、良彦にはよめないようなむずかしい字でかいた手紙もある。ファンの住所は北海道から鹿児島まで、日本じゅういたるところにわたっているのだ。

〈ありがたいな、こんなにたくさん手紙をもらって……〉

思わず良彦はニコニコした。しかし最後の一通を手にしたとき、そのえがおはたちまち不愉快なしかめつらになってしまった。三角じょうぎをあてて線をひいたような、へんな字。うしろを返してみると、虫山次郎としてある。

「ゲッ……」

とたんに、彼の顔はまっさおになった。良彦は戦友だった西浦や名越が殺されたことは知っていた。だがその透明人間はあの夜の火事で、影山サユリとともに焼け死んでしまったものと思っていたのだ。

消防隊員がむざんな焼けあとをさがしてみたが、サユリの死体も虫山の死体もみつからなかった。しかしそれは、実験用の化学薬品が高熱を発してもえたために、骨までとけてしまったものと考えられていたのである。新聞もラジオもそう言っていた。だからこそ、最近の良彦はすっかり元気をとりもどして、テレビで活躍していたのだった。

いま良彦はふるえる手で封を切った。

三ばんめはお前だ　十一月十七日を用心しろ。
虫山次郎

いままでと比較すると、手紙の文章はとても簡単になっている。良彦は、手の指をおりまげて、きょうが何日だか思いだそうとした。

〈待てよ、きょうは何日だったかな。きのうは十六日だったっけ。するときょうは……〉

いくら考えてもわからない。あまりひどいショックをうけたので、思考力がマヒしてしまったのである。

〈あッ、きょうは十七日ではないか〉

ようやくのことで思いだした。手紙はすでに一週間まえにだされていたのだけれど、郵便局のストのために、一週間もおくれて配達されたのである。

透明人間が、予告した日にかならず殺しにくることを、良彦はよく知っていた。時計をみると、いまは九時だ。自分のいのちは、ながくてあと三時間しかないのだ。

良彦はくちびるをなめた。口の中がカラカラにかわいて、とても水がのみたくなってきた。もしこのことを警察につげたら、たくさんの警官が身をまもってくれるであろう。そのかわり、南方で戦友を海になげこんだ、ひきょうな男だということが知れて、自分の人気は、シャボンのあわのようにはかなく消えてしまうのだ。テレビタレントの良彦にとって、それはたまらなくつらいことだった。

「あれ、浜中さん、こんなところにいたのか」

アシスタントプロデューサーが顔をだした。

「本番十分前だ。スタジオにはいってください」

「ありがとう。すぐ行くよ」

良彦は、まるでマラリヤ患者みたいにからだじゅうをガタガタふるわせながら元気なく立ち上がった。

酒場のドラマ

三吉はその夜も、銀座のつめたいしき石の上に腰をかけて、お客さんのくつをみがいていた。気のはやいレコード屋のスピーカーが、ジングルベルを鳴らしている。

すると、キ、キーッと音をたてて、車がとまった。

「おい、三ちゃん」

ふり返ってみると、新聞社のはたを立てた車の中で、カメさんがおいでおいでをしている。

「何か用？」

「また透明人間があらわれるんだ。きみもいっしょにいかないか」

三吉の心はピクッときんちょうした。そして荷物をおばさんにあずけると、車にのりこんだ。意外にもそこには、冬川探偵局長もいる。頭にまいたほうたいの白さが、いたいたしく三吉の目にしみた。

「こんばんは！　もう退院なさったんですか」

「うむ、じつは、あす退院するはずだったんだ。ところが、透明人間から手紙がきたのだよ」

「え？　冬川さんにも、殺人予告状がきたのですか」

三吉はびっくりして、ぴょんととび上がった。車がガクンとゆれたせいもある。

「はは、そうじゃない。虫山のやつ、私ともう一度勝負をやろうというのだ。その手紙に、今夜、テレビ俳優の浜中良彦をころす予定だということがかいてある。だから私は、どんなことがあっても、虫山の手から、浜中君のいのちを守ってやろうと決心したんだ」

つめたい冬の風をついて、車はぐんぐんとスピードをあげ、青山のテレビ放送局へ走りつづけている。

「ねえ、三ちゃん。今度の郵便ストのために、手紙がおくれて、きょうついたんだ。だから局長もびっくりして、あわててぼくらをさそいに来てくれたんだよ」

山田記者が説明してくれる。カメさんは気をしずめるために、だまってタバコをのんでいた。

「ぼくはいまのいままで、虫山博士は焼け死んだものとばかり思っていたんです。でも、博士が生きているとすると、影山さんも生きているかもしれませんね？」

三吉が言うと、局長は首をふった。

「そうあってくれると、私もうれしいんだ。しかし、虫山は悪魔みたいな男だからね、おそらく影山君を焼きころしてしまって、自分だけ逃げていったにちがいないと思う。三吉君、私は今夜こそ、影山君のかたきをうつつもりなんだよ」

悲壮な声で冬川局長は答えた。車はようやくテレビ局の前に横づけになった。大理石でつくられた、りっぱな建物だ。

四人は玄関にはいった。山田記者やカメさんは、しばしばこの局にきたことがあるので、受付の女のひととも顔見知りである。

「きみ、このかたはスバル探偵局の冬川局長なんだ。ぜひ浜中良彦さんにお目にかかりたいのだ」

「少々お待ちくださいませ」

彼女はそう言って、電話をかけていたが、

「第五スタジオへどうぞ」と告げた。

カメさんを先頭に、四人はぞろぞろと廊下を歩いた。

ロビーの前を横ぎると、丹下左膳がコーヒーをのんでいたり、お姫さまがギャングと仲よく話をしていたりした。

しかし、三吉の目には、そんな光景はうつらなかった。三吉の心は、透明人間のことでいっぱいだったからだ。

四人は自動エレベーターにのった。⑤のボタンをおすと、ひとりでにドアがしまり、五階でとまって、ひとりでにドアがあく。第五スタジオは五階にあるのだ。

エレベーターをおりると、そこに四十才ぐらいの、男の人が立っていた。テレビでよく見たことのある顔だ。金ボタンの、船員の服装をしている。

「浜中さんですね?」

カメさんがたずねた。顔にドーランをぬっているので、血色はとてもいい。だが、よく見るとからだがふるえている。

「そ、そうです。ぼ、ぼくが浜中……」

歯をカチカチと鳴らして、どもった。そこに立っているのが有名な局長だということを知ると、急にうれしそうな、元気づいた表情をうかべた。

「よかった。先生がきてくださったので生き返ったような気持ちです。どうかよろしくお願いします」

「いいですとも、私も透明人間には借りがあるんです。今夜はせつじょく戦だ」

局長は肩をそびやかして言った。

「とにかく私は、いつもあなたのそばをはなれずに、守ってあげますよ」

「安心しました。ほんとによかった」

良彦は、白い歯をみせて笑った。

第五スタジオにはいると、そこはアイススケート場みたいな感じの、広いへやだった。あちこちに、船のデッキや、酒場や、港や、大通りのセットができていて、天じょうには、たくさんの電灯が、明るい光をなげていた。それにてらされると、あせがでるほどあつい。

どっしりしたカメラが四台もおいてあって、カメラマンがテストをしている。

「もうじき本番だから失礼します」

浜中良彦は、酒場のセットにはいっていった。彼がそこでウイスキーをのんでいると、らんぼうな船員がやってきて、けんかになるというしばいである。

「三秒前……二秒前……一秒前。ハイ、スタート」

余分の電灯がぱっときえて、三吉の周囲は暗くなった。

ただ、セットの上のライトだけが、こうこうとかがやいている。もしかすると、透明人間は、すでにこのスタジオにしのびこんで、良彦をねらっているのかもしれない。そう思うと、三吉は胸がどきどきしてきた。

酒場のセットでは、もう、ドラマがはじまっていた。悪い船員がビールびんをふり上げて、良彦をののしっている。良彦はイスにかけたまま、悪漢を相手にせずに、だまってグラスをなめている……。まさに、嵐の前のしずけさ。変事は、その直後に起こったのである。

ブラウン管の悲劇

透明人間のために……命がちぢむようなおそろしさをあじわっているのは、浜中良彦だけではない。あの金貸しの、大木戸三平太もそうであった。

しかも三平太にとってかわいいめいのサユリまでも、透明人間の魔手にかかって、やきころされてしまったのである。あの事件を新聞でよんだ三平太は、足立区のやけあとにかけつけて、ひとにぎりの灰をそっと持ちかえった。

「ああ、この灰はまだあたたかい。まるで、死んだサユリの体温のようだ」

むかし兵隊時代に、鬼軍曹といわれた男も、としをとると涙もろくなったのであろうか、彼はぬくぬくとした灰にほおずりをして、思わず目をくもらせた。

三平太は、ますます気がよわく

なっていった。そして、ぼんやりした顔つきで指を一つ一つおりまげながら、口の中でブツブツとつぶやいている。

「西浦がころされた……。名越もころされた……。そして、サユリもころされた。次は、いよいよおれの番かもしれない」

朝から晩まで、そんなことばかりくり返していた。わずか一か月か二か月のうちに、三平太はすっかり老人みたいな顔になり、元気がなくなってしまった。

「ねえ山崎さん、うちのご主人、近ごろへんだわね。そう思わない?」

女中のお花さんが、書生に話しかけた。

「ほんとだ。以前は、ぼくの顔をみるとガミガミとことばかりいっていたのにこのごろはだまっているんだ」

「ごはんもめしあがらないの。そのくせお酒をガブガブのむようになったわ」

お花さんと山崎は、台所でお茶をのみおかしをかじりながら、そんなことを話していた。

「サユリさんがなくなったから、それを悲しんでいるんだわ」

「いや、ぼくはそう思わない。ご主人はなにものかをおそれているんだ。ちょっとの物音がしても、ビクッとしてとびあがるからね」

そんなことを話しあっているうちに、九時十五分になった。おもしろいテレビドラマがはじまる時刻だ。

「そうだわ、ご主人をおさそいして、テレビをみましょうよ。そうすれば、気がはれるわよ」

お花は、主人おもいの女中だった。そこで三平太をへやからつれだして、食堂のテレビの前のイスにすわらせたのである。

すでにドラマははじまって、二分ばかりすぎていた。港町の酒場で、ひとりの船員がウィスキーをのんでいる場面である。

「おお、あれは、吉田じゃないか!」

思わず三平太がさけんだ。むかし、南方戦線でたたかっていたときの部下と、テレビにうつっている船員とが、あまりによく似ていたからだ。

「あら、だんなさん、よくご存知ですわね。あれは浜中良彦という有名なテレビ俳優なんです。浜中良彦は芸名で、ほんとの名まえは吉田一雄《よしだかずお》というんですわ」

お花は浜中のファンだから、よく知っている。それをきいた三平太は、ふうむとうなずいたきり、じっと画面を見つめていた。

酒場のドアがあいて、ひげづらの、すごい顔つきをした水夫がはいってくるとジロリと内部を見まわした。そして、浜中をみつけると、ズカズカと近づいていった。

「おい、いいところであったな。この間のお礼をするぜ」

水夫が、やにわにビールびんをふりあげた。

「らんぼうはよせ。みんなのめいわくになる」

浜中がたしなめた。水夫はそれを聞くと、いっそうどうもうな顔になった。

「なにをッ。このやろう、くたばれ！」

そうどなって、ふりかぶったビールびんを打ちおろそうとしたときである。ドラマのすじがきでは、浜中がすばやくから手チョップで水夫をのしてしまうことになっていたのだが、画面では、まるで反対のことがおこった。

とつぜん、バーン！という大きな音がして、テレビがうす暗くなったかと思うと、浜中が悲鳴をあげて、そのままテーブルもろとも、ゆかの上にひっくりかえってしまったのだ。

首すじから、まっ黒い液体がふきだしている。水夫の役の俳優は、ビールびんを大上段にかまえたまま、ぽかんとして立っていた。

「おい、どうしたんだ、浜中くん！」

プロデューサーが、耳にレシーバーをあててとびだしてくると、浜中をだきかかえた。画面に、浜中の死に顔がはっきりうつった。

「天じょうのライトがばくはつしたんです。そのガラスのはへんがつきささったんです」

水夫が、こうふんした声でしゃべっている。

「ふむ、不幸な事故だ」

プロデューサーがいたましそうにいった。

画面がパッときえて字幕にかわった。

「少々おまちください」と書いてある。スピーカーも、死んだように沈もくしてしまった。お花も山崎も、そのときやっとわれにかえったのだった。

「おや、だんなさんどうしたんですか」

お花がびっくりした。三平太がまっさおな顔をして、イスをギュッとにぎりしめていることに気づいたからである。

「な、なんでもない。心配しないでくれ」

三平太は、よわよわしい声でそう答えた。

天じょうの悪魔

「うむ、不幸な事故だ」

スタジオで、プロデューサーがいたましそうに、まゆをひそめていったときである。

「いや、これは事故ではありませんよ」

おちついた声がした。だれかと思って顔をあげてみると、それは、顔に白いほうたいをまいた冬川探偵局長であった。

「ごらんなさい」

彼は天じょうをゆびさした。

「ライトは合計八つがわれています。一個だけがはれつしたなら、事故だと思うこともできるでしょう。だが、同時に八個もわれたということは、決してぐうぜんのでき事ではありませんよ」

プロデューサーは、浜中のからだをだきかかえたまま、この有名な私立探偵を見あげた。

「では、だれかがわざとやったのですか」

「そうです」

「だ、だれです?」

「透明人間です。虫山次郎ですよ」

「えッ、と、と、透明人間?」

プロデューサーが悲鳴をあげた。たちまちひろいスタジオの中に、しずかな沈もくの波がひろがっていった。だれもかれもが口をつぐんで、だまりこんでしまった。

透明人間という一言には、まるで魔法のじゅもんのようなちからがあったのだ。

冬川局長はかいつまんで、殺人予告状の話をしてきかせた。

「そうでしたか。だから浜中くんは元気がなかったわけですね。われわれは、ちっとも知らなかったんです」

プロデューサーは悲しそうにつぶやいた。

「わたしが浜中くんをまもっていたために、虫山は近よることができなかったのです。だから、天じょうのガラスをたたきおとすというひきょうなやり方をしたわけでした。まさか、あんな方法をつかうとは、想像もしなかった。浜中くんを死なせてしまって、わたしは残念でたまらない」

局長はくちびるをかみしめた。だが、急に自信のあるび笑をうかべると、ことばをつづけた。

「しかし、今度こそ虫山もふくろのネズミですよ」

「え? どうしてですか」

「透明人間は、天じょうにのぼって電灯をきりおとしたのです。天じょうにのぼるためには、あれをのぼらなくてはなりません」

　スタジオのかたすみにある鋼鉄のらせん階段を、局長はゆびで示した。その階段の途中と、いちばん下のところに、三人の男がとおせんぼをするように、立ちはだかっている。カメさんと三吉たちだった。

「わたしの友人が、ああして通行止めをしているからです。彼らは、ライトがおちると同時に、あそこにかけつけたのです。だから、虫山はおりるひまがなかった。まだ天じょうにいます。ただ、その姿が見えないだけなんです」

　局長の説明をきいて、人びとはいっせいに天じょうを見あげた。こうこうとかがやくライトの間に、たてよこに橋がわたしてある。それは、ライトマンとよばれる電灯がかりの人たちが歩く通路であった。

「透明人間はあの橋の上で、われわれを見おろしているんですよ。鳥ならばとんでにげることもできるけど、透明人間には羽がないですからね。わたしには、あいつのくやしそうな顔が目にみえるようだ。ハッハッハ」

　透明人間は、局長にとってもにくい敵である。その虫山が、追いつめられて、まごまごしているありさまを想像すると、もう、愉快でたまらないだろう。

　そのとき、スタジオのドアがあいて、知らせをきいた警官隊がどやどやとはいってきた。警官たちは、みな鉄かぶとをかぶって武装している。透明人間が、いつまたライトをおとすかわからない。それを警戒しているのだ。

「みなさんは外にでていってください。あとは、われわれがひきうけます」

　先頭に立った沢田警部が、キビキビした声でいった。警官隊は、すぐさまガスマスクをかぶった。この前と同じように、さい涙ガスを使う作戦なのだ。

　見えない敵を相手にたたかうときは、さい涙ガスがいちばん有力な武器になるのである。

　人びとのあとにつづいて、三吉もスタジオからろうかに出た。ドアのところでふりむくと、警部はきんちょうした顔をにこっとさせて、三吉にあいさつをしてくれた。

みどり色の車

　銀座のヤナギが、青い芽をふいた。町はもう四月であった。

「なあ、三ちゃんよ」

となりのおじさんが話しかけた。

「どうもふしぎでならねえ。さい涙ガスを吹きかけてやったのに、透明人間のやつ、どうやってスタジオから逃げていったんだろう」

「それがぼくにも疑問なんだよ。さい涙ガスをすいこむと、涙とセキがでて、気絶してしまうんだ。ところが透明人間には、このガスがぜんぜん役に立たないんだからね」

ふたりは首をかしげた。

あのテレビスタジオのときもそうだった。沢田警部がさい涙弾をなげこみ、そのあとでスタジオ内をしらみつぶしにしらべたにもかかわらず、虫山の気絶したからだは、どこにも発見できなかったからである。それは、あの名越隆盛の事件のときと、まったく同じであった。

「なあ、三ちゃん、ひょっとすると透明人間のやつ、かくあることを予想して、自分の顔にもガスマスクをはめていたんじゃないかね。無色透明の、プラスチックかなにかでこしらえたマスクをさ。そうだ、それにちがいねえ」

三吉はにが笑いをした。透明人間があのガスに対して少しもへこたれないというふしぎな事実、ここになにか大きな秘密がありそうな気がする。そして、そのナゾをといたとき、透明人間事件の真相は、いっぺんで解決しそうな予感がするのだ。

三吉がそんなことを考えていると、うしろの車道で、車のブレーキの音がした。ふりむいてみると、タクシーの窓から白毛の老人が顔をだして、三吉をしきりにまねいている。

(だれだろうな?)

三吉は、わけのわからなそうな顔をした。老人は白いあごひげをはやし、インバネスという古い形のオーバーを着て、はなの上に老眼鏡をかけている。見たことのない人だ。

老人は三吉の顔をみて、ニヤリとした。

「三吉君、わたしだ。わたしだよ」

「あッ、冬川局長!」

なんとそれは、名探偵のみごとな変装だったのである。

「日本橋を歩いていると、わたしの目の前を、虫山が車を運転していくのを見かけたので、追いかけているところだ。虫山の車は、赤信号でストップしている。どうだ、きみもこの車でついせきしてみないかね」

それは、ねがってもないチャンスだった。冒険好きの三吉は、早くも胸をわくわくさせて、車にとびのった。

商売道具のブラシやクリームは、仲間のおじさんがかたずけてくれる約束になっている。

「あそこにみどり色の小型車がみえるだろう」

タクシーが走りだすと、前方をゆびさして、局長は言った。ほうたいをまいた男が運転台にすわっていた。

「あれが虫山だ。わたしが老人に化けているものだから、あいつは少しも気がつかずに、安心しているんだよ」

局長の言うとおり、みどりの小型車はゆうゆうと町の中を走りつづけて、やがて多摩川のほとりにでた。

「このあたりに家はない。へんだな。どこへ行くつもりだろうか」

局長が言った。すると、それに答えるように、車は多摩川の岸にそそり立つがけの穴に、すうっとすいこまれるようにはいっていったのである。それは、戦争中にほられた、軍隊用の巨大なぼうくうごうであった。戦後は、すべての人に見すてられたものなのだ。

「運転手君、ストップだ。ねえ、三吉君。虫山のやつ、なかなか頭がいいじゃないか。こんなほら穴にかくれているとはねえ……」

局長は、つくづく感心したように言い、車をおりると料金をはらった。そして三吉とともに、そっと穴の中に進んでいった。


だがさすがの名探偵も、前方のみどりの車に気をとられて、うしろに注意をすることを忘れていた。局長のタクシーの後方から、さらにもう一台の黒い車が尾行していたことには、少しも気がつかなかったのである。

その車は、局長たちが穴の中にはいっていくのを見とどけると、五〇メートルばかり手前の木かげにとまった。そして、こうもりみたいな感じの男がひらりとおりた。黒いぼうしをかぶり、黒い服をきて、黒いハンカチでふく面をしている、という黒づくめの服そうだった。そっとその手ににぎっているのは、黒いコルトのピストルであった。

第三の男

穴は岩石をくりぬいたもので、枝がたくさんわかれていて、迷路のようだった。局長はかい中電灯をとりだし、根気よく一つ一つの横道を、てってい的にしらべ歩いた。それはめんどうくさい仕事でもあった。しかし、虫山の姿はなかなか発見できない。

二時間近くかかって、へとへとにつかれたころ、ようやく一つのあなの奥に灰色のドアをみつけた。局長が万能錠をとりだし、カギ穴にさしこんで、音もなくとびらをあけた。ふたりは、まるでドロボウみたいに、足音をしのばせて中にはいった。

そこは食堂であるとみえ、テーブルの上に紅茶のカップとサンドイッチがおいてあるが、虫山の姿はない。三吉たちは、つぎのへやのほうへむけて、歩きだした。が、その瞬間、思わず顔を見合わせてしまったのである。となりのへやから、きげんのよい虫山のひとりごとが聞こえてきたからだ。

「しめたぞ、長年の苦心がようやく実をむすんだのだ。ついにおれは、透明になる薬と、もとのからだにもどる薬を発見した。バンザイ」

こおどりしているような、床をふみならすくつ音が聞こえてくる。ふたりはドアに近づいて、すき間から、そーっと中をのぞいた。

一メートルと離れぬところで、いつかみた虫山博士が、まるで子どものようにピョンピョンとはねているのだ。

やがて、こうふんがしずまると、博士は、

「もう一度やってみようかな」

とつぶやきながら、例の毒々しい色の液体のはいったフラスコを手にとり、こちらを向いてイスにかけた。三吉がいつか見たときとちがって、いまでは、自分の実験にじゅうぶんな自信をもっているのだろう。その液体を平気な顔をして、ゴクゴクとひと息でのみほしてしまった。

二十世紀の奇蹟は、ただちにおこった。博士の姿がみるみるうちにスーッと透明になると、おそろしいがい骨になった。さらに一分ほどすると、そのがい骨もしだいに透明になってしまい、だれもすわっていないイスだけが、ぽつんと残されていた。

「ふーむ、こ、これはすごい」

局長がそっとつぶやく。三吉は息をすることも忘れて、のぞきつづけていた。

「さあ、今度はもとにもどる実験だ」

だれもいないへやの中から、虫山の声がきこえてきた。机の上の、すみみたいに黒い液体のはいったビーカーが、すーっとうかびあがった。つづいて、ゴクゴクとのどのなる音。

するとそこに、先の実験と逆の現象がおこったのである。まず、イスの上にこしかけているがい骨の姿がうかび上がった。そして一分間ほどで、それは得意そうな顔の虫山博士にもどっていった。

「ハハハハ、ハハハ」

イスから立ち上がった博士は、手をうしろにくんで、満足そうにわらいながら床の上を歩きまわった。

「この薬のつくり方を発表したら、おれは湯川博士につづいてノーベル賞をもらえるんだ。えらいぞ、虫山博士」

透明人間は、自分で自分をほめている。そしてうれしげに、笑った。

「だがおれは、そんなことはしないのだ。おれは名誉もいらん、くんしょうもいらん。おれは殺された虫山一郎のかたきをうったら、そのうち世界中の銀行にしのびこんで、金をうばうのだ」

彼はかがみの前で立ちどまると、演説をはじめた。

「おれは世界一の金持ちになる。そしてドルのちからで、世界を征服して、王様になるんだ。虫山皇帝バンザイ」

「ばかやろ、手を上げろ」

いきなりバタンとドアがあき、ものすごい声がした。虫山はおどろいてふり返った。

だが、おどろいたのは虫山だけではない。冬川局長も、三吉も、びっくりした。目の前に、黒ふく面の男が立って、左手にかまえたコルトで、三吉たちを、右手のピストルで、虫山をねらっている。

「だれだ。おまえは。あ、そこにいるやつは、冬川と三吉だな」

「やかましい、さわぐとぶっぱなすぞ」

男は、手を上げている三人をジロリとみまわして、へやにはいっていった。

「いいか、少しでも動いてみろ。一発でうち殺してやる」

ついで博士のほうに近よると、ゆだんのない目をして言った。

「おい、おれに透明薬をのませろ」

「のんで、どうすると言うんだ」

男はせせら笑った。

「おれはギャングだ。きさまの姿を見たから、これさいわいとあとを追ってきたのだ。おまえのかわりにおれが透明人間になって、銀行のおかねをいただこうという寸法さ。どうだい」

「おれがいやだといったら、どうする」

「いたい目にあわせるだけだ」

男は本気でそう言っているのだ。それは火のようにもえている目でもわかる。

「仕方がない。こしらえてやろう」

博士はしぶしぶ薬品をビーカーの中でまぜあわせて、アルコールランプにのせた。男は少しでもあやしいそぶりをみせたら、すぐにピストルをうつつもりで虫山を、局長を、三吉をにらみつけている。

それは、息づまるような場面であった。

ばくはつ

薬は、五分間ほどでできあがった。とろりとした、こいみどり色の液体だ。それをのむと口の中がみどり色にそめられてしまいそうな、ぶきみな薬品であった。

「……そら、できたぞ」

博士がぽつりといった。黒ふく面をしたギャングの目が、うれしそうにかがやいた。

「ありがてえ。さっさとよこせ！」

「ばかもの、あわてるな。この熱いやつを飲んだらば、やけどしてしまうではないか」

博士はたしなめるようにいうと、ビーカーを水そうの中にいれて、よく冷やした。

「さあ、つめたくなったぞ」

「よし、そいつを机の上にのせろッ」

ピストルを虫山につきつけて、おどかすように命じた。博士はいわれたとおり、ビーカーを机にそっと置いた。

「おい、そこにいるチビ助と冬川探偵。おまえたちはこの虫山博士と一列にならぶんだ。いいか、三人にことわっておくが、ちょっとでも変なまねをしたなら、このピストルが火をはくぞ。おれはいままでに五人の人間を殺したことのあるギャングだからな」

黒い服の男は、ゆだんのない目つきで、ピストルをつきつけながら、三吉と冬川探偵局長をかべぎわへ移動させた。そして左手のコルトをポケットにしまうと、右手のピストルで三人をねらったまま、机の上のビーカーをとりあげた。

「うふ、うふふ……」

マスクの中から満足そうな笑いがもれた。

「このからだが無色透明になっちまったらしめたもんだ。ほしいものは、何でもただでぬすむことができるからな。洋服だって、酒だって、ダイヤだって……。地球上のすべてのものが、このおれさまのものなんだ」

彼はふたたびうれしそうに笑うと、上衣をぬぎ、シャツをとって、上半身はだかになった。薬をのみ、自分のからだがすきとおっていくのを、はっきり見とどけたかったのだ。

ついでマスクをとりはずすと、ビーカーをくちびるにおしあて、ゴクゴクゴク！　と、ひと息でのみほしてしまった。そして、ふーっと息をはきだすと、ビーカーをことりと机にのせた。口のまわりについたみどりの液体を、手でふいている。右手のピストルは、なおも三人の胸をピタリとねらっていた。

三吉は、ピストルなんて少しもこわくなかった。このギャングのからだが、すーっと透明になっていくありさまを、待ちかまえていたのである。局長も虫山も、思いはおなじだとみえて、まばたきもしないで、ギャングを見つめている。

と、とつぜん変なことが起こった。ギャングが急に腹をおさえて、くるしみだしたのだ。

「あいたた、アチチ、いてえ。くるしいッ。腹の中がただれるようだ……」

息もたえだえにさけぶと、ピストルを投げだし、からだをエビのようにおりまげて床の上にころがった。

その瞬間だった。虫山はぱッととびだすと、床の上になげだされたピストルを、すばやくひろいあげてしまったのである。あっというまもない、みじかい間のできごとだった。

虫山はそのコルトを、局長たちにむけた。

「この虫山次郎はな、こんなギャングにやられるようなバカではないのだ。わしは透明薬をつくるふりをして、毒薬をこしらえてやった。このあほうなギャングは、それを知らずに、がぶのみしやがった。だからイチコロでのびてしまったのさ」

それを聞いたギャングは、くるしそうにからだをねじまげて、虫山をうらめしげににらんだ。

「ち、ちくしょう。だ、だまされたか」

「アハハ、やっと気がついたな。頭のわるい男だ」

「こ、このやろう」

立ち上がろうとして手足をばたつかせていたが、やがて力つきて、がっくり死んでしまった。

「おい虫山、おまえはあくまみたいなやつだな」

局長はきびしい目つきで非難した。

「きさまは西浦を殺し、名越を殺し、わたしのたいせつな部下のサユリを殺し、そしていま、このギャングを毒殺して、平気な顔をしておる。このあくま！」

「そのとおり。わしはあくまだ。これからも、まだまだ人殺しをやるつもりだ」

うそぶきながら、机のよこに置いてあったドラムかんを持ちだすと、せんをぬき、中の液体をあたり一面にふりまきはじめた。

「虫山、ガソリンをまきちらすのはよせ。火がついたら火事になるじゃないか」

「おおせのとおり、火をつけるのさ。わしのたいせつな研究の秘密がもれないように、焼いてしまうのだ」

「あぶないぞ、やめろ」

「うるさいッ、焼け死ぬのがおそろしければ、早くこの横穴式防空ごうから出ていけ」

そういったかと思うと、ポケットからマッチ箱をとりだした。

「まて虫山、そんなことをすると、おまえも焼け死ぬぞ」

「わしのことは心配するな。早く逃げろ。おまえのような名探偵を焼き殺すことはできん、早くいけ！」

マッチをすって投げた。ぼッと音をたててほのおがもえあがり、たちまちあたりは火の海となった。熱くて、まゆ毛がチリチリと焼けてしまいそうだ。ぽん、ぽんと薬品のびんがはれつする。

「三吉君、逃げるんだ。服に火がついたらたいへんだ」

局長がさけんだ。

「冬川さん、この男の死体はどうしますか」

「そうだな、かわいそうだから、外までかつぎだしてやろう。きみは足を持ってくれ。いいか、急げッ」

もう、火はへやの半分を焼きつくしている。局長と三吉はギャングの重たい死体をかかえて、よろよろしながら、ともかくやっとのことで、外の車のところにたどりついた。ほおをなでるそよ風がとても気持ちがいい。ふたりは空気を胸いっぱいにすいこんだ。

「あぶなかったな。もう少しで、われわれも黒こげになるところだったよ」

局長はかつらとつけヒゲをむしりとって、ハンカチであせをふいた。局長の顔も三吉の顔も、黒くすすけて、目がギョロリと光ってみえる。

「虫山博士はどうなったでしょうか」

「秘密の通路から逃げだしたろうよ。では三吉君、警察に知らせてやらねばならん。車にのって出かけようか」

局長がそういって、運転台に乗りこんだときであった。ド、ド、ドロドロ……というすごい音がしたかと思うと、まるで火山のふん火のときのように、防空ごうから火柱があがった。

虫山博士は自分の研究を警察に知られることをきらって、てってい的に破壊してしまったのである。

小説家

あのほら穴の火事の事件からかぞえて、ほぼ一か月ほどたった四月のある夜のことだった。三吉はカメさんたちにさそわれて、電車通りのむこうがわの喫茶店で、コーヒーをごちそうになっていた。

「三ちゃん、これはうちの文化部の森君だ」

山田記者が、顔のながいベレー帽の記者を紹介してくれた。めがねをかけている。

「よろしく」

森記者は気がるに立って、くつずみだらけの三吉とあくしゅしてくれた。大きなあたたかい手だ。

「文化部というのは何ですか」

三吉がきくと、森さんは説明した。

「新聞社には、政治部だとか社会部だとか、いろんな部があるんです。政治部の記者は内外の政治関係の記事をかき、社会部の記者はこの山田君みたいに、社会全般のもろもろの現象をかきます」

モロモロのゲンショウなんて、むずかしいことばである。

「つまりね、動物園でゾウが生まれたとか、おふろ屋で火事がでたとか――」

「森君が酒をのんで帰って、奥さんにぶんなぐられたとか」

「うるさいね、この人は」

森記者はカメさんをにらみつけ、カメさんはカメラのかげでペロリとしたを出した。

「さて、文化部というのは、美術・文芸の記事をかいたり、小説家にれんさい小説をかいてもらったりするのが仕事です」

「どうもありがとう、よくわかりました」

お礼をいって、三吉はガブリとケーキにかじりついた。イチゴがのったショートケーキだ。とてもあまくて、うまい。

「最近、こまったことができてね」

森記者がしぶい顔をした。

「きみたちも知ってるように、ぼくは丸《まる》井《い》夏《なつ》夫《お》先生の小説のかかりだ。毎週一回丸井さんの家をたずねて、一週間分の原稿をいただいてくるのが仕事だ。ところが、近ごろその丸井先生が、ばったり小説を書いてくれなくなった」

三吉も、丸井夏夫の名まえはきいたことがある。つうかいな時代小説をかくので有名な人だった。頭の毛をバラリとさせ、あごのとがった写真が、よく新聞や雑誌にのっている。

「うちの新聞に小説がのらなくなって、もう五日になる。読者から文句をいわれるし、部長にガミガミおこられるし、たまらんよ」

「なぜ書いてくれないのかね」

「ある日とつぜんノイローゼになったのさ。そのとき以来、まるで気がくるったみたいにビクビクして、書斎にとじこもるようになった。風の音にも顔色をかえるありさまだ」

三吉とカメさんは顔を見合わせた。へんな話である。

「ぼくが原稿をもらいに行っているときのことなんだ。丸井先生のところに手紙が十通ばかりとどいた。その中の一通をよんでいくうちに、先生はまっさおになってしまった」

「ふむ、すると原因はその手紙にあるな。どんなことが書いてあったんだろう」

「知らない。ライターで火をつけて、ぼくの目の前でもやしてしまったからね」

「ふむ」

「だけど、変な手紙だったぜ。定規をあてて直線をひいたみたいな字なんだ」

「えッ?」

山田さんもカメさんも、びっくりして腰をうかせた。スプーンがころげて音をたてた。

「森君、それは透明人間からとどいた殺人の予告状だよ。丸井さんは虫山に命をねらわれているんだ」

今度は、森記者がおどろく番であった。

「そ、そ、そいつはたいへんだ。ぼく、先生に電話をかけて、確かめてみる」

森さんはあたふたと店のおくにとんでいき、電話をかりて、丸井家をよびだした。丸井夏夫は横浜の港がみえる丘の上に、ひとりで住んでいる。奥さんも女中さんもいない。

「丸井夏夫ですが」

小説家の、ゆううつな声が聞こえてきた。

「わたし東都新聞の森です。さっそくですが、先生は虫山をおそれているのじゃありませんか」

ずぼしをさされて丸井は、あッといった。そしてしばらく沈黙したのち、話しはじめた。

「じつはそうなのだ。透明人間から予告状をもらってからというもの、おそろしくて、夜も眠れないのだ。もちろん、小説も書けん」

「殺人予告日はいつなのですか」

「森君、それがきょうなんだよ」

「えッ」

「虫山のやつ、ねらったら最後、どんなことをしても殺しにくる。だからぼくの命も、今夜かぎりだよ。森君、いままでわがままばかりいって、わるかったなあ……」

しょんぼりした声になった。

「先生、元気をだしてください。それから、透明人間を仇敵のようににくんでいる冬川探偵にも連絡をとって、おうえんをたのみます」

「そうか。冬川さんがきてくれれば、ぼくも安心だ。では早くたのむぞ!」

丸井は元気をとりもどして、電話を切った。

それから一時間ばかりたったころだった。

東都新聞のあかい社旗をひらめかせて、車は第二京浜国道を八十キロのスピードで走った。のっているのは、三吉、山田、森、それにカメさんの四人だ。

カメさんはけんめいにレンズをみがいている。あのほうたいのばけものみたいな透明人間がでてきたら、パチリとシャッターをきって、朝刊にのせようというわけである。

「運転手さん、もっとスピードでないかね」

いらいらしたように、山田記者がいう。

「百二十キロまででますがね、そのかわり交通巡査につかまりますよ」

「ちぇッ、しょうがねえな」

山田記者はしたうちをした。

大森をとおり、蒲田《かまた》を通過した。川崎、鶴見の町のあかりも、あっというまに後方へとんでいった。

「三ちゃん、冬川探偵はどうした?」

「電話をかけたら、自分の車で横浜へいくといいました。ひょっとすると、ぼくらよりも先についているかもしれませんよ」

「そうか、それならば安心だな」

カメさんたちとそんなことを話している間に、車は横浜市内にはいり、東海道線をこえて山の手のほうに向かった。

「運転手さん、あそこに街灯がついているだろう。あのかどを右にまがってくれ」

森記者がいった。

「山田君、ほら、丘の上にポツンと電灯がついた家がみえる。あれが丸井先生のお宅だ。あの窓は書斎なんだよ」

みなが家を見上げた。するととつぜんカメさんが、調子はずれの声をだした。

「おい、ありゃ何だ。ガラス窓にうつっている黒い影はなんだ!」

みな、はッとして書斎の窓をみつめた。それは人間の影だった。くりくりあたまの大入道の影であった。

「まさか、と、透明人間じゃあるまい」

山田記者は不安をはらいのけるようにいった。だが、声がふるえていた。

魔法

ようやく車が丘の上に到着すると、そこにはすでに、一台のヒルマンがライトをけして停車していた。見おぼえのある冬川探偵局長の愛用車である。

はたして、三吉たちが車からおり立ったとき、庭のほうから足音をしのばせて、冬川探偵がでてきた。ハンチングにスプリングコートを着ている。

「やあ、諸君か。ごくろうさん」

ささやくように声をかけた。

「や、局長ですか」

「ぼくは一分ほど前についたんだ。だが、おそすぎたようだよ。虫山のやつ、早くも家の中にしのびこんでおる」

あのノッペラボーの影は、やはり虫山だったのだ。

「こちらへ来たまえ、よく見えるから」

冬川探偵につれられて、一同は庭にはいっていった。窓のすりガラスに、さっき車の中で見たように、ぼうっと大きな影がうつっている。なにか考えごとをしているようなポーズだ。

「冬川さん、ここは丸井先生の書斎です」

「そうか。では丸井さんは、気のどくだがもう殺されているにちがいないね。へやの中がしーんとしずまり返っているからね」

局長が悲痛な声でいうと、それを聞いた森記者は、残念そうにうなり声をあげた。

「われわれは透明人間をとらえることに全力をあげよう。森君は家の中のようすをよく知っているから、三吉君たちをつれて、げんかんからはいってもらおう。書斎のドアをあけて、いっせいにとびこんでくれたまえ」

「わかりました」

「わたしはここに立っている。窓から逃げだしたら、とびかかってつかまえてやる」

「そうしてください」

「運転手君は、庭木戸の外にいてくれないか。庭の出口はあそこだけだ。もしあいつがぼくをたおして外に逃げだしたらきみがタックルしてくれ」

「はあ」

運転手さんは武者ぶるいをしたようである。

「森君たちに注意しておくが、すばやく書斎にとびこむんだぜ。もたもたしていると、虫山はほうたいをはずしてしまう。あいつが透明になってしまったら、もうおしまいだ」

「ええ、わかってます」

一同はすぐに散った。三吉と新聞社のひとは、げんかんから中にはいった。ほのぐらい電灯が、廊下にしかれた赤いカーペットをてらしている。つき当たりのドアが書斎の入口だった。

森さんはそっとノブに手をかけたが、すぐに首をふった。カギがかかっているのだ。

「いいか、体あたりだ。一、二の三！」

四人はいっせいにドアにからだをぶちあてた。二回、三回……。早くしないと、虫山はほうたいをほどいて、はだかになってしまう。四回……五回……。ドアはなかなかあかない。

七回めにやっとちょうつがいがこわれパックリと開いた。いきおいあまったカメさんが、スッテンところがりこんだ。

あとの三人は入口に立ったまま、中をのぞきこんだ。

丸井夏夫は机にむかったまま、背なかにナイフをつき立てられて死んでいる。

だが、かんじんの虫山の姿はみえない。床の上に、とけたほうたいがすてられ、黒めがねがなげだされてある。局長の注意もむなしく、彼はすばやくはだかになってしまったのだ。クシャミをしないためだろうか、ガスストーブに火がつけてある。

庭の窓には、内側からしっかりカギがかけてあった。だから、まだ虫山は書斎の中にいることはたしかであった。

「山田君と三ちゃんは、このとびらのところにがんばっていてくれ。逃げだそうとすれば、きみたちのからだにさわるはずだ。そのときはかみついてやれ」

「よしきた」

「ぼくとカメさんは、書斎の中をてってい的にさがす」

森記者はそういうと、ずかずかと書斎にはいった。そして森さんはイスをふりかぶり、カメさんはモノサシを手にとって、へやの中のあらゆる空間をたたいて歩いた。念を入れて、同じところを何度もたたきまわった。もしそこに虫山がいるならば、ピシャリという手ごたえがあるはずだ。また虫山も、思わず悲鳴をあげるにちがいない。

「やい透明人間、でてこい！　よくも丸井先生を殺したな、もうかんべんならないぞ！」

森さんはそんなことをどなりながら涙声になってイスを振った。しまいにふたりとも汗を流し、息をはずませ、へとへとになった。だが、どうしたわけだろうか、虫山はどこにもいないらしいのだ。

「へんだな……」

森記者もようやく首をかしげて、ただひとつしかない庭の窓を調べてみた。ちゃんとカギがかけてあるから、ここから出ていったはずはない。名越隆盛のときがそうであったように、テレビスタジオの事件がそうであったように、虫山次郎はここでもまたふしぎな魔法を使って、肉体を蒸発させてしまったのだ。

「ふしぎだ。じつにふしぎだ……」

山田記者たちがくちぐちにつぶやいている。

だが、三吉は、このときかすかに紙のもえたにおいがただよっていることに気がついた。そしてそのことが、後日この怪事件のナゾをとく、ひとつのカギとなったのである。

ねらわれる男

もう五月であった。

風がさわやかだ。銀座のヤナギも、うすみどりの芽をふいている。目をあげると、青い空には、コイの形をしたアドバルーンが、ゆらりゆらりとからだをゆすぶってうかんでいる。

三吉の前を通りすぎる人たちも、なにか楽しそうである。足どりがかろやかだ。

「なあ、三ちゃんよ」

隣りのくつみがきのおじさんが、話しかけてきた。

「三ちゃんとふたりで、なべやきうどんを食べたのは、ついきのうのような気がするけど、あれからもう半年もたっているんだぜ。月日のたつのは、早いもんだなあ」

「うん」

と、三吉は短く答えた。このおじさんにおごられて、うどんを食べた夜のことは、三吉にとって忘れられない夜であった。なぜならば、あの食堂ではじめて虫山博士にあったからである。

それ以来、三吉はもちろんのこと、東都新聞のカメさんたちも、透明人間事件にまきこまれてしまい、しかも事件は、いまだになぞのまま解決されていないのだ。

　虫山はいったい、どこにかくれているのだろうか。彼の殺人は、あれで終わったのであろうか。それとも、つぎのえものをねらって準備しているのだろうか……。

　そんなことを考えると、三吉のひふは、明るい初夏の太陽のもとでも、ぞくぞくとしてくるのであった。

　ふと、三吉の前にひとかげが立った。お客さんなのだ。

「いらっしゃい！」

　三吉は元気よくいって、顔をあげた。そしてびっくりした。

　その人は和服を着て、ぞうりをはいていたからである。ぞうりをみがくことはできないではないか。

「いや、わしはみがきに来たのではない。きみに、力になってもらいたいのだよ」

　目がギョロッとして、色が黒い。あまり人相がよくなかった。五十才くらいだろうか、病後のようにやつれて、まず六十才には見える。

　感じの悪い顔つきだけれど、なにかにおびえたように、落ち着きのないようすをしていた。

　男は名刺をくれた。大木戸三平太と書いてある。

「きみは、三吉くんだね？」

「ええ」

「殺されためいのサユリから、きみの話を、ようく聞いておったのだ。わしは、虫山にいのちをねらわれておる。きみと新聞記者諸君の力で、わしを守ってくれないか」

　大木戸は、タバコをすぱすぱやりながらいった。

　あの美しいサユリのおじさんが、こんないやな感じの人であることを知って、三吉はちょっと意外な気持ちがした。

　だが、それはともかく、透明人間にねらわれていると聞かされては、だまっておれない。

「大木戸さん、なぜ警察にたのまないのですか」

「わしは、警察は信用せんのだ。警察はボヤボヤして、いつも虫山をとり逃がしてばかりいるではないか」

「それでは、冬川探偵局長におたのみになったらどうでしょうか」

「同じことだ。世間では、冬川探偵のことを名探偵だとほめておるが、今度の事件のだらしなさはどうだ。あんなやつにたのんだら、いのちがいくつあってもたらんわい」

　大木戸は、よほどしゃくにさわっているとみえ、こうふんして顔が赤くなった。

「わかりました。では、山田記者たちに連絡をとりましょう」

「たのんだぞ。わしは、透明人間がおそろしくてたまらんのだ」

そういって、大木戸は通りかかったタクシーをつかまえて、帰っていったのである。

手紙

三吉の前では、わざといばってみせた。だが、大木戸は、おそろしくてたまらないのだ。

虫山にやられた男は四人いる。あのときボートに乗っていた兵隊は、虫山の兄をのぞけば、全部で五人である。その五人のうち四人までが殺されてしまったいま、残るのは大木戸三平太ひとりなのだ。

タクシーにゆられながら、大木戸はじっと目をつぶる。そして口のなかで、今度はおれの番だ……と、つぶやいた。起きているときも、寝ているときも、大木戸はそのことばかり考えているのである。

ああ、今度はおれの番だ……と。

車は、明るい日ざしの下を、すべるように走って、やがて、大木戸の家についた。

家のまわりには、とげのついた鉄条網で、バリケードができている。木戸をあけてはいると、秋田犬、土佐犬、シェパード、ボクサー、セントバーナードといった、すごいイヌが五ひき、放し飼いにしてあった。

うーうー、ううー。三平太の顔を見たイヌは、寝そべったままで、低くうなった。どれも、ウシみたいに大きなイヌなのだ。ワンワンといった、かわいらしい声はださないのである。

だが大木戸は、五ひきの猛犬にかこまれても、少しも安心した気持ちにはなれなかった。透明人間にとって、イヌがなんの役にもたたないことは、名越隆盛の事件のときに、証明ずみだったからである。あの夜は、冬川探偵局から数ひきのシェパードをつれてきて、警戒したにもかかわらず、虫山は、目的をとげて逃げてしまったのだ。

「お帰りなさいませ」

女中と書生がでてきて、おじぎをした。

「うむ」

先ほど、三吉の前でしめした、いばった態度とはまるでちがって、自分の家にもどった三平太は、しょんぼりしてしまう。

「あの、だんなさま」

「う？」

「お手紙がきております」

「居間の机にのせておきましたよ」

書生もいった。

手紙ときいただけで、近ごろの三平太はドキンとするのだ。

三平太は、あわてて自分の居間にはいった。うわ書きをみただけで、もう彼の心臓は、ティンパニーのように音をたてて鳴ったのである。それは、かねて話に聞いていた、直線で書かれたへんてこな文字だったからだ。

封を切ろうとした。しかし、手がふるえてなにもできない。

「だ、だ、だれか来てくれ。だだ、だれか来てくれ……」

声までふるえていた。

「およびですか」

書生の山崎が顔をだした。

「たっ、たっ、たのむ。て、手紙の封を切って、読んでくれ」

主人のただならぬ顔色をみて、山崎はすぐ封を切り、レターペーパーをとりだした。

「変な字ですな」

「いいから、は、早く読むんだ」

「はい。……おや、かんたんな手紙ですね。たった一行です。五月五日と書いてあるだけですよ」

返事がない。振り向いてみると、大木戸は、まっさおな顔をして、金魚みたいに口をパクパクさせていた。驚きのあまり声がでないのである。

「だんなさん、しっかりしてください」

「……う、うむ。と、東都新聞に電話をかけて、や、山田という記者をよびだしてくれ」

書生はあわててダイヤルをまわし、山田記者につないだ。

山田はすぐ電話口にでた。

「いま、三吉くんから連絡を受けたところですよ。大木戸さん、あなたは少しノイローゼではありませんか」

山田記者の声は、いささかのんびりしている。

「と、とんでもない。よ、予告状がとどきました」

「え？」

「ご、五月五日の、たんごの節句に、わ、わしは殺されるのです……」

三平太の声は、すすり泣くようであった。受話器を持つ手がふるえ、机にあたって、ガタガタと音をたてている。

たんごの節句

柱のきずはおととしの
五月五日のせいくらべ
チマキ食べ食べにいさんが
…………

どこかで小学生が歌っている。

もう、夕方になっていた。どこの家にもあかりがついていて、子どものはしゃぐ声が聞こえてくる。平和な、夜の風景であった。

こいのぼりが、はたはたと風にひらめいている。矢車の音が、カラカラと鳴っていた。

だが、三吉の心の中はそれどころではなかった。透明人間が、大木戸三平太を殺しに来るというのだ。なにがなんでも、今度こそは虫山をつかまえ、三平太の命を助けなくてはならない。

大木戸の家にやってきた三吉たちは、まず五ひきの猛犬におみやげの牛肉をやって、仲よしになった。透明人間にまちがえられると、一大事だからだ。

それでも、うたぐりぶかいイヌどもは、なかなか尾を振ろうとしない。一時間ちかくねばって、ようやく友だちになることができた。

「おい、イヌ公。ぼくの足はロースじゃないんだからな、まちがえてパクリとやるなよ。わかったかね」

カメさんが、念をおすようにいった。

三平太は、テレビのある食堂にひっこんだきり、庭にも出ない。三吉がはいっていくと、しいてカラ元気をだして、平気な顔をしてみせるのだけれど、やはり顔色があおい。

「ぼくをいれて、新聞社のひとは全部で五人です」

「そうかい。五人のひとがこのへやの中にいてくれれば、わしもこころ強いというもんだ」

三平太は、茶色の小さな薬のびんをいじりながら、そう答えた。

「それ、何の薬ですか」

「眠り薬だよ。これを飲まんと、ぐっすり眠れないもんだからね」

ちょっとてれくさそうに、三平太がいった。

ドアがノックされて、書生が手紙を持ってはいってきた。

「速達がきました」

「えっ？」

三平太は、ハッとした表情を見せたが、すぐにもとの顔になった。

「ハハ、わしは手紙ということばを聞くと、反射的にびっくりするくせがついてしまったよ」

速達を手にとり、読んでいくうちに、彼の顔色はふたたび変わった。それは、ふかい喜びと、意外な驚きとのまじりあった、へんなものであった。

三吉も書生も、だまって三平太をみつめている。それに気づいた大木戸は、そそくさと手紙をポケットにしまうと、むりにつくり笑いをした。

「おい、もう、そろそろ夕食の時間だ。用意はできたか」

「はい、お花さんが、ビフテキとトンカツをこしらえております」

「よし、今夜はうんとみなさんにごちそうしてくれ。わしも、たくさん食べるぞ。ひょっとすると、これが食べおさめになるかもしれないからな」

大木戸は、そんなじょうだんをいった。

時間は、刻一刻と過ぎていく。夕食がすみ、テレビをみているうちに、十時になってしまった。あと二時間で、五月五日はすぎていくのである。

「カメさん、がんばろうよ。もう少しだもの」

「うん、しっかりやろうぜ」

三吉とカメさんは、そんなことをいってはげましあった。山田記者は、何度となく立ちあがって、窓やドアのカギをたしかめている。

「今夜は、丸井先生のかたきうちをやるんだ」

顔の長い文化部の森記者は、はりきって、イスにかけたまま、目をキョロキョロさせている。運転手さんは、ガムをかみつづけていた。

みんな、なにげないようすをしているのだけれど、食堂の中の空気は、いたいほど緊張している。

「そうだ、みなさんにココアをさしあげよう」

ふと思いついたように、大木戸は立ちあがり、とだなをあけて、自分でココアをつくりはじめた。

まもなく、あたたかい、湯気のたった飲み物ができあがった。茶色のトロリとした液体は、とてもおいしそうだ。

「ごちそうになるかな」

「いただきます」

山田記者と森記者、それに運転手さんはさっそく口をつけて、うーむ、うまい、なんていいながら飲んでいる。

大木戸は書生をよんで、女中といっしょに飲むように、茶わんを持たせてやった。

ココアを飲むことによって、緊張した空気がなごやかになってきた。

三吉はなにげなく、机の上に置いてあった眠り薬のびんをとりあげた。ところが思わずへんな顔をしてしまったのである。

カメさんが、目ざとくそれを見て、近寄ってきた。

「どうしたの?」

「うん、ここにはいっていた眠り薬が、ひとつぶもなくなっているんだよ。どこへいっちまったんだろう」

小さな声だから、だれにも聞こえない。

三吉のいうとおり、びんの中身はからっぽである。だれかが、とりだしたにちがいない。だが、よく考えてみると、そのびんに眠り薬がはいっていることを知っているのは、三吉をのぞくと、三平太ひとりなのである。

結局、それをとりだしたのは、三平太その人だということになる。

眠るためにか。いや、そうではない。三十つぶも一度にのんでしまったら、永久にめざめることはないのだ。たんに、眠るのが目的ならば、二つぶでじゅうぶんである。

そのとき、三吉はみょうなことに気がついた。それは、みなにココアをすすめておきながら、本人の三平太は少しも飲んでいないということである。

なぜ、飲まないのだろうか……。

「ひょっとすると、ココアの中にまぜてしまったのではないかしら」

「大木戸さんが? そんなこと、あるもんか」

カメさんは、三吉のことばを否定しかけて、途中でだまりこんだ。早くも運転手さんが、とろんとした目をして、眠りかけていることに気づいたからだ。

「三ちゃん、きみのいったことがあたっているらしいぞ」

「ぼく、薬もココアも飲んだふりをしてようすをみましょう」

ふたりはテーブルに向かうと、茶わんの中のココアを、そっと植木鉢にあけてしまった。そして、さも眠そうな顔をして、ぼんやりとイスにかけていた。

まもなく山田記者が、あーあ……と、あくびをした。森記者は、すでに舟をこいでいる。

三吉はテーブルに顔をふせて、眠ったふりをした。カメさんは、いびきをかいている。

……十分たった。三平太は、まるでどろぼうのような

目つきで一同のようすをうかがっていたが、やがてポケットからあの速達の手紙をとりだして、読み返しはじめた。
ああ、そこには何が書いてあるのだろうか。三平太は、これから何をしようとしているのであろうか。三吉とカメさんは息をひそめて、すき見を続けていたのである。
読みおわった三平太は、マッチをすると手紙に火をつけた。それはたちまち灰になってしまった。

がけの上の殺人

どこかで、十時半の時計が、ボーンとなった。するとそれを合図に、三平太はすっと立ってドアのカギをあけ、ろうかに出た。

女中も書生もココアを飲んで、眠っているはずである。だから家の中は、シーンとしていた。三平太は帽子をかぶると、庭をつきぬけて通りにでていく。

三吉とカメさんは、無言のままあとにつづいた。牛肉をやっておいたおかげで、猛犬もおとなしくなっている。うう……と、ひと声うなったきりだった。

通りにでてみると、一〇〇メートルほど先で、三平太はタクシーをひろって、乗りこもうとしている。三吉たちも、通りかかった車を止めて、それに乗った。

「あの車を追ってくれ」

「あんた、刑事さんですか」

「新聞社のもんだ」

「わかりました」

と、やがて車は、幕張《まくはり》というさびしい漁師町で止まった。ドアがあいて、三平太が降りる。

こちらの車も止まった。

あれほど透明人間におびえていた大木戸が、なぜ急にだいたんになったのか。それが三吉には、ふしぎでならない。

大木戸の黒いかげが、ひたすらがけの上の林をめざして進んでいく。カメさんたちも気づかれぬように、そっとあとをつけた。

足の下のほうで、波の音が聞こえる。草むらの中で、オケラが鳴いていた。

「三ちゃん、あれを見ろ」

カメさんが腕をつついた。

林の前に、小さな小屋が立っている。大木戸三平太は、いまその小屋のドアの前にたたずんでいるのだ。

肩をはげしく上下させて、ハアハアと息づいているのが見えるようだ。白いハンカチをとりだし、帽子をとって汗をふいている。

三吉たちは、そろりそろりと接近していった。

三平太は帽子をかぶり、ハンカチをポケットにおしこんで、ドアに一歩近づいた。と、異変は、その瞬間に起こったのである。

あっと、短いさけびを残して、大木戸は、バタリと倒れてしまった。三吉たちは夢中でかけつけ、三平太をかかえおこした。

「大木戸さん、どうしたんですか」

「だめだ、もう死んでいる」

カメさんがいった。ピストルで射たれたのでもなく、ナイフで切られたものでもない。血は一滴も出ていないのだ。

「急病で死んだのかしら」

「違う、やはり透明人間のしわざだ」

カメさんはそう答え、見えない透明人間の姿をもとめて、キッとした目であたりを見まわした。波の音は、たえることなく聞こえていた。

えんび服の死

あれから、もう一時間あまりたっている。

小屋のまわりに、警察の車が五台もとまって、屋上にとりつけた投光器から、明るい光線をあたりに投げていた。だから殺人現場は、ま昼のようである。

大木戸三平太の死体を調べていた川原《かわはら》博士は、やがて立ちあがると、白衣のすそについたどろをはらいおとして、警官たちをかえりみた。

「死因がわかりましたよ」

「えっ、やはり心臓マヒですか」

警官のひとりがいった。大木戸の死体には、ナイフでさした傷もなければ、ピストルでうたれた傷もないのである。

「いや、病気で死んだのではない。これは明白な殺人ですよ」

「では、どんな方法で殺したのですか」

「電気です。被害者は、感電したために死んでしまったのです」

川原博士はそういうと、ふたたびひざまずいて、死体の右手のてのひらを開いた。小さなやけどのあとがみえた。

「わかりましたか。この人は、小屋のとびらをあけようとして、ドアのハンドルをつかんだのです。そのハンドルに、電流が通じてあったにちがいありませんね。だからピリッときて、死んでしまったのです」

それを聞いた三吉とカメさんは、思わず顔を見合わせた。

「ドアに手をふれなくて、よかったね」

「ふれていたら、ぼくらもやられていたもんね」

ほんとに、それは危いところだった。

千葉警察の警部は、懐中電灯で小屋のとびらをてらし、じっくりと調べはじめた。

「先生、どこにも電線はありませんがね」

「ふむ、では、内側のハンドルを調べてみるんだな。きっとそこに、電線がまきつけてあるにちがいないよ」

川原博士が答えた。

しかし、入口のハンドルをつかむわけにはいかないから、とびらをあけることはできないのだ。

「そうだ、裏口からはいろう」

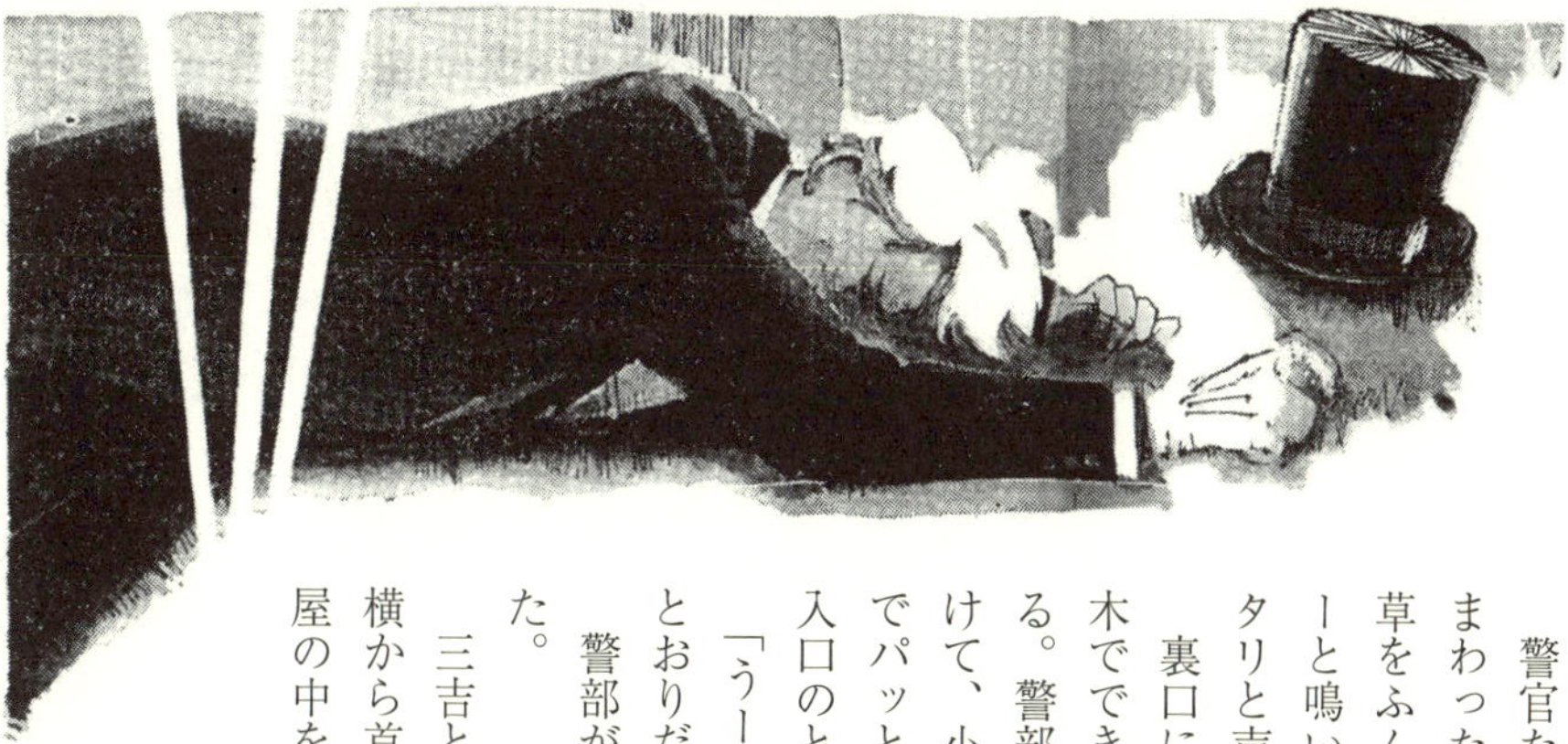

警官たちは、小屋の裏にまわった。夜つゆにぬれた草をふんでいくと、ジージーと鳴いていた地虫が、ピタリと声をひそめた。

裏口には、はばのせまい、木でできたドアがついている。警部はそれをそっとあけて、小屋の中を懐中電灯でパッとてらした。正面に、入口のとびらがみえている。

「うーむ、先生がいったとおりだ」

警部がうなるようにいった。

三吉とカメさんは、その横から首をつきだして、小屋の中をのぞきこんだ。

天井から電灯線がぶらさがっている。しかし電球はとりはずされていて、べつに長いコードがはめてある。そしてそのコードの先がはだかにされ、赤い色の銅線が、ドアの内側のハンドルに、ぐるぐるとまきつけられてあるのだった。

「なるほど、虫山のやつ、うまいくふうをしたもんだな。……あっ」

カメさんと警部は、ほとんど同時にさけび声をあげた。警部の懐中電灯のまるい光の輪が、小屋の片すみをてらしている。そこに、ひとりの男が眠っているのだ。手足をおり曲げ、まるでイヌみたいに、土のゆかの上によこたわっているのだ。カメさんはびっくりしたあまり、写真を写すことも忘れている。

だが、驚いたのはカメさんだけではない。三吉も声をのんで、目をまるくしていた。なぜなら、えんび服を着て、白い手袋をはめ、ピカピカの黒いくつをはいたその男は、ゆめにも忘れられぬ虫山次郎そのひとであったからだ。

横に、シルクハットがころがっている。

警部はつかつかと小屋にはいっていって、そっと虫山をゆすぶった。そして、ハッとしたように顔をあげると、カメさんを見た。

「眠っているんじゃない、死んでいるんだ」

遺　書

もう、ほのぼのと夜があけていた。幕張の交番は二十台あまりの車でとりかこまれている。それは警察のパトカーと、あと十数台は東京と千葉県の新聞社の車であった。

小さな、いつも眠ったような漁師町、幕張。いまこの幕張は、石油がふきだしたようなさわぎであった。

透明人間が自殺した！　ちかごろ、こんな驚くべきニュースはなかったのだ。

せまい交番の中で、千葉警察の警部が、虫山のポケットから発見した遺書を、まさに読みあげようとしている。

「警部さん、もう少し右をむいてください」

これは、ニュース映画のカメラマンの注文だ。

「すみません、もっとマイクに近づいてください」

これは放送局のひと。警部は熱いライトの光をあびて、汗をふいている。

「では、遺書を読みます。遺書は、例によって、定規をあてたような、直線の文字でかかれており、とても簡単なものです」

警部はまるい顔をふたたびハンカチでふいた。こうふんしているのだ。

「……私は虫山次郎である。殺したのは大木戸三平太をはじめ、兄とおなじボートに乗っていた五人の兵隊だった……」

殺人の動機がはじめてあきらかにされたので、新聞記者たちは、思はずふとい息をはいた。

「私はいま、最後に残った大木戸三平太をこの小屋におびきよせて殺し、ついに兄のあだをうつことに成功したのである。では、なぜ透明になって私自身が大木戸の家にしのびこまなかったのか。それは、透明薬をつくる薬のびんを床に落として、わってしまったからだ。いそいで薬を買いに行っても、もうまにあわぬ。私は、五月五日に殺人をすることを約束したからだ。約束したとおりに殺人をするのは、私がひそかにほこりにしていたのである」

なるほど、そうだったのか。だからわざわざ千葉県までさそいだすような、めんどうな方法をとったというわけか。三吉は、いままで疑問に思っていたことが、すーっととけたような気がした。

「最後の目的をとげたいま、私には、思いのこすことはない。毒をのんで、しずかに死んでいくのみである。

五月五日深夜、虫山次郎……」

読みおわったとき、またひとしきり、写真班のフラッシュがパッパッと光った。

「警部さん、どんな毒ですか」

「解剖しないとわからんが、青酸カリらしいです」

千葉警察の警部がイスにすわると、今度は東京からかけつけた沢田警部が立った。ニュースカメラが、ジージーと音をたてて沢田警部をうつしはじめた。

「沢田警部、感想はいかがです」

「ほっとした。これで東京都民のみなさまも、まくらを高くしてねむれるというわけです。しかし……」

ここで沢田警部は、ジロリとカメさんや山田記者の顔をみた。

「大木戸家に殺人予告状がきたというのに、山田君やカメさんたちは、それを警察に知らせようとしなかった。これはじつにけしからんことである。以後、注意してほしいね」

「はあ」

カメさんはもじもじしている。山田記者はニヤリと笑って三吉をみた。そのしかられているカメさんを、ニュースカメラがいっしょうけんめいにうつしているのであった。交番の中に、どっと笑い声がおこった。

ふと海のほうを見ると、水平線のかなたから、太陽がのぼろうとしている。ひとにぎりの雲が、まっかにそまっていた。

のろいのひつぎ

透明人間事件は、ようやく解決がついた。

「五人の犠牲者をだしたことはきのどくだけど、でも、自業自得かもしれないね」

山田記者がいった。

「だけど、サユリさんはかわいそうでしたね。ぼく、あの人、好きだったんです」

三吉が、それに答えた。

カメさんと森記者の四人は、ブラブラと浅草を散歩しているのだった。事件がおわってきょうは三日めである。ほね休みの意味で、みんなで映画をみて、ごはんを食べようという計画であった。

道の両側には、映画館や劇場が、ずらっとならんでいる。色とりどりの看板がかざられ、その前を、たくさんの男女が歩いていた。

「きょうは三ちゃんの好きな映画をみよう。何がいいかね？　マンガかい、それとも猛獣映画かい？」

ベレーの森記者がきいた。

「うん、何がいいかなあ……」

三吉は看板を見あげてまよっていた。あまりたくさんあるので、目うつりがしてしまう。なかなか決まらないのだ。

「あ、あれがいいや」

そういったのは、小さな劇場でやっている奇術であった。看板には、水着を着たきれいな女のひとを、ノコギリで引き切る絵がかいてある。

「あんなこと、ほんとにやるのかしら」

「あっはっは、うそにきまってるさ。ほんとうに胴を切っていたら、その奇術師は虫山以上の殺人鬼だということになるよ」

カメさんが笑った。

山田記者が四人分の切符を買って、中にはいっていくと、舞台ではふしぎなことがはじまっていた。四人はイスにすわるやいなや、ひきずりこまれるように、それを見物した。

舞台の中央に、一つの細長い箱がたてかけてある。箱の前には、インド人と洋服を着た若い女の人が立っていた。

「みなァさん……」

インド人は、あやしげな日本語でよびかけた。

「この箱、ただの箱でありません。エジプトの、ピラミッドの中から発見された、ミイラの棺あるです。ミイラののろいがのりうつったこの棺、中にはいった生きた人間を、たちまち消してしまいます。消されたひと、宇宙のカシオペア星座のあたりに飛んでいってしまう。二度と地球にもどってくるないですね」

どんなことをするのだろう？　三吉はワクワクして見ていた。

インド人の奇術師は、女のひとの手をとって、棺に入れた。そしてふたをせずに、わけのわからぬじゅもんをとなえた。幕のうしろで、たいこがドロドロとなりはじめた。

すると、あらふしぎ、女のひとのからだはしだいにうすれてゆき、白いがい骨になっていった。ぱっちりとした茶色の目は、おちくぼんだ大きな黒い穴となり、口紅をあかくぬったくちびるは、白い歯をむきだしにした。

「あっ」

三吉は息をのんだ。

と、がい骨はすうっと消えてしまい、あとには、からになったミイラの棺だけが残っていたのである。完全に

とけてしまったのである。

「こいつはすげえや」

山田記者が、あえぐようにいった。

「みなァさま、あのうつくしい女のひと、かわいそうです。エジプトの神さまにおねがいして、もう一度地球につれてきていただきましょう。よろしネ」

インド人のへんなお経とともに、たいこがなりだす。


すると、何もない棺の中に一体の白骨がうかびあがり、やがてそれはじょじょに、肉体をもった女のひとの姿にもどっていった。

客席に、ほーっというため息がもれた。

「はい、ご覧のとおり」

女のひとがインド人に手をとられて、棺の中から出て、ニッコリとおじぎをすると、客席にはどっと拍手がわいた。

三吉の疑問

数々のふしぎな奇術をみて、四人が劇場をでたときには、あたりはすっかり夜になって、美しいネオンがかがやいていた。

三吉たちは食堂にはいり、ライスカレーを食べた。三吉はオレンジジュースを飲み、カメさんたちはビールを飲んでいる。

「おもしろかったなあ」

「女のひとがノコギリで胴を切られるときには、トリックだとわかっていながら、汗がでたね。うまいもんだなあ……」

「でも、ふしぎでたまらないのは、ミイラののろいがうつった棺だね」

森さんも山田さんも、いま見てきた奇術のことばかり話し合っている。ほんとにそれは、みごとなものだったのである。

やがて、カメさんが黙りこんでいる三吉に気づいて、声をかけた。

「三ちゃん、どうしたんだい、考えこんで……」

「……うん」

三吉はスプーンを皿にのせた。

「あのミイラの棺の奇術をみているうちに、変なことを思いだしたんだ」

「変なこと？　なんだね、それは？」

「うん。ほら、ぼくと冬川探偵局長が、多摩川のほとりのほら穴の中で、虫山の実験をみたことがあったでしょう」

「うむ、ドアのかぎ穴からのぞいて見たんだっけね」

記者たちは、熱心に三吉の話を聞いている。

「あのときの博士の実験と、いまの奇術とが、そっくりなんですよ。生きた虫山が、ついで白骨になり、そして透明人間になる。それが還元薬をのんだために、ふたたびがい骨になって、もとの虫山にもどるんです。その、三段階にかわっていくところまで、おなじなんですよ」

「ふうむ、そいつはおもしろいな。虫山博士が透明薬を発明したというのが、じつはインチキで、奇術を応用して姿を消していたのだとすると、こいつはビッグ・ニュースになるぜ」

山田記者が、気おった調子で、銀のシガレットケースをパチパチさせながらいった。そのケースは、今度の事件が解決した記念に、ある人からもらったものだった。

だが、おしいことに、ふたに彫刻された竜の顔の目だまが、とれてなくなっている。

　カメさんたちが笑うものだからいつもポケットにしまっているのだけれど、いまは話に夢中になって、気がつかない。

「いえ、虫山の発明した薬がインチキだというわけではありませんけど、気になるものですから、あの奇術を少し調べてみたいんです。種明かしを教えてくれる人はいないでしょうか」

「そうだな、待てよ……」

　ベレーの森さんが、あごをつまんで考えこんだ。

「そうだ、思いだした。下谷《したや》に、奇術研究の大家がいる。酒本雨月《さかもとうげつ》というひとだ。この人にたずねてみよう」

　文化部の記者だから、こういった人びとのことをよく知っているのである。

　そこで三吉と森さんのふたりが、食事のあとで、酒本雨月氏をたずねることにきまった。

　浅草から下谷までは、すぐである。

種明かし

「よう、森君か。よく来てくれたな」

　雨月氏はいった。もう、そうとうのおじいさんで、髪はまっ白だ。おでこに老眼鏡をのせ、灰色のガウンを着ている。

　小さな洋間は、書物でギッシリとうずまり、すわる場所もない。

「ぼっちゃん、あんたはこのイスにすわりなさい。森君は気のどくだが立っていてもらおう」

「おやおや」

　森記者は、ぼやいている。

「ああ、あれか。あれはガラスの反射を利用したもんでね。人間が消えてなくなるわけはない。最初から、人間のはいる棺と、がい骨を入れた棺と、何もはいっていない棺というふうに、三つを準備しておくのだよ。ナニ？　カシオペア星座へとんでいったって？　うはは、うまいことをいうもんだな」

　歯のかけた口をあいて、大笑いをした。

　雨月氏の説明をくわしくのべるとめんどうになるから、

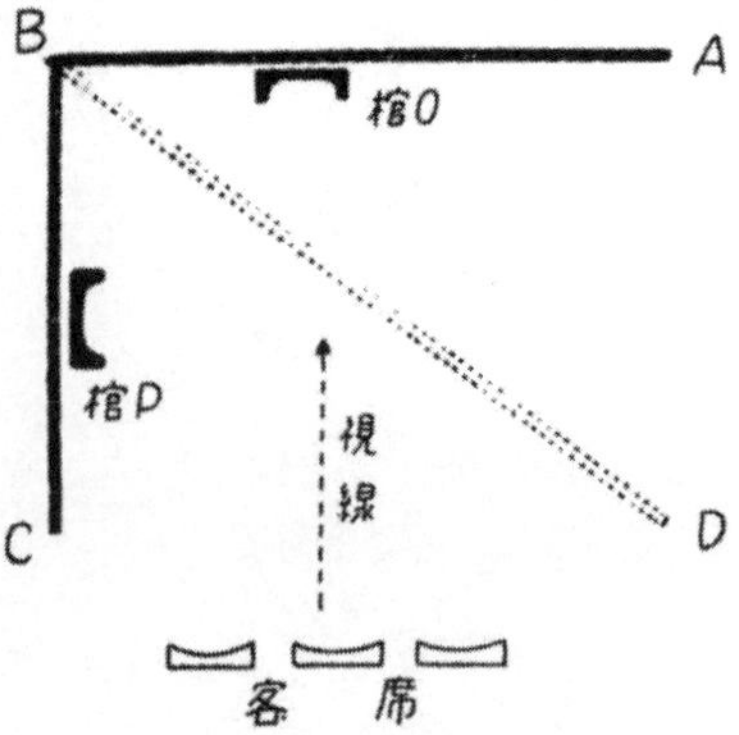

雨月氏の説明した変身のトリック

BDは透明ガラス。O、Pの上に電灯があり、その光の強さにより客席からはどちらかが見えることになる。

簡単に記すと、その原理はつぎのようになるのである。

まず、ＡＢ、ＢＣのかべの前に、棺Ｏと棺Ｐとを立て、Ｐの中にあらかじめがい骨を入れておく。そして、点Ｂから、ＡＢ、ＢＣに対して四十五度の角度で、ＢＤという透明ガラスを立てる。透明だから、客席のひとは気がつかない。

さて、Ｐの上の電灯を消し、Ｏの上の電灯だけつけておいて幕をあける。客席にいる人びとは、ガラスＢＤをとおして、棺Ｏをみているわけだ。

いま、この棺Ｏに人間がはいると、Ｏの上の電灯をしだいに消していき、それと同時に、棺Ｐの上の電灯をじょじょにつけていく。

やがて、棺Ｏはまっくらになって見えなくなり、逆にがい骨のはいった棺Ｐがはっきりと浮かびあがる。この場合、ＢＤがカガミの役をするから、棺ＰはＢＤに反射して、観客の目には、あたかも棺Ｏのように見えるのである。すなわち、Ｏの中の人間は、おそろしいがい骨になってしまうのだ。

「いいかね、このガラスＢＤは、ＡＢ、ＢＣに対して四十五度になっている、ここがたいせつなのだよ。三吉君がみた奇術の場合は、ガラスをもう一枚と、からっぽの棺をもう一つ用意すればできるんだ」

雨月氏の説明で、インド人の奇術のタネはよくわかった。だが、それを聞いた三吉には、あのほら穴の実験室の中のできごとが、ますます奇術であったように思われてならないのである。虫山次郎は、透明薬を発明したとうそをつき、たんに色のついた水を飲んでみせたのではあるまいか。

そう考えてくると、あの秋の晩、東京湾のほとりの埋めたて地でみた、虫山博士の実験はどうなるのか。あのときの虫山は、三吉の目の前で透明になっていったではないか。それとも、これもまた奇術なのだろうか。

三吉がそれについて質問すると、雨月氏は白髪をなでつけながら、逆に質問をした。

「三吉君、その実験室のかべの色をおぼえているかね」

思いがけぬことをきかれ、三吉は目をつぶって、考えこんだ。

「……ええと、あれは……、そうだ、黒でした」

「ふむ、やはり黒だったのか。それでは、うたがいもなく奇術応用のトリックだよ。きみは虫山のトリックにひっかかって、うまくだまされてしまったんだ、うはははは」

雨月氏は、ふたたび大口をあいて笑ったのであった。

意外な話

あのときの虫山は、透明薬をのんで苦しさのあまり、机の向こう側にバッタリたおれていった。そして、ふたたび立ちあがったときには、首が透明になっていたのである。

「じつに簡単なトリックなんだ。虫山は机のかげにかくれて、三吉君の目のみえないところで、頭から黒い袋をかぶったのだよ」

「頭からすっぽりと……？」

「そう。そして立ちあがったんだ。黒ふく面は、バックの黒いカベの色にとけこんでしまうから、三吉君の目には、あたかも首がなくなったようにうつるんだよ」

「……」

三吉は、あぜんとして雨月氏の顔をみている。

「虫山はあらかじめ、ふつうの白いワイシャツの下に、黒いピッチリしたシャツを着ていたんだね。そしてきみの目の前で、上の白いシャツをぬいでみせたのだよ。すると、いまいったように、黒シャツと黒カベがいっしょになって、かき消えたように見えなくなるのだ」

「よくわかりました」

うなずいて、三吉はいった。説明されてみると、東京湾のそばの実験室の場合も、多摩川のほとりのほら穴のときも、奇術にすぎなかったことは明白であった。虫山次郎、それは殺人鬼であると同時に、じつにすぐれた奇術師であるといわねばならない。

最初の夜は、さしみにジャムをつけて食べたり、わざと変ったまねをして、三吉の好奇心をつかんでおびきよせた。二度めはまんまと冬川探偵をだまして、あのほら穴までさそいだし、そして自分の「奇術」をみせているのだ。観客の心理をたくみにキャッチすることに熟練している舞台奇術師でなくては、とてもあのようにうまくはできない。

「虫山次郎は、ほんものの奇術師だったにちがいありませんね。そうでなければ、冬川名探偵の目まであざむけませんからね」

「うむ、あるいはそうかもしれないね」

雨月氏はたなに手をのばして、皮表紙の大型の本をとりだした。「日本奇術史」とかいてある。

雨月氏がページをくっていくと、そこには、天一《てんいち》、天勝《てんしょう》、天洋《てんよう》、天海《てんかい》……といった、過去、現在の名人たちの写真がずらりとでている。

「あっ、この人です、虫山は！」

と、あるページをひらいたとき、三吉は思わずさけんだ。まちがいなく、それは虫山次郎であった。シルクハットにえんび服、気どったポーズをして、つえをかかえている。

「これは旭洋斎天六《きょくようさいてんろく》という男だよ。奇術の天才だったけれど、酒ずきなために舞台をしくじって、奇術師をやめてしまったのだ」

なつかしそうに写真をみていた雨月氏は、ついで、三吉が予期せぬ意外なことをいった。

「だが三吉君、天六の名は虫山ではないよ。本名は岩《いわ》田勘六《たかんろく》というんだ。それにこの男には、兄も弟もいない。むかしわたしと仲よしだったから、よく知っているのだ」

三吉はあっけにとられて、雨月氏をみつめた。

テーブル・スピーチ

　五月末のある夜、品川のホテルニッポンで、透明人間事件の解決をいわうパーティーがひらかれた。

　警視庁が、沢田警部や刑事さんたち、それからスバル探偵局の冬川局長、東都新聞の記者など、事件に活躍した人びとをまねいて、その苦心をねぎらってくれたのだ。

　くつみがきの三吉少年も、もちろん出席した。東都新聞がおくってくれたスマートな洋服を着て、ほおを赤くそめ、元気のいい顔をニコニコさせている。

　パーティーの会場はホテルの七階だった。三吉がカメさんたちとエレベーターであがっていくと、もう沢田警部も来ていて、長い毛をオールバックにした冬川探偵と、タバコをふかしながら、愉快そうに話し合っていた。

　みながテーブルについて、食事がはじまったのが七時。おいしい料理を食べながら、人びとは事件の思い出を語った。窓から吹きこんでくるそよ風が、お酒をのんでほんのり赤くなった人たちの顔を、やさしくなでていく。

　やがて警部や冬川局長、刑事さんたちがつぎつぎに立って、事件が解決したお祝いのことばをのべた。

「先に、冷凍人間事件がおこり、つづいて透明人間事件がおきて、東京都民は生きた気持ちもしなかったのであります。それが解決したことは、おめでたいと思います」

　パチパチと拍手。

「しかし、最後まで犯人がわからずに、たくさんのぎせい者をだしたことは、残念です」

　みんなは、そうした意味のテーブル・スピーチをした。

　そして最後に、三吉の番になった。

　どっと拍手がわいた。

「じつは、ぼくはみなさんとちがって、事件の犯人は、もと奇術師の旭洋斎天六ではないと思っているのです。なぜならば……」

　思いがけぬ三吉のことばに、警視庁のひとも、冬川探偵も、あっけにとられている。

「この事件の犯人は、海に投げこまれて殺されたにいさんの復しゅうをするのが目的だったはずです。ところが、天六には、兄弟がいません。彼はひとりむすこだったからです」

「三吉くん、それはほんとかね？」

　沢田警部がきいた。

「ええ。ぼくは東都新聞の人たちと力をあわせて、ようやくのことで天六の本籍をさがしだし、そこの村役場へいって調べてきたのです」

三吉と森記者は、けさ東京にもどったのであった。

「ほほう、それは意外だ。では天六は犯人でもないのに、なぜ自殺をしたのかね?」

「自殺したようにみせかけられて、ほんとうの犯人に殺されたのですよ」

「だってきみ、遺書があるではないかね」

「ちがいます。あれは犯人が書いたのです。あの定規でかいた文字は、犯人の筆せきをかくすためだったんです」

数かずの予告状は、みな犯人が書いたもので、天六は一通もかいたことはなかったのだ。

「三吉くん、天六が犯人でないとすると、ではだれが犯人なのかね?」

今度は冬川探偵がたずねた。

「それを、これからお話ししようと思うのです」

三吉はそういって、コップの水を飲んだ。

犯人の名は?

「真犯人の名を、かりにXとよぶことにしましょう。Xは、旭洋斎天六というおちぶれた奇術師がいることを知ると、天六を利用して、兄のかたきをうとうと考えたのです。つまり、透明人間という仮空の怪人をつくりだして、自分がやった殺人を、すべて透明人間のせいにしようと思ったのでした」

人びとはシーンとして、三吉の話をきいている。

「天六はXの命令でわざとぼくの目の前でへんてこな行動をとり、ぼくをさそいだしました。そして東京湾の近くの実験室の中で、奇術を応用して消えてみせたのです。また、サユリさんとぼくを足立区のあき家におびきよせると、いかにも実験に苦心しているようなおしばいをやってみせたのです」

「ああ、その話をきかされると、わたしは胸がいたむよ。かわいそうなサユリを焼け死なしたのは、あのときのできごとだからね」

冬川探偵が悲痛な声をだした。

「あのひとのことは、お気のどくに思います。ぼくも

山田さんたちも、サユリさんが大好きだからです」

三吉も、しんみりといった。

「さて、ではXはなぜぼくに、三度までもインチキの実験をみせたのでしょうか。ぼくは目撃したことを、すぐ山田さんに知らせます。すると、それが大きく新聞に発表されて、透明人間のうわさがひろまってゆきます。それがXのねらいなのでした」

山田記者が、そっと苦笑した。知らず知らずのうちに、Xののぞむとおり、透明人間の宣伝をしていたのである。それを思いだすと、にが笑いをうかべずにはいられなかった。

「まず、第一の事件のことを考えてみましょう。四谷の双葉荘アパートにあらわれたほうたい男は、天六ではなくXだったのです。ほうたいをぐるぐる巻いて変そうをすれば、それを見たひとは、だれでも透明人間だと思いこんでしまいます。じつにうまいやり方ではありませんか」

「三吉くん、Xはだれなんだね？　わかっていたら、早くおしえてくれたまえ。わたしはそいつの家にかけつけて、ひどいめにあわせてやりたいのだ。サユリのかたきうちをしたいのだよ」

声をふるわせて、局長がいった。

「わかりました。いまお話をします」

三吉はまたコップの水を飲んだ。

「去年の秋の夜、ぼくが東京湾のそばの実験室で、天六の奇術をみたときのことを思いだしてください。ぼくがのぞいていることを知った天六は、おこって追いかけました。いや、ほんとうは、おこったふりをして、追いかけるまねをしたにすぎないのです」

「うむ」

「そうしたようすを、Xはくらやみにとめてあった自動車の中で、そーっと見ていました。ぼくが原を走りぬけて、電車通りのほうへ電話をかけにいってしまうと、Xは車を実験室のそばに横づけにしました。そして天六を乗せ、逃げていったのです。庭にタイヤのあとが残っていたのは、そうしたわけでした」

みな、だまってうなずいている。

「ところがXは、そのときたいへんなしくじりをやったのです。それは、庭にネクタイピンか何かについていたエメラルドを落としていったことです」

三吉はポケットから、紙につつんだ宝石をとりだした。みどり色にかがやいている。

「これがそれです。Xはエメラルドを落としたことには気づいていますが、その場所があの庭であることは、少しも知らなかったのです。では、このエメラルドは、何についていたのでしょうか」

「ネクタイピンじゃないのかね?」

警部がいった。三吉は首をふった。

「ちがいます。山田さん、あなたのシガレットケースをかしてください」

ケースを受けとると、三吉は、それを一同にみせた。

「いいですか、ここに彫ってある竜は、目だまがとれてなくなっているのです。この目の穴に、エメラルドをはさんでみます」

パチリと小さな音がして、みどりの宝石は、きちんと竜の目にはまった。竜はにわかに生き生きとした表情になり、いまにも天へかけのぼりそうであった。

人びとのあいだから、あっというさけびがおきた。

「Xは実験室の庭でタバコをすおうとしてこのケースをとりだしたのでしょう。目だまは、そのとき落ちたのだと思います。では、このケースの持ち主はだれだったのでしょうか」

「おい山田くん、まさか、きみが犯人ではあるまいな?」

沢田警部は、うわずった声をだした。

「と、とんでもない。ぼくはこれを、事件解決の記念に、ある人からもらったんです」

「だ、だれからだ?」

「あの人です」

だれもが山田記者の指さしたところをみた。そこには、髪の毛をふりみだし、血走った目をした冬川探偵が、山田記者をにらんでいた。

一騎うち

「山田くん、なにをいうのか。おれは知らん。そんなケースをきみにやったことはないぞ」

沢田警部も刑事さんたちも、信じられぬ顔つきで山田記者をみつめている。こんな有名な探偵が、あのおそろしい殺人犯であるはずがない。みな、心の中でそう思っているのだ。

「山田くんに三吉くん、失礼なことをいってはいかんね」

沢田警部が、とりなすようにいった。しかし三吉は、自信をもって話をすすめた。

「では、冬川さんが犯人であるかないかそれを推理してみましょう。まず、名越隆盛という土木技師が、透明人間に殺されたときのことを思いだしてください。あのとき奥のへやにいたのは、名越さんと冬川さんのふたりきりでした。そして名越さんは殺され、冬川さんは頭をなぐられて気絶してしまったのです」

三吉は、ゆっくりと説明をつづけていった。

「犯人は、空気みたいに目に見えない透明人間だから、殺人ができたと考えられていました。けれども、現在では、透明人間などという怪物はいないことがわかっているのです。すると、あの奥ざしきにいたふたりのうち、どちらかが犯人ということになるではありませんか」

「……」

「冬川さんは名越さんを殺し、『あっ、虫山だな』とさけんでおいて、自分で自分の頭をなぐったのち、ひっくり返っていたのです」

「でたらめいうなっ」

冬川探偵がくってかかった。

「冬川さん、ぼくは、ほんとうのことをいっているんです。テレビ俳優の浜中良彦さんを殺したのも、やはりあなたです」

「うそいうなっ。おれが、高い天井の電灯を、どうやってたたきこわすことができたのか」

まるで、三吉と冬川探偵の一騎うちみたいだった。あとの人は、勝負のなりゆきを、ただじーっと見まもっている。

「あのとき、テーブルの上のビールがこぼれて、床にとびちっていました。ところがぼくが、その中のある部分が、少しもあわがでていないことに気づいたのです。あわのでないビールなんて、あるんでしょうか」

三吉は、一同をぐるりと見まわした。

「そんなビールはないですね。だからぼくは、床にこぼれているのは、ビールと水だと考えたのです。では、なぜ水がこぼれていたのか」

だれも返事をするものはない。

「この水こそ、天井の電灯をわったトリックのタネなのです。冬川さんは、熱くなっている電灯めがけて、ポケットからとりだした水鉄砲を発射しました。だから電球はひとたまりもなくわれて、真下にいる浜中さんの頭上に落ちてきたのです」

「ふーむ」

と、警部は腕を組みあわせた。

犯人の最期

名越隆盛のアパートの場合もテレビスタジオの場合も、さい涙弾を投げこんだにもかかわらず、透明人間は平気だった。いままで、ふしぎでならなかったこのなぞも、冬川探偵が犯人だということがわかってみると、ふしぎでもなんでもなくなるのだ。犯人の冬川探偵は、へやの中にはいっていなかったのだから、平気なはずだ。

「つぎに、小説家の丸井夏夫さんの場合を考えてみましょう。冬川さんは車をとばして、ぼくらよりも先にかけつけるとゆだんをしている丸井さんを殺してしまいました」

「おいおい、丸井くんのへやの窓には、天六の影がうつっていたじゃないか。それともきみは、あれがおれの影だとでもいう気かね?」

冬川探偵は、かみつくような調子だった。

「ちがいます。あれは紙を切りぬいた人形ですよ。ぼくやカメさんが、丸井さんの書斎のドアをたたき破ろうとしているあいだに、庭に立っていたあなたは、人形につけてあるハリガネをひっぱったのです。人形はガスストーブの上に引きずられてきて、燃えてしまい、透明人間がまたもや消えてしまったようにみえたのです。ぼくは、あのとき紙の燃えたにおいがしたもんだから、怪しいと思いました」

人びとは、透明人間がクシャミをしないように、ガスストーブに火をつけておいたのだと考えていたが、それはまちがいだったわけだ。

もはや、沢田警部も刑事さんたちも、冬川局長が、犯人であることを信じていた。その冬川探偵は、テーブルふかく頭をたれている。

「では三吉くん、大木戸三平太はなぜ千葉県の小屋へ行ったのだろう? あの手紙には、どんなことが書いてあったのかね」

「それはぼくも知りません。冬川さんが説明してくれるでしょう」

大木戸三平太は、冬川探偵の手腕を信用していなかったはずである。その三平太をおびきだした手紙に、冬川探偵はどんなことを書いたのであろうか。

「冬川くん、おい……」

肩に手をかけて警部がゆすぶった。とそのひょうしに、冬川探偵は上体をぐらりとさせて、くずれるように床にころげていった。

「し、死んでいる!」

だきおこそうとした警部は、かすれた声でさけんだ。のがれることができないと思った探偵局長は、いつも身につけていた毒をのんで、しずかに自殺をとげていたのだった。兄の復しゅうをとげた冬川探偵の顔は、満足げに、眠ったようにおだやかなものであった。

灰色の家

冬川探偵の死をいたむように、雨がふつか間降りつづき、そして三日めになってやっと晴れた。三吉は、東都新聞の山田記者やカメさんたちと、奥多摩にドライブすることになった。ひさしぶりで、のんびりした気分をあじわいたいからだった。

甲州街道をしばらく行くと、山も野もみどり一色になり、ところどころに、庭先にクヌギの木をめぐらした農家があったりした。

やがて国分寺という町にさしかかろうとしたとき、車の窓から外を眺めていた三吉は、ふと変なものに気づいたのである。

はるかに見える丘の中腹に、明るいひざしをあびて、一軒の灰色の家がたっている。その二階の窓のところが、キラキラ光るのだ。

何だろう？　そう思ってみていると、それは一定のリズムをもってかがやいていることがわかった。

……ピカピカピカ、ピカーリピカーリピカーリ、ピカピカピカ。そして、三十秒ほどとぎれ、またピカピカとやりはじめる。

三吉ははっとした。あれは信号ではないか。

「運転手さん、止めてください」

ブレーキがかけられ、車はキーッと悲鳴をあげて止まった。

「三ちゃん、どうしたんだ、いったい」

山田記者もベレーをかぶった森記者も、三吉の顔をびっくりしてのぞいている。カメさんはサンドイッチをほおばったまま、モグモグと何かいった。

「ほら、あの家の窓をみてごらんよ」

「どれ？　ああ、あれか」

記者たちは、いっせいに丘の家をみた。

「ねえ、あの光っているの、信号じゃないかな」

「ふうむ、待てよ……」

見ているうちに、みなの表情はみるみるうちに固くなっていった。

「三ちゃんがいうとおりだ。あれはモールス信号だぜ。トトトツーツーツートトトといっているんだ」

「それ、何の意味ですか」

「ＳＯＳだよ、救助信号だ。だれかがしきりに救いをもとめているんだ」

森記者がいった。

「運転手くん、あの丘に大至急やってくれ！」

山田記者が、目をかがやかせてどなる。

ただちに車は方向を変えて、畑の中の一本道をたどりながら、丘の上へのぼっていった。こんもりした林をぬけ、小川を渡って、コンクリートづくりの四角い家の前に着いた。

「ここだ！」

車からおりると、四人は二階の窓を見あげた。しかし、かたくとじられたその窓には、何も見えなかった。

「よし、ドアをたたいてみよう」

山田記者を先頭に、垣根をのり越えて入口の前に立った。しんと静まりかえったその家は、なにかぶきみであった。

「こんにちは。もしもし、だれかいませんか」

ドアをたたき、声をかけたが返事がない。

「ぼくが責任をとる。ドアを破ってはいってみよう」

山田記者は、きっとした調子でいった。だまってよその家に侵入すると、それはどろぼうと同じことになるのだ。

扉にはしっかりとカギがかけてある。四人は、どしん、どしんと、体当たりをやって、ようやくドアをこわすことができた。

家の中は洋風になっている。だが、床の上にはほこりがたまり、男のくつあとが階段をのぼって二階につづいていた。

四人はうなずきあって、階段を一歩一歩とあがっていった。みだれたくつあとは、廊下の奥の一室にきえている。三吉たちは、そのドアの前に立って、ふたたびノックした。だれかが、このへやに出入りしているのだ。

「もしもし、ぼくらはSOSの信号をみて来たんです。もしもし」

山田記者が声をかけた。……返事がない。四人はまたドアに体当たりした。めりめりっと音をたてて、扉がやぶれる。三吉たちははずみをくらって中に転げこみ、そしてへやの中を見たとたん、思わず驚きの声をあげた。

机とベッドがある。机の上にはからっぽの食器とミルクびんがのせてあり、ベッドには、気を失った人間が、あおむけに転がっていた。

「あっ、サユリさんだ。サユリさん！」

三吉は夢中になって、やせおとろえたサユリにだきついた。

手紙の秘密

病院の窓から、富士が見える。三吉とサユリは、ベッドに並んで腰をかけ、もう二十分ちかくそうしているのだった。

一週間入院したおかげで、サユリはすっかり元気をとりもどしていた。

「ぼくは、サユリさんが焼け死んだものとばかり思っていたんだ」

「そう、ご心配かけてわるかったわね」

サユリは、そっと三吉の手をとった。

「あたし、あの実験室で透明人間にみつかると、車に乗せられて国分寺の一軒家につれていかれたの。実験室が焼けたことも、おじが殺されたことも、なにも知らなかったんだわ。まるで囚人みたいだったんですもの」

冬川探偵は、頭のいいサユリに自分の正体がばれることをおそれ、天六に命じてサユリをおびきよせ、かんきんしたにちがいない。

「食事はどうしたの?」

「透明人間が、三度ずつはこんでくれたわ。あたしその透明人間を見ているうちに、どこかで見かけたような気がしてきたのよ」

　サユリの世話をしていたのは、天六だった。ところが彼を殺してしまうと、食事をつくるものがいない。だから冬川探偵がほうたいを巻いて透明人間にばけ、食事をはこんでいたのだ。サユリが、どこかで見た人だなと思ったのは、そうしたわけなのである。

　だが、その冬川探偵が自殺をしてからというものは、だれも食事をもってきてくれない。

「おなかがすいて、目がまわったわ。ところがあの日は、晴れていたでしょう。だからコンパクトの鏡で、SOSの合図をしたの。で、自動車がこちらに向かってくるのをみたとき、はりつめていた力がいちどにぬけて、どっとベッドの上に倒れてしまったの。でも、まさか、あの光が、あなたの目にはいるとは思わなかったわ」

「ほんとに、偶然だったね。ところでぼくには、もう一つ疑問があるんだよ。それは、大木戸さんが受けとった手紙には、どんなことが書いてあったかということなんだ」

　サユリは、その美しい顔を悲しそうにくもらせた。

「だいたいの見当はつくわ。手紙を書いたのは冬川局長なのよ。文句は『わたしは苦心の結果、透明人間をつかまえることに成功した。あなたにとってうれしいしらせは、死んだと思っていたサユリさんを、ぶじに助けだしたことである。サユリさんはあなたに会いたがっている。ただこのことは、まだ警察や新聞社には秘密にしておきたいから、あなたひとりできてくれ』というようなものだと思うわ。そして、あたしの写真を何枚かとって同封したのよ。だからおじさんは、すっかり本気にして、手紙にかいてあった地図のとおりに、あの小屋まででかけていったのよ。……かわいそうなおじさん」

　サユリはそういって、涙ぐんだ。三吉は、大木戸がみなに眠り薬をのまして出ていったわけが、はじめてわかったのだった。

「……ねえ、三吉さん」

　サユリはほおを赤らめて、もじもじした。

「あのね、山田さんがね、結婚してくれないかとおっしゃるのよ」

「わあ、賛成だな。早く結婚して、かわいい赤ちゃんをうんでくださいよ」

　三吉がそういうと、サユリははずかしそうに下をむいた。窓から見える富士もサユリの結婚を祝福するかのように、ほほえんでいた。

鳥羽ひろし君の推理ノート

挿絵・小林久三
白井　哲

◇読者のみなさんへ——作家より◇

みなさんに、鳥羽《とば》ひろし君をご紹介いたします。

鳥羽君はみなさんとおなじ年ごろの、とても元気な、正義感のつよい、あかるい少年です。そして、みなさんがそうであるように、なぞを推理したり、秘密をといたりすることが、大好きです。

みなさんに、この鳥羽君が経験したふしぎな話、変わった事件、はらはらする冒険の物語などを、読んでいただくことになりました。

みなさんは、鳥羽君がどんなにくるしい運命にぶつかっても、どんなに困った場面にぶつかっても、決して落胆することなく、いつも勇気をふるって前進していくすがたに、共感してくださることと思います。どうか鳥羽君にご声援をおねがいします。

テープの秘密

ポメラニア語

ヒバリが鳴いている。空はあおくすみわたって、目をあけていると、まぶしいほどだ。みどり色の森の上のほうにだけ、ひとにぎりの小さな白いくもが、ぽっかりとうかんでいる。むぎ畑のあいだから、ゆらゆらと、かげろうが上がっていた。

鳥羽君は草むらにねて、叔父さんにおしえてもらった藤村《とうそん》の詩を、くちずさんでいた。

小諸《こもろ》なる　古城《こじょう》のほとり
くも白く　遊子《ゆうし》かなしむ

むずかしい文句だ。だけど、説明されてみると、とてもいい詩であることがわかる。

にごり酒　にごれるのみて……

「あら、なにをモグモグいってるの？」

いきなり元気な声がして、横にどすんとすわったものがある。よし子さんだ。

「モグモグだなんて、けしからんぞ。ぼくは、藤村の詩をうたっているんだよ」

「まあ、あたし、ポメラニア語の寝言かと思ったわ」

よし子さんは、そう言ってわらった。鳥羽君よりも一級下だけれど、スポーツのじょうずな女の子である。

「ポメラニア語って、どこのことばなの？」

「ウウン、知らない。世界地図をみても、そんな国はないのよ。だけど、亡くなった父が、ポメラニア語で遺言をのこしてくれたんだもの」

鳥羽君は興味をひかれた。世界地図にものっていないポメラニア国。その国のことばは、どんな文字をつかっているのだろうか。

「ぼくに、その遺書をちょっと見せてくれない？」

「書いてあるんじゃないのよ、テープに録音してあるんだわ。うちにいらっしゃいよ、きかせてあげるから」

よし子さんは鳥羽君の手をとって、原のむこうにある自分の家へつれていった。

よし子さんの勉強べやには、大きな西洋人形や、チューリップの花がかざってある。新学期からつかうあたらしい教科書も、机の上にのせてあった。

「ここで待っててね」鳥羽君をイスにかけさせて、よし子さんは出ていったが、まもなく、トランクの形をした録音器をさげてもどってきた。そのうしろから、おかあさんが、紅茶とケーキをもってきてくれた。

「どうぞごゆっくり」おかあさんがあいさつをしてでていったあとで、よし子さんは紅茶をひとくちのむと、すぐに録音器のふたをあけた。鳥羽君が、はやくききたがって、うずうずしていることに気づいたからである。

「テープをまわすわ、いいこと?」

カチリとスイッチをいれた。ウー……というモーターの音がきこえはじめた。うす茶色をした録音テープがくるくると回転して、右のリールにまきとられていく。

「……おとうさんは、よし子に、たくさんの宝石を、プレゼントしようと思う……」

亡くなったおとうさんの、元気な、なつかしい声がきこえだした。よし子さんは、じーっと目をつぶってきいている。

「……よし子がよく考えれば、宝石のかくし場所は、すぐにわかるはずだ。おとうさんは、そのかくし場所を、ポメラニア語でのべておこう。いいかね、では、ポメラニア語をききなさい。……ウライナカノノサウィケソーホ……」

声はなおもつづいている。だが、とてもへんな発音だ。いままできいたことのない妙なアクセントなのだ。鳥羽君は英語の勉強がすきである。だから、ほかの外国語、たとえば、フランス語やドイツ語や、ロシヤ語などにも、関心をいだいていた。しかしこのポメラニア語は、そのようなヨーロッパ語とはまったくちがった、ふしぎなひびきをもっている。

やがて、ポメラニア語はおわった。よし子さんは手をのばして、テープの回転をとめた。

「ね、へんなことばでしょう?」

「うん、おかしな言語だなァ」

「インド語のお経みたいだわ」

「よし子さん、ぼく、叔父さんにきいてみるよ。叔父さんは新聞記者だから、新聞社でしらべてもらえば、どんなことばだってかならず日本語にほんやくできるんだ」

「そう、じゃお願いするわね」

よし子さんは目をかがやかせて、紅茶をのんだ。鳥羽君はケーキを口にいれた。上等のクリームのついた、とてもおいしいケーキだった。

夜のどろぼう

鳥羽ひろし君の叔父さんは、伊東半吉《いとうはんきち》というなまえである。身長はあまりなくて、どちらかといえばズングリしたほうだが、そのかわり柔道がつよい。学生時代に、全国大会で二位になったことがある。

「姿三四郎と試合してみたいな」

などと、えらそうなことを言って、にやにやしている。

半吉叔父さんは、鳥羽君のおかあさんのいちばん下の弟で、すぐそばのアパートに住んでいる。だから、毎日鳥羽君の家にあそびにきて、「姉さん、カステラたべたいな」だとか、「このシャツ、せんたくたのみますよ」などと言って、お茶をのんでいく。鳥羽君とは大の仲よしだ。

その晩鳥羽君は、お茶をのみにきた叔父さんをつかまえて、自分のへやへつれていった。

「ふーん、ポメラニア語なんてもの、きいたことねェな」

話をききおわって、半吉はうでをくみ、首をかたむけた。叔父さんは新聞記者のせいか、ときどき汚いことばをつかう。そして鳥羽君のおかあさんからしかられるのである。

「そうだ、テープをうちの新聞社にもっていこう。きっと、だれかが日本語にほんやくしてくれるよ。善はいそげだ。さっそくよし子さんに話をして、テープをかりておいで」

半吉叔父さんがそう言ったときである。玄関のベルがリリリリと鳴った。ふたりは思わず顔を見合わせた。お客さんらしい。いまごろ、だれだろうか。

まもなく、鳥羽君のへやのドアが、コツコツとたたかれて、おかあさんの声がした。

「ひろしさん、お客さまですよ。よし子さんがお見えになったの」

「え、よしこさんが?」

鳥羽君は、あわててドアをあけた。おかあさんのうしろに、よし子さんが立っている。だがその顔は、昼間あったときとはまるでちがって、元気がなかった。

「どうしたの、よし子さん」

「たいへんなの、あの録音テープがぬすまれてしまったのよ」

「えッ、いつ?」

「おかあさんとテレビみてたの。そのすきに勉強べや

のまどガラスをこわして、テープだけぬすんでいったの」

半吉叔父さんも、イスから立ち上がって、よし子さんの話をきいていた。

「どろぼうの姿をみなかったのかい、よし子さん」

「ええ、なにも気づかなかったのよ。いままでおまわりさんがきていて、いろいろしらべてくださったわ」

「ふむ、こいつは重大問題だぞ」

半吉叔父さんは、しんこくな顔になって、あごをつまんだ。

「よし子さんにひろし君、どろぼうがねらっているのは、あきらかによし子さんのおとうさんがかくしておいた宝石なんだ」

「あら、どうしましょう」

よし子さんは、泣きだしそうな声になった。

「いや、まだそれほど心配しなくてもいいよ。あのどろぼうだって、録音してあるポメラニア語を日本語にほんやくすることは、なかなかむずかしいはずだからね」

鳥羽君は、よし子さんを力づけるように言った。そして、しばらく考えていたが、やがてなにかを思いついたように、ぽんと手をたたいた。

「叔父さん！」

「大きな声だすなよ。びっくりするじゃねェか」

「あの録音テープをとりもどす名案があるんです。ぜひ叔父さんのちからをかしてください」

「よしきた、どんな名案だ」

ひろし君は叔父さんの耳に口をよせると、しばらくひ

そひそ話をしていたが、やがて叔父さんは大きくうなずくと、

「うまい！　さすがは冒険ずきのひろし君だ。その方法ならばきっと成功するぞ」と言った。

ブラック・マスク

大きな、ひえびえとしたへやだ。空には太陽がぎらぎらかがやいているのに、ここはまるで夜みたいに、蛍光灯がひかっている。なぜならば、壁も、天井も、床も、ぶあついコンクリートでできた、窓の一つもない、地下室だからだ。テーブルが一つある。そのまわりにイスが十個。そのイスの上に十人の男がすわって、じーっとなにかをきいている。男たちは、みな黒い仮面をつけているから、だれがどんな人相をしているのか、まったくわからない。

この二、三年、東京をはじめとして、名古屋、大阪、福岡、札幌などの大都市をあらしまわっている盗賊団の、ここがかくれ家なのだ。

「テープをぬすみだしたのは上できだが、さっぱり意味がわからん」

中央のイスにかけた、ひときわ大きな男が言った。せいが高くて、胸のはばがあつく、まるでプロレスラーみたいである。トラかゴリラがほえるような、ものすごい声だ。

「よわりやしたネ。どうもあっしは、生れたときから英語がにがてなもんでやすからネ」

ひとりの子分が、親分のきげんをとるように言った。

「ばかッ、これは英語じゃない、ポメラニア語だ」

親分はテーブルをたたいてどなった。

「残念だな。この意味がわからないと、宝石をぬすむことができない」

親分がむねんらしく言ったときに、いままで新聞をよんでいた子分のひとりが、いきなりさけんだ。

「お、親分、こ、この新聞をみてください」

「なんだ、どうした」

「ポ、ポ、ポメラニア語をしゃべるやつがみつかりましたぜ」

「な、なんだと」

さすがの親分も興奮したとみえて、あわてて新聞をうばいとった。なるほど、写真入りでつぎのような記事がでている。

横浜入港のオランダ船アムステルダム号で、ポメラニア駐在領事市川一夫氏の令息一郎君が、春休みを利用して帰国した。ポメラニア生れの同君は、日本語よりもポメラニア語のほうがじょうずなほどである。なお一郎君はオリエンタルホテルに一泊ののち、ただちに北海道へむかう。

「ふーむ、こいつは神のたすけだ、おい、ジミー」「へえ」

「きょうの夕方オリエンタルホテルへ行って、一郎をつれてこい」「へえ」

「大学の小使にばけていけ」「へえ」

「そしてな、うちの先生がポメラニア語をおしえていただきたいと申しておりますゆえ、ぜひおいでくださいますように……と言うんだ」

「親分、せっかくだけど、そんな上品なことばはむずかしすぎて、おれには話せねえな」「ばかッ、早くしろ！」

ジミーは親分にどなられて、思わず首をすくめた。

教授の使者

オリエンタルホテルの二〇五号室。そこのソファに腰をおろして、熱心に雑誌をよんでいる少年がある。きりッとした顔つきの、りこうそうな中学生だ。宿帳には、市川一郎とサインしているけれど、その正体が鳥羽ひろし君であることは、すでに読者諸君がお気づきのとおりである。鳥羽君は半吉叔父さんにたのんで、新聞にわざとあんな記事をのせてもらい、自分はいかにもポメラニア生れのようなふりをして、ホテルにへやをとったのであった。鳥羽君はワナをしかけたのだ。そしてそのワナにえものがかかるのを、待ちかまえているのである。

……夕方の四時半。とんとんとドアをたたく音がした。

「どうぞ」

しずかにとびらがあいて、はいってきたのは、学校の小使さんみたいな、六十歳ぐらいの男であった。腰がすこしまがりかけ、白毛《しらが》のあたまがはげている。さすがはブラック・マスクの団員だけあって、ジミーの変装もうまいものであった。

「わたくしは東都大学の小使でございます」

老人は、ゴホンゴホンとせきをした。

「……うちの先生が、おぼっちゃんからポメラニア語をおしえていただきたいと、こう申しております、はい」

「ぼく、きょうはとてもつかれているんです。ゆうべ船がゆれたものだから、眠れなかったのですよ。だから、おことわりします」

わざと鳥羽君がふきげんな顔をしてみせると、老人はあわてて首をふった。

「いえいえ、ほんの三十分ほどでけっこうでございます。おぼっちゃんをつれて帰りませんと、おれが……、いや、その、わたくしが、親分……じゃない、先生からしかられるのでございます」

「それはお気のどくです。では、いっしょに行きましょう」

鳥羽君はハンチングをかぶると、老人とつれだって、待たせてあったトヨペットにのりこんだ。車はすぐにスピードをあげて、北へむかって四十分ちかく走ったのち、

ある町のはずれについた。

「うむ、ここは八王子《はちおうじ》だな」

鳥羽君は心のなかで思った。速度と時間と方角から計算すれば、すぐにわかるのである。

「さあ、こちらでございますよ」

車が一軒の西洋館のまえでとまると、老人は鳥羽君の手をとって、地下室への階段をおりはじめた。ところどころコンクリートがくずれている、ふるい階段だ。かびくさいにおいがプーンとしてきた。

「先生、市川さんのおぼっちゃまをおつれいたしました」

ドアの前に立つと、老人が言った。

「うむ、よし、おとおししなさい」

地下室のなかから、ふとい声がきこえてきた。大学の教授らしくない、どこか野蛮人みたいな声である。

「ああ、こいつが盗賊の首領なんだな」

鳥羽君は、おもわず緊張した。

首領のたのみ

「わたしが東都大学の吉田教授です。よろしく」

大学の先生にばけたブラック・マスクの首領は、鼻の下にヒゲをつけて、金ぶちめがねをかけ、チョッキのポケットから金のくさりをたらしている。鳥羽君はそれとなく、教授のへやを見まわした。地下室におりる階段はコンクリートがぼろぼろとかけていたが、この首領のへやは、じつにりっぱだ。大きなラジオ、上等のイスとテーブル、みごとな二枚の油絵。どれをみても、高価なものばかりである。

「先生は、なぜ、地下室に住んでおいでなのですか」

鳥羽君に質問されると、にせ教授はちょっとまごついて、

「いや、ナニ、学問の研究をするには、地下室のほうがしずかで、おちついた気分になれるのですよ。アハハハ」

と、笑ってごまかした。そしてコーヒーをすすめながら、

「ぼっちゃん、さっそくですが、ここに録音してある

ポメラニア語を日本語にほんやくしてもらいたいのです」

と言った。机の上には、テープレコーダーがのせてある。にせものの教授は、カチリとスイッチをいれた。

「……ウライナカノノ……」という、先日よし子さんのへやできいた、あのおとうさんの声がきこえてくる。いったいこの変てこなポメラニア語がどんな意味であるのか、ひろし君にはさっぱりわからないのである。だが、目の前に盗賊の首領がいるので、いかにもポメラニア語がわかるような顔をしていなければならない。

テープの回転がとまると、鳥羽君はむずかしそうな表情をして、うでをくんだ。

「ふーむ……」

「ぼ、ぼッちゃん、どんなことを言っているのですか」

「うーむ、なかなかむずかしい、ポメラニア語です。いちどきいただけでは、意味がよくわかりませんね」

「なぜですか」

「日本語にも口語体と文語体があるように、このポメラニア語は、現代のポメラニア語ではなくて、一千年ぐらいむかしのポメラニア人がつかっていたことばなんです」

「ははは、そんなにふるいことばですか」

「だから、一度きいただけでは解釈することはむずかしいですね」

鳥羽君がもったいぶってみせると、にせ教授はますます本気になって、

「一郎さん、たのみます、ぜひ日本語になおしてください」

鳥羽君の手をギュッとにぎって、おじぎをするのであった。

宝石のかくし場所

それから十五分ばかりのちのこと。べつのへやに待っていた九人の子分どもは、首領がはいってくると、いっせいに立ち上がった。

「親分、わかりましたかい?」

「シーッ! 声がでかいぞ。小僧にきこえるじゃねえか!」

「へえ、すんません」

「うまくいったぞ。宝石のかくし場所は、ほら、このメモにかいてある」

さしだされた紙片を、子分どもは首をのばしてのぞきこんだ。

「どれどれ。日比谷公園、ツルの噴水から、南々西に五十メートルの地点を二メートルほるべし」

「なーるほど、日比谷公園とはうまいところにかくしたものだな」

子分は顔を見あわせて、くちぐちにそんなことを言った。

「だがねえ、親分」

「なんだ、ジミー」

「日比谷公園は東京のどまんなかですぜ。夜中だってタクシーが走っているとこでさ。気づかれないようにほるのは、むずかしいですぜ」

「おい、ここを働かせろ、ここを!」

首領は、自分のあたまをコツコツとたたいた。

「へえ。すると親分には妙案があるんですかい?」

「あたりめえよ。ガス会社の作業員にばけていくんだ。警官にみつけられたら、『ガスもれしているので、ガス管の修理をしています』ってごまかせばいいんだ」

「あッ、なるほど。そいつはうまい考えだ」

「ガス屋らしくみせかけるために、鉛管や酸素ようせつ器をわすれずにもっていけ」

「へえ。さすがは親分だ。すごくあたまがいいや」

ジミーは見えすいたおせじを言っている。

「ところで親分」

「まだ用があるのか」

「あの小僧をホテルへ帰してやりましょうか」

「ばかやろう！　ホテルに帰ってポメラニア語の秘密をほかのやつにしゃべってしまったら、一大事じゃないか」

「あ、いけねえ」

「宝石をほりだしてしまうまでは、ここにとじこめておくんだ」

ガス管の修理

日比谷公園の大きな池のまんなかに、羽根をひろげたツルの像が立っている。ながいくちばしから、白い水をビューッとふきあげているのが、くらやみをすかして見えた。

　一台の小型トラックが、砂利をふみしめて走ってきたかと思うと、池のふちでピタリととまった。四人の男が地上にとびおりて、ながい鉛管をかつぎおろした。いうまでもなく、ブラック・マスクの一味である。

「兄き、ツルは池のなかですぜ」

「しかたがない、おれがはいってやる。巻尺をかせ」

そう言ったのは、どうやらジミーらしい。

「勘太《かんた》、磁石をみせろ」

ジミーはそっと懐中電灯をつけて、磁石の針をしらべ、南々西の方角をたしかめると、巻尺のはしをにぎって池のなかにはいった。くらい水面に、波紋がひろがっていった。

　やがて磁石と巻尺のおかげで、ツルを基点とする南々西五十メートルの地点が、簡単にみつかった。そこは、道路からはずれた芝生のなかの、二本のツツジの木の中

間である。

「おいハチ公、おまえは酸素ようせつ器に火をつけろ。勘太は見はりをするんだ。巡査がちかづいてきたら、合図にクシャミをしろ。わかったか」

バッと音をたてて、ようせつ器が青白い炎をふきだし、あたりがあかるくてらされた。

「おれたちはガス屋なんだ、ビクビクしないで堂々とほれ」

ジミーの命令で、ふたりの男がスコップで穴をほりはじめた。しずかな公園のなかで、噴水の音と、そとを走る自動車の音にまじって、スコップが土をほる音と、ようせつ器のシューッという音だけがきこえていた。

「……おかしいぞ、兄き。もう三メートルほったけど、まだなにもでませんぜ」

穴のなかから、ハチ公の声がきこえてきた。

「待て、こんどはおれがほってみる」

ジミーがそう答えたとき、道路のほうでハクション！というクシャミがきこえた。

「兄き、きましたぜ！」

「あわてるな、おれにまかせろ」

ジミーはスコップをなげすてて、道路にでていった。ゆうぜんとした、自信にみちた足取りである。


「あなたがたは、何をしているんですか」

ふたりの警官が、懐中電灯をもって立っていた。

「ガス会社のものですよ。ガス管がわれて、ガスがもれているもんだから、修理しているんです」

「そうですか、ごくろうさん」

ねぎらうように警官が言ったので、ジミーは心のなかでホッとした。ところが、安心するのはまだ早かったのである。警官が、つづけて思いがけないことを言ったからだ。

「むだですよ、ガス屋さん。あんな場所をほっても、宝石なんてでてきませんからね」

「な、なんだって？」

「きみらは、鳥羽ひろし君の作戦にまんまとひっかかって、ここまでおびきだされたんです」

「し、しまった！」

すかさず警官はピーッと笛をふいた。すると、木のかげにかくれていた二十人ちかい警官がいっせいにとびだして、手に手に懐中電灯をもっておそいかかってきた。

「いてえ、いてて、なにしやがるんだ」

勘太の悲鳴がきこえた。多勢に無勢だから、四人のブラック・マスクはたちまち手錠をかけられてしまったのである。そのありさまを、パッパッとフラッシュをたいて写真にとっているのは、新聞記者の伊東半吉、ひろし君のおじさんだった。

怪賊団全滅

「親分。もう四時ですぜ。ジミーの兄きたち、どうしたんでしょうねえ」

「心配するな。いままで一度もヘマをやったことのないおれたちだ」

やはり首領だけのことはある。めがねとヒゲをはずし、おちついて、タバコをふかしていた。へやのすみに、鳥羽君がイスにかけている。いや、よく見ると、ロープでイスにくくりつけられていることがわかる。だが、ひろし君は平気だ。まもなく半吉おじさんや島警部たちがたすけに来てくれることを、かたく信じているからだ。

「吉田先生、じゃない。ブラック・マスクの親分」

「なんだ、小僧」

「親分は、少し安心しすぎているようですね」

ひろし君は、にやにや笑いながら言った。

「なにを？」

「ジミーさんたちの帰りのおそいのは、警察につかまえられてしまったからじゃないでしょうか」

「そんなことあるものか」

「しかし親分、日比谷公園に警官たちがはりこんでいて、ジミーのおじさんたちがやってくるのを、待っていたのかもしれませんよ」

「小僧、ばかなこと言うのはよせ」

親分も少し心配になってきたとみえて、ひろし君をにらみつけた。すごい目つきだ。

「親分はぼくを市川一郎だと信じているけど、ぼくは鳥羽ひろしです。市川一郎じゃありませんよ」

「ええッ？」

「ぼくのおじさんは新聞記者ですからね、わざとウソの記事をかいてもらって、ブラック・マスクをワナにかけたんです」

「やりやがったな、小僧！」

首領はみるみるうちに赤くなった。怒りのあまり、からだがぶるぶるふるえている。

「どうするか見ておれッ」

机のひきだしから、ギラギラ光るナイフをとりだし、ずかずかとひろし君の前にちかづいてきたとき、地下室の入口のドアが音をたててやぶられたかと思うと、武装警官がどッとのりこんできた。先頭に立っているのは島《しま》警部だ。カメラを片手にもった半吉おじさんもいる。

「手をあげろ。手向かいすると射つぞ」

島警部は、ダルマににた目でぐいと一味をにらみつけた。

「おい、ひろし君、ぶじでよかったな」

半吉おじさんはうれしそうに息をはずませていた。

「早くロープをほどいてよ」

「まてまて、ひろし君がベソをかいている姿をとって、新聞にだしてやるんだ」半吉おじさんはそんなじょうだんを言って、パチリとシャッターをきった。

テープのなぞ

うららかな日曜日だ。よし子さんのへやには、桃の花がいけてある。

「よかったわ。録音テープもとりもどせたし、ブラック・マスク団もつかまってしまったし」

「半吉おじさんも特ダネをつかんだし」

鳥羽君が口をはさんだので、みな笑いだした。

「うむ、おじさんは部長にほめられて、金一封をもらったよ。これできみたちをごちそうしてやろうと思うんだがな」

「わあ、すてき」よし子さんはとび上がってよろこんだが、ふと曇った表情になると、

「でも、ポメラニア語のなぞがとけないわね」と言った。

「ぼくはとけると思うな」

「あら、どうして？　ひろしさん」

「ポメラニアという国が地球上に存在していない以上、ポメラニア語というものもあるはずがないよ。とすると、あのことばは、テープを逆にまわして録音したものにちがいないんだ」

「うまいぞ、そいつはいいアイディアだ！」

半吉おじさんがひろし君の肩をたたいてほめた。さっそくよし子さんはテープを逆に回転させた。三人はじーっと耳をすませた。……やがて、なくなったよし子さんのおとうさんの声が、スピーカーからながれてきた。鳥羽君の言うとおり、それはハッキリした日本語であった。

〝おとうさんは、よし子の知恵をテストしたかったのだよ。録音テープをさかさに回転することに、よく気がついたね。それではライオンの像をこわしてごらん。宝石はそのなかにある……〟

「ライオンの像って、どれだろう」

「父のおへやにあるのよ。いまもってくるわ」

そう言ったよし子さんは、すぐに、石膏《せっこう》のライオンをかかえてもどってきた。そして床におくと、その頭を金づちでたたいたのである。三人は、思わずあッとさけんだ。

「まあ、ダイヤよ、ルビーよ、真珠だわ！」

われた獅子のなかから、うつくしさがかがやく宝石がころがりでて、春のひざしをうけてキラキラとひかっている。

「よし子さん、よかったね。おめでとう！」

「ありがとう、皆さんのおかげだわ」

よし子さんは夢をみるようなまなざしで、なおもうっとりと宝石をみつめている。空できょうもヒバリが鳴いていた。

灰色の壁

黄金カブト虫

「よし江、よし江はいないか。おい、和彦《かずひこ》君はおらんのか」

書さいで、あわただしく呼ぶ声がする。

台所で朝ごはんのしたくをしていた女中のよし江さんは、いそいでおなべにふたをすると、書さいへかけつけた。そのあとから、顔にシャボンをぬった、書生の和彦もはしってきた。ちょうど、ヒゲをそっていたところなのである。

「なんでしょうか、だんな様」

ぬれた手をエプロンでふきながら、よし江がたずねた。

「これを見なさい、おまえがやったのか」

月山次郎《つきやまじろう》氏は、こうふんしているとみえて、声がふるえていた。

よし江と和彦は、月山氏が指さす場所をみた。書さいのすみに、小型の金庫がある。その金庫のハンドルがねじまげられ、赤いじゅうたんの上には、ロウソクのろうがぽたぽたとしたたりおちて、白くかたまっている。

「だれかが夜中にロウソクをつけて、この書さいの中にしのびこんだのだ。そして、むりに金庫のとびらをこじあけようとしたのだ」

「まあ。……でも、あたしではございませんわ」

「ぼくも知りませんよ」

と、書生も言った。

「ふむ」

月山氏はうたぐりぶかい目でふたりをジロリとみると、書さいをよこぎって、窓にちかづいた。

「このとおり、窓はしまっている。外からはいることはできん。やはり、家の中にいたもののしわざだ」

月山氏には奥さんがいない。この家に住んでいるのは、月山氏をのぞくと、女中のよし江と書生の和彦だけである。

「でも、だんな様、あたし何もしませんわ」

ほんとうによし江は何もしない。それなのに、主人にうたがわれるのが残念だった。

「よろしい。おまえの言うことを信用しよう」

月山氏はそう言って、じゅうたんの上にひざまずくと、ダイアルをまわして番号をあわせた。やがてカチリと音がして、とびらがしずかに開いた。

「ほら、よく見てごらん」

金色にひかる、ブローチみたいなものをとりだして、てのひらにのせた。それは、昆虫の形をした、小さな金の彫刻である。

「なんでしょうか、これ」

「エジプトのピラミッドから出てきた、黄金のカブト虫だ。五千年もむかしのファラオ（皇帝）のミイラといっしょに発見されたのだよ」

よし江と和彦がきみわるそうな顔をしていると、月山氏はわらった。

「ははは、そんなにこわがらなくてもいいよ。これはイギリス博文館長ロイド氏が、一万ポンド（一ポンドは約千円）でゆずってくれと言ってきた品物だ。世界に一つしかないのだよ」

さもたいせつそうに、月山氏は目をほそめて、純金のカブト虫を見つめている。大きさは百円玉ぐらいだ。

「一万ポンドというと、日本のお金になおして一千万円だ。どろぼうは、このカブト虫をねらったにちがいない」

月山氏は、その宝物をふたたび金庫にしまおうとして、床にひざまずいた。

金庫の下からのぞいている白いカードに気がついたのは、そのときである。

「おや？　なんだろう」

手にとってみると、ただ一字「Q」と印刷してあるだけだ。

「はてな。なんだろう？」

「だんな様。それ、どろぼうがおいていった名刺じゃないでしょうか」

「ふむ、Qというなまえのどろぼうか。へんななまえだな」

名刺のうらおもてをつくづくながめながら、月山氏は言った。カギがかかっている書さいの中に、Qはどんな方法でしのびこむことができたのか、それがじつにふしぎであった。

夜の悪魔

それから数えて、ちょうど五日目の夜のことである。よし江は自分のへやで小説をよんでいた。とてもおもしろかったので、時間のたつのをわすれていた。

やがて広間のとけいがボーン、ボーン……と鳴りだしたとき、よし江はようやく本をとじた。

「あら、もう十二時だわ。あたし、まだ十時ごろかと思っていた」

あくびをして、ひとりごとを言いながら立ち上がると、服をぬいでねまきに着かえた。そして手を洗いにいこうとして廊下にでたとたん、変なものをみて、その場にぎょっとして立ちすくんでしまったのである。

廊下のかどを、くるりと曲がっていった人影、それがじつに変てこな姿をしているのだ。黒いマントの下から、ズボンをはいた二本の足がでている。そこまではいいのだが、変わっているのは、彼の頭であった。いや、頭というよりも、頭にかぶっているずきんが変わっている。すっぽりとかぶった黒ずきんのてっぺんに、まるで昆虫のしょっかくのようにとがったものが二本はえて、途中でぽきりとおれ曲がっている。

「わかった、あれは悪魔だわ」

よし江はそっとつぶやいた。彼女は、二週間ばかり前に、テレビで、チャイコフスキーの「白鳥の湖」というバレエをみたことがある。その中にでてくる悪魔が、黒マントを身につけて、頭につのみたいなものをはやしていたのだ。

「だけど、この世の中に悪魔なんているはずがないわ」

よし江はそう考えた。悪魔はグリム童話やヨーロッパの伝説のなかに登場してくる、空想の産物である。

「だれかが悪魔にばけているんだわ。人々をおそろしがらせるために、わざとあんな姿をしているのよ」

よし江は、自分で自分に言いきかせた。だが、だれが、何のために悪魔にばけてきたのだろうか。

「ひょっとすると、あれがQかもしれない」

ふたたびQが黄金のカブト虫をぬすみにきたにちがいないと思った。

「そうだ、だんな様に知らせてあげよう」

悪魔に気づかれないように、一歩一歩よし江はしのび足であるくと、廊下のかどに身をよせて、そっとむこうをのぞいてみた。

いる、いる。悪魔は書さいのとびらをあけて、いましも中にすべりこむところだった。黒いマントのすそがひるがえったかと思うと、ばたんと音をたててドアがしまった。

「だ、だれだ、貴様は！」

書さいの中から、月山氏のおどろいた声がきこえる。

月山氏はいつも十二時ごろまで、書さいで本を読んでいるのである。悪魔はそのことを知らなかったにちがいない。

よし江はドアの前まで走っていくと、ノブをにぎってあけようとした。だが、悪魔が内がわからカギをかけてしまったとみえて、あかない。よし江は、ドアをたたいて、月山氏の名をよびつづけた。

「貴様はQだな？」

月山氏のおこった声がする。

返事のかわりに、ひくいふくみ笑いがきこえた。まるでほんものの悪魔みたいな、ぞっとする笑い声である。

「カブト虫をぬすみに来たのだな。だれがわたすものか！」

すると、それに答えるように、悪魔はまたふくみ笑いをした。

「この悪魔め、これでもくらえ！」

なにかをたたきつける音とともに、ガチャンとガラスがわれた。電気スタンドでなぐりつけたのだ。

つづいて、はげしいあらそいがはじまった。机のたおれる音、花びんのわれる音、みだれる足音。月山氏がとぎれとぎれにどなる声にまじって、悪魔の笑い声がきこえてくる。

やがてだれかがどすんとひっくり返ったようすがした。

よし江は、はッとなった。

「だんな様、だんな様……」

よし江は大声をだして、とびらをたたきつづけた。

「どうしたんだ、よし江さん」

自分のへやで眠っていた書生の和彦も、そのさわぎで目をさましたらしく、右手にかしの木刀をもってとんできた。

「だんな様がたいへんなの。悪魔がやってきたのよ」

「悪魔が？」

「Qが悪魔にふんそうしてきたのよ」

「なにッ、Qが？」

和彦はきッとした顔つきになると、ラグビーできたえたからだで、力をこめてドアに体あたりをした。二度、三度……。ついに四度目にドアがこわれた。

それッとばかりに、木刀をふりかぶった和彦がかけこむ。よし江もあとにつづいた。

「だんな様！」

彼女は、ゆかの上にたおれている月山氏をだき起こした。ひたいをなぐられたとみえて、こぶができ、気ぜつしている。花びんがわれて、あたり一面が水だらけだ。電気スタンドもめちゃめちゃにこわれ、机がひっくりかえっている。

いっぽう、和彦はキョロキョロとへやの中を見まわして、ふしぎそうな顔をしていた。むりもない、悪魔の姿がどこにもなかったからである。カーテンのかげも、ドアのうしろもしらべてみた。やはりいない。

怪人Qは、みごとに消えてしまったのだ。

予告状

「さいわいカブト虫は無事でしたが、ひどい目にあいましたよ」

月山氏は、ひたいに白いほうたいをまいていた。ここは少年探偵、鳥羽ひろし君のへやである。

鳥羽君のよこには、新聞記者の叔父さん、伊東半吉がすわっている。

「ふむ、ほんとにふしぎな話ですな」

半吉叔父さんはくびをかしげた。

「まさか、窓からにげていったのではないでしょうな?」

「とんでもない。窓にはちゃんとカギがかってありましたよ。にもかかわらず、Qのやつは煙みたいに消えてしまったのです。わたしには、さっぱりわけがわからん」

月山次郎氏も、うでぐみをして、くびをひねっている。

「ところで鳥羽さん、けさQから、こんな郵便がとどいたんです。ごらんください」

月山氏はクリーム色の四角いふうとうをとりだして、ひろし君にわたした。上書も便せんも、邦文タイプでうってある。もちろん、Qが自分の筆せきをかくすためであった。

「では、読ませていただきます」

ひろし君は、手紙に目をおとした。


あなたがたいせつにしている黄金カブト虫、明晩ちょうだいします。せいぜいご用心を。

Q

「なるほど、前もって手紙で知らせてくるとは、大胆なやつですね」

「鳥羽さん、感心していてはいけませんよ。わたしは心配で気がくるいそうなんですから」

「それではいい方法があります。カブト虫を銀行の金庫にあずけてしまいなさい」

すると、月山氏はこまった顔つきをしてくびをふった。

「鳥羽さん、それができるくらいなら、わたしは心配しませんよ」

「なぜですか」

「あすの晩は、三人のお客さまをおまねきして、カブト虫をお見せする約束になっているからです」

「ほう。どんな人たちですか」

「ひとりは都立博物館の吉田技官、もうひとりは国立大学の井上博士です」

「三人目は？」

「香港《ホンコン》の美術商、陳《ちん》さんです」

「陳さんて、中国人ですね？」

とつぜん、半吉叔父さんがさけぶように言った。

「その人があやしいですね」

「いいえ、陳さんはりっぱな人です。あとのふたりのかたがたも、みなりっぱな人たちばかりです」

「ですが月山さん、もしQが三人のうちのだれかにばけてきたらばどうです。たとえば陳さんにへんそうしてきたらば、どうですか」

月山氏は大きくうなずいた。

「おっしゃるとおりです。わたしもそれが心配なのです。だからお願いにきたわけですが、鳥羽ひろしさん、明晩わたしの家にきてくださいませんか。そして、カブト虫がぬすまれないように、見はっていてくださらないでしょうか」

月山氏はあたまをさげてたのむ。ひろし君も、Qという怪盗に大きな興味をもちはじめた。予告状をよこす大胆ふてきなやり方もおもしろかったが、それよりも、書さいの中できえてしまったナゾに気をひかれた。

「承知しました。ぼく、かならずカブト虫をまもってあげます」

「ありがたい、ありがたい。ぜひお願いしますよ」

月山氏は安心したように、何度もお礼を言うのであった。

三人の客

いよいよ当日の夜になった。

月山次郎氏の客間には、主人の月山氏をまじえて、三人の男がこしかけていた。

白いかみの毛をして、白いあごひげをはやした老人は、国立大学の文学博士、井上一雄氏である。行司の、式守伊之助によく似た顔をしているので有名だ。

香港の美術商の陳さんは、まだ三十五歳ぐらいの青年で、かみの毛をポマードでてかてかに光らせている。

そのとなりの人が、都立博物館の吉田技官だった。めがねをかけ、少し猫背で、左の足がわるい。年は五十歳ぐらい。

「じつは、今夜、Qという賊が、カブト虫をぬすみにくると言っているのです」

月山氏はそう言って、三人の客の顔をそれとなくみた。

「それはたいへんです。用心してください」

と、陳さんがじょうずな日本語で言う。

「ええ、たといアルセーヌ・ルパンがやってきたとしても、そうあっさりとぬすまれるつもりはありません。窓にもドアにも、げんじゅうにカギをかけてありますからね」

「それならば安心ですよ」

「いえ、Qという賊は、まるで魔法つかいか忍術つかいみたいなやつなのです。へやのなかから、空気のように姿をけして逃げだすこともできます。だからわたしは心配でたまらない」

「ほほう、それはふしぎな賊ですな」

と、吉田技官が言った。めがねがキラリと光ってみえた。

「きのうもきょうも、お酒をのんで元気をつけているのですよ」

月山氏は酒くさい息を、フーッとはいて、机の上をゆびさした。電熱器にやかんがのせてあり、白い湯気がもやもやとあがっている。やかんのなかに一本のとくりがつけてあって、おぼんの上にはさかずきや、はしや、皿がのっていた。

「Qという賊は、ゆだんできないやつですからね。ひょっとすると、だれかに化けて、今夜のお客さんのなかにまじっているかもしれませんな、ははは」

じょうだんみたいに月山氏は言った。しかし、その目つきをみると、けっしてじょうだんを言っているのではないことがわかる。

白いひげの井上博士が、びっくりしたように、持っていたタバコをとりおとしてしまった。

「おっと、失礼しました。ところで月山さん、黄金のカブト虫を拝見させていただきたいものですな」

「よろしい、お見せしましょう」

月山氏はへやのすみの金庫をあけて、小さな皮ばりの箱をとりだした。ふたをひらくと赤いビロードにくるまった、金色のカブト虫が、電灯の光をはんしゃして、きらきらとかがやいている。

消えたカブト虫

「てのひらにのせて、よくごらんください」

「では、わたしから先に拝見……」

井上博士が、たいせつそうに手にのせて、つくづくとながめた。よほど感動したとみえ、ひげがかすかにふるえている。

「ふうむ、これがエジプト古代王朝のカブト虫ですか。わたしははじめて見ましたよ」

「どれどれ」

つづいて吉田技官がうけとると、近眼の目をちかづけて、上からみたり横からみたり、熱心にしらべていた。

「……わたしもはじめて拝見しましたよ。すばらしいものですなあ」

ほとほと感心したように、ため息まじりで言った。

カブト虫は、最後に陳さんの手にわたった。

「おもたいですね、純金ですか」

「そうですとも」

「保険金はどのくらいかけてありますか」

「四百万円です。これがぬすまれた場合には、保険会社から四百万円もらうことができるのです。しかしこのカブト虫は一万ポンド（一千万円）以上のねうちのある宝物ですからね。四百万円ぐらいもらったとしても、何の役にもたちませんよ」

と、月山氏は答えた。

それからしばらくのあいだ、エジプトのピラミッドやスフィンクスの話がつづいた。五千年も六千年もむかし、あのように巨大なものをつくったのは、おどろくべきことである。

「ああ、お話がおもしろかったので、ついわすれていましたよ。では、カブト虫を箱にいれて、金庫にしまいましょうかね」

月山氏は三人のお客の顔をみまわした。

「どなたがお持ちですか」

「カブト虫は、さっきあなたの前におきましたよ。ほら、このテーブルの上に」

陳さんが答えた。四人の顔に、急に不安のいろがうかんだ。

「へんだな、おかしいぞ」

月山氏はあわててテーブルの上をさがしたが、カブト虫はどこにもない。

「しまった、カブト虫をぬすまれた！」

月山氏は、かん高い、泣きだしそうな声でさけんだ。

なぞは解けた

少年探偵の鳥羽ひろし君と、おじさんの新聞記者、伊東半吉のふたりがかけつけてみると、ひとあし先に島警部が到着していた。

「やあ、名探偵がきたね。じつにふしぎな事件なんだよ。へやのなかをゴミ一つ見おとさぬほど熱心にさがしたんだが、カブト虫はどこにもいない」

「洋服もしらべましたか」

「もちろんだよ。お客さんのからだばかりでなく、月山さんまでしらべてみたんだ。もしかするとのみこんでしまったのではないかと思って、レントゲン検査までやったんだ」

ダルマに似た島警部も、いまは元気がない。月山氏と三人のお客も、客間のイスにこしかけたまま、だまりこんでいる。ひろし君は、月山氏に声をかけた。

「月山さん、カブト虫はきっととりもどしてみせますよ」

「ああ、ぼっちゃん、お願いします」

「あなたがた四人は、この客間から外にでたことありましたか」

「いいえ、はじめからずうっとここにいます。一歩もでません」

ひろし君は、さらに質問をつづけた。

「この窓をあけた人はありませんか」

「いいえ。窓にもこのドアにも、ちゃんとカギをかけて、用心していたのです」

ひろし君は、だまってうなずくと、大きな目で客間のなかをぐるりと見まわした。

「わかりました。カブト虫はまだこのへやのなかにあります」

「ほんとか、ひろし君」

「ほんとですとも。警部さんの目の前には、灰色のかべが立っているんです。そのかべをたたきこわせば、事件の秘密はすぐにとけますよ」

自信たっぷりな顔で、ひろし君は言った。カブト虫はどこにあるのか。犯人はだれか。

酒

「月山さん、ぼくにお酒をいっぱいごちそうしてください」

鳥羽君は手をのばすと、やかんのなかのとくりをつまんで、さかずきに酒をついだ。そして、あつい黄色い液体に、口をつけようとしたが、ふと月山氏のほうを見た。

「その前に、月山さんにのんでいただきましょうか」

「いや、わたしはのみたくありません」

「いっぱいぐらい、のめるでしょう」

「いや、わたしはのみたくありません」

月山氏は、しきりに手をふって、ことわっている。するとひろし君は、にやりと笑って人々を見まわした。

「皆さん、このさかずきのなかの液体は、お酒のようにみえるでしょう。ところが、酒じゃないのです。ある劇薬なんです。ほら」

ポケットからとりだしたちり紙のはしを、さかずきのなかに入れると、おどろいたことに、うすいけむりがすうっと立ちのぼって、ちり紙は茶色になってしまった。

「ひろしちゃん、その薬はなんだい?」

半吉おじさんがきいた。

「王水《おうすい》さ。皆さん、これは王水といって、硝酸と塩酸の混合液なのです。金は硝酸にも塩酸にも、また硫酸にもとけません。しかし、摂氏七十度以上にあたためた王水のなかに入れると、とけてしまうのです」

「ははあ、わかったぞ鳥羽君。それで、とくりをやかんの中にいれて、王水をあたためていたんだね?」

「警部さんの言うとおりです。月山さんは、皆さんがエジプトの話に夢中になっているすきに、純金のカブト虫をこっそり王水のなかにいれて、とかしてしまったんです」

月山氏は両うでを刑事におさえつけられ、くやしそうに鳥羽君をにらみつけていた。

「えらい、さすがは少年名探偵です」

吉田技官や井上博士たちは、くちぐちに鳥羽君をほめる。ひろし君ははずかしくなって、ほおを赤らめ、リンゴみたいになった。

反撃

「しかしぼっちゃん、この人はなぜカブト虫を王水にとかしてしまったんですか」

陳さんがたずねた。陳さんも、鳥羽君のあざやかな推理にはびっくりしていたのである。

「カブト虫がぬすまれてしまえば、保険会社から四百万円もらえるじゃありませんか。だから、あんなことをやったんです」

「ああ、そうか」

「金がとけこんでいる王水は、高温で熱すると、還元されてふたたび金がでてくるんです。もちろんカブト虫

の形をしていませんが、重さはもとのままなのです」

「明白了《ミンパイラ》、明白了」

と陳さんはうなずいた。ミンパイラというのは、わかりましたという中国語である。

「ばかをぬかすな、わしは犯人ではないぞ」

月山氏が、刑事のうでをはねのけるようにして言った。

「なぜだね?」

島警部が、ひややかに見おろした。

「考えてみればわかるじゃないか。あの宝物は、エジプト王の墓からでてきたカブト虫だからこそ、一万ポンド以上のねうちがあるんだ。それがただの金のかたまりになってしまえば、せいぜい二百万円ぐらいのもんだ。二百万円と、保険金の四百万円をあわせたところで、やっと六百万円にしかならないじゃないか。わしが、こんなばからしいことをやるものかな!」

「なるほどな……」

と、井上博士が白いひげをなでながら言った。

「すると月山さんは犯人ではないかもしれませんぞ」

「そうだとも、わしは犯人ではない。おい、手をはなせ!」

ふたりの刑事は、こまったように島警部をみた。だが、鳥羽君は平気でわらっている。

「警部さん、だまされてはいけませんよ。ほんもののカブト虫は、銀行にあずけてあるのです。王水にいれたカブト虫、今晩みなさんにみせたカブト虫は、銀座の宝石店でつくらせたにせ物なんです」

鳥羽君は、きょうのひる、新聞社にたのんでしらべてもらったのである。

チョコレート

一週間ほどたったある日のこと、あやうく四百万円をだましとられるところだった保険会社から、重役がお礼にやってきた。

「おかげさまで、あぶなく助かりました」

と、重役ははげた頭を何度もさげた。

「ところで、あのQという賊はどうしたのですか」

「みな犯人のお芝居なんですよ。自分で悪魔に化けて、自分のへやにしのびこんだのです。書生さんがドアをたたきこわしてかけこんだときには、月山さんはきていた悪魔の服装をぬいで、かくしてしまったんです」

「その上で、自分で自分をなぐって、悪魔にやられたふりをしていたんですか」
「そうです。あの警告状も、自分でかいたものなのです。すべてのことをQのしわざにみせかければ、自分がうたがわれなくなるからです」
ひろし君の説明をきいて、重役はようやくナゾがとけたように、はればれとした顔で帰っていった。

重役がおみやげにくれたのは、ぴかぴかと光った、大きな大きな黄金のカブト虫。金紙をとるとチョコレートだった。

「わあ、うれしいなあ……」

少年探偵はとび上がってよろこんだ。

ひろし君は、それを半吉おじさんや、仲よしのお友だちにわけてたべた。しかし、もしひとりでたべるとすると、鳥羽君の計算では、三か月もかかるそうである。

真夏の犯罪

ふしぎな犯罪

われは海の子　白波の
　さわぐいそべの
　　松原に
　　　……

岩の上にこしをかけて、鳥羽ひろし君は大きな声で歌いだした。鳥羽君はこの歌がだいすきだった。歌っていると、小学校の先生の顔や、いっしょに机をならべて勉強した友だちのことが思いだされてくる。

となりにすわったハル子さんも、声をあわせて歌った。沖のほうをみると、二そうのヨットが白いほをふくらませて、風をきって走っていた。あおい大空にむっくりわいた八月の入道雲は、太陽のひかりを反射して、銀色の花キャベツのようだった。

「……いよいよきょうでおわかれね」

歌いおわると、ハル子さんはぽつんと言った。ハル子さんは、この南伊豆の海岸にすんでいる中学生である。ひろし君は二週間の予定で海水浴にきたのだが、きょうがちょうど二週間目にあたるのだった。

「うん、三時のバスにのるんだ」

「あたし、さびしいわ」

「ぼくもさびしいさ。ハル子さんとお友だちになれて、この二週間とてもたのしかったもの。でも、また来年の夏あそびにくるよ」

「ええ」

「ねえ、そんなかなしそうな顔してないで、もっとほかの話をしようよ」

ふたりはむりに話題をかえた。そうしないとハル子さんは泣きだしそうだったからだ。

「さっきラジオで言ってたわ。東京でまた赤ちゃんがさらわれたんですって」

「ふーん、これで五人目だね、おかしな犯人だな」

と、ひろし君はわけがわからなそうに首をかたむけた。

このふしぎな事件は、ひろし君の学校が夏休みになる前に、はじめておこった。赤ん坊をつれたわかいおかあさんが、公園のベンチであみものをしていた。

そしてふと気がついてとなりをみると、いままでスヤスヤねむっていた赤ん坊がぬすまれてしまっていたのである。

ふたり目の赤ん坊は映画をみているときにさらわれた。三人目はデパートで、四人目は町かどで、そして五人目はうば車のなかからつれていかれてしまったのだ。犯人は、こんなにたくさんの赤ん坊をどうするのだろうか。

「さらわれた赤ちゃん、ぶじなのかしら。それとも、死んでしまっているのかしら……」

ハル子さんも心配そうに言った。

ふたりがそんなことを話しているうちに三十分間はすぎて、バスがくる時刻になった。ひろし君はちいさなトランクを手にさげて、バスの停留所に立った。

やがてバスが発車すると、鳥羽君は窓から手をふって言った。

「こんどはハル子さんがぼくの家にあそびにきてくれない?」

「ええ、いくわ!」

「きっとだよ。では、さよなら」

「さよなら……」

ハル子さんも手をふった。バスはスピードをあげた。ハル子さんの姿は、みるみるうちに豆つぶのように小さくなってしまった。

故障

バスのお客は三人しかいなかった。サラリーマンみたいな三十歳ぐらいの男の人。二十歳ぐらいの女の人。それに五十歳ぐらいの外国婦人である。外国婦人は本を読みつづけていた。わかい女の人は、バスの窓からカメラをかまえて、しきりにシャッターをきっている。男のひとはいねむりをしていた。

三十分ばかり走りつづけると、バスは入道雲の下にはいってしまったとみえ、空がまっくらになった。そして雨がパラパラと窓ガラスをたたきはじめた。さらに十分ほどたつとにわかにはげしい雨がふりはじめ、女の車掌さんは、あわてて開いている窓をしめなければならなかった。

バスはヘッドライトをつけた。そして車内灯もつけた。バスの外もバスのなかも、夕方のようにうすぐらくなったからである。前方をみると、ヘッドライトにてらしだされた銀色の雨あしが、音をたてて道や畑の上にふりそそいでいた。

熱海《あたみ》をすぎ、湯河原《ゆがわら》をすぎて、根府川《ねぶかわ》にさしかかったところに、エンジンのひびきが急にへんになったかと思うと、ぱたりと止まってしまった。

「あら、車掌さん、どうしたの？」

女の人はびっくりしてたずねた。

「すみません、エンジンがこわれてしまったんです」

運転手が頭をかいて答えた。

「あと一時間すると、つぎの東京行のバスがきますから、それにのりかえてくださいな」

「しかたないわね」

と、女の人はチューインガムをかみだした。サラリーマンはまだねむっている。

……ところが、一時間たっても二時間たっても、つぎのバスはこないのである。とけいの針は七時をさしていた。鳥羽君はおなかがすいてきた。そして、少しさむかった。

「おかしいな。ひょっとすると、橋がこわれてしまったのかもしれないぞ」

「いつまで待っていればいいの？　なんとかしてちょうだいよ」

女の人に言われて、運転手はこまった顔になった。そして女車掌となにか相談していたが、ドアをあけると、ざーざーふる雨のなかにでていったのである。

「あら、運転手さんどこへいったの?」

するとと女車掌は左手を指さして答えた。

「晴れた日にはよくみえるのですけど、この岡の上に、大きなおやしきがあるんです。そこにとめてもらうように、たのみにいったんですわ」

それをきいて、ひろし君は顔を窓ガラスにおしつけて外を見上げたが、くらくてなにもみえない。ただ右手の絶壁の下には、うちよせる波が岩にぶつかって、白いしぶきとなってとびちるのがみえた。もし道路がくずれたらば、バスは一〇メートル下にころげおちてしまう。そんなことを想像すると、むねがどきどきしてくるのであった。

だしぬけにドアがあいて、全身ずぶぬれの運転手がはいってきた。

「みなさん、岡の上のおやしきにたのんで、ひと晩とめていただくことになりました。晩のごはんもだしてくれるそうです。では、わたしのあとについてきてください」

ねむっていたサラリーマンも、外国婦人もイスから立って、上衣を頭からかぶって雨のなかにでた。

「すべらないように気をつけてください」

と運転手は言いながら、先頭に立って急な坂をよじのぼった。ひろし君も二度ころびそうになった。シャツもズボンもびしょぬれになってしまった。やっとのことでのぼりつめると、たかいへいにかこまれた、大きな西洋館がくろぐろと建っていた。

「あの西洋人の家がそうです」

雨のなかから、運転手の声がとぎれとぎれにきこえた。

死神

ルービンシュタイン博士は、せの高い、いん気な目をした、無口な白毛の人だった。六人の客にかわいたパジャマをかしてくれると、だんろに火をたいて、あたたかいスープと肉とパンの夕食をだした。

真夏だけれども、さむくて、がたがたふるえていたときなので、あたたかい火は、とてもありがたかった。それに肉もスープもおいしい。

食事がすんだころ、博士はふたたび食堂にはいってきた。

「ではみなさんを、寝室にご案内します。ただ、おことわりしておきますが、寝室から外には一歩もでてはいけません。その約束ができない人は、すぐここから出ていってください」

「約束しますとも。けっして寝室から外にはでません」

サラリーマンみたいな人が言った。あとでわかったのだが、竹田さんという名まえだった。

「よろしい、ではこちらへどうぞ」

人々は博士のあとについて、食堂をでると、うすぐらい廊下をあるいて、大きなへやにつれこまれた。おりたたみベッドがちゃんと六つならべてある。

「トイレットは廊下の右のはしにあります。では毛布をもってきてあげます」

「おねがいします」

博士は足音をたてずに、そーっと出ていった。

「なんだかうすきみのわるい家だわね」

原とみ子という二十歳ぐらいの女の人が言った。

「こんな人里はなれたところで、なにをしているんだろうな」

と竹田さんが言う。

「あたしは、スパイじゃないかという気がするんだけどなあ」

運転手がもっともらしい顔で言った。

「いったいぜんたい、あの人はどこの国の人かしら?」

「わからないですね。ルービンシュテインと発音すればドイツ人だけど、ルービンスチェインと発音するとロシヤ人になる」

「しかし、こんな上等のへやをかしてくれただけでも感謝すべきですね。ゆっくりねむりましょうや」

運転手がそう言って、ベッドに横になったときである。

原とみ子が急に悲鳴をあげた。

「どうしたんです」

「あそこ、あそこの窓よ……」

「窓?」

人々は指さされた窓をみた。カーテンが半分ひかれた窓のガラスを、嵐がはげしくうちつけている。

「おばけがのぞいていたの、ああ、おそろしい。目のまっ黒なおばけなのよ」

原とみ子はまっさおな顔をして、ぶるぶるふるえている。

「おばけなんているものですか」

竹田さんと運転手とひろし君は、窓から外をのぞいた。だが、シュロの木がうえられた中庭がみえるだけで、おばけなんていない。

「だれもいませんよ」

「ううん、いたのよ。西洋の絵でみた死神そっくりの姿をしていたわ。黒いマントをかぶって……」

原とみ子はそう言うと、ベッドに顔をうずめて、おそろしそうにしくしく泣きだした。

なぞの声

原とみ子が泣いているところに、トイレットにいった女車掌の谷川ちえが、ハンカチで手をふきながらかえってきた。

「まあ、あのかたどうなさったんですか、おなかがいたいのかしら……」

と、ちえは心配そうに言った。

「そうじゃないんだ。いま死神が窓からのぞいていたと言って、こうふんしているんだよ」

運転手の説明をきくと、ちえは気のせいかすーっと顔色をあおくして、ひろし君や竹田さんをみた。

「どうしたんだ、きみ。顔色がわるいぜ」

「あたしもへんなことを経験したのよ」

「へんなこと？　なんだい、それ」

「赤ちゃんの泣き声をきいたの」

「べつにふしぎはないじゃないか。博士だって、奥さんがいるだろうし、赤ちゃんもいるよ」

運転手がそう言うと、ちえはニコリともしないで、ますますあおい顔になった。

「だって、赤ちゃんの声はひとりじゃないのよ。ふたりも三人も泣いてるの」

「ふーン。それじゃふた子かみつ子なんだろう」

運転手はベッドにねると、天井をむいて笑いだした。

だが鳥羽君はどきりとした。きょうのひる、ハル子さんからきいた話を思いだしたからである。

そこにドアがあいて、博士が毛布をもってはいってきた。

「さ、これをかけて寝てください」

「ありがとう博士。ときにおたずねしますが、博士は奥さんをおもちですか」

ルービンシュタイン博士は、竹田さんの顔をしげしげとみた。

「いいえ。わたしに妻はいません。ひとりぐらしです」

「こどもさんは?」

「結婚したことないから、こどももいません。ではお休み」

博士はそう答えると、くるりとうしろをむいて、足音をたてずにでていった。

鳥羽君も竹田さんも、ふしぎそうな表情をうかべて、考えこんでしまった。博士は奥さんがいないと言う。奥さんがいなければ、赤ちゃんがいるわけがないのだ。

女車掌の谷川ちえがきいたのは、耳のさっかくだったのだろうか。そして、原とみ子が窓からみた死神の正体はなんだろうか。そうしたことを考えていると、ひろし君はなかなかねむれなかった。

気絶

夜がふけた。嵐はますますはげしくなり、それに雷まで加わって、まるで天の神が発狂したようなすさまじさだった。

ずらりとならんだ六台のキャンバスベッド。そこに寝ている六名の男女のうち、バスの運転手さんと竹田さんはさすがに男だけあって、かるいいびきをかいてねむっている。しかし、車掌の谷川ちえや乗客の原とみ子、それに外国婦人は、やはり神経がたかぶっているとみえ、なかなかねむれない様子であった。

原とみ子は、さっき見た死神のおそろしい姿を思いだして、どうしてもねむれないのである。

車掌の谷川ちえもねむれない。ねむろうとして、まくらに耳をおしつけると、その耳のおくで、赤ん坊のなき声がきこえてくるのである。おぎゃあ、おぎゃあ、おぎゃあ……と、ひたすらにやさしい母の乳をしたう声だった。

いちばんはしに寝ていた外国婦人がむっくりおき上がり、スリッパをはいて出ていった。たぶん、トイレットだろう。ひろし君はイヤホーンを耳にあてて、ポータブルラジオで深夜放送をきいていた。赤ん坊ゆうかい事件についてニューズを知りたかったからである。

ラジオはちょうど政治の話をしていた。アイゼンハウアーのこと、フルシチョフのこと。嵐の音があまりはげしいので、じっと耳をすませていても、アナウンサーの声はききとりにくいほどだった。十分たってようやく政治のニューズがおわり、東京のニューズにきりかえられた。外国婦人がもどってきたのは、そのときである。

むっくりとふとった、外人としては小がらなその婦人は、両手を前にだして、まるでメクラの人のようなかっこうで、ふらふらとはいってきた。ひとめ見て、ひろし君はぎょっとなった。婦人の灰色の目は、かッと大きく見ひらかれて、その顔に恐怖の表情がはっきりとうかんでいたからである。

「どうしたんですか!」

そう言おうとして、口をつぐんだ。外国婦人に日本語

がわかるかどうかということに気づいたためであった。谷川ちえもベッドにおき上がった。原とみ子はすばやくスリッパをはくと、外国婦人のほうにかけよった。だがそれより早く、彼女は口をぱくぱくうごかしたかと思うと、ぱったりと床の上にたおれてしまったのである。服はぐっしょりぬれていた。

「たいへんよ、おきてちょうだい!」

谷川ちえが運転手のからだに手をかけて、ゆりおこした。

「な、なんだい、どうした?」

運転手が目をさまし、その声で竹田さんもねむそうな顔でおき上がった。

「え? 外国婦人が?」

ふたりはベッドからとびおりると、床の上にたおれている婦人のところにかけよった。

「しっかりしてください、しっかり!」

ひろし君がだきかかえてゆすぶると、婦人はふたたび目をあけた。そして、

「……クラースナヤ……クラースナヤ・ズヴェズダー」

とうめくような声で言ったかと思うと、がっくり首をたれて気絶してしまったのである。

頭の上で大きな雷がとどろき、雨がどっとばかり窓ガラスをたたきつけた。

雨の夜の星

人々は彼女をだきかかえて、ベッドの上にそっと横たえた。谷川ちえが毛布をかけてやった。それがすむと皆はひたいをあつめ、ひそひそと語り合った。

「あのかた、なぜ気絶したのでしょうか」

「こんなぶきみな家にいると、やはり神経がへんてこになるんですよ」

「でも気絶したのは、なにか精神的なショックをうけたからじゃないかしら」

「そうよ、なにかおそろしいものを見たためだと思いますわ。服がぬれているから、家のそとにでたのよ」

原とみ子と谷川ちえは、くちびるをまっさおにして、ふるえ声で言った。

「ぼくがふしぎに思うのはだね、気絶する前に彼女が言ったことばだよ。あれはどこの国のことばだろう?」

「ロシヤ語じゃないかと思うんです」

ひろし君が言うと、みなは意外そうに鳥羽君をみた。

「きみ、ロシヤ語を知っているんですか」

「ぼくの叔父さんが新聞社につとめているものですから、新聞社のロシヤ語のじょうずな人におしえてもらったことがあるんです」

「あら。それじゃあの女の人が言ったことばはどんな意味なの?」

「クラースナヤ・ズヴェズダーというのは、赤い星のことなんです。英語の The red star とおなじ意味です」

人々はまた意外そうに顔を見合わせた。赤い星……赤い星……。赤い星とは何だろう。

「赤い星というのは火星のことなんだが……」

竹田さんがひとりごとのようにつぶやいた。

「あら、こんな嵐の晩に火星がみえるわけないわ」

「まてよ、赤い星というのは、ソヴィエト陸軍のしるしなんだ。思いだしたぞ」

「まあ、やっぱりあの博士はソ連のスパイですのね？」

「あたしが言ったとおりだ」

運転手もさけんだ。へやのなかに、きんちょうした空気がただよった。

……それから二時間ちかくたった。嵐はなおもつづいている。ひろし君はベッドに横たわり、大きな目をあけててんじょうをみつめていた。ルービンシュタイン博士ははたしてソ連のスパイなのだろうか。赤い星というのは、ソ連の陸軍を意味したものであろうか。幾多の疑問が、鳥羽君のあたまのなかをぐるぐるとかけめぐった。ほかの人たちは、さすがにつかれたとみえて、ぐっすりとねむっている。

……ふと、鳥羽君は、なにかが自分をじーっと見つめているような気がした。壁のわれ目にかくれたクモが、そっとにらんでいるような、あれに似た感じである。ひろし君はそっと首をまわして、窓をみた。おりからピカリと輝いたいなずま。その青い光にてらされて、窓ガラスに顔をおしつけてへやのなかをのぞいていた怪物のすがたがくっきりとうかび上がった。その顔はまさしく原とみ子が言ったように、西洋の絵にかかれた死神の顔である。いそいでベッドをおりようとすると、怪物はあわてて窓からとびさがって、あッという間にふりしきる暗やみのなかにとけこんでしまった。

いったい死神はだれの命をねらっているのだろうか。

危機一髪

冒険ずきの鳥羽ひろし君は、もうじっとしていることができなくなった。よし、自分自身で探検をして、いろいろなナゾをといてやろう。そう決心したひろし君は、パジャマをぬいで、服をきた。だんろの火でほしたので、もうすっかりかわいているのである。

廊下にでて、そっと奥のほうにすすんでいく。てんじょうのところどころに蛍光灯がつけてあって、白い壁をほのあおくてらしていた。どこかで、赤ん坊のよわよわしく泣く声がきこえてくる。ひろし君はその方角にむかって、なおもすすんだ。

かどを曲がろうとしたとき、ガタリと扉をあける音がして、へやのなかから博士がでてきた。ひろし君はあわてて壁ぎわに身をよせて、そーっとようすをうかがった。

「おや、手にかかえているのは赤ん坊だぞ」

ひろし君は急にきんちょうした顔になった。博士は赤ん坊をどうしようというのだろう。博士はネコのように足音をたてずに、廊下のつきあたりのドアをくぐると、庭にでた。ひろし君もあとにつづく。せっかくかわかした服は、雨にうたれてたちまちズブぬれになってしまった。

庭に、大きな温室みたいな建物がある。博士の黒いすがたは、そのなかに吸いこまれるように消えた。ひろし君も油断なくおいかけた。さいわい雨がはげしいために、鳥羽君の足音はきこえないのだ。

まるでどろぼうのように、ひろし君はしずかに扉をあけて、するりとなかにしのびこんだ。そして物かげにかくれて、あたりのようすをうかがった。ここのてんじょうにも、やはり蛍光灯がつけてあり、床の上には、大きなガラスの水槽がいくつもならべてあった。満々とたたえられた水のなかに、タイやサバやタコや、そのほか名まえを知らないたくさんの魚がおよいでいる。

「わかったぞ。博士は魚類学者なんだな?」

ひろし君は、こっそりうなずいて、そろりそろりと奥へむかった。どの水槽も、まるで水族館のようにせが高く、そのなかの一つには、三メートル以上もあるフカがおよいでいる。

たくさんの水槽のかげになって、博士のすがたはみえない。ひろし君はなおも先へすすんだ。そして十二番目の水槽をのぞいてみたとき、思わずぎょっとして立ち止まってしまったのである。

「ああ、これが赤い星だ!」

水槽の底の砂の上に、直径五メートルちかくある巨大なお化けヒトデが、じっと静止しているではないか。よくみると、赤い煉瓦色のからだの下から、ほそい、毛糸のような触手を小刻みにうごかしている。全体のかっこうは、たしかに赤い星に似ていた。

だが、ひろし君がおどろいたのはそればかりではない。ふと顔をあげると、はしごをかけて水槽の上に身をのりだした博士が、いましも手にもった赤ん坊を、水中になげこもうとしている。

「いけない、やめろ!」

博士はぎくりとして、はしごからころがり落ちそうになった。そして床の上におり立つと、赤ん坊をかたわらにおいて、ポケットに手をいれた。

「わたしの秘密を見たな……」

毛むくじゃらの手ににぎられたピストルは、とても小さくみえた。

「射ちころしてやる。そしておまえの死体を、このベビーのかわりに、ヒトデのえさにしてやるんだ」

博士の目はきちがいのようにギラギラ光っている。ひきがねにかけた指に、ぐいと力がこめられた。つぎの瞬間ものすごいごう音がして、ピストルが火をはいた。

叔父さんの話

「ははは、あのときはびっくりしたぜ。ひろし君が博士のやしきにいるわけがないと思ったもんだからね、のぞいて見たんだよ」

あれから数日たった夜、ひろし君の家のベランダで、新聞記者の半吉叔父さんは、ビールをのみながら語った。

「ぼくはあの博士があやしいとにらんで、ようすをみにでかけたんだ。雨がふっているので、レインコートをかぶった。そして、博士に顔をみられないように、黒めがねをかけたんだよ。そのすがたが、女の人には死神にみえたわけだな」

半吉叔父さんは上きげんで、話をつづけた。

「ひろし君が博士のあとをつけて、水族館へはいる。だがもうひとり、ぼくもあとをつけていたんだ」

「ぜんぜん知らなかったよ」

「そうだろう、あのすごい雨だからね」

と、叔父さんはうなずいた。頭の上で、ふうりんがすずしそうな音をたてた。

ひろし君がピストルで射たれそうなのをみて、半吉は博士にタックルした。そのひょうしに、ピストルはてんじょうにむけて発射され、あやうくひろし君は命びろいをしたのである。博士は二発目を自分の心臓めがけて射ちこんで、自殺をしてしまったのだった。

「でも、赤ちゃんをみなたすけだすことができて、ほんとによかったな」

「ああ、だがあぶないとこだったよ。博士は赤ん坊をえさにして、お化けヒトデの消化力をテストしようとしていたのだからね」

「博士はきちがいだったんだね、きっと」

「そうだろう。研究に熱心なあまり、気がくるってしまったんだよ」

そう言われて、鳥羽君は博士のいん気な目つきや、足音をたてない歩き方を思いだし、あらためてゾッとしたのである。

ただ残念なのは、あの直後に水族館に雷がおちて火事になり、博士があつめていためずらしい魚とともに、お化けヒトデも焼けただれてしまったことだった。

おそらくそれは、放射能の影響をうけて突然変異をとげたイトマキヒトデだろうというのが、生物学者の意見である。だが、博士がどこで採取したかということは、博士が死んでしまったいまでは、知ることができないなぞとなった。

「どうだい、ひろし君、ビールのまないか」

半吉叔父さんがコップをさしだしたときにひろし君のおかあさんがお皿にもったつめたい肉をもってきてくれた。

「まあ、こどもにお酒をのませちゃだめだわよ。わるい叔父さんだわねえ」

「あ、いけねえ。ねえさん!」

半吉叔父さんがあわてて首をすくめたのでひろし君は腹をかかえて笑った。

ふうりんが、また鳴りはじめた。

幻の射手《しゃしゅ》

くらい思い出

「明石《あかし》さん、お手紙がまいりました」

女子社員が、一通のゆうびんをもってきた。

「そこにおいてくれたまえ、ありがとう」

副社長の明石卓三はかるくうなずいてみせて、なおも書類に目をとおしていた。

やがて十分ほどして書類をしらべてしまうと、おりたたんで机にいれ、手をのばして手紙をとり上げた。

「へんだな、さしだし人の名まえがかいてないぞ」

卓三はふといまゆをピクリとさせて、裏と表をみつめていたが、はさみでチョキチョキと封をきりはじめた。

「うーむ……」

手紙をよんだ副社長は、ひと声うなったきり、しんこくな表情をうかべて、考えこんでしまった。

この社長室には、副社長のほかに、社長の池秋夫がいる。だまりこくって考えている卓三のようすを、先ほどからじーっとみていた池秋夫は、心配そうな顔をして声をかけた。

「きみ、どうかしたのか」

「うむ、へんなことがかいてあるんだ」

「よんでもいいか」

「いいとも」

池社長はとなりのイスにすわって、手紙をみた。

〝あれから十五年。近いうちお礼をするぜ〟

毛筆で、へたな字でかいてある。

「なんだい、こいつは。スリラー映画のすじがきみたいじゃないか」

池社長がわらいながら副社長をみると、明石卓三もむりにわらってみせようとして、かえって妙な顔になった。

「明石君、なにか心あたりがあるのか」

「うむ、じつはあるのだ。ちょうど十五年前に、ぼくは人を殺したことがあるんだよ」

明石卓三は、思いがけぬことを言った。

「き、きみが殺人を？」

「まあ、そうびっくりしないでくれ。そのころぼくは、ビルマ戦線で小隊長をしていたんだ。そのとき、名まえはわすれてしまったが、ひとりの部下が通敵行為をした。味方の陣地のあり場所を、こっそり暗号で敵におしえようとしたんだ」

「ふーむ、スパイ行為だな」

「そうだ。やむを得ず、ぼくは彼を軍法会議にまわしたんだ」

「それは当然だよ。どこの国の軍隊でも、そうした場合は軍法会議にかけられるんだからな」

池がそう言うと、明石卓三は十五年前を思いだしたように、くらい顔になった。

「で、その部下は死刑にされたんだね？」

「ああ、銃殺された。だからぼくは、彼に兄弟がいて、そいつがかたきうちをするつもりで、こんな手紙をよこしたのだろうと思うんだよ」

副社長は手紙をよみかえしながら言った。

「とにかく明石君、用心したほうがいいよ」

「ありがとう。しかしぼくもむかしは鬼小隊長として、多くの部下の兵隊たちからおそれられていた男だ。こんなきょうはく状の一つや二つでビクビクしやしないよ。反対に犯人をつかまえて、警察につきだしてやる」

明石卓三はいつもの元気のいい男にもどって、見えない犯人に挑戦するかのように、ちからづよく言った。

透明人間

明石卓三は、本気で犯人とたたかうつもりでいるらしかった。

夕方の五時になると、このマーキュリー商会という貿易会社の社員たちは、みな家にかえってしまい、いままでにぎやかだったビルディングは急にひっそりとしてしまう。だが卓三だけはひとり社長室にのこって、わざと犯人の目標になるように仕事をつづけていた。

「あぶないからやめたまえ」

「犯人をおびきよせるんだ。なに、負けるものか」

社長が心配すると、彼はかたをそびやかせて、ポンと自分のむねをたたいてみせるのであった。

そんな状態が一週間ほどつづいたのちのことである。秋雨《あきさめ》がそぼふる肌さむい日で、社長室にはガスストーブがシューシューと音をたててもえていた。

十一時になると、コツコツとドアをたたく音がして、白い服をきた会社の看護婦がはいってきた。

「社長さん、お注射の時間ですけど」

「おや、もう十一時かね？　早いもんだな」

池社長はそう言いながら、上衣をぬぎ、シャツをまくり上げてうでをだした。

「いたくないようにたのむぞ」

社長は毎日この時間に、ビタミン剤の注射をしてもらうのである。

看護婦は脱脂綿につけたアルコールで社長のうでをふき、注射ばりをプツリとつきさそうとした。へやのすみでとつ然ズドン！　と大きな銃声がきこえたのは、ちょうどそのときである。

「あぶない！」

「キャッ！」

池社長がさけぶのと、看護婦が声をあげるのと、明石副社長があッと言ったのとが、ほとんど同時だった。

「明石君、だいじょうぶか」

社長はおそるおそるふり返ってたずねた。明石副社長は机の上にからだをふせていたがそっと起き上がると、ゆだんのない目つきであたりを見まわした。硝煙のにおいがぷーんと鼻につく。うすあおい煙が、室内にただよっていた。

「ぼくは何ともない。きみたちはどうだ」

「ぼくらもぶじだ。犯人はきみを射とうとしたんだ、けがなくてよかった」

池と明石とは、なおもへやの中のようすをうかがっていた。だがその顔には、しだいにふしぎそうな表情が、波紋のようにひろがっていった。

「おかしいな。あいつはどこから射ったんだろう……」

四つの窓はちゃんと閉じてあるし、となりのへやにつうじる一つのドアも、ぴったりとしめてある。犯人が出はいりする通路はないのだ。もし室外から発射したとするならば、当然ドアと窓のガラスがガチャンとわれたはずである。しかし見たところ、一枚もわれたものはない。

看護婦は、注射器をもったままブルブルふるえている。むりもない、犯人はこのへやの中にかくれてピストルを射ち、そしていまもなお室内にひそんでいるにちがいないからである。入口のドアががたりとあくと、数人の社員がおどろいた顔つきではいってきた。

「社長、銃声がきこえましたが、なにかありましたか」

「うん、明石君がねらわれたんだ。きみらは犯人のすがたを見なかったか」

「いいえ、社長室からでてきたものはいません」

「ふうむ妙だなあ」

社長が小首をかしげて考えこむと、社員たちは顔を見合わせた。

「とにかく、一一〇番へ電話だ」

社長が言うと、それに答えるようにべつの声がむこうのほうでした。

「わたしは島警部です」

チョビひげをはやした警部は、きょうはお休みの日だった。そこで仲よしの鳥羽君をつれて、このビルの三階の食堂で食事をしていたのである。

弾丸

「ちょうどよかった。ぜひしらべてください。こちらは副社長の明石卓三君です」

社員たちと看護婦がでていくと、社長は警部と鳥羽君にたいして、事件のいきさつをくわしく話してきかせた。

「ふーむ、犯人はまだこのへやの中にいるというのですか」

島警部は信じられぬような顔つきで、ぐるっと室内をみた。

だが、人間がかくれられるような場所は、全然ない。しかし、念をいれるために立ち上がると、机の下やカーテンのうらまでのぞいてみた。

「ねずみ一匹おらん。窓はちゃんとしまっておるし……。ところで犯人がピストルを発射したのは、どのへんですか」

社長たちはたがいに顔をみて、ちょっとこまったようすをした。

「そのとき、わたしは注射をうつために、うしろをむいていたのです」

「わたしは書類にハンコをおしていたのです。すると、いきなり銃声がしたので、びっくりして机にからだをふせました」

「犯人のすがたは見なかったのですか」

「はい、残念ながら……」

社長と副社長は、いかにもくやしそうに言った。

「でも、銃声はたしかあのすみのほうでしたようです」

明石副社長は、ガスストーブのおいてあるところを指さした。

「そう言えば、たしかにそうだな」

と、池社長もうなずいた。

ひろし君はつかつかとストーブのところに進み、くるりとうしろを向いた。

「ここに立って明石さんをねらったとします。その弾丸が目標をそれたとすると、明石さんの向こうがわの壁

にあたるはずですね」

ひろし君はへやを対角線によこぎって、反対側のすみに立った。そこにはクリスマスツリーにした、大きな鉢うえの木がおいてある。ひろし君はうえ木のうしろの壁をのぞいていたが、すぐに元気よくさけんだ。

「警部さん、ありましたよ。弾丸が壁にめりこんでいます」

警部は小走りで近づいた。社長たちもかけよってきた。そして鳥羽君の指さす壁の小さなあなを見た。

「社長さん、ナイフをかしてください」

警部はそのナイフで壁をほじり、ピストルの弾丸をとりだして、てのひらにのせた。

「うえ木のかげになっていて気づかなかったんだが、ひろし君のおかげで見つかったよ」

ハンカチにくるんだ弾丸をポケットにしまうと、警部はあらためてふしぎそうに室内をぐるりとながめた。

「なあ、ひろし君。いったい犯人はどこから入ってきて、どこからにげだしたんだろう」

「そうですねえ。ぼくにはその方法がわかるような気がするんです。犯人は、とても頭のいいやつですからね」

鳥羽君はそう言って、にこにこと笑っていた。

予告状

はじめのうち、あれほど勇気のあった明石副社長も、犯人がまるで透明人間のようなふしぎな男だということがわかると、たちまち元気がなくなってしまった。それから三日後。

「池君、ぼくはおそろしくてたまらないのだよ。相手はなにしろ無色透明な、まるで空気みたいなやつだ。こうやってきみとあいつのうわさをしているいまでも、この社長室の中にしのびこんでいるかもしれない。いや、ぼくの横に立って、ぼくらのおしゃべりを立ちぎきして、にやにやと笑っているのかもしれないのだ。ぼくはノイローゼになりそうだよ」

池社長は、この共同経営者をなぐさめてやりたい。元気づけてやろうと思う。しかし、目にみえない幻の射手のおそろしさをよく知っている社長は、口からでまかせのなぐさめのことばをのべる気持になれなかった。

「警察と鳥羽君がついているから、だいじょうぶだと思うよ。とくにあの少年は、いままでにいろいろな怪事件をといているんだ」

「さあ。あんなこどもではねえ」

明石卓三は、鳥羽君のうでまえをあまり信用していないようすであった。

「おや、池君。この手紙はきみがのせたのかね？」

いきなり副社長がへんな声をだした。なるほど、机の上に一通のふうとうがのせてある。

「いや、ぼくじゃない」

あて名は、明石卓三殿としてあるが、切手がはってない。だから、ふたりが夢中になって話をしているすきに、犯人がそっとおいていったにちがいなかった。

明石副社長は気がくるったように、はさみをとって封を切った。

「先日は失敗した。しかし今度こそ成功するぞ。十月三十日を用心しろ、とかいてある」

明石はひきつった顔で池をみた。

「きょうは二十五日だ。あと五日すると、ぼくは殺されてしまうんだ」

副社長はなきだしそうな、ゆがんだ表情をうかべて、頭をかかえこんでしまった。へやの中に、ガスストーブのもえる音だけがいつまでもいつまでもきこえていた。

あやしい男

坂並《さかなみ》温泉は、東北地方の山のなかにある。谷川のふちに古い旅館がたっていて、百二十段もある階段をおりていくと、川のながれのそばに、あつい温泉がわいているのだ。

そのこけし屋という旅館に、十月二十九日の午後、ふたりの旅行客がやってきた。

「しずかなへやはあるかね？　二日ばかりとまりたい

のだが」

「へえへえ、ございます。どうぞこちらへ」

番頭さんのあんないで、ふたりはうすぐらいろうかを歩き、谷川にそったへやにとおされた。

「こちらでございます」

番頭は、まどのしょうじをあけた。

「おお、これはいいながめだ」

客のひとりは窓に近よって、思わずうっとりしたように言った。目の下には青い急流がごうごうと音をたて、しぶきを上げてながれている。むこうがわの山腹は、つたやかえでが一面に紅葉していた。

「おい明石君、見てみろ。まるで山が燃えているみたいだぜ。みごとだなあ……」

と、彼は友人をかえりみた。だが、明石とよばれたその男は、元気なさそうに、うわのそらで、一言ウムとうなずいたきりだった。

やがて番頭がでていってしまうと、彼はテーブルの前にすわり、明石の肩をたたいた。

「元気をだせよ。いくらあいつが幻の射手とよばれるふしぎな男であるにせよ、きみが東北地方の山奥にかくれていると気づくはずがないよ。それを知っているのは、ぼくらのほかに島警部と鳥羽ひろし君だけなんだから」

明石卓三は、それでもやはり元気がない。

「さあ、きみ、温泉にはいろう」

「いや、池君ひとりではいってくれ。ぼくはあいつに命をねらわれていることを思うと、おそろしくて、のんびりした気持にはなれないのだ」

しかたなしに、社長の池秋夫は、タオルをもってろうかに出た。そして、百二十段もあるながい階段をおりていった。谷底には、岩をくりぬいた穴に、温泉がなみなみと湯をたたえている。

どぶんと身をしずめ、すぐ目の前をながれる水音をききながら、まっかにそまった山のもみじをながめる。それは、東京では見ることのできない、すばらしいけしきだった。山はいいなあ……。池社長はつくづく思った。そして、タオルでからだを洗った。

湯からでて、きものをきて、また百二十段の階段をあがる。途中で二回もやすんだ。そうしないと、息ぎれがして、くたびれてしまうのである。

やがてろうかを歩いて自分のへやの近くまできたときに、そこにへんな男が立っていることに気がついた。ベレー帽をかぶり、画家のようなながい上衣をきたその男は、へやの入口の前にたたずんで、そっと室内のようすをうかがっている。

「きみ！　なにか用ですか」

声をかけると、男はおちつきはらった顔でマドロスパイプのけむりをプカリとはいた。

「山の温泉はいいですなあ、はッはッは」

そう言うと、なにごともなかったようにすたすたと行ってしまった。

「妙なやつだな」

にがにがしそうにつぶやいた。ひょっとするとあの男が幻の射手なのかもしれないぞ。そう思うと、温泉でほっかりあたたまったからだが、急にぞくりと冷えてくるような気がした。

よごれたセーター

あくる三十日は、朝からどんよりと曇っていた。

「池君、ぼくはすっかりかくごをきめたよ」

朝ぶろにはいってヒゲをそった明石卓三はきのうとちがい、おちついた調子で言った。

「どうせ人間は一度は死ななくてはならん。じたばたしたってしようがないからな」

そう言って、朝食をうまそうにたべた。近くの山でとれるナメコというきのこのみそ汁が、とてもおいしい。

　食事がすむと、ふたりはえんがわのイスに腰をおろして、外をながめた。むらさき色の名も知らぬ秋草が、朝風にゆれている。谷川のながれは、ひすいのように美しい色をしていた。

「いいかね明石君、ベレー帽の男に気をつけてくれよ」

「ああ。わかったよ」

「女中にきいてみたんだが、ベレー帽は山岡という名まえで、大阪からきた画家だと称している。そのくせ、ことばに大阪弁のアクセントは少しもないそうだ」

「ふむ、おかしな男だな」

「きのうぼくらがこの宿につくと、五分ほどあとに彼も到着している。まるで、われわれのあとを追いかけているようだ」

「いよいよ妙なやつだな。いいさ、そいつが幻の射手ならば、ぼくはこんなふうに堂々とたたかってみせるよ。えいッ」

　副社長の明石は、手にもった万年筆を刀のようにかまえ、気合とともにふりおろした。

「あッ、インクがついた」

　池社長の黄色い横じまセーターに、点々とインクがかかってしまった。

「失敬、失敬……。とりあえず、ぼくのセーターをきてくれよ」

　自分の白いセーターをぬぐと、明石はそれを池にきせてやった。

「東京にかえったら、銀座ですてきなセーターを買ってかえすよ。ただし、ぼくが生きていたならばの話だけれどね、ははは」

　彼はそう言うと、むりに大きな声でわらった。

暗夜の銃声

　昼間はなにごともなくすぎて、夜になった。帳場の大時計が、宿屋中にひびくような大きな音で、ボーン……ボーン……と時をうちはじめた。十時である。

「明石君、あと二時間たつと、三十一日になるんだ。幻の射手が約束した三十日という日は、あと二時間しかないのだよ」

「ああ、わかっている」

　じっとイスにすわって腕ぐみをしたまま、明石は答えた。かくごをきめたとは言ったものの、やはり心のなかでは心配なのであろう、声がふるえているようだった。

「……池君、あの音はなんだろう？」

　五分ほどたったころに、明石はいきなり立ち上がって、目をきょろきょろさせながら言った。

「どんな音だ？　ぼくにはきこえない」

「ほら、耳をすませてみろ、庭のほうだ」

「……きこえないな。川の音じゃないのか」

「ちがう、へんな音だ。悪魔が歩くような音だ。……たのむ、池君、見てきてくれ」

明石はゴクリと音をたてて、つばをのみこんだ。おそろしさのあまり、目をかッと見開いている。

「よし、見てくる。心配するな」

そう言いのこしておいて、池はろうかにでると、庭におりてサンダルをはいた。そしてきき耳をたてながら、あやしい物音の正体をたしかめようとして、すすんでいった。月は雲にかくれているので、あたりはかなり暗い。こんもりした木のたたずまいが、ほのかに見えるだけである。

するといきなりうしろのほうで、ズバンという銃声がした。ぎょっとして立ちすくんでいる池の前に、ひとつの黒い影がおどりでたかと思うと、びっくりしている池社長に、意外なことをささやいた。

「早く。死んだふりをしてください！」

「あ、きみは鳥羽ひろし君！」

「わけはあとで話します。早く、早く……」

なにがなんだか、少しもわからない。しかし鳥羽君の言うとおりになって、ウームとひと声うなると、ばったり倒れて死んだまねをした。

鳥羽君はすぐ走り去ってしまった。

やがて足音がしたかと思うと、がやがやとこうふんした話し声が近づいてきた。懐中電灯のひかりが、パッと顔につきつけられた。池社長は、まぶしいのをがまんして、じっと目をつぶり、息をころしていた。

「たいへんだ、医者をよんでくれ、医者を」

番頭の声だ。

「おい、池君、池君……。ああ、池君はぼくのセーターをきていたから、ぼくとまちがえられて射たれてしまったんだ」

かなしそうな明石の声。

「犯人は幻の射手なんだ。そいつが犯人なんだ。池君、すまないことをした……」

明石がさけんだ。すると、それをあざ笑うように、くらやみのなかから、鳥羽君の元気のいい声がおこった。

「おや、きみは鳥羽君ですね」

「そうです。幻の射手の正体を、いまぼくがあきらかにしてごらんにいれます」

鳥羽君が近づいてきた。がっしりとした島警部もいっしょだった。ベレー帽の男はきょろきょろとあたりを見まわした。


犯人はおまえだ！


「ぼくも知ってる。犯人はこのベレー帽だ」

明石が大声で言った。番頭がびっくりしたように、あッとさけんだ。

「ははは、明石さん。この人はぼくの叔父さんで、新聞記者をしている伊東半吉です」

「えッ」

「あなたのようすをさぐるために、叔父さんは画家に化けていたんです。明石さん、もうお芝居はやめてください。ぼくもこの島警部も、なにからなにまで、すっかりわかっているのです」

島警部がパッと懐中電灯をつきつけると、明石卓三は歯をむきだして、鬼のようにすごい顔をしていた。

「明石卓三さん。われわれは会社の書類をしらべた結果、あんたが会社のかねをごまかしていることを発見しました。それを池社長に見つけられることをおそれて、殺してしまおうと思ったのです」

「ちがう」

「その上で、野心家のあなたは、自分が社長になろうとしていたんです」

「うそだ。でたらめだ」

彼は、きちがいのようにわめきつづけた。

「明石さんは、まず、自分が幻の射手にねらわれているように見せかけることにしたのです。最初にとどいた毛筆のへたな殺人予告状は、自分でかいたものでした」

「なにを言うか。犯人は幻の射手という目にみえないやつだ。その透明人間が社長室にしのびこんでわしを射ったことは、きみらも知っているではないか」

「よろしい。それでは島警部や半吉叔父さんに、あのふしぎな透明人間のナゾについてお話ししましょう。社長室に透明人間がしのびこんだという明石さんの説は、全然まちがっているのです。ほんとうのことを言えば、この明石さんが、自分で花火を、ガスストーブになげこんだだけなんです」

花火に火がつくと、パーンとはれつする。あのときの銃声は、その音だったのだ。

「しかしひろし君、壁にピストルの弾丸がめりこんでいたじゃなかったかね?」

警部がたずねた。

「それも、この明石さんの手品なのです。明石さんが勇しくも犯人とたたかうのだと称して、夜おそくまでひとりで社長室にがんばっていたことは、警部さんも知っていますね。じつを言うとそれは口実で、ほんとうは、壁に向けてピストルを発射するためなんです」

「そうか。するとあの弾丸は透明人間が射ったのではなくて、前もって壁にうちこんであったのだな」

感心したように、警部はうなった。読者のみなさんは、そこにクリスマスツリーみたいな植木鉢がおいてあったことを、おぼえているだろう。あの木で、弾丸のあとをかくしておいたのだ。

「明石さんはわざと池さんのセーターをよごして、自分のセーターを池さんにきせてやりました。しかしそれは親切なためではなくて、幻の射手が明石さんを殺そうとして、まちがえて池さんを殺してしまったようにみせかける計画だったからなのです」

「なにをいうか。わしは知らん」

明石は、まだ降参しない。

「明石さん、あなたの計画はよくわかっていたのです。だからぼくは警部さんと叔父さんとをつれて、こっそりこの温泉にやってきた。ぼくらは、いつもあなたから目をはなしませんでした。あなたが、悪魔の足音がきこえるというウソをついて、池さんを庭に行かせたときも、半吉叔父さんはじっとあなたのようすを見ていたんです。そしてあなたがねらいをさだめてピストルをうつ姿を、ちゃんと写真にとってしまったのですよ」

このひろし君の一言はとどめをさした。

「しまった!」

さすがの悪人もひと声さけぶと、頭をかかえて、へたへたとくずおれてしまった。

「しかし明石さん、さいわいなことに、あなたは池さんを殺さなかったんです。叔父さんがあなたのすきをうかがって、ピストルの弾丸をぬきとると、空弾をつめておいたからです。さあ池さん、生き返ってもいいですよ」

ひろし君が声をかけると、それまで倒れていた社長がむっくりおき上がった。さすがの悪人の明石も、はずかしそうに顔をふせている。くらい谷底のほうから、ごうごうという急流の音が、いつまでもいつまでもきこえていた。

クリスマス事件

サンドイッチマン

「ひろし君、今度のクリスマスイブには、盛大なパーティをひらこうと思うんだ」

森氏は、たのしそうに言った。森夫妻と鳥羽君は、この秋に日光見物へいったときに、おなじホテルに泊ったことから、したしくなった。それ以来、仲のいいお友だちである。

森氏は長年ヨーロッパに住み、今春、外国人の奥さんをつれて帰朝したお金持なのだ。麴町《こうじまち》のこのお邸《やしき》も、とても大きくて広い。

「そのときサンタクロースを出現させて、お客さんたちをおどろかせてやりたいのだよ」

「サンタクロースを?」

鳥羽君がきき返すと、森氏は、また声をたててわらった。

「いや、サンドイッチマンにたのんで、サンタクロースのふんそうをしてもらうのさ。これからたのみに行くんだが、ひろし君もいっしょにゆかないかね」

森氏にさそわれて、鳥羽君は車にのった。五九年型のぴかぴか光るパッカード。運転はもちろん森氏がやるのだ。

やがて車は、神田の電車通りにとまった。

「サンドイッチマンの事務所は、この横丁のおくにあるんだよ」

ふたりは車をおり、横丁にまがった。せまいごみごみした道のつきあたりに、小さな灰色の事務所があった。木のかんばんには東京文化宣伝社とかいてある。さむざむとした、きたない建物だ。

ドアをあけてはいると、人相のよくないおやじが、ストーブにあたって新聞をよんでいる。

「なにか用かね?」

「クリスマスイブに、サンドイッチマンをひとりたのみたいのだ。サンタクロースの服をきて、来てもらいたいんだよ」

「だめですぜ。年末はいそがしいからね」

その男は、めんどうくさそうに言った。

「そのかわり、二時間で五千円のお礼をするが、どうかね？」

森氏がふくらんださいふをとりだすと、おやじは急ににこにこ顔に変わった。

「二時間で五千円？　よろしいです。では、三公をさしむけましょう。おい、三公……」

となりのへやに声をかけると、三公とよばれた男がはいってきた。顔色のわるい、みるからにずるそうな感じのサンドイッチマンであった。おまけに左の目に眼帯をしているせいか、いっそうぶきみな感じがする。

「おい三公。このかたのお邸に、サンタクロースに化けていくんだ。いいか」

「へえ、いつですかい？」

「二十四日の晩だ。わかったな？」

三公は、だまってうなずいた。そして片目で森氏のさいふをみると、くちびるをゆがめて、にやりとした。いやしい、下品な、いやなわらい方であった。

クリスマス・パーティ

十二月二十四日は、クリスマスイブだ。朝から曇っていて、いかにも雪がふりそうな、とてもさむい日だった。しかし森家の大広間は、だんろの火が赤々ともえて、春のようにあたたかかった。ひろし君をはじめ、十五人のお客さんが、その広間で、パーティをたのしんでいた。

おとなの人たちは、ポンと音をたててシャンペンのせんをぬき、お酒をのんでいる。だが鳥羽君はまだ中学生だから、お酒のかわりにあまいココアをのみ、七面鳥をたべたりした。

「いよう、少年名探偵、ゆかいじゃね」

いつもは、まじめな顔をしているふとった代議士が、赤い三角のぼうしをかぶって、はしゃいでいる。いや、その代議士ばかりでなく、グランプリをもらった美しい映画女優や、画家や、原子力の研究で知られた岩井博士など、だれもかれも、子どもみたいにたのしそうだ。

レコードの「ジングル・ベル」が、高らかになりひびいた。するとそれを合図のように、となりのへやから、赤いぼうしをかぶり、白いひげをはやしたサンタクロースが、大きな袋をかついであらわれた。

「三公の変そうもなかなかうまいぞ」

と、ひろし君は感心した。

サンタはにこにこしながら、袋の中から黒いはこをとりだし、近くにいる映画女優の、青山みどりにわたした。

「ありがとう、サンタさん」

みどりがお礼をいって、ふたをあけたとたんに、ピーという音とともに、ろくろ首がヒュルヒュルととびだした。みどりはキャーッと言ってはこをなげだし、となりの画家にしがみついた。

「サンタさんのいじわるッ」

みなは、声をあげてわらい、そして、またお酒をのんだり、陽気に話をしたりした。サンタクロースは、音楽にあわせておどってみたり、また思いだしたように、人々にプレゼントをくばって歩いたりした。

「おいおい、今度もびっくりばこかね?」

岩井博士がおそるおそるあけてみると、それはほんものの、大きなデコレーションケーキであった。

どの人も、プレゼントをもらうのを楽しみにしていた。サンタクロースは、パーティの人気ものであった。袋のなかみがなくなると、サンタは何度となくドアをあけてとなりのへやにはいってゆき、そしてふたたび袋をふくらませて、もどってくるのである。

耳もとで、パーンという大きな音がした。ひろし君がびっくりしてふり返ると、森氏がわらいながら、クラッカーを手にもって立っている。

「よくきてくれたね、ひろし君」

「おまねきくださって、ありがとうございます」

鳥羽君が立ってあいさつをすると、森氏はそのかたをぽんとたたいて、むこうへいってしまった。森氏は、ほかのたくさんのお客さんに、あいさつをしなくてはならないのだ。

鳥羽君は、森夫妻にあげるために、プレゼントをもってきている。ふたりがそろっているときにわたそうと思っているのだけれど、だんなさんがいるときには奥さんがいない、奥さんがいるときは、だんなさんが見えない。そのために、なかなかチャンスがないのだった。

電蓄のふたをあけて、奥さんがレコードをかけなおした。しずかな「きよし、この夜」のメロディーがながれてくる。それは、ひろし君の大好きな曲であった。鳥羽君は目をつぶって、それをきいていた。その直後に事件がおこるとは、夢にも思わなかったのである。

銃声

とつ然、あたりが暗くなった。停電だ。クリスマスツリーにともされた豆電球だけが、パッ、パッと、ついたりきえたりしている。

「ヒューズが切れたのよ、きっと」

奥さんの声がした。日本語はうまい。

そのときである、へやのすみに立っていたサンタクロースが、片手をこちらにつきだしたかと思うと、ズバン！という銃声とともに、赤い火花がちった。奥さんと、映画女優が、悲鳴をあげた。

「あぶない、ピストルだ！」

代議士がさけんだ。みな、本能的に首をすくめた。イスをひっくり返して、テーブルの下に首をつっこんだのは、画家だった。

だれかが、うなり声をあげてたおれた。鳥羽君はすぐとびだして、その人をかかえおこした。おとなの人って、とても重たいものだ。ひろし君のうでは、ちぎれそうにいたかった。

「しっかりしてください、おじさん！」

その人は、また、うめき声をだした。だれかが、デコレーションケーキのローソクをひきぬいて、さしだしてくれた。あたりがほんのり明るくなり、その光で、たおれた人が岩井博士であることがわかった。左のかたが真紅にそまっている。

「どれどれ、わしがみてあげよう」

そう言ってひざまずいたのは、医者の吉村さんだった。

「たまははずれておる。すぐなおるよ」

吉村医師はそう言うと、かばんをとりよせ、岩井博士の上にかがみこんで、すばやく手当をした。ほかの人たちも、サンタクロースのピストルのおそろしさをわすれて、熱心にそれを見まもっていた。

急に、電灯がついて、広間の中はもとのように明るくなった。すでに、犯人の姿はない。

「みなさん、手をかしてください。岩井博士をソファにねかせてあげたいのです」

吉村医師が言うと、代議士や画家が博士をだきかかえ、ソファの上にはこんでいった。それまで気を失っていた博士も、いまは意識をかいふくして、じっと目をつぶっている。

そこに、となりのへやから森氏が走ってでてきた。手には、赤いサンタの服をもっている。

「私は、裏口のヒューズをつないできたのです。そしてとなりのへやをとおりぬけようとすると、床の上に、この服がぬぎすてられてありました」

犯人は、人目に立つ赤い服をぬいで、逃げていったにちがいない。人々は、だまって顔を見合わせていた。

三　公の妖術

やがてパトロールカーのサイレンとともに、島警部が刑事さんをひきつれて到着した。

「警部さん、ひと足おそかった。犯人はにげてしまいましたぞ」

と、代議士が、こうふんした声で言った。

「犯人は神田のサンドイッチマンです。早くつかまえてください」

森氏も、うったえるように言った。

「おかしいね、サンドイッチマンが、なぜ岩井博士を射ったのだろう」

「ちがいます。あいつはピストルを射って、みなさんをおどろかせたすきに、私のお金をもって逃げる計画だったんです。そのたまが、運わるく博士にあたってしまったのです。警部さん、早く追いかけてください」

しかし島警部は、少しもあわてずに、みなの顔をぐるりと見まわした。

「だいじょうぶです。犯人は、まだこの邸の中にいます」

「えッ」

「おもてには、十センチちかく雪がつもっています。犯人が逃げだしたなら、かならず足あとがついているはずです。ところが、家のまわりには、犬の足あと一つないのです」

いつの間にか雪がつもっていたとみえる。しかし警部の言うとおり、雪の上に足あとがなければ、犯人は、まだこの邸内にかくれていることになるのであった。奥さんも、青山みどりも、ほかの女の人たちも、ぞっとしたようにあおい顔になった。

「心配しないでください。われわれがさがして、つかまえますから。……それから森さん」

「はい」

「なにをぬすまれたのですか」

「ダイヤのネクタイピンです。居間のたんすの上にのせておいたのです」

「わかりました」

警部はそう言うと、刑事さんたちをひきつれて、出ていった。

「おそろしいことですわ」

と、青山みどりがつぶやいた。

「神さま、早く犯人がつかまりますように」

奥さんが、おがむように言った。

先ほどまでのパーティのたのしさは、はかない夢のようにきえてしまっていた。だんろの火もしだいにもえつきて、広間の中には、さむさがしのびよっていた。男の人たちは二三人ずつかたまって、小さな声で、なにか語り合っている。一時間ほどしたころとなりのへやのドアから、刑事さんが首をだした。

「鳥羽君、警部さんがよんでいます」

「はい」

ひろし君がそのへやにはいっていくと、島警部はダルマみたいな顔をしかめて、腕ぐみをしたままじっと考えこんでいた。なんだか、よほどこまったことがおきた顔つきである。

「ああ、ひろし君か。ふしぎな事件だよ、これは。どう考えてもわからないんだ」

「どんなことです?」

「どこをさがしても、犯人がいない。ネズミ一匹見のがさないように徹底的にさがしたのだが、おらんのだ。三公は、魔法つかいのように、空をとんでにげたにちがいない」

警部自身、そんなことを信じていないことは顔をみればわかる。だけど、雪の上に足あとをのこさずに逃げるには、やはり、空をとぶよりほかないのだ。

「ふしぎですねえ……」

ひろし君も小首をかしげた。

三公をさがせ

島警部とひろし君をのせたジープは、麹町の森邸をでると、雪もよいの風の中をひたすら走りつづけて神田へむかった。車のドアのすき間からつめたい空気がヒュウヒュウはいってくるので、ひろし君は何度となくクシャミをしたほどである。

「警部さん、あの横町です」

「よし、ストップ!」

ふたりは車をおりると、ほそい道のつきあたりにある、東京文化宣伝社をたずねた。

「もしもし、今晩は、もしもし……」

警部が大きな声でよびながら、ドアをたたく。へやの中でパッとあかりがつくと、大入道のような影ぼうしがガラスにうつった。

「なにか用かね?」

あの人相のよくないおやじが、ドアをあけて、ぬっと

顔をだした。

「警察のものだが、三公はいるだろうな?」

「いえ、まだ帰ってこねえ。三公は麹町の森さんのお邸にいったんですがね、二時間の約束なんだから、もう帰ってくるはずでさ」

おやじは、うしろをふり返って壁のとけいをみた。すでに針は十時をさしている。

そのとたん、電話のベルがけたたましくなりひびいた。おやじはめんどうくさそうに、机に近づいて受話器を耳にあてたが、すぐにそれを警部にさしだした。

「あんたにですよ」


「どれ、かしてくれ。……もしもし、島です。え? なに? そうか。すぐ行くぞ」

こうふんした顔つきで電話をきった警部は、ひろし君をかえりみた。

「三公がみつかったんだ。さあ、行こう」

あっけにとられている文化宣伝社のおやじをあとに、警部はジープにかけもどった。

「おい、麹町のサクラ公園へやってくれ!」

車はふたたび夜風をきって、真白くつもった雪をふみしめつつ、麹町めざして走った。

「ねえ警部さん、三公はどこでみつかったんですか」

と、ひろし君がたずねた。

「サクラ公園の中だよ。森さんの家から二〇〇メートルばかりはなれた場所なのだ」

島警部はそう答えると、腕どけいをみて、いらいらしたようにどなった。

「おい、もっとスピードはでないのかッ」

三公は、サクラ公園のあずまやの中で発見されたのであった。手足をぐるぐるとロープでくくられ、声をだすことができないように、口にさるぐつわをはめられ、たおれていた。

「もし警察のだんなが見つけてくれなかったら、あッしはさむさのために凍死してましたぜ。だんな、どうもありがとう」

発見してくれた巡査に、おじぎをしている。そして、このあいだあった鳥羽君の顔をおぼえていたとみえ、ふしぎそうに目をひらいていた。

「おい、しらばくれるな、三公！」

警部がダルマみたいなこわい顔をして、ジロリとにらみつけると、三公はギクリとした。

「おまえは森さんのダイヤのネクタイピンをぬすんだろう。それをごまかそうとして、自分で自分のからだをなわでゆわえたんだ」

「と、とんでもねえ。あッしは森さんのお邸へいく途中、とつぜんだれかに頭をなぐられて、気ぜつしてしまったんです。気がついてみたら、こんなあずまやの中にひきずりこまれていたんでさ」

「するとおまえは、森さんの家には一歩もはいったことがないと言うつもりだな？」

「へえ、そうです。おれをなぐったやつは、カバンをもって逃げていったんでさ。あのカバンの中に、サンタの服がはいっていたんです」

しかし警部は、ずるそうな顔をした三公の言うことなど、少しも信用しない。

「でたらめを言うな。おい、こいつをつれて行けッ」

警部が命令すると、三公はたちまち刑事さんたちに腕をとられて、ひきたてられていった。

冬のドライヴ

それから四日たった日のことである。朝からよく晴れた上天気で、クリスマスイブに降った雪はすっかりとけてしまっていた。

「ひろし君、ふたりで伊豆半島へドライヴしませんか。東京はさむいが、むこうはあたたかいからね。もう、そら豆の花がさいてる」

森さんの邸にあそびにいった鳥羽君は、冬のドライヴをさそわれた。鳥羽君の学校はもう冬休みだし、きょうは日曜だから、森さんの会社もお休みなのである。

「うれしいな。奥さんは？」

「うむ、マリヤはきょうはるすばんだよ」

「では、おかあさんに電話で知らせておきます」

「そうしなさい。ホールの向こう側に電話室があるよ。ぼくは、車の用意にとりかかろう」

と、森さんは立ち上がりながら言った。

ほんとうにそれはたのしいドライヴだった。東京を出発するときは空気がつめたかったけれども、小田原をすぎ、真鶴をすぎるころから、しだいにあたたかくなってきた。鳥羽君の提案で、ふたりは途中でパッカードをとめ、海辺におりて、サンドイッチをたべた。

「……春の海、ひねもすのたりのたりかな……。いいなあ、海は」

森さんが言う。ひろし君は、波うちぎわの桜貝をひろって、耳にあてた。小さな、ほの赤い貝が、神秘な海のものがたりをささやいてくれるような気がしたからだ。

「さあ、でかけよう」

森氏と鳥羽君は、また車にのってドライヴをつづけた。やがて熱海をぬけ、下田街道にさしかかる。左手の海には、初島がぽっかりとうかんでいた。

「森さん……」

ふと、ひろし君が話しかけた。

「あの三公は、いったいどうやって、雪の上に足あとをのこさずに、にげだせたのでしょう?」

「うむ、それは私にもわからんねえ」

とつぜん、へんなことを言われて、森氏はふしぎそうに、鳥羽君をみた。

「ぼくは、あの事件をいろいろ考えなおしてみたのです。いままで犯人は、お金や宝石をぬすむために、お客さんをおどかそうとして、ピストルを射ったのだと解釈されています」

「そのとおり。そのたまが、まちがって岩井博士に命中してしまったんだ」

「ところがぼくは、その考え方がまちがっていると思うのです」

森氏は、ますますふしぎそうな顔になった。

「どうして?」

「犯人は、宝石をねらったようにみせかけて、最初から岩井博士を射つつもりでいたのではないでしょうか」

「ふむ。なぜ博士を殺そうとするのかね?」

「それは、博士が原子力研究の大家だからです。ある外国は、博士の研究をひじょうにおそれています。だから、その外国からたのまれたスパイが、博士を殺そうとしたのです……」

沈黙がつづいた。窓から、あたたかい日ざしがふりそそいでいる。

危機一髪

「だれだね、そのスパイは?」

「あなたです」

鳥羽君はズバリと答えた。森氏はおどろいたように、大きく息をすいこんだ。パッカードはいつの間にか本道をそれて、さびしい山道にかかっている。

「あなたは三公を気ぜつさせ、その赤い服をうばって、サンタクロースに化けたのです。そして電線をショートさせて、停電にまぎれて岩井さんを射ったのです」

「おいおい鳥羽君、ばかなことを言ってはこまる。私がサンタクロースに化けられるわけがないよ。なぜならば、私ときみが話をしていたときにも、サンタクロースはお客さんたちに、プレゼントをくばったり、おどりをおどったりしていたではないか」

それはたしかに森氏の言うとおりである。森氏とサンタクロースが別人であることは、ひろし君も見ていたはずだ。

だが、鳥羽君は少しもへこたれない。

「あのときのサンタは、奥さんが化けていたのです。あなたとマリヤさんは、交代で、サンタになったのですよ。奥さんがいるときは森さんの姿がみえなくて、マリヤさんがいないときには、森さんはちゃんといたということに、ぼくは気がついていたのです。だからぼくは、森さん夫妻が交代でサンタクロースに化け合っていたことを、見ぬいてしまったんです」

「うーむ」おどろきのあまり、ハンドルをとりそこねて、パッカードがぐらりとゆれた。

「あなた方は、邸から一歩も外にでませんでした。犯人のにげた足あとが雪の上にのこされていなかったのは、当然なことなのです」

「うーむ。いかにもおれはスパイだ。だがおれの正体を知られた以上は、きさまを生かしておくわけにはいかん。車をでろッ、一発でうち殺してやる」

あのおだやかな紳士の仮面をかなぐりすてて、森は、ざんにんな殺人犯の顔になった。

鳥羽君は両手を上げ、車の外にでた。あたりには人影もない。どこかで山鳥がないた。

「いいか、ここでピストルを射っても、だれも助けにきてはくれないぞ。狩猟家が山ばとを射つ音だと思っているからだ」

鳥羽君は大きな椎の木のみきを背にして立たされた。

黒いピストルの銃口が、ぴたりとひろし君の胸をねらった。……もうだめだ。

「覚悟はいいだろうな」

ごう然一発。青いけむりがたなびいて、煙硝のにおいがプーンとにおってきた。

げッ。悲鳴をあげてたおれたのは、森だった。手をはなれたピストルが、ぽろっと地面におちた。パッカードの横に、ピストルをかまえた島警部と、カメラをもった半吉叔父さんとが立っている。

「ははは、森、ついに正体をあらわしたな」

警部はわらいながら、ハンカチで森の射たれた手をほうたいしてやり、手錠をかけた。叔父さんは、つづけさまにパチパチとシャッターをきっている。

「おい森。鳥羽君はおかあさんに電話をかけるふりをして、わしに連絡をとってくれたのだ。われわれは先回りして真鶴でまっていた。そしておまえがひるめしをくっているすきに、こっそり車のうしろの荷物入れにもぐりこんでいたんだ」

警部は、あざわらうように言った。

電報

パッカードは方向をかえて、東京目ざして走りだした。運転するのは警部、うしろの席には森と半吉叔父さんがすわっている。

「おい、警部君に記者君、おれをつかまえたからといって、有頂天になるのは早いぜ」

森が、くらびるをゆがめて語りはじめた。

「鳥羽ひろしという少年名探偵をさそいだしておいて、そのるすの間に、岩井博士を殺させようというのが、おれの作戦なのだ」

森は、にたにた笑いながら、話をつづける。

「博士を殺す役目は、妻がやる。博士はそんなことは少しも知らぬから、油断をして、あっさりやられるにちがいない。どうだ、警部君に記者君、おれの作戦におどろいたろう」

だが、警部も半吉叔父さんも、みな平気な顔をしている。森は、期待はずれの表情をうかべて、おちつきのない目つきになった。

やがて車はスピードをおとして、とある部落にちかづいていた。ここはこの夏、ひろし君が二週間ほどとまって、水泳をしたなつかしい村である。

「警部さん、ここでとめてください」

車がとまると、鳥羽君はみがるに助手台からとびおりて、正面の家に声をかけた。

「ハル子さん、こんにちは！　ぼくひろしです。ぼくあての電報がきているでしょう?」

明かるい声の返事がしたかと思うと、ひとりの少女が電報をもってかけだしてきた。夏休みにお友だちになった、ハル子さんだ。

「ありがとう」

電報をうけとった鳥羽君は、それを森の前にさしだして、ひらいてみせた。

「ほら、どうです、読んでごらんなさい」

「『マリヤツカマエタ、ハカセブジ』……。うーむ、しまった、残念だ……」

「森さん、ぼくはそれほどばかではありませんよ。奥さんがきょうのドライヴに参加なさらないという話をきいたとき、あなたの計画がわかったんです。だから刑事さんにたのんで、博士をそっと警戒してもらったのです」

さすがの森も、鳥羽ひろし君の推理には、かぶとをぬがないわけにはゆかなかった。

海辺にて

このあたたかい伊豆の部落に、鳥羽君は、二、三日滞在することになった。ハル子さんが、しきりにひきとめたからである。

その日の夕方、ふたりは海辺を散歩しながら、すぎし日の夏のことを、あれこれと思いだして語り合った。植物採集をしたこと、タツノオトシゴをとるつもりで、まちがってタコをつかみ、すいつかれたこと……。

いつの間にか月日がたってしまい、あと三日でことしもおわろうとしているのである。ふたりは感慨をこめて、夕やみにかすむ初島をながめていた。

もういくつ寝ると、お正月
お正月にはたこ上げて……

風にのって、村のこどもの元気な声でうたう歌がきこえてきた。

冬来たりなば

イタリア舞曲

南千葉は、東京にくらべて気温が七、八度もたかい。まだ二月だというのに、ここではもうチョウチョウがとびまわっている。だんだん畑には、色さまざまなカーペットをしいたように、オレンジ色の金せんかや、クリーム色の水仙や、桃色のストックの花がさきみだれていた。村のひとたちは、野菜のかわりに花をつくって、それを東京の花屋にうるのである。

天気のいい日に、丘に横たわって目をつむっていると、ヒバリの声にまじってブーンというミツバチの羽音もきこえる。そして、そよ風が、あまい花のかおりをはこんでくるのであった。それは、じつに平和で、みちたりた風景のようにみえる。だがそのころ悪魔が、うつくしい花のかげでこっそりするどいツメをみがいていたことを、だれも知らなかったのである。

しず子さんはこの村の中学生だ。ほっぺたが赤く、長い髪の毛をおさげにした、とても元気のいい少女である。そのしず子さんは、音楽の宿題の中に、どうしてもわからないことばがあった。それはタランテラという舞曲の名まえだ。

そうだ、良夫さんの家へいって教えてもらおう……。しず子さんはそう考えて、ノートを片手にもつと靴をはいた。片岡良夫君は、村でもいちばんお金持の同級生である。おとうさんは温室を三十あまりもっていて、その中でメロンやキュウリやトマトなどを栽培している。そのひとりむすこの良夫君は、ピアノがじょうずだった。

もう夕方にちかかった。しず子さんは村の一本道をあるいて、良夫君の家へむかった。夕やけ空はあしたの上天気を約束している。マーガレットが白くさきそろった花畑も、地蔵さんも、みな赤くそまっていた。良夫君の家は、丘をこえたむこうにある。

「やあ、よく来てくれたね、しず子さん」

数学のノートをひろげていた良夫君は、ニコニコしてしず子さんを自分の勉強べやにとおしてくれた。本箱の上に、ベートーベンの石膏像がかざってある。

「あとで、ぼくに数学の問題おしえてね」

「いいわ、あたしに解ける問題ならば……」

と、しず子さんは答えた。しず子さんは数学が得意なのだ。

「何がわからないんだい？」

「タランテラという舞曲よ」

しず子さんがそう言いながら、なにげなく窓の外をみると、松さんが温室のドアをあけて、中にはいっていくところだった。手ぬぐいでほおかぶりをした、その名のとおり松みたいにがんじょうなおじいさんである。

「元気なおじいさんだわね」

「とてもちから持ちなんだよ。運転手の吉田とすもうをとっても、負けないくらいだ」

と良夫君は自分のうで自慢をするように、鼻をひくひくさせた。吉田というのは二十五歳ぐらいの青年で、トラックに花をつんではこぶのが仕事である。

「さ、勉強をしようや、タランテラというのはね、イタリアの南部にあるタラント地方の舞曲なんだよ。三拍子の、テンポの速い曲なんだ。あとでピアノで弾いてきかせるよ」

「ありがとう。その前に、地図みせてくれないこと？タラント地方というのをしらべてみたいのよ」

良夫君はつと立って、本箱の中から一冊の世界地図をとりだすと、机の上にのせた。ふたりはイタリアのページをひらき、ひたいを合わせてのぞきこんだ。良夫君のかみの毛が、しず子さんのおでこにふれて、くすぐったい。

と、そのときである。突然温室のほうから、ヒャーッというものすごい叫び声がした。良夫君もしず子さんも、思わず顔を見合わせ、いきをのんだ。どちらも顔はまっさおで、心臓だけがくるったように、トコントコンと波をうっている。

「……あの声は松さんじゃなくて？」

「……うん、たしかに松さんだ。行ってみよう！」

ふたりは勉強べやから庭にとびだした。おもてのほうから、良夫君のおとうさんと吉田運転手が、おどろいた顔をして走ってくる。

「良夫、松吉はどこにいるんだ！」

「あの温室です」

良夫君が三番目の建物を指さすと、おとうさんと運転手はあわててかけだしていった。

温室のとびらは、おとうさんたちがかけつく前に、内側からがたりと音をたてて開いた。夕日がドアのガラスに反射して、ぴかっとひかる。中から、松吉が、まるで夢遊病者のような足どりで、よろよろとよろめき出てきた。おそろしそうにゆがんだ口のはしから、だらりとよだれをながし、目は、おびえたように大きく見ひらかれている。

「松吉ッ、どうした！」

おとうさんが手でささえた。

「松ッつぁん、しっかりしろよッ」

運転手がさけぶ。だが松吉は、まるで松の大木が切りたおされたように、どたりとたおれてしまったのである。

「吉田、お医者さんに電話してくれ」

「はいッ」

運転手がかけだしてゆく。

「松さん、松さん……」

良夫君は松吉じいさんの耳に口をおしつけて、名をよんだ。それがきこえたのか、松吉は目をかすかにひらくと、ぶしょうヒゲの生えた口をもぐもぐさせていたが、やがてききとれないくらいのかすかな声がした。

「……お、温室の中にいる。あくま……悪魔の……」

それきり、がっくりと気絶してしまった。

なにもいない

良夫君は冒険ずきの少年である。この元気な松吉じいさんを気絶させた悪魔の正体はなにものだろうか。それをつきとめてみたくて、うずうずしていた。

そのうちに、畑ではたらいていたひとびとがかけつけてきたので、良夫君はそっとしず子さんに合図をして、うすぐらくなりかけている温室の中にしのびこんでみた。そこはまるで真夏のような暖かさだった。すくすくとのびたみどり色の葉とつるのあいだに、黄色い花がさき、大きなまるい実がなっている。この三号温室は、スイカを栽培しているのだ。

良夫君もしず子さんも、用心しながら、そっと温室の中をみてまわった。いかにもスイカの葉かげから、せの高い悪魔のすがたがヌーッとあらわれそうな気がして、胸がどきどきする。

だが、ふしぎなことに、どこをさがしても、悪魔なんてみつからないのである。温室には出入口はひとつしかない。天井に小さな換気窓があるきりだ。ネズミかイタチならばともかく、悪魔にへんそうした人間が、そんな

小さな穴からにげだせるわけがないではないか。すると
そいつは、いったい全体、どこからにげたのか。

「おかしいなあ。松さんは、この中にいると言ったね?」

「言ったわ。へんだわねえ……」

ふたりは頭をひねりながら、ふたたび外にでた。温室内のあたたかさにくらべると、外の空気はやはりつめたく、ひやりとしていた。もうすっかり日がくれている。

白い手術衣をきた医師がひざまずいて、松吉のまぶたをあけたり、聴診器を胸にあてたり、首のまわりや手の傷あとをさがしていた。

「先生、いかがでしょうか」

「うむ、脈はくが多くて、血圧がたかいです。よほどおそろしい目にあったんですね。負傷したあとはどこにもないから、ただショックをうけただけらしいです。とにかく、町の病院に入院させたほうがよろしいでしょう」

そう言うと、医師は立ち上がって、アルコール綿で指をふいた。

第二の事件

偶然にも鳥羽ひろし君は、その日、新聞記者の半吉叔父さんと、警視庁の島警部とつれだって、この房総半島の南端に、タイつりにきていた。ところがタイは一匹もつれなくて、がっかりした気持で宿屋にかえってきた。

「おい女中さん、晩めしにはタイのさしみをたのむぜ」

半吉叔父さんは、せめてさしみをたべることによって、きょうのタイのうらみをはらそうとしているらしかった。

三人は風呂からでると、丹前にきかえて、くつろいだ気持で夕食のぜんについた。そして食事をしながら、女中さんから、この土地のいろいろな話をきいたのである。

「そういえば、二時間ほど前に、ふしぎな事件がおこりましたわ。悪魔にばけてひとをおどろかせた犯人が、温室の中でけむりみたいに消えてしまった事件なんですの」

「まさか。そんなことあるもんかい」

「いえ、ほんとですわ。被害者の松吉じいさんは病院へかつぎこまれたんですけど、まだ正気にもどらないんです。うわごとを言いつづけているそうですわ」

女中さんのその話をきいていくうちに、三人が三人とも、興味をそそられたような顔になった。みな、目がかがやいている。

「おかしな事件だな。しらべてみたいね」

警部がダルマみたいな顔をニヤリとさせた。

「そうですね。特ダネになりそうだぞ」

半吉叔父さんも、そわそわしている。

「女中さん、食事がすんだら、その家につれていってくれませんか」

「ええ、おやすいご用ですわ。皆さんがおいでになると、片岡さんも、たいへんよろこんでくれると思いますす」

女中さんは気がるに答えた。しかし鳥羽君は、あまり気がすすまない。つかれているので、早く床をしいてもらい、ふとんにもぐりこみたかったのである。けれども、たったひとりで宿屋にとりのこされるのも、たいくつだ。

食事をすませると、鳥羽君も思いなおして、丹前をぬいで洋服をきた。そしてちょうちんをさげた女中さんの道案内で、村の道をあるいた。風が少しでたとみえ、波の音がきこえてくる。

途中、はるかむこうの丘の中腹に、蛍光灯にほの白くてらされた、研究所みたいな建物がみえる。女中さんにたずねてみると、それは山名博士の動物実験所だという返事だった。

四人はまもなく片岡家についた。ガラスばりの温室が、ひっそりとならんでいる。

女中さんはその場で宿屋へもどってゆき、鳥羽君たち三人が応接間にとおされた。

「わざわざありがとうございます。松吉はショックのため気がちがったようで、どうもかわいそうなことをしました」

主人の片岡氏は、いたましそうに言った。

鳥羽君は、横にすわっている良夫君に、いろいろと質問してみた。まるい顔にくりくりした目の良夫君は、はきはきしたことばで、あのときの出来事を話してきかせている。

「松吉じいさんは、とても勇気のある人なんです。お化けをみたって、腰をぬかすような弱虫ではありません」

「その松吉さんにショックをあたえた相手はすごくおそろしい、ぶきみなやつですね」

鳥羽君は、ふしぎそうに小首をかしげた。だが、それにしても、犯人はなぜ悪魔のふんそうをしていたのだろうか。また、松吉じいさんをおどかして、どうするつもりだったのだろうか。犯人の目的がわからないのである。

「しず子さんは、家へ帰ったんですね?」

「いいえ、いまぼくのうちの風呂にはいっています。あとで運転手が小型トラックにのせて、送っていくことになっているんです」

良夫君がそう答えたのと、キャーッという女の悲鳴がきこえたのと、ほとんど同時だった。みな思わず腰をうかせた。

「あッ、あの声はしず子さんです」

「行ってみましょう!」

良夫君を先頭に、五人は廊下にとびだすと、台所のとなりにある浴室へかけつけた。浴室の入口には、くもりガラスの扉が立っている。

「しず子さん……しず子さん」良夫君が、名まえをよんだ。すると、しず子さんが、まるでお酒によったみたいに、ふらふらとあらわれ、片岡氏がさしのばした腕の中にばったりとたおれこんだ。
「お……お風呂にいる……。黒い……毛だらけの……。おお、こわい悪魔の手よ……」
しず子さんは、それきり気を失っていった。
鳥羽君はすばやく浴室にふみこんで、あたりをしらべた。あわいグリーンのタイルをはめこんだ、きれいなお風呂。だが、ふしぎなことに、何のすがたもない。
しず子さんたちをおどろかせた悪魔の正体は、そも何物なのだろうか。

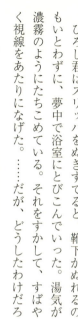

悪魔消失

ひろし君はスリッパをぬぎすてると、靴下がぬれるのもいとわずに、夢中で浴室にとびこんでいった。湯気が濃霧のようにたちこめている。それをすかして、すばやく視線をあたりになげた。……だが、どうしたわけだろうか、しず子さんを驚かせた悪魔のすがたは、どこにもいないのである。

「へんだな、おかしいぞ……」
そうつぶやいて、なおも周囲をみまわす鳥羽君の目に、壁と天井の境にある回転窓がうつった。下からつなをひいて開閉する、ひらべったいガラス窓だ。この浴室から犯人がにげだす場所は、回転窓以外にはない。……けれども、十センチほどのすきまから、悪魔の衣裳をまとった犯人が、いかにしてぬけだすことができるだろうか。……いや、絶対に不可能だ。
いつのまにか、うしろに良夫君や島警部や半吉叔父さんが立って、おなじように浴室の中を、キョロキョロとながめまわしている。みな、むっつりとおしだまっていた。四人が四人とも、心の中で、悪魔のふしぎな妖術のことを考えていたからであった。天井の水滴が、浴槽のお湯の上におちて、ピターン……と音をたてた。その音が、まるで目の前で花火をあげたように、大きくきこえた。
十分ちかく浴室をしらべてみたが、けっきょく、なんの発見もなかったので、四人はろうかにでた。気絶したしず子さんは、すでに奥座しきにはこばれて、そこに寝かされている。鳥羽君たちは、良夫君のあとにつづいて座しきへむかった。

枕もとには、かけつけて来たしず子さんのおかあさんと、良夫君のおとうさんとが、心配そうに顔をみまもっている。四人がはいってきたのに気づくと、おかあさんはこちらをむいて、あいさつをした。

片岡氏は、組んでいたうでをほどくと、警部をかえりみて、重々しく言った。

「わたしは、あの銀行ギャングのしわざではないかと考えているんですがね」

「え？　五百万円ぬすんだあの男ですか」

半吉叔父さんが、思わず声を大きくした。

それはいまから二週間前に、東京の日本橋の銀行にひとりの賊が侵入して、ひとびとをピストルでおどかしながら、金庫の中の大金をうばっていった事件だった。犯人が千葉県へにげこんだことまではわかったが、東京警視庁と千葉県警が協力して熱心にさがしているにもかかわらず、いまもって行方がしれないのである。

「あの犯人は、警察の目をのがれるために昼間は神社の床下などにかくれていて、夜になるのをまって食物をさがしにくるのではないでしょうか。松吉やしず子さんも、そいつにおどかされたにちがいありませんよ」

「ふむ、なるほど……」

警部と叔父さんの目は、みるみるかがやきだした。

けれど、鳥羽君だけは、この説に同意できなかった。悪魔の正体が銀行ギャングだったとしたならば、浴室のタイルの上には、当然泥靴のあとがあったはずである。

いや、それよりも、いったいどうやって温室や浴室の小さな窓から、ぬけだすことができたのだろうか。

悪魔の手

「……しず子さんは、ぼくにタランテラ舞曲のことをききに来て、あんなことになってしまったんです。気の毒だなあ……」

机の上にいけてあるスイートピーの赤い花をみながら、ぽつりと良夫君がつぶやいた。すると、それを耳にしたひろし君の目が、どうしたわけか急にかがやきはじめたのである。

「……そうだ、毛むくじゃらの悪魔の手……。たしかにそれにちがいないぞ」

わけのわからないことを言ったかと思うと、良夫君、電話をかしてくださいとことわって、へやからでていった。いったいひろし君はなにを考えたのだろうか。良夫君ばかりでなく、すべてのひとが見当もつかなかった。

五分ばかりたつと、鳥羽君がもどってきた。ほおが赤く、目がキラリとかがやいている。なんだかとてもこうふんしているみたいだ。

「どうしたんだ、ひろし君」

「松吉じいさんとしず子さんをびっくりさせた、あの悪魔の正体がわかったんです」

「ナニ、銀行ギャングがか。どこにいる?」

「たぶん、悪魔はまだこの近所にいるだろうと思います。あいつは、温室だとかふろ場だとかいった、あたたかい場所ずきなのです。だから、おそらく、ふたたび温室の中にもぐりこんでいるのではないかと思うのです」

「よし、すぐ千葉県の警察に連絡をとろう」

警部はズボンのバンドをぎゅっとしめて、立ち上がった。

「警部さん、あわてないでください。ぼくは悪魔の正体が銀行ギャングであるとは、一言も言ったおぼえはありませんよ」

「え? なんだって?」

警部はびっくりして、立ち止まってしまった。

「じゃ、いったいだれなんだ、そいつは」

「もう少し待ってください。早ければ十分後に、おそくとも一時間のちには悪魔の正体をおしえて上げますから。……ところで、ぼくはちょっと良夫君と散歩してきますよ」

ひろし君は、あっけにとられた警部たちをみてニヤリと笑うと、良夫君の耳に口をよせて、何事かひそひそとささやいた。良夫君は思わず息をのんで、ひろし君をみつめていたが、やがてうなずくとそろってへやをでた。

のこされた警部たちは、しず子さんの様子をみたり、スイートピーをながめたり、壁の油絵をみたりしていた。しず子さんは、眠り姫のように、こんこんと眠りつづけている。

「おそいな。どこへ散歩にいったんだろう」

半吉記者がうでどけいをみた。そろそろ一時間になろうとしている。そう言われて警部もひろし君たちのことが心配になってきた。

「ほんとにおそいな」

言いながら、窓をあけて外をのぞこうとしたときに、ふすまが開いて、鳥羽君たちがもどってきた。ふたりとも息をはずませている。

「ほら、見てください。これが松吉さんたちを気絶させたものの正体なんです」

ひろし君がそう言うと、良夫君は手にもった昆虫採集用の捕虫網をさしだした。網の中に、黒っぽい、毛糸の玉みたいなものがはいっていて、身をもがいている。

「毒グモですよ。南方産だから、あたたかい場所がすきなわけなのです。ぼくらは温室を片はしからさがしていったら、十五号温室の片すみにじっとかくれているのを発見したんです」

「ふーむ、こいつだったのか。しかし鳥羽君、なぜ犯人が毒グモだとわかったのかね?」

「良夫君の話からヒントを得たのですよ。良夫君がタランテラ舞曲の話をしたときに、パッと頭にうかんだことがあるんです。それはタランテラ舞曲という名称がどこからでたかという問題に関係があるのです」

そう言われて、音楽ずきの良夫君も、ようやく思いだすことができた。南イタリアのタラント地方には、タランチュラという毒グモがいて、これにさされたひとは死んでしまうのである。だれかが運わるくさされた場合に村人はそのひとを真中にはさんで、テンポのはやい曲をおどりつづける。そうすることによって、クモの毒を汗とともに体外にふきだしてしまうのだ。その毒グモの名にちなんでこの舞曲をタランテラと名づけたという話がつたわっているのである。

「だからぼくは、松吉じいさんたちをおどかした犯人も、やはり毒グモではないかと想像してみたんです。あのクモが八本の脚をひろげ、パッとおそいかかるすがたは、毛むくじゃらの悪魔の手にみえたにちがいありませんからね」

「なるほどな。迷信ぶかい松吉さんがショックをうけて、病気になったのもむりないよ」

半吉叔父さんが、うなずきながら言った。

「そればかりでなく、犯人をクモだと仮定してみると、換気窓からにげだすこともできるわけです。そこで東京の虫類研究所に電話をしてみると、ここのすぐ近くに住んでいる山名博士が、ボルネオ産の大グモを研究しているという返事なのです。それをきいて、ぼくの想像が事実であることがわかったんです」

「ほう、すばらしい推理ですね、坊っちゃん」

片岡氏が感心した。

「いや、毒グモを捕虫網でとらえた良夫君も、なかなか勇気がありますよ」

半吉叔父さんが言った。ふたりの少年は、ほめられてはずかしそうな顔をした。

「それよか叔父さん。このクモを博士に返して上げようよ。たいせつなクモににげられた博士は、きっとがっかりしているにちがいないよ」

鳥羽君が言った。毒グモは、すきをみてにげだそうとして、しきりにピクピクと動きつづけている。みどり色の宝石のような目が、ギラギラと光ってみえた。

博士のひげ

博士の研究所は、むこうの丘にたっている片岡農場から一キロばかりの距離だ。三人は良夫君の案内で、懐中電灯を片手にもち、くらい夜道をあるいた。

「博士はこのごろ気むずかしくなって、いままでいた女中さんや助手のひとを、みんな追いだしてしまったんです。あのひろい研究所の中に、たったひとりで住んでいます」

蛍光灯にほの青くてらされた建物の前まできたときに、良夫君がささやいた。

鳥羽君はドアのベルをおした。やがて内側で、カギをまわす音がすると、扉があいた。

「なにものだ、きみらは?」

あごひげを生やし、めがねをかけた博士は、ふきげんな声で、とがめるように言った。いつか写真でみたことのある顔だ。

「毒グモをつかまえて来たんですよ、ほら」

博士は、良夫君の網をちらっとみた。

「そうか。ありがとう」

そう言いながら、網をうけとろうと手をのばした瞬間、鳥羽君はすばやくあごひげの先をつまんで、パッと引いた。あっという間もなく、ひげはとれてしまった。つけ

ひげだったのだ。

「何をするかッ」

博士がどなるのと、ひろし君がそのめがねをはねとばすのとほとんど同時だった。博士の顔は、最初にみたときとぜんぜん別人のものとなっていた。それは悪人の人相なのだ。

「警部さん、この顔に見おぼえないですか」

「おう、貴様はあの銀行ギャングだな！」

しまった、とばかり偽博士はにげだそうとした。警部と半吉叔父さんがとびかかって、ピストルをとりだすひまもあたえずに、たちまちしばり上げてしまった。

「ギャングのおじさん、本物の山名博士はどこにいるんだい？」

「地下室におしこめてあるんだ。畜生ッ」

ギャングはくやしそうな顔をして、みなをにらみつけていた。

春とおからじ

あくる朝、東京へ帰ろうとする鳥羽君を、良夫君が見送りにきてくれた。島警部はすでに昨夜、犯人をつれてジープで東京へ発ってしまったし、半吉叔父さんもカメラをかかえて、そのジープにのっていったのである。

「松吉じいさんも元気になりましたよ」

「よかったですね。ぼくもほっとしました」

そう言っているところに、しず子さんと、地下室からすくいだされた山名博士が、花をかかえて、改札口をぬけてきた。ふたりとも血色をとりもどし、にこにこしている。

「ひろしさん、あなたはなぜあの男のひとが偽物であることを見ぬいたの」

しず子さんがたずねた。

「博士が気むずかしくなって、女中さんたちを追いだしたという話をきいてからですよ。それに、たいせつなクモをにがすようなひとは、本物の博士ではありません。だから、行方不明になっているギャングが、じつは博士に化けて、あの家にかくれているのかもしれないぞと考えたわけです」

「あら、そうだったの」

「女中さんや助手を追いはらったのは、自分が替玉であるのを見ぬかれないためだったんですよ」

話しているうちに、列車がはいってきた。しず子さんたちは花束をわたし、握手をした。

「鳥羽君、どうもありがとう。またあそびに来てください」

「はい。冬来たりなば、春遠からじです。春休みになったら、きっと来ます」

鳥羽君はそう答えると、手をふって、列車にのりこんでいった。

油絵の秘密

写生

麻子《あさこ》は、武蔵野の小高い丘にキャンバスをすえて、春の野原を写生していた。丘の下には池があり、池のほとりのツバキの木はきれいな花をつけている。つい先月までは枯れ草におおわれていた野も、いまはみどり一色だ。そここここに、黄色いタンポポや紫色のスミレの花がさいている。それらの風景をキャンバスにうつすのは、とても楽しい。麻子はもう三時間も、絵筆をもちつづけているのだった。

野のはてに、あおい空をバックにした富士山がみえる。きょうは空気がすんでいるせいか、ひときわ姿がうつくしい。

ふと、背後で草をふむ音がした。まただれかがキャンバスをのぞきにきたのだろう。だが、そうしたことを気にしていては、写生はできないのである。麻子はふりむきもせず、一心にえがいていた。

「……小島麻子さんですね、きみは?」

男の声がした。

麻子は、うるさい人だなと思った。

「ふうむ、うまいもんだな。やはり天才だ」

去年の春のこと、麻子の油絵をみた二科の洋画家が、すなおなタッチとデリケートな色感とを激賞して以来、麻子は天才少女画伯というレッテルをはられて、有名になってしまった。いまの人が麻子の名を知っているのもべつにふしぎではないのだ。

「麻子さんにちょっと話があるんですがね」

男は、なれなれしい口調で言った。

「せっかくですけど、あたし、この絵をあしたの締切までに仕上げてしまわなくてはならないんです。展覧会があるものですから……」

麻子がことわると、男はなおさらずうずうしい様子をして、キャンバスのそばに立った。

「うちの主人があなたの才能にとても感心しているんです。あなたが絵をかいてくれたら五万円あげると言っているんですがね。どうでしょうか、お嬢さん、一枚かいてやってくれませんか」

「だめですわ。いま、いそがしいの」

麻子は見むきもせずに、筆をうごかしていた。しかし、男はますますしつこくなった。

「小さな絵をかいてくれればいいんです。ハガキくらいの大きさの絵なのですよ」

麻子は、急に腹がたってきた。何度ことわればわかってくれるのだろう。

「いやです。邪魔をしないで、あっちへいってください」

すると、男の態度がガラリとかわった。

「なンだと、やい！　やさしく言えば図にのりやがって。これが見えねェのかよ」

麻子はびっくりして男をみた。しわだらけの顔をした、サルみたいなガニマタの青年だ。そのガニマタが、スプリングコートの間から、黒いピストルの先端を無気味にのぞかせている。

「いやだと言っても、むりにつれてゆくぞ。命がおしいなら、おとなしくしろやい！」

麻子はあたりを見まわした。はるか遠くの畑に、農夫が二、三人、ぽつんとみえるだけで、救いをもとめようとしても、声がとどかない。青い空には、依然として白

いくもがうかんでいた。その青空からは、のどかなヒバリの鳴き声がふってくる。それはあまりにも平和すぎるながめであった。

「しかたないわ」

麻子はキャンバスをかかえ、イーゼルをたたんで、青年のあとにつづいて丘をおりた。

「いいか、逃げようとしたらズドンだぞ」

青年はそこにおいてある自家用車の客席のドアをあけ、麻子の背中をピストルの先でぐいとついた。

いったいこの男は、あたしをどこへつれていこうとするのだろうか。麻子のむねの中は、不安な気持でいっぱいになっていた。

男は麻子の手と足をしばりつけて車の中におしこむと、自分は運転台にすわって、車をスタートさせた。

怪主人

武蔵野から走りつづけて小一時間。車はにぎやかな町中を横断して、しずかな邸宅街にはいると、とある大きな家の庭にすべりこんで停車した。

「さ、おろしてやろう。……どっこいしょ」

手足をほどいてもらった麻子は、さりげなく玄関の標札をよみ、周囲をみまわした。建物も西洋ふうならば、芝をうえた庭も西洋ふうだった。

この家の主人は、よほど絵がすきであるにちがいない。だからあたしをつれてきて、むりやり絵をかかせたりするのだ……。麻子はそう考えて、しいて自分の心をおちつかせようとした。

「おい、早くあるけ！」

男は先に立って、麻子を家の中につれこんだ。そこは客間なのだろう、外観におとらぬりっぱなへやで、等身大の彫像や、古代中国のツボがたくさんかざってあり、窓にはきれいなステンドグラスがはめてあった。

青年がひっこむと、入れかわりにふとった五十五歳ぐらいの男がはいってきた。ブタみたいな感じのする、いやらしい人物だ。

「私が主人です。よく来てくれましたな」

「よく来てくれたですって？　あたしはピストルでおどされて、むりやりにつれて来られたんですわ」

「ハハハ、まあ腹をたてなさんな」

主人はわらった。わらうと、ふとった腹がなみをうつ。

「じつを言うとな、きみが絵の天才だということをきいていたもんでな、ひとつかいてもらいたいと思ったんだよ」

主人はそう言うと、ゆだんのない目つきで麻子をジロリとみた。

「いやです。いそがしいんです。展覧会にだす絵をはやく仕上げてしまわないと、締切日にまに合わなくなるからです」

「ま、そう強情をはらずに、わしの言うことをよくきいてくれ。絵をかいてくれたら、五万円やる。五万円で少ないというなら、十万円やってもよろしい」

麻子は返事をせずに、じいっと主人の顔をみた。どうもふしぎである。いくら麻子が天才少女画家であるにせよ、その絵を五万円で買いとろうというのは常識はずれではないか。しかもその絵は、ハガキみたいな小さなものだと言うのである。

「いいかな、見本をみせよう。この見本のとおりにかいてもらいたいのだ」

ふとった男はポケットに手を入れると、一枚の紙片をとりだして、机の上にのせた。なんとそれは、一万円紙幣ではないか。

「まあ！　ニセ札をつくれというの？」

「ハハハ、やっとわかったようだな。いいかたのむぞ。きみのすばらしいうでをふるってこの一万円札そっくりの絵をかいてもらいたいのだ。表と裏のふたとおりをな、ハハ」

ふとった主人は、ゆかいそうにわらった。しかし笑ったのは声だけで、目はますますするどくなった。すごい光をたたえながら、麻子の返事をまっている。

「どうだ、手伝ってくれるだろうな。きみがかいてくれた絵をもとにして、おれはニセ札をつくるのだ。十枚つくれば十万円！　一万枚印刷すれば一億円になる。わしは日本一のいや世界一の大金持になれるんだぞ。すばらしいだろう。ハハハ」

気ちがいじみた声でわらうのをきいて、麻子はぞっとした。いやだとことわれば、殺されるかもしれない。たとい協力をしたとしても、秘密がもれるのをおそれる彼は、けっしてあたしを生かして帰さないだろう。

麻子はそっとあたりを見まわした。

「おいおい、逃げだそうとする気か。逃げられるなら、にげてみろ。どの窓にも鉄の棒がはめてあるんだからな、アハハハ」

男は麻子の心をみぬいたように言って、大声でわらった。麻子は覚悟をきめたように目をふせた。なんとかくふうをこらして、あたしがここにとじこめられていることを、外部の人に知らせなくてはならない。それには、どうしたらばいいであろうか……。

「……どうだね？　イエスかノーか」

しばらくして、ニセ札つくりは返事をうながした。

「いいわ、かいてあげることよ。でもその前に、展覧会の絵を完成しなくちゃならないの。きょうはそのお仕事をさせていただくわ」

「いいとも。心配するな。その絵ができたらおれがちゃんと展覧会場のほうにとどけてやるからな」

麻子が承知したものだから、ふとった男はほっとしたように上機嫌で言った。

展覧会にて

あと一週間で春休みもおわりをつげようとするある日のこと、少年探偵のひろし君は、おかあさんと半吉叔父さんといっしょに、銀座のデパートへでかけた。そこでは、全国中学生の油絵の展覧会がひらかれているのだ。

「絵をみたあとで食堂にはいろうぜ。ぼくはウナドンとトンカツをたべたいな」

新聞記者の半吉叔父さんは、つねに食欲おうせいである。三人前ぐらいたべないと、気がすまない。そのくせ、からだつきはあまりふとっていないのだった。

「みっともないことを大声で言わないでよ。あたりの人がこちらをみているじゃないの」

「あッ、いけねェ」

ひろし君のおかあさんにたしなめられて、叔父さんはくびをすくめた。おかあさんと半吉叔父さんとは、姉と弟なのだ。鳥羽ひろし君は、叔父さんのおどけた顔をみて、だまってわらっていた。

三人はデパートにはいった。もうじき新学期がはじまるせいか、小中学生の姿が多い。だれもかれも希望にもえた、あかるい表情をしている。

エレベーターで八階へのぼると、展覧会場であった。ここも、おかあさんにつれられた中学生たちで、ぎっしりだ。

「……それにしても、小島麻子さんはどこへ行ってしまったんだろうなあ」

半吉おじさんが、思いだしたようにつぶやいた。小島麻子失踪事件！　このふしぎなできごとほど最近の話題になったものはない。あの有名な天才少女画家が、こつ然として姿をけし、その翌日、何者とも知れぬものの手で、彼女のかいた絵が会場事務所の入口へとどけられたのである。ラジオもテレビも新聞も、いっせいに麻子の

ナゾにみちた事件を報導した。……だがいまもなお、今日にいたるまで、事件の真相はわかっていない。

　鳥羽ひろし君も、この事件に注目していた。しかし鳥羽君は少年名探偵ではあるけれど、千里眼ではないのである。麻子がニセ札づくりの仕事をさせられているとは、知るわけがない。

　三人は人々のあとにつづいて、会場にはいっていった。さすがに全国からすぐれた作品をえらんだだけのことはあり、どの絵もよくかけていた。

　人物、静物、風景……。中にはシュールレアリズムを思わせるようなのもある。

「……小島さんは、俳句もなかなかうまい人だったそうだね。学芸部の記者たちがほめていたよ」

　半吉叔父さんは、まだ麻子のことを考えつづけていたらしい。

「うん。〝菜の花に人のあわれを見つけたり〟という句は、ぼくも知っているよ」

　ひろし君が相づちをうった。この俳句は、「天河」という俳句の雑誌にのせられて、とても評判になったのである。

　三人はつぎつぎと絵をみていった。

「あ、ひろし君みろよ。小島さんの絵だぜ」

　半吉叔父さんは一枚の絵を指さして、さけんだ。絵にそえられた白いカードには、『春のめざめ』という、少しかわった題名がつけてある。のどかな武蔵野の風景画で、丘のふもとに古池があり、その彼方にグリーンの野原がかぎりもなくひろがっている。心がほのぼのとするような楽しい絵だった。

しかし鳥羽君は心の中で、小島麻子の作品にしては、できばえがおとるような気がした。たとえば沼の上に冬眠からさめた蛙がジャンプする姿がえがかれているし、その沼のほとりの赤いツバキの花も、なにか不自然であった。花の数は、いちばん下が十六個、それが上にいくにしたがって、十三、九、七、六、二……と減り、いちばん上は一個になっている。どことなく、小学生の絵を思わせるような点があるのだ。

「あれ、妙だな……」

とつぜん、半吉叔父さんが言った。

「この間、ぼくがあの丘をしらべにいったときも、ツバキの花がさいていたんだがね。しかしその花は赤ではなくて、白だったんだ」

三人は思わず顔を見合わせた。たしかに変だ。この絵にはなにか秘密がかくされているようだ……。

ひろし君はじっと考えはじめた。

ひろし君の頼み

全国中学生油絵展をみているときから鳥羽ひろし君は急に口数が少なくなり、なにか考えこむようになった。もっとはっきり言うと、それは小島麻子の『春のめざめ』をみていたときからのことだった。大食堂にはいってカツレツをたべていても、だまりこんで、じーっと壁をながめていたりする。そのうちに手帖をとりだし、ぶつぶつと何事かつぶやきながら文字をかいていたが、やがて急に顔を上げて、半吉叔父さんに話しかけた。

「ねえ、東京にフルカワ・トミオという人が何人住んでいるか、しらべてくれない?」

「おいおいひろし君、だしぬけに何を言いだすんだい」

叔父さんもおかあさんも、びっくりして鳥羽君の顔をみている。

「理由はあとで話すからさ。なるべく早くしらべてもらいたいんだよ」

「よし、ほかならぬきみの願いだ、しらべてきてやるよ」

叔父さんはカツレツをほおばったまま、口をモグモグさせて答えた。叔父さんは新聞記者だから、新聞社の大きな機構を利用すれば簡単にわかることなのだ。

そのあくる日の夜、一日の仕事をすませた半吉叔父さんは、自分のアパートにかえる途中で、ひろし君の家をたずねた。

「ねえさん今晩は。ひろし君いるかい?」

「勉強べやにいるわ」

「それじゃ、この靴下の洗たくをたのむぜ」

そんなことを言いながら、のっそりと鳥羽君のへやにはいってきた。

「お帰りなさい。どう? わかった?」

数学の勉強をやっていたひろし君は、鉛筆をおいて、叔父さんにざぶとんをすすめた。

「わかったよ。東京にフルカワ・トミオという人は三人いるんだ。もちろんこどもは除外したけどね」

半吉叔父さんがひろげたメモを、ひろし君は待ちかねたようにのぞきこんだ。そこにはつぎの三人の名まえが記入されていた。

古川登美夫(神田　医師)

古川富雄(板橋　豆腐製造)

古河富男(麴町《こうじまち》　会社重役)

「ところでひろし君、いったい全体、この人たちの名まえをみて、どうしようと言うのかね?」

叔父さんはふしぎそうな顔をして、鳥羽君をみた。

「小島麻子さんを誘拐した犯人は、フルカワ・トミオという男だからですよ」

「えッ、犯人はこの三人の中にいると言うのか。犯人の名まえがフルカワ・トミオだということが、どうしてわかったんだね?」

半吉叔父さんは思わず大声になり、そして夢中で、鳥羽君のお皿にのせてあったマンジュウをぺろりとたべてしまった。

「それはあとで教えてあげます。それよりもぼくはこの三人に会って、様子をさぐってみようと思っているんだ」

「よし、叔父さんもいっしょにいってやろう。ひろし君ひとりでは心細いからなあ」

叔父さんはそう言うと、またヨウカンをむしゃむしゃたべて、お茶をごくりとのんだ。

注射とガンモドキ

翌日、ひろし君と半吉叔父さんは、まず神田の古川登美夫という医者をたずねた。そこは電車通りの裏にある小さな医院で、古川医師は六十歳ぐらいの、頭のはげた人だった。

「どこが悪いのですかね」

「はあ。この子がカゼをひいたものですからちょっとみていただきたいと思いましてね」

叔父さんは口からでまかせを言いながら、それとなくあたりの様子を見まわしている。

「どれ、舌をだしてごらん、アーン……」

鳥羽君はシャツをぬいで聴診器を胸にあてられたり、おなかをさすられてくすぐったい思いをしたり、さんざんな目にあった。

「大したことはないね。おいきみ、注射のしたくをしてくれ」

親切そうな感じのいい老医師は、看護婦さんのほうをふり返って、そう命じた。

「えッ、ちゅ、注射をするんですか」

「ああ、心配することはいらんよ」

医者はすまして答えた。鳥羽君はひざのあたりが少しガクガクしてきた。注射は大きらいなのだ。だが、もう逃げるわけにはゆかない。ひろし君は情ない顔をして、目をつぶった。

「二、三日ねていたほうがよろしいですな」

注射をすませたあと、医師はそう言って、消毒液で手をあらった。ふたりは外にでた。

「叔父さんひどいなあ、ぼく注射されちゃったよ」

鳥羽君が腕をなでながら言うと、半吉叔父さんは腹をかかえて大笑いをした。通りかかったよそのおばさんが、おどろいて立ち止まったほどだ。

「ごめんよ、ごめんよ。あんなことをされるとは思わなかったもんだからね。でも、注射されてるときのきみの顔ったら、写真にとっておきたかったくらいだよ。おもしろかったぜ、あはは……」

「だけど叔父さん、あの先生いい人らしかったね。犯人じゃなさそうだよ」

「うん、叔父さんもそう思うね。今度は豆腐屋の古川富雄さんをたずねてみようや」

ふたりはタクシーをよびとめて、大いそぎでのりこんだ。

車は、うららかな春の日ざしの下を二十分ばかり走って、やがて古川豆腐店という看板のかかげられた店の前でとまった。

「いらっしゃい。何をさし上げましょうか」

古川さんは大きなおなべで、ガンモドキをあげているところだった。

「そうだな、ガンモドキ五つ」

「へい。毎度ありがとう」

豆腐屋のおじさんは、あげたてのまだあたたかいガンモドキを紙につつんでくれた。せのひくい、ニコニコ顔の正直そうな人だ。どうみても犯人ではなさそうである。

「あの人じゃないらしいね」

店をでると、鳥羽君は言った。

「そうだ、叔父さんもそう思うな。さあ、今度は会社重役の古河さんだ」

半吉叔父さんは、ガンモドキをもてあましながら言った。

髪の毛

麴町は東京のほぼ中央にある。この一帯は、大きなお邸が多いところだった。古河富男の家もたかいへいでかこまれた、二階だてのりっぱな西洋館だった。門の間から、ひろびろとした庭がみえる。

だが、困ったことができた。ここの主人は医者でもないし豆腐屋でもない。面会をもとめるには、どうしたらいいのだろうか。鳥羽君も半吉叔父さんも、頭をひねって考えこんでしまった。

「そうだ、あの人にきいてみよう。もしもし、おそば屋さん！」

通りかかったそば屋の小僧さんに、半吉叔父さんは声をかけた。

「じつは私、ミシン屋なんですがね。このお邸にミシンを売りたいんですよ。お嬢さんは何人ぐらいおいでになりますかね」

「だめですよ、それは。女の人はひとりもいません。五十歳ぐらいの主人と、わかい運転手のふたりぐらしですからね」

「あ、そうか、思いだしたぞ。ご主人というのは背のたかい、色白の紳士でしたね？」

「ちがいますよ。ずるそうな感じの、肥った背のひくい人です」

それだけ言うと、そば屋は行ってしまった。

「どうだ、うまいもんだろう。ああいうふうにデタラメを言いながらほんとうの話をさぐりだすのが、新聞記者のコツなんだぜ」

半吉叔父さん、得意である。

「ずるそうな男……。どうも犯人はこの家の主人らしいなあ」

鳥羽君はそう言うと、急に叔父さんをうながして、家の裏にまわり、つかつかとゴミ箱に近づいて、そのふたをあけた。

「こじきみたいなきたないまねはよせよ」

「ちがうよ。小島さんがもしこの家にかんきんされているなら、きっと証拠があるはずなんだ」

なおも中をかきまわしているうちに、黒いモジャモジャしたものをつかみだした。

「ほら、髪の毛だ。においをかいでご覧よ、女の人の髪油のかおりがするから」

「どれどれ……。ふうむ、なるほど」

半吉叔父さんは急にきんちょうした表情になった。

「男ばかり住んでいる家のゴミ箱に、女の髪の毛がすててあるわけがない。するとこれは小島麻子さんの髪の毛だな」

「うん、小島さんはこの邸《やしき》の中にかんきんされているにちがいないよ」

鳥羽君と叔父さんとは、あらためて古河家の建物を、じーっと見上げた。と、ちょうどそのとき、すぐそばの裏口の扉があいて、サルみたいな顔をしたガニマタの男が、家の中からお盆をもってでてきた。お盆の上にはトーストパンと、牛乳とリンゴがのせてある。だれかに食事をはこんでいくのにちがいない。

「叔父さん、あとをつけていこう!」

ふたりは裏門から庭にはいり、そっと男のあとを追いかけていった。建物のかどをまがったところに、地下室へおりる階段がある。ガニマタはそれをおりると、灰色の扉の前に立ち、カギをさしこんで扉をあけて、中にはいっていった。ゆだんしているとみえて、ドアはあけはなたれたままになっている。

鳥羽君たちも、こっそり中にはいった。床の上に、大きな印刷機がすえつけてある。なぜこんな場所に印刷機がおいてあるのか、ひろし君にはその理由がわからなかった。

「おい麻子、おやつを持ってきてやったぞ」

サルみたいな男の声がする。そーっとのぞいてみると、小さな机に向かって、セーラー服の少女がほおづえをついている。どこかやつれた感じがするけれども、写真で見おぼえのある天才少女画家の小島麻子にちがいなかった。

「おやつなんていらないわ。あたし、ニセ札つくりのお手伝いすること、もうおことわりよ。殺されたってイヤだわ!」

「なんだと。よくも言いやがったな」

ガニマタはおこってお盆を机の上にのせると、歯をむきだして麻子におそいかかった。

だが、どてん! と音をたてて床の上にころがったのは、麻子ではなくてガニマタのほうだった。横から半吉叔父さんがとびついて、腰車でなげとばしたからである。

「このやろう!」

ガニマタは、また起き上がってとびかかってきたが、ポカリとなぐられ、さらに大外刈りでいやというほど床の上にたたきつけられた。

「いて、いてて、いてえ。何しやがる」

「じたばたするな!」

半吉叔父さんは落ちついて床におちていたなわをひろうと、たちまち男をしばり上げた。

「お嬢さんは小島麻子さんですね?」

「はい」

「もう大じょうぶです、安心してください」

「叔父さん、ぼく島警部に電話をかけてくる」

ひろし君はそう言うやいなや、階段をかけ上がっていった。

油絵のナゾ

かけつけた島警部たちの手で、邸の中にいたブタみないなニセ札つくりもつかまえられ、警察自動車でつれられていった。ひろし君と半吉叔父さんは、麻子さんをタクシーにのせて、家まで送っていくことになった。麻子さんはつかれた顔をしているが、案外元気である。

「ひろし君、犯人の名まえが古河富男だということを、どうやって知ったんだね。ぼくはそれがふしぎでたまらないんだよ」

叔父さんがいう。麻子さんと鳥羽君は、目と目を見合わせて、ニコリとした。

「ぼくは、白ツバキを赤くかいていることと、花の数がキチンとえがきこまれている点から、これは暗号にちがいないと思ったんだよ」

「ふむ」

「小島さんは俳句もおじょうずだから、あの絵が、

〝古池や　蛙《かわず》とびこむ水の音〟

という名句を意味していることも、すぐわかったんです」

「そのとおりですわ」

「すると、上から順に一輪二輪六輪……というふうにかいてある花の数は、俳句の文字をさしているんだということに気がついたんです。つまり、ツバキの花一つは、第一番目のふの字を、六つは六番目のかの字を、といったあんばいです」

鳥羽君は俳句の文字に印をつけてみせた。それは、

『ふるいけやかわずとびこむみずのおと』となっている。

「ふるかわとみお……、あ、そうか！」

半吉叔父さんはそう言って、ペタンとひざをたたいた。

麻子さんの家はもうすぐだ。

鯉のぼりの歌

丘の上にて

柱のきずはおととしの
五月五日のせいくらべ
ちまきたべたべにいさんが
…………

武夫と和子は、鯉のぼりのように大きな口をあけて、小学生のころならった唱歌をうたっていた。ふたりともこの歌がだいすきだ。歌詞もいいし、メロディーがさわやかだ。そして、なんとなく楽しくなるような三拍子である。

ここは信州の高原地帯であった。はるか目の下を、小《こ》海《うみ》線の小さな列車が、おもちゃの汽車のように、のんびりした音をたてて走っていく。冬のながいこのあたりは、いまモモやアンズが、いっせいに花をひらいている。丘の上からながめたけしきは、ほんとうに絵のような美しさだった。

きょうはいい天気である。汗ばんだふたりのひたいを、きもちのよい風がやさしくなでてくれる。

「このごろは、村にも鯉のぼりが多くなったね」

「そうよ。男の赤ちゃんがたくさん生まれたからだわ」

「ぼくが生まれたときは、鯉のぼりなんて買ってくれなかったよ。おとうさんが南方で戦死してしまって、とても家は、貧乏していたんだ」

おとうさんを失った武夫君は、だから人間と人間が殺し合う戦争がだいきらいだった。平和を愛する心が、人一倍つよかった。

和子も、武夫のその気持はよくわかっていた。ふたりは黙って、村の上にひるがえる鯉のぼりや美しい五色の吹きながしを、じーっと見おろしていた。

「あれ、仙太郎君とこにも鯉のぼりが上がっているぞ」

「あら、ほんと。新しい鯉のぼりね。きれい」

首をのばして、ふたりは仙太郎の家をながめた。仙太郎の家は小川のほとりにある。その庭先に、高い丸太が立ててあって、黒と赤の二匹の鯉が、へんぽんとひるがえっている。

「仙太郎君、うれしいだろうなあ」

武夫は、うらやましそうに言った。

仙太郎の家には、去年の夏に赤ちゃんが生まれた。金次郎という名の、丸々とふとったかわいい赤ん坊だった。あの鯉のぼりは、金次郎のために買ったものにちがいない。

ふたりがあかず見おろしているところに、丘のふもとから、良作が上がってきた。良作の姓は鯉淵《こいぶち》といって、信州にはめずらしい名だが、そのわけは、おとうさんが水戸の出身だからである。水戸では、この姓はけっしてめずらしいものではないのだ。

「あついなあ……」

　良作は、和子のわきにすわると、帽子をとって汗をふいている。

「鯉淵君、けさ学校へいくときにきみの家の前をとおったら、門灯のガラスがわれていたね」

　武夫が話しかけた。良作の家の門の上にはまるいガラスのあかりがつけてあって、黒い文字で鯉淵とかいてある。それがけさはめちゃくちゃに割れて、地面の上にとびちっていたのだ。

「うん、門灯ばかりじゃないよ。表札まではがされて、どぶの中にすててあったんだ。いたずらするにもほどがある！　おとうさんはそう言ってとても怒っていたよ」

　良作はそう言って、草をひきぬくと唇にあて、ピーピーとならした。

「世の中には、わるいやつがいるもんだね」

武夫は丘の上にごろりと横になると、あお空をあおぎながら、ふと、そうつぶやいた。だが、このいたずらは、それだけではすまなかったのである。

鯉のぼり

その翌日のこと、仙太郎は朝早く目をさました。横をみると、弟の金次郎は、赤い花びらのような唇をかるくとじて、ぐっすり眠っている。台所のほうから、うまそうなみそ汁のにおいがただよってきた。

仙太郎はひくひくと鼻をうごかした。

「おかあさん、けさのみそしるの実はなあに」

「まあ、いじのきたない質問をするのね」

「だって、おなかぺこぺこなんだもん」

「さっさと起きて、お庭でたいそうをしなさい」

そう言われて、仙太郎はねまきのままゲタをはき、庭におりた。すがすがしい朝だ。空気がすんでいる。柿の木のむこうに、八が岳が朝日に赤くそまって見えている。

カラカラカラ……。頭の上から、かるやかな音がふってくる。鯉のぼりの、矢車の音だ。仙太郎は、その音にさそわれたように空をあおぎ見て、とたんに思わずあッとさけんでしまった。

仙太郎がおどろいたのも当然だった。そこには、矢車がまわり吹きながしがはためいている。けれども、肝心の鯉は影もかたちもないではないか。

昨夜は星のかがやくよい天気だったので、鯉のぼりはそのままにしておいたのである。

「おかあさん、鯉のぼりがなくなっているよ。おかあさん……」

仙太郎の声をききつけて、かっぽう着をきたおかあさんと、新聞をもったおとうさんがでてきた。

「あら、ほんと！」

「ふうむ、やられた。どろぼうだな」

「くやしいな、だれがとったんだろう？　ぼく、そいつの頭を思いきりなぐってやりたいな」

仙太郎は唇をかみしめていた。せっかく立てた鯉のぼりがぬすまれてしまったのだ、残念でたまらない。

ふん水事件

仙太郎は、不愉快な気持で朝食をすませると、カバンをかかえて家をでた。

「わすれ物はないかい?」

おかあさんが声をかけてくれたが、仙太郎はウンと答えたきり、ふり返りもしなかった。どろぼうのことがしゃくにさわって、心の中がむしゃくしゃしていたのだ。

「やあ、お早う」

途中で、鯉淵良作にぽんと肩をたたかれても、仙太郎はニコリともしなかった。ふたりはならんで、黙りこくって歩いていった。仙太郎のきげんがわるいものだから、良作もえんりょして、何もしゃべらないのであった。

ふたりが校門をくぐろうとしたときに、その姿をみつけた和子と武夫が、かけよってきて、おどろくべきことを告げたのである。

「おい、ひどいことをしたやつがいるんだ」

「お池の鯉のふん水をこわしてしまったの」

「えッ」

良作たちは、思わず池のほうをみた。

去年の夏休みに、クラスの生徒たちが一か月かかって、校庭のすみに大きな池をほり、そこにショウブだとか、水バショウだとか、カラーやウォーターカンナなどの水中植物をたくさんうえこみ、真中に大きな鯉のふん水をこしらえたのである。その鯉は一メートルぐらいの身長をしていて、ブロンズでできていた。隣村の校長先生が見学にきてくれ、池とふん水をとてもほめてくれた。それほどたいせつなものだったのだ。

いま、池のほとりには男女の生徒が三十人ちかく集まっている。そして彼らの足もとに、青銅色の大きな鯉のころがっているのが見えた。良作たちはいっせいに走りだした。

無残にもブロンズの鯉はきずだらけになっていた。鯉をもぎとられたふん水の穴から、一条の水がビューッと吹き上げられている。その有様が、ひどく痛ましい感じだった。

「畜生ッ!　だれがやったんだろう」

重ねがさねの不愉快なできごとに、仙太郎は赤くなって、どなるように言った。

「みんな。ぼくらの手で犯人をつかまえて、お巡りさんにつきだしてやらないか」

良作が提案した。

「あたしたちで探偵するわけね」

ひとりの女の子が目をかがやかせた。

「賛成！」

「賛成だぞ！」

だれもが手を上げた。

「それじゃ、放課後にここに集まって、相談しようじゃないか」

良作が言ったときに、始業のベルがなった。

モトさん

その日は、一日中みながこうふんしていた。先生のお話が、ほとんど頭にはいらない。代数の簡単な因数分解がどうしてもとけなかったり、一年生のときに習った英語のつづりが思いだせなかったり、良作なんかあまりひどい忘れ方をしたものだから、先生に白墨でおでこにバッテンをつけられたほどである。

……そして、とうとう、六時間目がおわった。みなが掃除当番を手つだってやったので、これも十分ぐらいでかたづいた。良作も仙太郎も和子たちも、そわそわして池のほとりに集合した。


ブロンズの鯉は、すでに小使さんが物置にはこんでしまったから、そこにはない。

「ぼくはね、一つ、気がついたことがあるんだ」

武夫が、一同の顔を見まわして言った。

「どんなことに気がついたのよ」

「ふん水をこわしたやつは、キチガイにちがいないと思うんだ」

「なぜだ。なぜキチガイということがわかるんだ」

みなの質問が武夫に集中した。

「なぜならば、ほかにも事件がおきていて、それらを検討してみると、どうしてもキチガイの犯行としか思われないからだ」

良作は、おちついて話をすすめた。

「犯人は鯉というものをひじょうににくんでいる人間なんだよ。だから仙太郎君の家の鯉のぼりをぬすみ、鯉淵君の家の門灯をたたきこわしたりした。門灯にかいてある鯉淵という文字をみたとたんに、むかむかと怒りを感じたにちがいないよ」

「ふむ、なるほどね」

みな、武夫の推理に感心していた。良作自身にしてからが、いま武夫の説明をきいてはじめて、門灯をわったり表札をどぶにたたきこんだりした、犯人のやり方が理解できたくらいであった。

「これがふつうのどろぼうだったらば、仙太郎君の家の鯉のぼりばかりでなく、吹きながしまでとっていくはずじゃないか。だが実際は、鯉のぼりだけしかぬすんでいかないのだ。このことから判断しても、犯人はありふれたどろぼうではなくて、キチガイだというぼくの説にまちがいはないだろう」

「そうだ、そのとおりだ」

仙太郎が、感心してうなずいた。

「そういえば、あたし、校庭でこんなものをひろったわ」

ひとりの女の子が、ふと思いだしたようにポケットからしんちゅうのキセルをとりだした。黄色い金属でできた、小型のキセルだ。

「あッ、それ、モトさんのだ！」

生徒たちは、いっせいにさけんだ。村はずれの一本杉の下に、モトさんという精神異常者のこじきが、ただひとりでひっそりと住んでいる。そのモトさんが道ばたでひろったタバコのすいがらをキセルにつめて、うまそうにスパスパとふかしている姿を、生徒たちはしばしば見かけていたのである。

「わかったぞ、あいつのしわざだな」


良作が、デメキンというあだ名のとおり大きな目をむいて、重々しく言った。

「ようし、覚えていろよ！」

仙太郎も言った。声がふるえていた。

「おい、みんなでモトさんの小屋へいこう」

「行きましょう。あたし、警察へつきだす前に、この棒でぶんなぐってやるわ」

「そうだとも。たいせつなふん水をこんなにこわしてしまったんだからな、キチガイだからといって、かんべんできないぞ」

だれもがいきり立っていた。そして手に手に棒きれを持つと、村はずれの一本杉めざして進撃しようとしたのである。

「でもなあ、乱ぼうなことしちゃいけないと思うな」

武夫が言った。

「あたしもそう思うわ。キチガイなんだもの、やはり許してやるべきだわよ」

和子も言った。

しかし、ふたりの声はだれの耳にもはいらなかった。もう、みんな夢中だった。

「それ、出発だ」

「モトのやつをたたきのめせ！」

彼らはカバンをかかえ、ぞろぞろと歩きだした。武夫と和子もしかたなしに、心配そうにつづいた。

こじき小屋

一本杉の下のモトさんの小屋は、わらぶきの屋根がかたむいて、なかば朽ちかけていた。障子の紙は茶色になり、穴があいてボロボロにやぶれて、そのやぶれた穴をとおしてモトさんの姿がみえた。このキチガイのこじきは、せなかを丸めて、なにかゴソゴソやっているところだった。仙太郎は障子をガラガラッとあけて、おい！と大喝した。

「やい、モト！　おまえ、うちの鯉のぼりをどこへやったんだッ」

「ぼくんちの門灯をなぜたたきこわしたんだ」

「お池のふん水をこわしたの、あんただわね」

みなが、くちぐちに責めたてた。モトさんは何を言われているのか合点がゆかぬ顔つきで、ポカンと口をあけて少年少女たちをながめていた。よごれた顔、よごれた手、そしてよごれたシャツとズボン。

「……なんのことだね、それ」

しばらくして、彼はしわがれた声をだした。

「おら知らねェ。おら、なんにもしねェぞ」

「うそを言うな。こんな理くつに合わないことするのは、おまえのほかにいないぞ」

「そうよ、あんたに決まってるわよ。だから校庭にキセルがおちていたんだわ」

その女生徒がしんちゅうのキセルをとりだしてみせると、タバコ好きのモトさんは、急に目の色をかえて、それにとびかかってきた。

「おッ、それ、おれのキセルだべ。どこかでなくしちまって、タバコ吸うこともできねェで、おら、困ってたんだぞ。返してくれ、さあ、返してくれ。やい、返さないか、この泥棒ッ」

女の子たちは、いっせいに悲鳴をあげて、四方にとびちった。キセルを持っていた少女は、あわてたあまり木の根につまずいて足をとられ、ステンところんでしまった。

「やい、モト公！　ぬすっとたけだけしいとは貴様のことだ。こらッ」

仙太郎は腹が立ったあまり、思わずモトさんをつきとばした。

「なにするだ」

「おいみんな、なぐっちまえッ」

鯉淵良作が声をかけると、それを合図にいっせいにとびかかり、モトさんはあぶなくふくろだたきになりかけた。

「あッ、いてェ。何するだ、なにするだよ」

今度はモトさんが悲鳴をあげた。頭をなぐられ、胸をつきとばされ、だれかに足をはらわれて、どすんと尻もちをついてしまった。

「おい諸君、もう止めたまえ。モトさんはかわいそうな人なんだ。ぼくらみたいな判断力がないのだから、しかたないじゃないか」

武夫がみなをおしとどめると、和子もそれにつづけて言った。

「そうだわ、かんべんしてあげましょうよ。それに、リンチなんて野蛮なことしちゃ、いけないと思うわ」

和子がハンカチをとりだして、モトさんの血のでたひたいをふいてやると、こうふんしていた仙太郎たちも、ようやく気がしずまってきた。キチガイだから許してやろうという気持がわいてきたのである。

「モトさん、悪かったわ。このキセル返してあげることよ」

その女生徒は、金色にひかっているキセルを、しょんぼりしているモトさんにわたしてやった。

意外な推理

そのあくる日の昼休みのことだった。みなが運動場で野球やソフトボールをたのしんでいると、校長先生につれられたひとりの少年が、校舎からあらわれた。年齢は武夫たちとおなじくらいだが、色白の、目のいきいきとした、明かるい感じの中学生だった。

「やあ、みんな集まりたまえ。こちらは東京の中学生で、少年探偵として有名な鳥羽ひろし君だ。鳥羽くんは長野市に旅行した帰りみちなんだが、きのうのモトさんの事件を耳にして、わざわざより道してくださったんだよ」

校長先生はニコニコして説明した。少年探偵もニコニコしていたし、話をきいている中学生たちも、みなニコニコしていた。鳥羽君のもっているふんい気が、みなの微笑をさそいださずにはおかなかったのである。

「よろしく」鳥羽少年がおじぎをした。

「こちらこそ」武夫がみなを代表して言い、あとの連中もいっしょに頭をさげた。

「きのう起きた鯉のふん水の事件、鯉淵君の門灯の事件、それから仙太郎君の鯉のぼりの事件について、ぼくはみなさんとちがった推理をしたんです」

少年探偵は微笑をうかべたまま、語りだした。

「どんな推理ですか」

「犯人は、鯉というものにはげしい憎しみをいだいていたという武夫君の説は、とてもりっぱだと思います。

でも、ただ一つ見のがしたことがあるんです」

「なんですか、それ」

仙太郎が身をのりだした。

「もし犯人が鯉に関するすべてのものを憎悪していたならば、仙太郎君の鯉のぼりをなぜその場でズタズタに引きさかなかったのでしょうか」

「……」

「ふん水の鯉は、そのまま校庭にころがしてあります。鯉淵君の家の門灯は、その場でこなごなにたたきわってしまったはずです。それなのに、鯉のぼりだけにかぎって、どこかへ持っていったということは、おかしいではありませんか」

「……なるほど、そうか。うっかりしてたぞ」

鯉淵良作が、ぽんと手をたたいて言った。

「だからぼくは、犯人は何かの理由で、あの鯉のぼりがほしかったのだと思います。鯉のぼりだけを盗むと、自分の正体がばれてしまうおそれがあるために、わざわざ門灯やふん水をこわして、さもキチガイのしわざのように見せかけたのです。モトさんのキセルを盗んで、それを校庭にころがしておいたのも、犯人がモトさんであるように思いこませるための、工作だったんです」

みなは、少年探偵の推理を、感心してきいていた。そして、まんまと犯人の思うツボにはまって、モトさんをなぐったことを、とてもはずかしく思っていたのだった。

「だれですか、犯人は?」和子がたずねた。

「それは東京に帰ってからしらべます。この事件をとくカギは、東京にあるような気がするんです」

少年探偵はニコニコしながら、そう答えた。

鯉のぼりの店

鳥羽君は東京に帰って、おふろにはいってつかれたからだをやすめていると、新聞社からもどった半吉叔父さんが、ひょっこりたずねて来た。

「姉さん、この靴下せんたくたのみますよ」

ぬいだ靴下をぽいとほうりだして、ひろし君がたべていたヨウカンをもぐもぐとやりはじめた。

「あらあら、外から帰ったら手をあらわなくちゃだめよ。しょうのない人だわねえ」

鳥羽君のおかあさんからしかられて、頭をかき、横をむいてペロリと舌をだした。

「どうだね、ひろし君。長野旅行はおもしろかったかい?」

「うん、とても楽しかったよ。それよかね、おもしろい事件にぶつかったんだ」

鳥羽君が鯉のぼり事件のことを話してきかせると、叔父さんは夢中になってきいていた。

「なるほど、そいつはみごとな推理だ」

「そこで叔父さんに頼みがあるんだ。日本中で鯉のぼりをこしらえている店は、ほとんど東京にあるんだけど、それらのお店をたずねて、たちの悪い店員がいるかどうか、そしてまた、最近長野県へ旅行したものがあるかどうか、それをしらべてもらいたいんだよ」

「なんだ、そんな簡単なことか。ＯＫ、まかしとき」

半吉叔父さんはそう答えて、ぽんと胸をたたいた。新聞社につとめているから、そうしたことはすぐ調査できるのである。

トランクの中

鯉のぼりをつくる店は、それほどたくさんはない。だから、鳥羽君がさがしている店はすぐにわかった。

翌日の夕方、ひろし君のへやをたずねた半吉叔父さんは、それが飯田橋《いいだばし》の山田商店であることを教えてくれた。

「この店に、海山千助という店員がいるんだが、ときどき店の品物をごまかしたりする、たちの悪い男なんだ。伯母さんの病気見舞と称して、長野県へいったが、二、三日ばかり前に帰ってきたそうだよ」

「よしわかった。叔父さん、島警部に電話をかけてくれないか。三人で山田商店へいってみよう」

鳥羽君は元気よくさけんだ。

三十分後に、三人の乗ったタクシーが飯田橋の山田商店の前までくると、だんだらののれんをわけて、ひとりの目つきのよくない若者がでてくるところだった。

「千助さんあんた、どこへ行くんだね?」

店の中から女の人の声がした。

「風呂にいくんですよ、おかみさん」

そう答えた千助は、タオルも石けんも持っていない。うそをついているのはあきらかだ。

「おい運転手君、あの男のあとをつけてくれ」

警部は、そう命じて、なおもじっと千助の様子をうかがっていた。それとはしらぬ千助は、五〇メートルあまりいったところで、タクシーをよびとめると、すばやくそれに乗りこんだ。警部たちの車はただちにそれを追せきした。

千助のタクシーは、神田にでると左におれて、やがて

上野駅の前でとまった。千助は金をはらってスタスタと建物の中にはいっていく。

　鳥羽君たちも、すぐ車からとびだした。駅の構内は、トランクをさげた旅行客で混雑している。だが、海山千助の姿は、どこにもみえない。

「あ、あそこだ」

　島警部が指さしたのは、手荷物の一時あずかり所である。千助はそこに立って、いましも一個のトランクをうけとったところだった。

「島のおじさん、いそいでください。あのトランクの中をしらべるんです」

　鳥羽君が早口で言うのをきいて、島警部はわけのわからぬままに、あわてて走りだし、半吉叔父さんとひろし君はあとにつづいた。周囲のひとがびっくりした顔で、三人を見送っていた。

「ちょっと待った、海山君」

「えッ」

　海山はどきりとして顔色をかえた。

「トランクの中を見せてくれませんか」

「な、何をしやがるんだ!」

「あなたが見せてくれないなら、私が自分で拝見させてもらいますよ」

パチンとカギをあけ、ふたをあけてみると、中にはいっていたのは、おりたたまれた鯉のぼりであった。

「しまった!」

そうさけんで逃げだそうとする千助を、警部の手がすばやくつかまえ、とおりかかった巡査にひきわたしてしまった。

「さあ、島のおじさん、半吉叔父さん。この鯉のぼりをひろげてみるんです」

「あッ、何だ、このピカピカするのは?」

鯉の口の中に、キラキラとかがやくものがひかっている。ひきぬいてみると、それは大きなダイヤをはめこんだ黄金のネクタイピンなのだ。三人は思わず顔を見合わせた。

鳥羽君の手紙

千助は悪い男でした。あるお金持が、店に鯉のぼりの注文をしにきたときに、千助はすきをねらって、その人のネクタイピンをすばやくぬきとり、自分がぬっていた鯉のぼりの口の中にそっとさして、しらぬ顔をしていたのです。ところがその鯉のぼりは、千助が使いにでたるすのあいだに、ほかの店員が箱につめて、送りだしてしまいました。あとでそれをきいた千助は、がっかりすると同時に、なんとかして五百万円もするダイヤのネクタイピンを、とりもどそうと思ったのです。

あの鯉のぼりを買ったのが仙太郎君の家であることは、もうおわかりだと思います。それをつきとめた千助は、みごとにぬすみだすことに成功したのですが、そのトランクを上野駅にとりにいったときに、島警部につかまってしまったのでした。これが鯉のぼり事件の結末です。

ではまた、修学旅行のときに東京でお目にかかりましょう。

幽霊塔

田沢湖へ

「おかしいなあ、叔父さんがむかえに来てくれるはずなんだけどなあ……」

トランク片手に、一郎君は不平そうにくちびるをとがらせて、キョトキョトとあたりを見まわした。もう、列車をおりたお百姓たちは思い思いの方向にちってしまい、小さないなか駅にのこされたのは、一郎君と、一郎君にさそわれてやってきた少年探偵の鳥羽ひろし君のふたりきりであった。

ここは秋田県の大曲《おおまがり》から支線にのりかえ、その終点の駅なのだ。この終着駅からさらに山をこえた八キロ先に、田沢湖という湖があり、そこに一郎君の叔父さんの研究所がたっている。ふたりは、夏休みの二週間をそこでおくる計画なのであった。

「坊っちゃんたち、どこへ行くのかね?」

駅の前に立っていると、通りかかった荷馬車のおじさんが、親切にきいてくれた。だがおじさんのことばは秋田弁だから、なかなか通じない。たとえば、「どこへ行く」ということを「どごへいぐ」などと発音するのである。

「田沢湖のほとりです。あそこで叔父が研究所をひらいているんです」

「そんなら、おれの馬車にのっけてやろ。途中までつれてってやるからな」

おじさんはそんなことを、むずかしい秋田弁で言って、ふたりを車にのせてくれた。一郎君もひろし君も、やれよかったという表情で馬車の動揺に身をまかせていた。

一時間半ほどいくと、馬車はガタリと止まった。おじさんがうしろを向いた。

「さあ、ここでおりて、左のほうへ半里ばかりあるくだ。研究所だかなんだか知らねえがそこに西洋館があるだからな」

「ありがとう、おじさん」

馬車が濃いみどりの山道からみえなくなるまでふたりは手をふっていた。そしてトランクをもってあるきだした。

「半里というと、二キロだね」

「あと三十分で到着できるよ」

太陽は西の山にしずみかけている。木かげの道をいくと、はだがひやりとした。さすがは北国の夏だな、とひろし君は思った。

ふたりは途中でキャラメルをしゃぶり、水筒の水をのむと、ふたたび日暮れの山道をあるきつづけた。

「わあ、すばらしいながめだなッ」

急に視界がひらけて、そこにふかぶかと水をたたえた湖水がみえた。田沢湖だった。あたりはしんと静まりかえり、湖の表面はかがみのように平らである。藍色の水は、手を入れるとそのまま藍色にそまってしまいそうな気がした。

「あ、あれが叔父さんの研究所だぜ」

一郎君の指さすところ、湖の北岸に、たかい塔のある西洋館がみえる。レンガのかべはおりしも西日をうけて、なおいっそう赤くそまっていた。

「もう少しだよ。さあ、あるこう」

一郎君は急に元気がわいてきたとみえ、ちからのこもった足取りであるきはじめた。

奇妙な訪問者

「よく来てくれた。おとうさんは元気かね?」

理学博士の周二叔父さんは、そう言って、先に立ってすたすたと建物の中にはいった。研究所の中は、靴であるけるように、洋風にできている。博士はここで、毒ガスを無毒化する研究をつづけており、それはほぼ完成にちかいのである。

「この友だちは鳥羽ひろし君といって、ぼくの同級生です。有名な少年探偵なんです」

一郎君がしょうかいした。有名な少年探偵なんていわれたものだから、鳥羽君はてれくさくなって、思わず下をむいた。

「そうか。よろしく願います」

博士は気さくな調子で答えると、みなを食堂につれていってくれた。ブナの木でこしらえたそまつなイスとテーブル。そして料理をつくってくれるのは、ひろし君たちとおなじ年ごろの、フミ子という山の少女だった。

「今夜のごちそうは、ヒメマスのフライだ。うんとたべてくれ」

博士はそう言って、うまそうにヒメマスを何匹もたべた。ひろし君もひと口たべてみて、フミ子という少女が、山の乙女に似合わず、なかなか名コックであることを知った。

「叔父さん。叔父さんはアルバムでみた写真顔と、だいぶちがいますね」

一郎君は、小さいときに叔父さんの胸にだかれたことがあるが、ものごころついて以来きょうあうのがはじめてなのだ。

「うん、わたしの顔はレンズ向きじゃないんだよ。どうだね、写真顔よりもやさしいだろ」

博士はそういって、てんじょうをむいてたからかに笑った。めがねをかけ、みじかいくちひげをはやした顔は、学者というよりも政治家みたいだ。

「さあさ、えんりょせんで、たくさんたべてくれよ」

博士がそう言ったときに、玄関でベルがなった。だれか訪問客がきたのだ。

「おや？　いまごろだれだろうな」

そう博士がつぶやいていると、フミ子がすぐに出ていった。玄関のほうで、フミ子と女のひとの声がしている。

「このヒメマスはね、わたしが前の湖でつったんだよ。田沢湖には、ヒメマスのほかに、イワナやウグイがうんと泳いでいる。あしたボートにのせてやろう」

博士がそんな話をしていると、フミ子がもどってきた。

「安部さとさんという女のひとです。もと先生のところで女中をしていたそうですが」

「え？　ああ、安部さんか。久しぶりだな」

周二博士はハンカチで口をふくと、ふたりの少年にえしゃくをして食堂をでていった。

「フミ子さんは、この研究所の女中さんになって、何年ぐらいたつの？」

一郎君がきいた。

「あたし、まだ五日目です。夏休みのあいだだけの約束で、アルバイトしてるんです」

山の少女がアルバイトなどということばをつかったものだから、一郎君はひどく感心して、目をまるくした。

「東京にいってみたくない？」

「あたし、騒がしいところは大きらいです。青森県がいちばん好き。あたし青森県からそとにでたのは、こんどがはじめてなんです」

フミ子はハキハキした声で答えた。博士が首をひねりながらもどってきたのは、ちょうどそのときであった。

「おかしいな。だれもいなかったよ」

「え？　そんなはずありませんわ」

「でも、だれもいないんだからしかたがないね」

博士は、キツネにつままれたような顔をした。

「ぼくにも、たしかに声がきこえましたよ」

「うむ、声はわたしも聞いたさ。だからへんな気がするのだ。まさかムジナが化けてでたわけでもあるまいね。ハハハ」

博士はすぐじょうだんを言って、ふたたびヒメマスのフライをうまそうにぱくつきはじめた。

だが三人の少年少女は、なんだか妙な予感がして、思わず顔を見合わせた。

あとから思えば、研究所に発生した一連のあやしいできごとの、それがはじまりだったのである。

真昼のまぼろし

あくる日も、朝からカラリと晴れた上天気だった。ゆうべは、安部さとというもと女中のふしぎな訪問があったために、なんだかうす気味わるい思いをさせられたけれど、けさは、それがまるでウソみたいな気がした。

ベッドの上に朝日がさしこみ、窓のすぐ外で、ホウジロ、キビタキ、三光鳥などがさえずっている。

「いい気持ちだね。とても東京では味わえない」

「山国に住んでるひとは幸福だと思うな」

そんなこと話し合っていると、食事のしたくができましたよと、フミ子のどなる声がした。ふたりはあわててシャツをきると、湖のつめたい水で顔をあらったのだった。

午前中に宿題をやってしまって、午後からボートにのって湖の探検にでかけた。周二叔父さんは白いヘルメットをかぶっているから、その姿は、まるでジャングル映画にでてくる冒険家そっくりだったのである。

「この湖はカルデラ湖といってね。むかし火山のてっぺんが噴火して、へこんだあとに水がたまったものなんだ。青森の十和田湖もおなじだね」

博士はいろいろと説明をしながら、たくみにオールをあやつった。ボートはすいすいと水をきって、湖の中心をすぎ、向こう岸にちかづいていた。

「叔父さん、こっちを向いてください。写真をとりますから」

一郎君は学校でカメラ部にはいっている。だからこんどの旅行にも、日本製の上等のカメラを持ってきているのだ。

「一本のフィルムをとってしまったら、すぐ東京へお

くってやるんです。父や母が叔父さんの写真をみて、とてもよろこびますよ」

「おいおい、できるだけ美男子にとってくれよ。お見合いの写真みたいなやつをな」

博士はそんなことを言って、みなを笑わせた。ところが、いっしょに大きな口をあけて笑っていた一郎君は、急にまじめな顔になった。

「叔父さん、研究所の塔にだれかいますね」

「え?」

博士の顔からも笑いがきえた。

「そんなはずはない。塔にはだれも上がってはならぬことになっている。フミ子も、そのことはよく知っているはずだからね」

ひろし君もあわてて塔をみた。真夏の陽をあびた塔は、まるで希望の象徴でもあるかのように、青空をバックにしてどっしりとそそり立っている。だが、一郎君がみた人影らしいものは、ひろし君にはみえなかった。それとも、一郎君の目のせいだったのだろうか。

「ねえ叔父さん、なぜ塔へ上がってはいけないのですか。なにかわけがあるのでしょうか」

「……うむ」

博士は、こまったように眉をひそめていた。

「一郎君にひろし君、注意しておくが、あの塔にのぼってはいけないよ。わたしがあの建物を買ったときから塔には不気味な怪談がつたわっているのだ」

「どんな怪談ですか」

一郎君がのりだしたので、ボートがぐらりとゆれた。

「いや、わたしは科学者だから信じたくはないのだがね、五年前に一度だけみたことがある。女の……いやいや、そんな話はやめよう」

そう言ったきり、博士は塔について二度となにも語らなかった。

塔

その日の夜のことである。ひろし君にさそわれて、一郎君は散歩にでた。あかるい月が湖にうつって、まるで童話の本のさし絵をみているようなけしきだった。ふたりは、手ごろの草むらにこしかけた。足もとで虫がないている。

「ねえひろし君、話ってなんのことさ」

一郎君がたずねた。
「うん、塔のことなんだ。昼間ボートの上できみがみたのは、たしかに人間だったの?」
「それがはっきりしないんだ。人間だと言われれば人間みたいな気がするし、なにかの見まちがいだと言われれば、そんな気もする」
「博士は、五年前に一度みたことがあると言ったね」

「うん、女……と言いかけて、口をつぐんでしまったよ。まさか、女のゆうれいと言うつもりだったのではないだろうね」

ふたりはいろいろと意見をのべあっているうちに、心の中の冒険ずきの気持ちが、ムクムクと頭をもち上げてきた。ひろし君は少年探偵だし、一郎君も科学のすきな合理主義者の少年である。迷信だとか怪談などは、ぜったいに信じないたちであった。

「叔父さんにみつかると、とめられるよ」

「だいじょうぶだよ。叔父さんは夕方から研究にとりかかって、一歩もへやからでないもの」

ふたりはさっそく立ち上がると、ズボンのすなをはらって、研究所へもどりはじめた。行手に、塔はナゾを秘めて黒々と立っている。

ひろし君たちは、そーっと裏窓からはいりこむと、廊下をとおって、階段の下に立った。フミ子は自分のへやで宿題をやっているとみえて、姿がみえない。

「チャンスだ、しずかに上がろう」

一郎君を先頭に、ふたりの少年は足音をしのばせて、石の階段をのぼりはじめた。かびくさいにおいが鼻をつく。窓の外で、ふくろうが、ホウ、ホウ、ホウと鳴きはじめた。

第一の階段をのぼり、第二、第三の階段をのぼると、そこが塔の頂上だった。窓からさしこむ月の光であたりはかなり明かるかった。

目の前にふるびた扉が、かたくとざされている。ひとみをこらしてみると、大きな南京錠があいたまま、ドアのノブにかけてある。

「しめた、カギがかかっていないぞ」

声をころして一郎君がささやいた。

一郎君は扉に手をかけ、そっとおしあけていった。

恐ろしきもの

ギ、ギーッ。きしんだ音とともに、扉はしずかにあけられる。重たい、どっしりした扉だった。ふたりは用心をしながら、そうっと中をのぞきこんだ。

窓からさしこむ月光が、室内をほのかにてらしていた。中央に一個のテーブルがおいてあるきりで、家具らしい家具もなく、人間はもとよりのこと、ネコの子一匹いない。周囲のかべは黒くぬりつぶされ、テーブルの下から、正面の黒かべがみえている。

ひろし君も一郎君も拍子ぬけした気持で、なおもあたりを見まわしていた。床板がむきだしになっているので、さむざむとした感じがする。

「だれもいないや。男の人みたいな姿がみえたのはやはりぼくの目の錯覚だったんだ」

一郎君がつぶやいた。それに対して鳥羽君が何か答えようとしたときである、ふたりはほとんど同時に、テーブルの上にまるいものがのせてあることに気がついた。黒ずんだ、フットボールを少し小さくしたような大きさだ。

「なんだろう……？」

無言のまま、じっとその物体を注視した。そしてつぎの瞬間には、ふたりとも思わず身をかたくしていた。

首だ。老婆の首だ。エジプトかインカ帝国のミイラのように、ひからびた茶色の首なのだ。それはまるで、テーブルの上ににょっきり生えたキノコみたいだった。

「ひろし君……」

そう言ったきり、一郎君はあとのことばがつづかない。

「よく見てみよう。ミイラだったら、博物館にもっていくと、とてもよろこぶぜ」

さすがに鳥羽君はおちついている。一歩すすんで、テーブルの上に目を近づけた。そのとたん驚くべきことがおこったのである。老婆はとじているまぶたを開き、鳥羽君たちをジロリとみたかと思うと、ぱっくりと口をあけた。

そして、ギョッとして息をのんでいるふたりに、まるで井戸の底からきこえてくるような深い声で……ぼっちゃん……と言ったのだ。

ミイラが口をきいた！

おどろきのあまり、キャーッと叫んだ一郎君は、ひろし君の腕をとるが早いかへやをとびだして夢中で階段をかけおりて、最後の三段をふみはずすと、そのまま床の上にころげ落ちてしまった。

鳥羽君はいそいでだきおこした。

「けがしなかったかい？　一郎君！」

「いた、いたた……」

その物音をききつけて、周二叔父さんとフミ子さんが、それぞれのドアから出てきた。フミ子は勉強していたとみえ、万年筆をにぎったままだ。

「どうした、一郎！」

「く、く、首が、く、く、首が……」

「首？　首がどうした。首の骨をおったのか」

「ち、ちがいます。ミ、ミイラの首が、ぼ、ぼっちゃんと、い、言ったんです」

「なに？　その首は女か！」

「そ、そうです」

「ふうむ、また出たか。……一郎、あれほど言っておいたのに、塔にのぼったな?」

叔父さんは、しかりつけるように言った。一郎君はべそをかいたように腰をなでている。

カメラ

日光にはふしぎな作用がある。夜があけてあかるい太陽の光をあびると、昨夜のあのぶきみな思い出が、まるでケシゴムでこすったように、かき消えてしまったのだった。一郎君のすりむいたオデコにぬってある赤チンが、おそろしい経験の名残りを示しているだけであった。

「ほんとに、へんなできごとだったね」

朝のうちに宿題をすませて、湖のほとりに腰をおろしてつり糸をたれながら、一郎君は老婆の首を思いうかべて、考えこむような目をした。

「あ、かかったぞ」

鳥羽君のウキがぴくぴく動いている。さっと竿をあげると、テグスの先に銀鱗がきらめいていた。三〇センチもあるウグイの大物だった。ひろし君は魚をビクになげこんで、またあたらしいエサをつけた。

「ひろし君、っっているところを写してあげるぜ」

一郎君はそう言って、肩から革ケースをはずし、中からカメラをとりだした。フィルムはあと三枚のこっている。それを全部うつしてしまったら、東京の家へ郵送することにしている。一郎君のおとうさんはカメラマニアだから、すぐ現像してくれるにちがいない。

「おや、カメラがこわれているぞ」

一郎君はびっくりしたように言った。

「ほら、ファインダーがゆがんで、レンズがわれている」

「ほんとだ、フィルムが感光しているぞ」

「へんだな。だれがこわしたんだろうな？」

だれかがこっそりカメラをいじって、こわしてしまったというならば、ありそうなことである。だがこれはちがう。誤ってこわしたのではなくて、靴でふみつぶしでもしたように大きな力を加えて破壊したのだ。わざとしたことは明きらかであった。

ぴくぴく、ぴく……。またウキがひいている。しかし鳥羽君はそれを無視して、深刻なおももちで考えこんでいた。

一昨日からひきつづいて起こったへんなできごとが、ひろし君の興味をつよくひいたのである。たずねて来た女中のふしぎな消失、塔の中の男の人かげ、女のミイラの首。そしてこんどはこわれたカメラだ。これらの不可思議な事件は、たがいに何の関連もないのであろうか。

それとも、バラバラには見えるけれども、密接した関係をもち何ごとかを意味しているのだろうか。

ぴく、ぴくぴく……。ウキは動きつづける。えものは大きそうだ。それはウキのはげしい引き方から判断がつく。しかし鳥羽君はそんなものは眼中にないように、じっと推理にふけっていた。

夜の冒険

「きみ、あついものにこりてなますを吹くということを知ってるかい？」

その夜、四人でたのしいトランプをしたあとで寝室にはいると、ひろし君はだしぬけに妙なことを言いだした。

「知ってるさ。熱いごちそうにかぶりついたあわてものが、舌をやけどして、それ以来つめたいなますをたべるときにも、フーフー吹いてさますようになったという意味なんだ。だけどなぜそんなことを言いだしたんだい？」

鳥羽君はどさりとベッドに腰をおろした。そしてちょっと考えてから、上目づかいに一郎君をみて、ささやくように言った。

「もう一度、塔にのぼってみようよ」

「え？　塔にのぼるんだって？　いやだい、ぼく、絶対にいやだ」

一郎君はつよい調子で答えた。ニタニタ笑いをする老婆の顔が、目にうかんでくる。

　すると、それを見た鳥羽君がふくみ笑いをして、皮肉な目つきをした。

「ほらほら、一郎君もあつものにこりたらしいぜ。今度の事件のナゾは、あの塔にあるとぼくは思うんだ。だからどうしても、もう一度探検してみる必要があるんだよ」

「いますぐに?」

「いやいまはだめだ。夜中にやるのさ」

　鳥羽君はそういってパジャマに着かえた。

　食堂のとけいが二時をうったとき鳥羽君はむっくり起き上がった。一郎君が電灯をつけようとすると、鳥羽君はそれをおしとどめた。

「今夜の探検は、だれにも秘密なんだ、もしみつかったら、叔父さんにうんとしかられるぜ」

　すばやくシャツを着ると、ふたりはそっと寝室をでた。博士もフミ子も眠っているとみえ、家の中はしーんとしずまりかえっている。かすかに叔父さんの健康そうないびきがきこえてくる。

　ひろし君を先頭に、ふたりは階段をのぼると、ふたたびあのミイラのへやの前に立った。ほの白い月光にてらしだされて、大きな南京錠がぶらさがっている。昨夜とちがい、ピンとカギがかけてある。

「あかないね」

「うむ、ノックしてみよう」

　ひろし君は扉をかるくたたいて、耳をすませた。返事がない。ひろし君は間をおいてもう一度ノックした。

「もう止めようよ。ミイラのお化けがでてきたって、ぼく知らないぜ」

　一郎君がそう言ったとき、室内で人のあるく気配がして扉の向こうから声がきこえた。

「うるさいぞ、なにか用か」

「あなたは野田周二博士ですね?」

　ひろし君は意外な質問をした。

「そうだ。きみはだれだ?」

「一郎君の友だちの鳥羽ひろしです。一郎君もここにいます。下にいる男はなにものですか」

「スパイだよ。わたしの研究をぬすむためにやってきたスパイなのだ」

「え?　スパイ?　あの人、ぼくの叔父さんじゃないのかい?」

　おどろきのあまりに、一郎君はまっさおな顔をしている。声がふるえていた。

「うん、そうなんだ。フィルムを東京に送られてしまうと、写真をみたきみのおとうさんに、にせものであることがばれてしまうだろう？　だからカメラをこわしたんだよ。それじゃきみ、にせ博士の目がさめないように見はっていてくれないか。ぼくは警察に知らせてくるから」

鳥羽君は早口で言った。にせものを捕えてカギをとり上げなくては、南京錠をはずすことができないのである。

朝のかぜ

夜があけて、鳥羽君たちは四日目の朝をむかえた。食堂であついコーヒーをのみながら周二叔父さんは語った。

「あの男はわたしを塔におしこめて、毒ガスの秘密をぬすもうとしたのだ。だが、わたしが書類をかくしておいたので、なかなか探しだせない。そこにきみたちがやってきたわけだ。つごうのいいことに、一郎はわたしの顔をおぼえていない。そこを利用して、わたしに化けたというわけなのだ」

ほんものの周二叔父さんは、やせた顔をして、鼻がかい。少しやつれているようだ。

「ほんとにびっくりしました。おいしいモモがとれたので、先生にさし上げようと思ってたずねてみたらば、見知らぬ男が玄関にでてきて、あっというまもなくサルグツワをはめてしまったんです」山形弁まるだしで話すのは、もと女中の安部さとであった。陽やけした黒い顔をしている。

にせ博士はあきべやに彼女をひきずりこむと、入口にはだれもいなかったなどといううそをついて、一郎君たちをだましたのである。もちろんそれは自分がにせものであることをかくすためであった。

「きのうのひるまのことだ、わたしがへやの中をぐるぐる歩いている姿を、一郎がボートの上でみてしまった。さあ、あの男はすっかりあわてて、わたしを別のあきべやにとじこめると、かわりにこの安部さんをつれこんだんだ」

「そして、穴のあいたテーブルの中から首をだして、身動きできないようにしばられてしまいました。南京錠をはずしておけば、あとでぼっちゃんたちが塔に上がってきてのぞくにちがいない。あの男はそんなことを言っておりましたよ」

さとはコーヒーをひと口のみ、ふしぎそうな顔をして一郎君をかえりみた。

「でも、ぼっちゃんはあたしを見て、なぜ逃げてしまったんですか。まるでお化けをみたように、びっくりなさって」

「それはむりないさ。あんたが生首にみえたんだから。いや、きみは色が黒いから、ミイラかな？」

「ま、だんなさま。あたしがミイラですって？」

「そうさ。あれは、ずっとむかし、わたしが趣味でやっていた奇術用のテーブルなんだ。脚の間にかがみがはりつけてあるから、中にはいってすわると胴体が消えて、向側がすきとおって見えるようにできているんだよ。あいつはそれをうまく使ったのだ」

説明されてみるとふしぎでも何でもない。それを知らずに階段からころげおちたことを思うと、一郎君ははずかしくて、思わず顔が赤くなるのだった。

「あのにせものは、なかなかあたまのいい男だった。きみたちをおどかしておいて、二度と塔の上のわたしのへやをのぞきに来ないようにさせるつもりだったのだ」

博士はそう言って、ひと息でコーヒーをのんだ。湖水をわたるさわやかな朝風が、みなのほおをかるくなでていった。

黒木ビルの秘密

天体望遠鏡

「竜介くん、いるかい？」

勉強していると、元気な敏彦くんの声がした。

「竜介くん、来てごらんよ、とてもいいニュースなんだ」

良夫くんの声もする。うれしくてたまらないようなはずんだ調子だ。その声をきくと、竜介くんもおちついて勉強していられない。いそいで数学の教科書をとじて庭にでた。禅寺丸が赤くいろづいている。そのカキの下で、敏彦くんも良夫くんもニコニコしている。

「あたったんだよ、懸賞にあたったんだ。しかも一等なんだぜ」

敏彦くんが言った。ほおが赤くなっている。まるで禅寺丸みたいだ。

「すると、あの答で合っていたんだね？」

竜介くんはほっとしたようにきいた。

ついひと月ばかり前のこと、敏彦くんが広告ビラをもらってきて、竜介くんたちに見せたのである。そこには数学応用の懸賞問題がのせてあって、一等賞は天体望遠鏡が、二等三等はそれぞれトランジスターラジオとオルゴールの小箱がもらえることになっていた。ラジオやオルゴールもいいけれど、三人がほしかったのは天体望遠鏡であった。それで、すみわたった秋の夜空の神秘をさぐるのは、想像しただけでも胸のはずむことだった。

「ほらね、これが当選した通知状なんだ」

敏彦くんのさしだすハガキを、竜介くんはのぞきこんだ。あて名は野見敏彦様とインクでかいてあって、うらには、「おめでとうございます。郵便で送ると途中でこわれる心配がありますから、十月二日の午後、自分でとりに来てください。印鑑持参、かならずひとりでくること」としてある。場所は神田神保町九ノ九だ。

「十月二日というと、あしただね」

「神保町なら電車でいけるな」

「バスでもいけるさ。でも、郵便で送ってくれるといいのになあ」

「だめだよ、レンズがわれると困るじゃないか」

三人は、話をしているうちに、もう望遠鏡をもらってしまったような錯覚をおこしていた。うれしくてたまらない。

「どこにすえつけたらいいだろう?」

「ぼくんちの物ほし台がいいぜ。二階のやねの上だもの、よく見えるよ」

「でも、物ほし台にはやねがないだろう。雨がふったら、ぼくたちずぶぬれになっちゃうよ」

「あんなこといってら。雨の日は星も見えないんだぜ」

「あ、いけねェ」

良夫くんにつっこまれて竜介くんは頭をかいた。わくわくしていたので、ついうっかりしてしまったのだ。三人の話題はなおもはずんだ。いまはケンタウルスがよく見えること、火星に生物がいるかいないかということ、空とぶ円盤のこと……。

「良夫さーん、ごはんですよーッ」

とおくでおかあさんのよぶ声がしたので、三人はようやく現実の世界にもどった。

「それじゃ、あした三人でもらいにいこうよ」

「うん、きっとだよ」

竜介くんたちは約束をして、わかれたのである。

黒木ビル

翌日も晴れていた。青空を見上げているとからだごとすいこまれてゆきそうな、気がとおくなるような思いがする。そして夜になると、そこにさまざまな恒星や惑星がすがたをあらわすのだ。

「ね、今夜から月がみえるね」

「うん、楽しみだな」

そんなことを言っているうちに、バスは神保町についた。ここは学生街として有名なところである。日本中で神保町ほど本屋があつまっている町はない。書店ばかりでなく、学生むきの食堂や、楽器店や、めがね屋などがずらりと軒をならべているのだ。そして歩いている人間の2―3は、中学生や高校生や大学生なのであった。

ところが、九丁目九番地というのは電車通りのうら側にある一帯で、たずねる便々《べんべん》社は家と家とにはさまれたせまい小路《こうじ》のつきあたりの小さな黒木ビルの中であった。秋の午後の太陽はあかくかがやいているけれど、この小路は日かげになっていて、ほのぐらい、谷間のようなつめたい感じがした。

「ここなんだね?」

「二階建てのビルって、はじめてみたな」

ふくろ小路のどんづまりのところに立って便々社という名ふだをみながら、敏彦くんはぼそりとした声で言った。意気ごんできただけに、そのわびしげな建物をみて、なんだかへんな気がしたのだ。ふと、通りのほうでチンドン屋の鳴り物がきこえた。

敏彦くんはポケットから印鑑をとりだした。そして三人は建物の中にはいっていった。うすぐらい廊下がつづき、歩くと、ゆか床がギシギシと音をたてた。

「なんだか、空家みたいな家だね」

良夫くんが言ったとおり、ほこりくさくてかびくさくて、窓にはクモの巣がはったりしている。廊下の左右には、へやが三つずつならんでいて、ミドリ宣伝社だとか、英文タイプ印書だとか、オリエンタル美術だとかの表札がかかげてある。カタ、カタカタ……と音がきこえてくるのは、英文タイプライターを打っているからだった。建物もひんじゃくだけれども、へやをかりている中の人々も、ねむっているような感じがした。

「あ、便々社はあそこだ」

竜介くんが正面のドアを指さした。いかにも、便々社と白ペンキでかいた板きれがかかげてある。敏彦くんを先頭にして、三人はドアをノックした。はい、と女の人の返事がきこえたので、とびらをおしあけた。

うすぐらい小べやだった。机の上に大きなボール箱がのせてあり、ふたには「天体望遠鏡、野見敏彦様」とマジックインクでかいてある。それをみたとたんに、三人は急にニコニコ顔になった。

机のむこうに三十五歳ぐらいの女の人がいる。

「こんにちは」

三人が言うと、女は中学生たちの顔をみまわして、たずねた。

「いらっしゃい。なんのご用?」

「ぼくたち望遠鏡をもらいに来たんですよ」

「あらそう、野見さんはどなた?」

「ぼくです!」

敏彦くんが一歩前にでた。

「あら、あんたが敏彦さん? よかったわね」

女事務員はとけいをみて、目を敏彦くんにむけた。

「いま社長が外出してるのよ。あと十五分ばかりすると帰ってくるから、それまでビルの入口のところで待っててね」

「はい」

「社長から直接おわたしすることになってるの」

「はい」

「それから、うけとりに来るときは敏彦くんひとりでいらっしゃるのよ。あとのきみたちは、外で待っているの」

「はい」

へんなこと言うんだな。そのとき三人とも思った。しかし、望遠鏡さえもらえば、それでOKなんだ。すぐにそう思い返したのである。

不安

「おそいな、そろそろ二十分になるぜ」

竜介くんは腕どけいをみた。せまい小路に中学生が三人も立っていると、どうしても人目につくのであろう。ビルにはいっていく人と、出でくる人が、ものめずらしそうに見るのでなんだかてれくさい。そんなことを言ってるときにも、ゴリラの皮をかぶったサンドイッチマンが、よたよたやって来たの

で、三人は道をゆずった。手に、ゴリラの王さまとかいた映画のプラカードをもっている。
「……おそいな、もう二十五分だぞ」
敏彦くんがイライラしたようにつぶやく。通りかかりのタイピストが、びっくりしたように敏彦くんをみたので、敏彦くんはちょっとあかくなった。あの女事務員が顔をだしたのは、ちょうどそのときである。
「敏彦さん、どうぞ。お待たせしましたね」

「いまゆきます。じゃ、もらってくるぜ」

「印鑑持ってるかい」

「うん、持ってる」

敏彦は手をあげて答えると、事務員のあとにつづいて廊下をあるいていった。竜介くんは、ふたりが便々社のドアにきえるまで、見送っていた。

「今夜から星がみれるね」

「うん。ぼくは一度でいいから土星の環をみてみたいんだ。いつか上野の科学博物館へいってみたけど、満員でだめだったんだ」

良夫くんたちは宇宙の話ばかりした。そば屋がやってくる。ゴリラのサンドイッチマンが出ていく。タイピストがもどってきた。そしてまた、そば屋がからのどんぶりをもって帰っていく。時間にして、かれこれ十五分たっていた。だが、敏彦くんはもどってこない。

「どうしたんだろう、おそいな」

ふたりは、ほとんど一分ごとにとけいをみた。

さらに五分たったとき、竜介くんは不安そうにくもった顔で良夫くんをみた。

「へんだな、ぼく、ようすをみてくる」

蒸発

竜介くんは大またで廊下をあるくと、便々社のドアをたたいた。

「どうぞ」

あの女事務員の声がした。竜介くんはさっとドアをあけると、すばやく中を見まわした。せまい、窓一つないへやだ。

「あら、わすれもの?」

女事務員がきいた。そのとなりに、五十ぐらいの、せのひくい肥った男がいる。見るからにいやな感じがした。

「そうじゃないんです。敏彦くんどこにいるんですか」

「まあ、敏彦さんは十五分ばかり前に、望遠鏡をもって帰りましたわ」

「そんなことないです。ぼくたち、玄関のところで待っていたんですから」

「だってきみ、帰ったものは帰ったんだよ。それとも、このへやにかくれているとでも言うのかね?」

社長みたいな男が言った。

「そうだ。敏彦くんは望遠鏡をひとりじめするために、

裏口から帰っていったのかもしれないぞ」

「ちがいます。敏彦くんは親友です。そんないやしいことをするはずはありません」

「うるさい男だな。そんなことを言うなら、へやの中を気がすむまでしらべてみたまえ」

彼は気みじかそうに、あかくなった。女事務員もふくれつらをして、ツンと横をむいている。竜介くんは困ってしまった。悪気があって言ったのではないのだ。ただ、敏彦くんの姿がみえないものだから、つい心配のあまり、ことばをあらだてたにすぎない。

「さあ、さがしたまえ。まさかこの机のひきだしの中にはいっていることはあるまいねえ」

彼はそんないや味を言って、自分から机の中をみせたりした。竜介くんは小さなおし入れの内側までのぞいてみたが、敏彦くんはどこにもいない。

そのうちに、さわぎをきいて、ミドリ宣伝社やオリエンタル美術の人たちもやってきて竜介くんの話をきくと、同情してくれた。そしてまるでビル中を大掃除みたいにさがしまわってくれたけれど、敏彦くんはまるで蒸発してしまったように、かげも形もないのである。

「良夫くん、だれも出ていかなかったかい?」

「だれも」

良夫くんもあおい顔をして、首をふった。

「ひょっとすると、裏から出ていったのかもしれないよ」

良夫くんも竜介くんも、そんなことを考えるのはつらかった。望遠鏡をもらった敏彦くんが、ふたりを外に待たせたまま、こっそり裏口から帰ってしまったなどと想像するのは想像しただけで敏彦くんを侮辱したような気持ちになるのだ。しかし、ビルの中にはいない。そして表口を通らないとすると、のこるのは裏口しかない。

「待ってて。ぼく見てくるから」

竜介くんはふたたび黒木ビルにはいっていった。裏口は、便々社の前を右にまがったところ、つまりビルの横腹にあるのだ。

「あれッ！」

首をだした竜介くんは、思わず叫んだ。なぜなら、そこには工事人夫がふたりいて、せまい通路上にコンクリートをながしていたからである。

「おじさん、ここから、ぼくぐらいの中学生が出てゆきませんでしたか」

「いかねえな」

とりうちをかぶった人夫は、仕事の手を休めて、あんがい親切そうに答えてくれた。

「きょうは午後からここで仕事をしてるんだ。せっかくぬりこめたコンクリートに足あとをつけられちゃ困るからな。だれも通らねえようにしてもらっているんだ」

竜介くんは、思わずぬれたコンクリートの上に目をやった。すでに二時間あまりたったしめったコンクリートである。もし敏彦くんが歩いたなら、その上にくっきりとした靴あとがつくはずであった。だが、そんな足あとは一つもない。

「どうもありがとう」

ぴょこりと頭をさげて、竜介くんは玄関にもどっていった。竜介君の胸を去来するのは敏彦君をうたぐってわるかったという、後悔ににた気持ちであった。だが、そうすると、野見敏彦はいったいどこにいるのか。どうして消失してしまったのか。その方法は？　その理由は？　竜介君にとって、どれも解釈のつかない疑問ばかりだった。

玄関までやってきた竜介君は、そこに思いがけぬ人が良夫君と語り合っているのをみて思わずかけよっていった。

どこからかチンドン屋の三味線の音がきこえてくる。夕暮れがせまり、あたりはほの暗くなっていた。

記者の推理

「きみ、中学生が消えてしまったというじゃないか」

男の人はこちらをむくと、竜介君に話しかけた。それは同級生の鳥羽ひろし君のおじさんで、伊藤半吉という新聞記者であった。鳥羽君の家にあそびにいったとき、二、三度顔をあわせたことがあるから、おたがいによく知っているのだ。

「そうなんです。だからぼくらとても心配しているんです」

さびしい夜道で友だちにあったときのように、竜介君はほっとした気持ちになって、くわしい話を語ってきかせた。伊藤半吉はあごを指先でつまんで、熱心にその話をきいていた。

伊藤半吉は、もちろん親切心から敏彦君の行方をつきとめようとしたのだが、もう一つは、このふしぎな事件を自分の手で解決して、鳥羽ひろし君の鼻をあかしてやろうとも思ったのである。

半吉の姉さんのこどもであるひろし君は、すばぬけた推理の才能の持主で、もちこまれた難事件を、いつも苦もなく解いてしまう。その、少年名探偵といわれている鳥羽君をあっとびっくりさせることができれば、じつに痛快ではないか。そのときのことを想像すると、伊藤半吉はひとりでにニヤニヤしてくるのだった。

三十分ほどかかって黒木ビルの内部をくまなくさがした半吉は、ふたりの少年をつれてタクシーにのると、霞ケ関の警視庁をおとずれた。前もって電話をかけておいたので、おなじみの島警部は部屋でまっていてくれた。

棚のダルマみたいにでっぷりと肥って、鼻の下にひげをはやしたこの警部は、悪人にとってはおそろしい存在だろうが、良夫君や竜介君には、やさしいおじさんといった感じであった。

「……ふむ。じつにへんな事件だな」

話をききおわると、警部はぽつんと言った。

「ですがね、警部、ぼくにはこのナゾがとけましたよ。敏彦君のいる場所も……」

「ええッ?」

警部も少年たちも、おどろいて伊藤記者をみた。

「どこにいるんだね?」

「ビルの裏手の、コンクリートの底ですよ。敏彦君はあの人夫とけんかかなにかをして、殺されてしまったんです。そして、コンクリートの底にうめられてしまったんですよ」

伊藤半吉のおそろしい推理を、竜介君たちは顔色をかえてきいていた。だが、考えてみれば、敏彦君が姿をけしたことは、それ以外に説明がつかないのである。

「警部、ぼくはあのコンクリートをほってみたいのです。立ち会ってくれますか」

半吉は念をおすように言った。

墓ほり

もう、この黒木ビルの裏手はすっかり暗くなってしまい、懐中電灯とランプの光があたりをてらしているのだった。

「せっかくぬったコンクリを、またほり返すんですか」

ふたりの工事人夫は、不服そうに言った。

「そのかわり、ぼくがお礼を上げるよ。さ、早くたのむぜ」

半吉に言われて、人夫たちは、しかたなしにスコップを手にして、まだ十分にかたまっていないコンクリートを、ほりだした。

鳥うち帽子をかぶった人夫は、どれも筋肉りゅうりゅうとしていて、陽にやけた茶色の顔をしている。こんな力のありそうな男とけんかをすれば、敏彦君はひとたまりもなくやられてしまったにちがいない。
どちらかというと、敏彦君は大きな酒屋の、あまやかされたひとりむすこなのだ。あまり強くない。
良夫君たちがそんなことを思っているうちにも、コンクリートは片はしからほりさげられていった。島警部と伊藤半吉が黙々とそれを見まもっているさまは、まるで外国の映画の、墓ほりのシーンによく似ていた。いまにそこから、敏彦君の足がニョキリとあらわれてくるのだと思うと、かなしいような、おそろしいような気持ちになってくるのだ。

「……ところでだんな、せっかくコンクリートをながしたところを、なぜほじくるんですかい」

ひと息ついて、人夫がたずねた。

「いや、それは、つまりその、……だよ」

伊藤半吉はあわててムニャムニャとごまかした。まさか、「おまえが犯人で、この下に敏彦君の死体をうずめたのだろう……」とは言えない。

二時間ちかくかかってすっかりコンクリートをとりのぞいてしまった。だが、敏彦君の死体は影もかたちもなかったのである。

「よかったね、良夫君」

「ほんとだね、竜介君」

ふたりは思わず肩をたたき合って、よろこんだ。警部は黙念として腕をくんだままだ。

「へえ、だんな、すっかりほりましたぜ」

だが、伊藤半吉はぼんやり立ったきり、あごをなでている。きこえないのだ。

「だんな！」

「え？　ああ、ごくろうさん。さ、これがお礼だよ」

彼は財布をとりだすと、それをさかさにして中味をはたいて、ふたりの工事人夫にわけてやった。五百円ずつだ。

「へえ、こんなにもらっていいんですかい？　じゃ、ごめんなすって……」

スコップをかついで、からのべんとう箱をさげて彼らがかえってしまうと、島警部が突然おなかをかかえて笑いだした。

「ハッハッハ。伊藤君の推理もまるではずれたね。ひろし君の爪のあかでもせんじてのんだほうがいいぜ。アッハッハ……」

「警部さん、笑わないでくださいよ。千円損しちゃった。明日からひるめしぬきですよ」

伊藤記者がなさけなさそうにいって、かるくなった財布をうらめしげに見た。その顔つきがこっけいだったので、竜介君たちは思わずふきだしてしまった。殺されているとばかり信じていた敏彦君の死体がなかったものだから、竜介君も良夫君も、なんだか気分が晴れてきたのだった。

と、そのとき、黒木ビルの裏口がガタリと開いて、ひとりの警官が顔をだした。

「警部どの、いま電話連絡がありました……」

「なんだ?」

「敏彦少年の家に、ゆうかい犯人から手紙がとどいたそうであります。身代金をよこせば、こどもをぶじに返すというのです」

「畜生ッ、なめたまねをしやがる」

警部はどなりつけるように言った。

ナゾはとけた

敏彦君の酒屋は、夕方から店をしめている。そして奥のざしきでは、うれい顔の両親をかこんで、島警部、伊藤半吉記者、それに竜介君と良夫君がいた。

そして警部のわきにいるもうひとりの少年……髪をぼっちゃんがりにして、色白の、目のくりっとした中学生が鳥羽君であった。鳥羽君は、さっきから何度となく事件のいきさつを竜介君たちに話してもらっているので、そのときのようすは、あたかも自分が黒木ビルにいたかのようによく知っていた。


「では、その手紙をみせてください」

警部はハトロン紙の封筒をうけとると、こわい目をして一読し、それを順にみなに見せた。筆蹟をごまかそうとして、わざとへたな毛筆の文字で、つぎのように書いてある。


敏彦は元気だ。お前の家のたからもの金の大黒とひきかえに返してやる。大黒を大型のバスケットにつめて、明後日の十七時東京発、浜松行にのり、右側の席にすわれ。途中で、緑色の懐中電灯が大きく輪をえがくのを見たら、すぐバスケットを投げおろせ。十二時間以内に敏彦を帰宅させる。　(X)

「なかなか頭のいいやつだ。犯人は、東京・浜松間のどこにかくれていて合図をするのかわからん。だから、警官をはりこませて捕えることができないのだ」

島警部は、ダルマに似た顔をしかめて言った。

「警部さん、この大黒天の像は、左甚五郎作といわれて、先祖代々つたわってきたものなのですが、せがれの命にはかえられません。バスケットにつめて列車にのります」

敏彦君のおとうさんはきっぱりと言った。それをきい

「ほんとさ。もっとも、ぼくひとりじゃできないよ。やはり島さんや、おじさんの手をかりなくてはね」

鳥羽君はおちついた声で答えた。いったいひろし君は、どこから事件の秘密をみぬいたのだろうか。

鳥羽君の説明

あくる日は小雨もよいの、陰うつな天気だった。街の道路には、とびちった枯れ葉がつめたくぬれていた。鳥羽君は学校がおわると、竜介君やおじさんたちの案内で、神保町の黒木ビルをおとずれた。ふだんでさえ陰気なこの建物は、雨の日にはいっそうくらい感じだった。

「まず、便々社をたずねてみたいな」

ひろし君の希望で便々社のドアをたたくと、あの女事務員がびっくりした顔で四人を中に入れてくれた。肥った小男の社長はのみかけていた茶わんを机において、いぶかしそうに一同を見上げた。

「おじゃまします。ぼくらは敏彦君が消えたナゾを解決するために、調査しているんです」

「そうそう、あれはじつにふしぎな事件でしたな。いまもその噂をしていたんですよ」

た一座はしゅんとしずまり返ってしまった。ところが、その沈黙をやぶったのが鳥羽君であった。

「おじさん、安心してください。ぼくには敏彦君がどうやって消えてしまったかというナゾもわかっていますし、敏彦君のいる場所をつきとめる自信もあるのです」

「ひろし君、それほんとうかい?」

おじさんがうわずった声をだした。

「ほんとに、お気の毒ですわ。いったいどうやって消えてしまったのでしょうか。せっかく望遠鏡をもらって、よろこんでいたのにねえ……」

社長と女事務員はくちぐちに同情した。

「どうやって消えたのか、それはあなたがたがごぞんじのはずじゃありませんか」

突然、鳥羽君は意外なことを言った。

「きみ、じょうだんはよしたまえ」

「いや、じょうだんなんか言いませんよ。きのうこの竜介君たちがここに来たとき、あなたは外出していたはずですね。ところが、あなたが黒木ビルにもどってくる姿を、良夫君も竜介君もみていないのです。そうだろう、きみたち」

そう言われて、良夫君たちは顔を見合わせた。そうだ、思いだした。タイピストやゴリラのサンドイッチマンは見たけれど、この社長の姿は見かけなかったはずだ。

「……ということは、あなたがゴリラの皮をかぶって、サンドイッチマンに化けてはいってきたことを意味するのです。この女の人から、いま敏彦君がきたという電話連絡をうけて、しめたとばかり、もどって来たんです。あなたは呼びよせた敏彦君をおどかして、むりに、ゴリラの皮をかぶせ、そして黒木ビルを出ていくように命じました。『もしおまえが、入口でまっている竜介君たちと話をしたならば、竜介君を殺してしまうぞ』たぶん、そんなことを言ったのでしょう。だから敏彦君はそのまままふたりの前をとおって、大通りにでたんです。そこに仲間がまちかまえていたというわけです」

「ば、ばか。何を言うか！　でたらめだッ」

社長はひたいに青すじを立て、あぶら汗をうかべている。女事務員もまっさおだ。

「あなたは敏彦君をゆうかいして、金の大黒を手に入れようと考え、こんな計画をたてたのです。わざと敏彦君に懸賞のついた広告ビラを手渡したりしてね」

「うそだッ、うそだッ、うそだッ！」

社長はテーブルをたたいてどなった。

「うそじゃないよ、ほんとうだよ」

思いがけず扉の外で声がした。とたんに社長はへなへなとイスの上にくずおれてしまった。なぜなら、ドアをあけてはいってきたのは、島警部と敏彦君だったからである。

「しまった、もうだめだ！」

社長はついに頭をかかえ、下をむいてしまった。

「おい。鳥羽君はな、敏彦君がかんきんされている場所はおまえの家にちがいないとにらんだんだ。そこでわたしが助けにいったわけさ。敏彦君をさらったおまえの仲間も、おまえの家でつかまえてしまったぞ。さあ、行こう」

ふたりの悪人は手錠をはめられ、と殺場にひかれてゆく羊のように、うなだれてしおしおと出ていった。

「良夫君、竜介君、心配かけて悪かったね。それから鳥羽君、きみのおかげで助かったよありがとう」

敏彦君は感謝のあまりのどがつまって、それだけ言うのがやっとだった。むりに笑ってみせようとしたが、顔がゆがんで、ポロポロと涙が流れおちた。

ろう人形のナゾ

病気見舞い

千種《ちぐさ》区は名古屋市の東のはずれにある。電車通りを走りつづけてきたタクシーは、そこで敏子をおろすと、ガソリンのにおいを吐きだして、去っていった。

「新池町というのは、このあたりですよ」

そう言った運転手のことばをむねの中でくりかえして、敏子はあるきだした。手に、赤い小さなスーツケースをさげている。

名古屋ははじめての都会だった。敏子がこの都市をおとずれたのは、観光のためではなくて、もう二か月間も病気でやすんでいる、中学時代の友人を見舞うためであった。

その西林秋子と敏子とは、中学を卒業して、東京と名古屋にはなれて住むようになってからも、仲のよい友だちだった。クリスマスや誕生日にはプレゼントを交換したり、夏休みやお正月には、秋子が東京にあそびにきて、敏子の家に泊まったりした。

敏子はしずかな広々とした住宅街をあるきながら、秋子の病気をあれこれと思いめぐらせて、胸をいためていた。あの元気なスポーツ好きの秋子が、どんな病気にかかっているのだろうか。敏子のもとにとどいた手紙には、単に病床についているとかいてあるきりで、具体的なことには少しもふれていない。それがかえって気がかりになるのであった。

十軒ほどいくと、西林伸介という標札の家があった。コンクリートに鉄の門をつけた、なかなか大きな家である。これが秋子のすまいだった。

中学校を卒業する前に、秋子は父親を失っている。みなし児になった彼女を名古屋の叔父が親がわりになってめんどうをみてくれることになり、秋子は中学校をおえると、卒業式の夜に名古屋へたっていったのである。それ以来、ずーっと叔父といっしょに暮らしているのだ。

敏子はスーツケースを持ちかえて、白いほそい指でベルのボタンをおした。やがてドアがあいて、ほおの赤い、女中さんみたいな女の人が小走りにでてきて、鉄門をあけてくれた。

「あたし、東京から来た雨宮敏子です」

「お待ちしていました。どうぞ……」

女中さんはあいそよく先に立って、敏子を案内してくれた。庭の木はみな葉がおちて、枯れたこずえがニョッキリと冬空にのびている。ふと横をみると、その枯れ枝のむこうに、灰色をした陰気な別館の一部がちらりとみえた。雨天体操場みたいな建物である。

へんな建物……。心の中で、敏子はそう思った。

伸介の家はふるびた西洋館で、靴をぬがずにはいるようになっている。なんだか事務所にはいったみたいな気がして、敏子は妙におちつけなかった。そういえば、この家のふんい気自体が、どこかうっとうしくて、変である。

「ふうむ、きみが雨宮敏子さんか」

応接室に待っていると、やがてやってきた伸介は、イスに腰をおろして、そう言った。頭が少しはげ、銀ぶちのめがねをかけた、いやな感じの老人だ。はるばる東京からやって来たというのに、彼の顔は、めいわくそうにしわをよせていた。

「あのウ、秋子さんのご病気、いかがでしょうか」

「そうだな、よその人にへんな噂をたてられるとこまるから、誰にも言わないでもらいたいのだが、秋子は気がちがったんです」

びっくりすることを、叔父は言った。敏子は顔から血のひいていくのを感じた。

狂った友

秋子の病室は二階にある。コンクリートのつめたい階段を上がって、廊下をあるいていくと、灰色のドアがぴっそりととじてあった。

女中さんはかるくノックして扉をあけ、自分はそのまかえっていった。

「秋子さん……」

「あら敏子さん。よく来てくださったわね」

秋子は白いねまきをきたまま、ベッドに起きあがった。髪をふたつにたばねて、左右にたらしている。健康そうなスポーツ少女のおもかげはまったくうせてしまい、あお白く、やせていた。敏子は、胸にあついものがこみ上げてきた。

「どお？　お元気？」

「ありがとう。ふだんはなんともないのよ。ただ、夜

中にあの人がくると……」

彼女はそう言いかけたが、ふと、ことばを切って、花びんのカーネーションの形をなおした。

「あの人がくると？　誰のことなの、それ」

「気にしないでちょうだい。どうせ、言ったたって信じてはもらえないんだから……」

秋子は微笑をうかべて首をふった。むかしの秋子は、笑うとえくぼができたものだが、いまの彼女はやせてしまい、えくぼなんかできない。敏子はいたましい気がした。

「ねえ、何日ぐらい泊まっていってくださる？」

「そうね、三日ぐらいはいいわ」

「うれしいわ、久しぶりに話ができて」

秋子はやせた指を、敏子の手にからませた。

〝あの子を近いうちに精神病院へいれて、治療してやろうと思います。もう、一生なおらないかもしれんが……〟と言った伸介のことばを思いおこし、敏子は、顔をくもらせていた。

窓の外も、どんよりと曇っている。

「あと半年のしんぼうだと思っていたの。満十八歳になったら、あたしの財産は自分の自由になるのよ。そしたら東京へ帰って、あなたとたのしく勉強したり、遊んだりするつもりだったの……。残念だわ、こんな病気になってしまって」

しみじみと秋子は言った。

前にものべたように、秋子には両親がいない。彼女にのこされた莫大な財産は、秋子が成人するまで、叔父が後見人となって、かんとくする必要があるのだった。なぜかというと、未成年者が財産をもっていると、悪人にだまされて、お金をとり上げられるおそれがある。だから、法律は、後見人がそれを見はるようにきめているのだった。

「あなたの病気、入院すればすぐなおるわよ。元気になったら、また東京でたのしいことして遊びましょうね」

はげますように敏子は言った。

「でもね、あたしが小さいときに亡くなった母も、精神病だったと叔父さんが言ってたわ。遺伝なのよ。あたしもう、あきらめてるの」

秋子はさびしそうに言うと、しいて明るい顔になって、

「叔父がじまんにしているロウ人形館見た？　まだだったら、ぜひ見たほうがいいわよ」

そう言って、作造という下男をよんでくれた。この広い家や庭をそうじするのが作造で、料理やせんたくをするのが女中さんの役目である。伸介叔父はかわりもので、この年齢《とし》になるまで独身生活をつづけている。だから女中さんが、おくさんの役をしなくてはならないのだった。

「作造さん、お客さまを人形館に案内してあげて。親切にするのよ」

秋子は、そう命令した。

夜あるくもの

曇った空の下をあるいて、ロウ人形館にはいった。そこは、さっき見かけたあの灰色の、雨天体操場みたいな建物であった。空気の流通がわるいとみえ、ドアをあけると、プーンとナフタリンくさい。

先にはいった作造がカチリとスイッチをおす。全館が明るくかがやいて、敏子の目に等身大の人形の、ニョキニョキと立っている姿がうつった。

しいて例をもとめれば、それはデパートの着物売り場や洋服売り場でみかける、マネキン人形に似ている。だが、マネキン人形のほうは、表情も皮ふも、からだの線も、すべてがこしらえものじみていて、いかにも人形人形しているのに反し、このロウ人形は、顔色から目つき

から動作にいたるまで、生きているようにできていた。ロウを材料にすると、皮ふの下にういてみえる静脈までもが、実物のようにつくれるのである。

「まあ、おどろいた」

ハリツケにされたキリストの像の下に立ったとき、敏子は思わずため息をついた。イエスの、苦痛のためねじまげた唇、ひたいによせたしわまでが、じつに正確にうつしてある。

「うまくできてるでしょう？　これはみな、うちのだんながつくったんですぜ」

「西林さんのご職業は、彫刻家ですの？」

「いや、そうじゃねえ。だんなの本職は、デパートなんかの食堂の入口にならべてある、料理のサンプルをつくることですよ。だけど、あんまり注文がこないもんだから、ひまをもてあまして、こんな人形をつくったりしてるんです」

人形から人形へと案内してあるきながら、作造が説明した。敏子の目の前には、まるで芝居の舞台をみるように、つぎつぎといろんな場面があらわれた。猛火につつまれたモスクワ市街をながめて、呆然とつっ立っているナポレオン。イチョウの大木の前で、別当公暁に暗殺される実朝。大理石の像におしつぶされ、悲鳴をあげているドンホァン。どれもみなすごい場面ばかりだ。

「こんな上手なひとなのに、なぜ注文がこないのですか」

すると、作造はへんな笑いをうかべて、

「旦那のつくるサンプルは色がどぎつくて、みても食欲がおきないんでさ。そのかわり、こんなおそろしい人形をつくらせると名人だね」

と言った。

敏子はなおも見物してまわった。おそろしくて胸をドキドキさせながら、視線は、人形にひきつけられていくのだった。ギロチン台に横たわるマリー＝アントワネットの死骸。血だらけの首は、かたわらのバスケットの中へころがりおちて、斬り口を天井にむけている。安達《あだち》が原の一軒家で、旅人をころし、血まみれのデバぼうちょうを逆手《さかて》ににぎった鬼ばばあ。そして、絞首刑にされて宙にゆれている海賊キャプテンキッド……。

こんなすさまじい場面ばかりをあたまにえがき、それをたくみに再現していく西林伸介は、なんという奇妙な人だろうか。

敏子がそんなことを考えていると、せのひくい作造が、大きな顔で敏子を見あげるようにして、声をひそめた。

「お客さん。うちのお嬢さんがなぜ気がへんになったか、知ってますか」

「知らないわ」

セトモノの福助みたいに頭でっかちの作造が、ニヤニヤとうす笑いをうかべているのをみると、敏子はなんだかぞーっとする。

「あそこにいるあのナポレオンが、真夜中になると動きだして、家の中をあるきまわると言うのです。拍車のついた靴音をたててね」

「まさか。人形があるくもんですか」

「ほら、お客さんも本気にしない。ところが、うちのお嬢さんの耳にはきこえるんてす。いやきこえるばかりではない、見えるのですよ」

しわだらけの顔を、なおもニヤニヤさせた。

「ふと目がさめると、ナポレオンが、お嬢さんのベッドにのしかかるようにして、ジーッと顔をのぞきこんでいたと言うんですよ」

敏子は返事をしなかった。そんなバカげた怪談を信じる気はない。にもかかわらず、背中のあたりがぞくぞくしてきたのだった。

丘の上で

夕食はおいしいハンバーグステーキだった。お常さんという女中は、とても名コックだ。

「雨宮君、庭を散歩してみないかね」

「はい、そうします」

「秋子、おまえも来なさい」

伸介は秋子にオーバーをきせてやり、サンダルをはいて庭にでた。先ほどのくもり空ははれて、夕焼けがあたりをあかくそめていた。

「散歩にでるの、ほんとに久しぶりなのよ」

そぞろ歩きながら秋子が言う。

「ずいぶん広いお庭だわね」

「ええ、東山公園のほうにひろがっているの。乳牛をつれてくれば牧場にもなるくらいよ」

三人は、しだいに家の裏側にまわって、丘の小道をのぼっていた。

「秋子さん、さっきのお話、ほんとなの?」

「そう、作造の言うとおりなのよ。あたし、たしかにこの耳で靴音をきいたし、この目でナポレオンをみたの。

だけど、誰も信じてくれないわ。あたしだけにしか見えないのよ」

ナポレオンの話になると、表情がくもった。

「だからあたし、自分で自分の気がくるいかけているんだっていうこと、よくわかるの」

そう言われると、秋子にはなぐさめることばがない。

ふたりは黙りこんで、ゆっくりと歩いた。

「雨宮さん、ちょっと……」

丘の上に立った伸介が、敏子をまねいて、ひくい声で言った。

「あなたが来たとき、私は迷惑に思ったのだ。世間のひとに、秋子の気がへんだということを知られたくなかったからだ。だが、私がまちがっていたようだ。あなたが来てくれたおかげで、秋子は元気がでた。いつもは寝室にとじこもって、沈んでいるのですよ」

敏子がそれに答えようとしたときだった。はなれた場所にいた秋子が、急におびえたようにふたりのほうを指さした。

「いる、ナポレオンがいるわ。ほら、敏子さんの前に立っているじゃないの」

「秋子さん、何もいないわ」

「あたしには見える、あたしには見えるの」

そう叫んだかと思うと、恐怖に顔をひきつらせたまま、くずれるようにたおれて、気を失ってしまった。

土はなぜ掘られたか

「あら、ひろしちゃん、よく来てくれたわね。あなたが来るってことをきいて、秋子さんも、とてもよろこんでいることよ」

玄関まで出むかえて、敏子はうれしそうに声をはずませた。

「さ、そのスーツケースをかして。へやにもっていって上げるわ」

「それよか、ロウ人形館を早くみたいな。それから、あの丘にも案内しておくれよ」

「あの丘?」

「ほら、秋子さんがナポレオンのまぼろしをみたという丘のことさ」

鳥羽君は気負った調子で言った。いとこの敏子から、あのふしぎな事件をくわしくのべた手紙をもらったひろし君は、一刻も早くこの事件のナゾを解きたくてたまらないのだ。

ふたりは玄関をでると、先日の夕がた秋子たちと散歩した、広い裏庭へむかった。時刻は六時にちかく、あたりは夕日をあびてあかね色にそめられていたが、鳥羽君たちが丘の上についたころは、あの日とおなじように早くもほの暗くなっていた。

「秋子さんがナポレオンをみたのはどこ?」

「もうすこし先よ。……あ、ここだわ」

敏子がその場所に立つと、ひろし君は少しはなれたところから、周囲の様子を熱心にしらべはじめた。

「ナポレオンは秋子さんとあたしたちの中間にあらわれたんだって。秋子さんのお話では、そのナポレオンは半透明だったそうよ。あたしは何も見えなかったんだけど」

「ふむ……」

鳥羽君は両手をオーバーのポケットに入れうつむき気味に、なにかをさがし求めるかのように、なおもそのへんを歩きまわった。しかし地面はすでに暗くなっている。もし鳥羽君が百円玉をおとしたのだとしても、見つかるはずはないのだ。

「……おや?」

「ま、おかね見つかったの」

「おかねじゃないさ。ほら、ここの土をふんでごらんよ。少しやわらかいだろう?」

「あら、ほんと」

言われたとおり、敏子はひろし君が立っている場所を、靴でギュッとふんでみた。ほかのところとちがって、そこだけがふわふわしている。よく見ると、黒土がのぞいているから、枯れ草がひきぬかれて黒土がのぞいているから、ごく最近、だれかが掘ったあとにちがいないのである。

だれが、何をうずめたのだろうか。

「……どうやら、ぼくが考えていたとおりだ」

ひくい声で、ひろし君はつぶやいた。早くも鳥羽君はナゾを解きかけているらしい。

「ねえ、スコップを借りてきてここを掘ってみましょうよ」

敏子がはりきった声で言うと、鳥羽君はあっさり首をふった。

「その必要はないさ。それよりも早くロウ人形館をみせてもらいたいな」

ふたりが丘をおりて人形館のそばまでいくと、互いにののしり合う男の声がきこえた。思わず足をとめてみると、入口のところで、伸介と作造がはげしく口論しているのだった。

「よくもわしの顔にどろをぬったな!」

「へへ、だんな。あっしがぬって上げたのはどろじゃなくて、ドーランですぜ、へへ」

作造はあざけるように言い返した。

「おもしろそうだぞ。敏子さんはへやに帰っていてくれないか。ぼくは様子をみていたいんだ」

鳥羽君はそう言うと、足音をしのばせてはげしく言いあっているふたりのほうに近づいていった。

深夜の惨劇

この数日、秋子の発作もおさまっていたので、夕食のふんい気はかなり楽しいものだった。叔父の伸介は、作造と口論し、あと味がわるいとみえ、不快そうに黙っていたけれど、秋子はよわよわしい微笑を鳥羽君にむけて、しきりに東京の思い出などを語った。

食後も、みんなでテレビをみて、一同が寝室へさがったのは、十時すぎであった。旅のつかれで、ひろし君はすぐに眠りにおちていった。

ズダン！　ふいにするどい音がした。ぱッと目ざめて起きてみると、腕どけいは二時をさしている。へやの空気はすっかり冷えていた。

何だろう？　まさか、銃声じゃあるまい……。鳥羽君がそう思ったときだった。階下のほうから、男のただならぬさけび声がきこえてきた。

「たいへんだ、だれかきてくれ、たいへんだ……」

ひろし君はセーターをきると、あわててスリッパをはき、とびだした。そして階段をかけおりようとして、下のホールにつっ立っている作造の姿に気がついた。この下男は、片手にピストルをもち、ぼんやり気がぬけたような顔をしている。

「どうしたんですか、作造さん」

「あッ、お客さま。たいへんなことになったんでさ。だんな様を射ち殺してしまったんです」

言われて階段の下に目をやると、そこに赤いチョッキをきて青いズボンをはいた西林伸介が、手足をエビのようにおりまげて、血の中にたおれていた。

「西林さん、しっかりしてください！」

ころげるようにかけおりて、伸介をだきおこしたが、すでにこと切れている。

作造の射ったタマが、みごとにあごの下にあたり、水平にのどのうしろにつきぬけていたからだ。

廊下をかける足音がして、パジャマ姿の秋子と敏子が顔色をかえておりてきた。

「ど、どうしたの、ねえ鳥羽さん」

「おどろかないでください。お気のどくですが、叔父さんが亡くなられました」

「まあ！」

秋子と敏子は息をのんだ。そして伸介の死に顔をのぞきこもうとしたとたん、金切り声の悲鳴をあげてしまったのである。なぜならば、伸介はカツラをかぶりメーキャップをして、ナポレオンそっくりの顔をしていたからだ。秋子が見た、あのまぼろしのナポレオンなのである。

気づかぬ矛盾

それから一時間——。階下のホールは、愛知県警察本部と千種警察署の係官や、新聞記者たちでいっぱいになっていた。

「……まず、ぼくからご説明します」

警部たちを前にして、ひろし君が言った。かたわらに、洋服に着かえて秋子たちや、作造が立っている。ときどき、カメラマンがパッとフラッシュをたいた。

「西林さんは、夜になるとナポレオンにふんそうして、秋子さんの寝室のまわりをうろついたのです。秋子さんはそれをみて、ナポレオンの亡霊だと思いこんだわけなんです」

「ふむ。だがなぜそんなまねをしたのかね」

「それは、秋子さんを気ちがいに仕立てて、一生精神病院におしこめるためです。その計画を成功させるには、まず秋子さん自身に、自分の気がくるいかけていると思いこませる必要がありました。だから、秋子さんのおかあさんも、精神病で亡くなったんだなどと、ウソをついたのです」

「まあ、あれはウソでしたの?」

秋子は息をすいこんだ。

「ぼくは名古屋へくるまえに、新聞社にいる叔父にたのんで、しらべてもらいました。あなたのおかあさんはチフスで亡くなったんです」

意外な話に、敏子も目をまるくしている。

「信じられないわ。どうしてあたしを……」

「理由は簡単ですよ。秋子さんが精神病者になってしまえば、西林さんはあなたの財産をすっかり自分のものにできるからです」

思いあたる表情で、秋子はだまってうなずいた。あと数か月すれば、秋子は成人に達するのだ。そしてそのとき、叔父に管理してもらっていた財産を、全部返してもらうことになるのである。伸介はそれを妨害したかったわけだ。

「……でもあたし、裏の丘の上で、ほんとにナポレオンのまぼろしをみたわ。やはりあたしは気がくるっているのよ」

「そうじゃありませんよ。あれもまた、叔父さんのトリックなんです。しかし、それはあとで説明するとして、まず作造さんの話をきいてみましょう。さあ、作造さん……」

うながされて、彼はつばをのみこんだ。

「今夜はどうしたわけかねむれないんでさ。そこで雑誌をよんでいると、二階の廊下のあたりで、へんな靴音がするんです。拍車をつけた、軍人の長靴みたいな音なんでさ」

「それで、どうしたのかね？」

「へえ。下のホールにでてみると、階段をナポレオンがおりてくるところでさ。びっくりしたね。秋子お嬢さんの言うことは、やはりほんとうなんだなと思った。だから、夢中でピストルを持ってくると、射ってしまったんですよ。あッしゃ、てっきりナポレオンの幽霊だと信じていたんでさ。ところが、階段の中途からころげおちてきたのをよく見ると、それがだんななんです。おどろいたね」

「うむ、そうか。あんな姿をしていれば、幽霊とまちがえるのもむりないことだな」

警部のことばに、ほかの係官も同意してうなずいた。だれもが作造のことばを信じていた。ただ、ひろし君だけが例外だったのである。

「作造さん、ウソをついてはだめですよ」

「なんだって？　ウソなんかつくものか」

大頭をふりたてて、ふくれっつらをした。

「ではぼくが指摘してみます。あなたは、このホールに立って階段の中途にいる西林さんを射ったのだと言いましたね」

「ああ、言ったとも。それがどうした？」

「それなら、タマはななめ上をむいてつきぬけるはずじゃありませんか。ところが実際は水平につきぬけているんです」

「……」

「というのは、作造さんは西林さんを、自分とおなじ平面上で射ったことを意味するんです。つまり西林さんは、このホールで射たれたわけなのです。どうですか、この一事をもってしても、作造さんがウソつきであることがわかるでしょう」

作造は青くなっていた。何か言おうとするが、ことばがでない。冷汗をうかべている。

「ぼくはきのうの午後、おふたりが口論しているのをきいていたんです。あなたは西林さんからおかねをもらって、西林さんがナポレオンのふんそうをするのを手伝っていたそうですね。ドーランをぬってやったりしてね」

「……ち、ちくしょうめッ」

「一方あなたは、西林さんからたのまれたと称して、あちこちから借金をすると、そのおかねで競馬にでかけたんです。それがばれておれに恥をかかせた、おれの顔にどろをぬったと、西林さんにうんとしかられた。そのことをうらんで、射ち殺したんです。ちがいますか」

作造は、ガックリと首をたれた。それは鳥羽君の推理のただしさをみとめたにちがいなかった。

ハムレットの秘密

年が明けて、冬休みもきょうかぎりでおしまいになるという日のことだった。空は青くすみ、まるで春のように暖かい。敏子の家の庭には、先ほどからウグイスが鳴いていた。

西林秋子は名古屋の家をひきはらって、東京のアパートに住んでいる。そしてきょうはみなが敏子の家にあつまって、思い出話をしているのだった。

「叔父があんな残酷な犯罪計画をねっていたと知って、あたしとてもショックだったわ」

秋子は元気なく言った。

「いや、あなたを気ちがいに仕立てようとしていた叔父さんこそ、気がくるっていたにちがいありませんよ」

ひろし君は秋子をなぐさめた。すると敏子がしんみり

した空気をうちやぶるように、明るい声をだした。

「ねえひろしさん、秋子さんが丘の上でナポレオンをみたのも、叔父さんのトリックだと言ったわね。その説明をまだきいてないわ」

「そうだわ、ぜひきかせてちょうだいよ」

ふたりにせがまれて、鳥羽君はポケットからノートと鉛筆をとりだし、机にのせた。

「ぼくは舞台奇術に興味をもっているもんだから、叔父さんが怪しいなと、すぐ思ったんです。あれはガラス応用の奇術の一種で、むかしシェークスピア劇をやるときにハムレットの父王の亡霊をだす場面でも、使ったことがある方法なんです」

「あら、そんなことできるかしら」

敏子は懐疑的だった。

「できるさ。前もって舞台の上に長方形の穴をあけといて、底に父王の役者があおむけに寝ているんです。一方、客席と反対側の穴のふちに沿って、四十五度の角度で無色透明の板ガラスをたてておくんです」

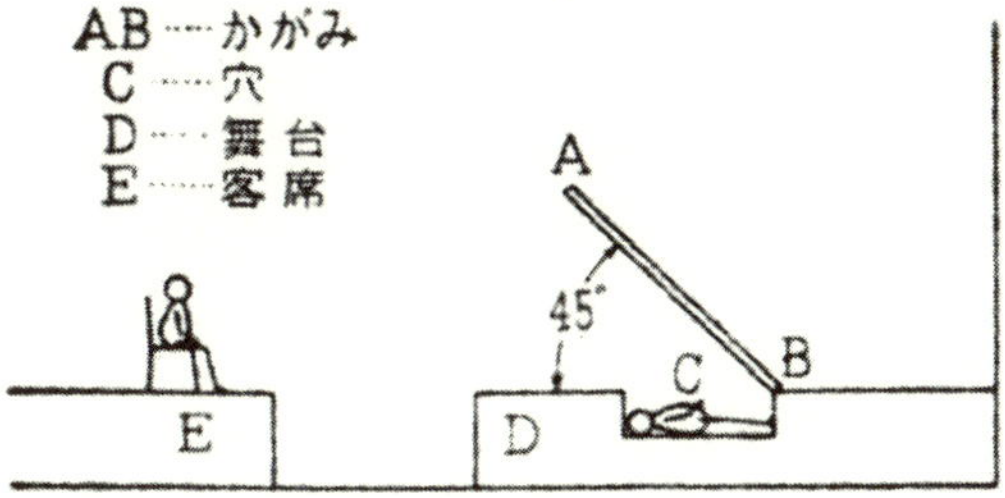

鳥羽君は図をかいて説明をつづけた。

「ハムレットが亡霊をみる場面になると、舞台を暗くして、穴の中に電灯をつけるんです。すると父王の姿がガラスに反射して、あたかも舞台の上に立っているようにみえます。この場合ガラスはかがみの役をするわけです」

秋子たちははじめてきく奇術の話だった。

「敏子さんに案内されてあの丘の上にいってみると、果たして穴を掘ったあとがあります。その瞬間にぼくは一切のナゾを解きました。西林さんはあの底に、ナポレオンの人形をねかせておいて、リモートコントロールのスイッチで電灯をつけたんですよ。あたりはほの暗くなりかけていたから、敏子さんにはガラスの存在がわからなかったんですね」

「そういえば、叔父も奇術がすきでしたわ」

と秋子はくらい目をして答えた。

鳴きつづけていたウグイスが、羽音をたててとび去っていった。

斑鳩《いかるが》の仏像

一大事

正創院は奈良県斑鳩の里の、古いお寺である。このお寺は、古代日本の数々の美術品をもっていることで有名だった。ペルシャから伝わった琵琶がある、インドから渡来した琴がある、中国のつぼがある、どれも国宝なのだ。

だが、それらの宝物をみることはなかなか困難であった。なぜなら、正創院が年に一回虫干しをする日以外は、決して一般のひとに見せることをしなかったからである。好運にも、その日にゆき当たったわずかな旅人だけが、その美術品を鑑賞することができるのだった。

東京日本橋の東京デパートでは、この宝物の展覧会をひらいて、東京の人びとに正創院の古代美術品をみせようという計画をたてた。そして昨年の夏ごろから、正創院のお坊さんと十何回も交渉をして、やっとのことで展覧会に出品させることを承諾させたのである。

会期は二月下旬から三月上旬にかけての二週間ということになった。ところが、いざふたを開いてみると、これが大評判となり、学生やサラリーマンや奥さんたちが、それをひと目でも見ようとして、ぞくぞくと会場へおしかけてきた。

見物にきたお客さんのうちの半数のひとは、帰りがけにデパートで買い物をしてくれる。だからこの計画は大成功であり、デパート側は大よろこびであった。そして二週間目の、いよいよきょうかぎりという日になって、デパートのにこにこ顔を泣き顔にかえてしまうような大事件が発生したのであった。

デパートの開店は九時である。しかし店員はそれよりも一時間前に出勤して、いろいろの準備をしなくてはならない。展覧会のかかりの人たちは、エレベーターで会場の八階に上がると、まず大型金庫の扉をあけて、ひと晩じゅうしまっておいた品物をとりだし、定められた陳列場所にならべるのだ。

「山本君、その花瓶はうしろ向きじゃないか。きみの目玉はふし穴かね?」

「はい」

「石田君、陳列ガラスがくもっているぞ。みがき方をなまけていてはいかんぞ」

岡主任はそう言って、ひとつひとつ注意をあたえて歩く。彼はもと陸軍の軍人で、いまだに頭を丸ぼうずにしている。そして軍人時代にいばりちらしていたように、このデパートの主任になったのちも、わかい店員たちをガミガミとしかりつけてばかりいた。

小さな品物は金庫に入れることになっているが、大聖歓喜天《だいしょうかんぎてん》だけは大きすぎて、金庫に入れることはできなかった。一千年前にチベットでつくられたこの仏像は、高さが八〇センチ、重さが三〇キログラムもあり、胎内にはタバコぐらいの太さの経文が五巻と、キャラの香木がおさめられていて、時価一千万円と称されるみごとなものであった。この像は八階の倉庫にしまうことになっている。毎朝岡主任がそれを倉庫からとりだし、みんなで会場まではこんできて、陳列ケースの中におさめるのがしきたりだった。

「おい守衛、カギを持ってきただろうね」

制帽をかぶった守衛が、ズボンのバンドからカギたばをはずして、主任にみせた。八階の倉庫のカギは、つねにこの守衛が厳重に保管しているのだ。そして、守衛以外のものは、たといそれが社長であっても、扉をあけることは許されていない。

主任を先頭に、守衛と三人の店員は、会場のうしろの従業員通用口をくぐって、倉庫の前に立った。それは灰色のぶあつい壁の建物で、入口には、鋼鉄のじょうぶな扉がついている。

守衛が五つのカギを使って扉をあけると、主任が中にはいる。するとふたたび扉をとじて、守衛と店員たちは、油断のない目であたりを警戒するのであった。開店前のデパートの内部は、妙にひっそりとしていた。

と、中からひどくあわてたようすで、主任が出てきた。目をまるく見開いて、はげしくあえいでいる。

「どうなさったんですか、主任！」

「た、た、たいへんだ。ぶ、仏像がなくなっている。警察に、で、電話してくれッ！」

そう言うなり、へたへたとすわりこんでしまった。

へんな男

浅草の田原町《たわらまち》に、白山堂というこっとう店がある。店先には、歌麿や広重のふるぼけた版画だとか、良寛の書

だとか、鎌倉時代のよろいだとか、何百年もむかしの品物がどっさり並べられている。だから白山堂の中には、いつもカビくさいにおいがただよっていた。

それは、東京デパートで大聖歓喜天の紛失が発見された日の、夜のことであった。ひとりのやせた男がふろしきづつみをかかえて、ふらりとはいってきた。鳥打ち帽子をかぶり、黒めがねをかけて、どうも人相がよくない。

「いらっしゃい」

おばさんが、火鉢から立ち上がった。

「これを買ってもらいたいんだ」

男が台の上でふろしきをほどくと、中から金色さん然とした一体の仏像がでてきた。像は両手をたかく上げ、何者かをしったげきれいしているかのように、勇ましい姿だった。

「めずらしい仏像ですね」

「そうさ。いまから一千年前にチベットでつくられた、世界にひとつしかないしろものだ。どうだい、百万円で買わねえか」

百万円という大金を、あまりにもあっさりと口にするものだから、おばさんはあきれて客の顔をみた。

「お客さん、じょうだんでしょう。どう見ても、せいぜい五千円ぐらいですよ」

すると男は、あわれむような調子で答えた。

「そうかい、それじゃしかたがねえや。だがね、この仏像はある中国人の貿易商から売ってくれとたのまれたんだけどよ、ざっとみて、一千万円のしろものなんだぜ。そいつを百万円で売ろうというんだ。あとでじだんだふんでも、おれは知らねえよ」

「ちょ、ちょっと待ってくださいよ」

おばさんはあわてた。男の話がほんとだとするならば、さしひき九百万円のボロいもうけになるのである。

「おばさん、あばよ」

男は、おばさんのあわてた顔をみて、せせら笑いをうかべると、ふろしきづつみをかかえ、うしろもみずに出ていった。おばさんは、がっかりした顔になり、ぼんやり腰をおろした。

「おかみさん……、おかみさんよ」

店の片すみで声がした。おばさんは少しも気がつかなかったが、いつの間にか、顔見知りの刑事が店にはいっていた。

「あら、だんなでしたか」

「うん。いまの男、へんなやつだったな」

刑事はマスクをはずした。するどい顔だ。

「なんでも、大聖歓喜天とかいう、八〇センチばかりの、金色の仏像をもってきたんです」

「え？　私はそのことを知らせにやってきたんだ。こりゃぐずぐずしちゃおれん、ごめんよッ」

そう言いのこすなり、刑事はあたふたと男のあとを追ってとび出していった。おばさんはわけがわからずに、ぽかんと見送っていた。

夜の訪問者

そのころ、鳥羽ひろし君は自分の勉強部屋で、ひとりの女子中学生と向かい合っていた。原和子というこの少女は、鳥羽君とおなじ中学校の三年生だが、クラスがちがうから、いままで口をきいたこともない。その和子が、だしぬけに訪ねてきたのである。

「勉強しているところをおじゃまして、ごめんなさいね」

と和子が言った。やさしい目だ。

「そんなこと、いいですよ。で、どんなご用なのですか」

和子はあかい唇をなめた。

「東京デパートの倉庫の中から、大聖歓喜天がぬすまれたという話、きいたでしょう？」

「ええ、テレビのニュースで見ましたよ」

ひろし君は答えた。

あの倉庫には窓もなにもないから、入口の扉をあけないかぎり、中にはいることはできないのである。しかもその扉は、五つのカギがかけてあるから、賊がしのびこむことは絶対に不可能であった。となると、犯人はカギをもっている人物、すなわちあの守衛以外にない。かくして、守衛はすでに逮捕されていたのである。自分はなにも知らないと否認しつづけたままに……。

「あたしの父は、東京デパートの守衛なんです。夜出勤して、ひと晩じゅうデパートの中を巡回するのが仕事でした。帰ってくるのはあくる朝の十時ごろなんです、いつも……」

鳥羽君は思わず顔をみた。逮捕されたのは、この和子のおとうさんなのだろうか。

「あたしは一日も早く高校を卒業して、銀行につとめて父に楽をさせたいと思っていたんで……。その父が、仏像をぬすんだ犯人にされて、逮捕されてしまいました……」

ことばがとぎれた。泣きだしたくなるのを、必死でがまんしているのだろう、ひざにのせた両手がこまかくふるえている。

「……父は決してそんな悪事をする人ではありませんわ。お願い、鳥羽さんの推理で、事件の秘密をといていただきたいのです」

鳥羽君は、なおもいろいろと話をきいてみた。きけばきくほど、和子の父は人格もりっぱで、潔白だという印象が濃くなってくる。そして、この嫌疑がはれないかぎり、和子は犯罪者の娘だと思いこまれ、銀行の入社試験におとされてしまうことは明らかであった。

「安心してください、ぼくが犯人をつきとめてあげます。心配はいりません」

鳥羽君は、おさげ髪の少女が気の毒になって、そうちからづよく答えた。

だが、あの厳重にカギのかかった倉庫の中から、犯人はどうやって仏像をぬすみだすことができたのだろうか。その難問を考えると、ひろし君の顔も、暗くかげってしまうのであった。

黒い水

大聖歓喜天をかかえた怪しい男が、深川のアパートの一室へはいったという刑事の報告をうけた島警部は、すぐさまそれをデパートに知らせてやるとともに、自分は車にのって出発した。刑事が三台の車をつらねてあとにつづく。それを知った新聞社の車が、ぞろぞろと追いかける。

途中から、知らせをうけたデパートの店員たちも仲間に加わった。北風のピューピューと吹きつける夜の大通りを、十数台の車はうなりをあげてつっ走った。

「ありがたい。仏像がぶじでもどってくれれば、ぼくらは責任を追及されずにすむからな」

「だが、あの守衛はけしからん男だったな。あいつは仏像をぬすみだすのが役目、白山堂にあらわれた男は売るのが役目だったんだ」

店員たちは、がぜん元気がでたように語り合っていた。

三十分のちに、深川の古い木造アパートは、刑事や新聞記者たちでぐるっととりまかれていた。窓々に、明るい電灯がついている。

「あいつ、まだ気づいちゃおらんかね?」

ダルマみたいな顔に目をかがやかせて、島警部ははりきっている。質問をうけたのは、白山堂から男の尾行をつづけてきた、あのマスクの刑事だった。

「ええ、さきほどねまき姿で電話をかけていましたが、いまは部屋にいます」

風がつめたい。どこかの部屋でラジオが鳴っている。電灯をけし、寝る人もあった。

ふと、入口にわかい女の姿があらわれた。赤いネッカチーフで頭をくるみ、グリーンのオーバーをきて、ローヒールの靴をはいている。だいているのは赤ん坊らしい。女はすたすたと門を出ていったが、刑事のそばをとおりすぎて一〇メートルほどはなれたとき、つめたい空気をすったせいか、思わず大きなクシャミをした。それが、とんでもないドラ声だったから、刑事がおどろいた。

「きみ、待ちたまえ」

「うるせいやいッ!」

女は、いや、男はそうどなり返すと、一目散でにげだした。あの男が変装していたのだ。手にかかえているのは赤ん坊ではない。金色にかがやく仏像であった。

それっとばかり、刑事が追いかける。

「おい、はさみ討ちにしろッ!」

警部がどなる。大通りを走っていた男は、くるっと横にまがり、小学校にかけこんだ。

「あっちだ、校庭だ。逃がすな！」

刑事が叫び、記者がわめく。半月の夜だから校庭は暗い。へたをすると見逃しそうだ。

と、刑事たちのキョロキョロしている耳に、いきなりバシャーンという水音がきこえた。

「おい、プールじゃないか」

人びとは校庭のすみにあるプールへと殺到した。

黒々とした水が波紋をえがき、暗い月がキラキラとかげをおとしている。そのまん中に、男が手足をばたつかせていた。片手にもった金色の像がぴかりとかがやく。

「逃げたってむだだぞ、上がってこいッ！」

男はなにかひと声叫んだかと思うと、ブクブクともぐって、それきり浮んでこなかった。泳ぎを知らなかったのだ。

彼の死体はまもなく発見された。だが、どうしたことだろうか、あの大聖歓喜天だけは、プールの底をさらったにもかかわらず、見つからないのである。

カギのかかった扉をぬけだした仏像は、ここでもまた、ふしぎな妖術をつかって消えてしまったのであった。

鳥羽君の要求

「ひろし君、こちらは正創院の覚然《かくねん》さん。このかたは東京デパートの社長をしている春川さんだ。みなさんこの少年がわたしの友人の鳥羽ひろし君です」

鳥羽君が電話でよびだされて、警視庁の島警部のへやにはいってくると、警部はダルマみたいな顔をほころばせ、いくぶんほこらし気に少年探偵を紹介した。

「事件のナゾは、この鳥羽君がきっと解いてくれますよ」

警部が言った。坊さんはめがねのレンズの中から、つめたい目でひろし君をジロリとみて、かるくうなずいたきりである。春川社長はにがにがしい顔をして、かすかに頭をさげた。ふたりとも、鳥羽君の推理の才能を、完全に無視しているのだった。

しかし鳥羽君は、そんなことは少しも気にしない。島警部のすすめてくれたイスに、しずかに腰をかけた。そして、コップにさされた一輪のチューリップの赤い花を、じっと見つめていた。

「わざわざ来てもらってすまなかったね。じつは、きみも知っているだろうが、深川のプールの底にしずんだ国宝の大聖歓喜天が、まるで忍術でもつかったみたいに姿をけしてしまったんだ。もし仏像がもどってこないとなると、たいへんな問題がおきる。正創院のこのお坊さんと、東京デパートの社長の大きな責任問題になるんだよ」

坊さんも、社長も、いらいらしたようすでタバコをのんでいる。ふたりとも目が赤いのは、心配のあまり、昨夜はねむれなかったせいだろう。

「プールの水はどうやってほしたのですか」

「消防車にきてもらった。ホースで一滴ものこらずくみだしてしまったんだ。そしてわたしがプールの底におりてみた。ところが仏像はどこにもない。高さが八〇センチもある大きなものだからね、見のがすわけがないのだよ」

いまでもあのときのことを思うと、警部はふしぎでたまらないのだ。

「どうかね、鳥羽君。いい推理がうかんだら、電話をかけてくれないか」

ひろし君はすぐ返事をしないで、ふたりの男のほうを見た。坊さんも、社長もこんな中学生に事件やナゾがわかってたまるものか、と言いたそうな顔をして、むっつりしている。

おかっぱ頭の鳥羽君は、色の白いほおに微笑をうかべて、警部をみた。

「わかりました。協力します」

「ありがとう。きみの電話をたのしみに待っているよ」

警部がやさしく言った。

「電話なんかかける必要はありませんよ。ぼくはもうナゾを解いているんですから」

「えッ」

警部がびっくりして、腰をうかした。あとのふたりは、ちらっと鳥羽君をみただけである。

「は、早くおしえてくれ。プールの仏像はどうやって消えたのかね。そして、あの仏像はいまどこにあるんだね?」

「それを説明する前にお願いがあるんです。守衛の原さんを釈放して上げてください」

ひろし君はきっぱりと言うと、警部と春川社長の顔をじっとみた。

鳥羽君の条件

「な、なんだって? そ、そんなことはできないよ。原はこの事件の主犯なんだ。あいつのおかげで、わが東京デパートの信用はガタ落ちになってしまった。わしはあいつを……わしはあの男を、釜ゆでにしてやりたい」

社長は赤くなってこうふんした。ひげがブルブルふるえている。その春川氏をなだめるようにして、警部はひろし君をみた。

「なるほど、鳥羽君はあの男が犯人ではないと言うんだね?」

「ええ。原さんはぜったいに潔白ですよ」

「ほほう、その根拠はなにかね?」

「それは、真犯人がほかにいるからです。その男が大聖歓喜天をぬすんだのです」

ひろし君が自信たっぷりに断言すると、春川社長はまたひげをふるわせた。

「ば、ばかなこと言ってはいかんよ。倉庫のカギをもっていたのは原ですぞ。原以外の人間には、あの扉をあけることはできんのだ」

「ちがいます。原さんはりっぱなひとです」

鳥羽君と社長の意見はまっこうから対立してしまった。鳥羽君がゆとりのある微笑をうかべているのに反して、春川社長はぷりぷりおこっている。

「ではきこう。犯人はだれだ?」

「それはあとでわかります。それよりも、春川さんにもう一つお願いがあるのです」

社長は不快そうに鼻の穴をひろげた。

「なにかね?」

「あんな事件がおこった以上、主任の岡さんにも責任があるはずです。そのばつとして、岡さんを大阪支店へ転勤させてください」

「き、きみは何を言うのかね？　会社の人事にきみがくちばしを入れる必要はないよ。岡は仕事熱心な、わしのかわいい部下だ。そんなことはできん。ことわるよ」

おこったように、社長は大声をだした。

「そうですか。それではしかたがありません。しかしですね、この事件を解決するためには岡さんを大阪に転任させることが、ぜひ必要なのです。それもいますぐ命令をだして、明朝の急行で出発させなければなりません」

社長は寝不足の赤い目をひろげた。岡主任を大阪へ転勤させることが、なぜ事件の解決と関係があるのだろうか。

「春川さん。ひとつこの少年の言うことをきいてみてはどうですか。この少年のすんだひとみを見てみなさい。自信にみちあふれている」

思いがけなく坊さんが鳥羽君の味方をしてくれたので社長もようやくその気になった。

「よろしい。きみがなぜ岡を大阪へ転任させると言うのかわからないが、とにかくそうしよう。警部さん。電話をかしてください」

春川はそう言うと、電話でデパートの岡主任をよびだし、転任を命じたのである。

鳥羽君の勝利

「鳥羽君、これが八階の倉庫です。事件のあったあと、だれもはいったものがいないということは、前に話したとおりです」

店員通用口をとおり、鳥羽君を倉庫の前に案内しながら、社長が説明した。

すれちがう店員たちは、社長や、見おぼえのある島警部や、それからひと目みて正創院の坊さんだと見当のつく覚然さんにはていねいにおじぎをするけれど、半ズボンをはき、ハンチングをかぶった鳥羽君に対しては、いったいこの少年はなにものだろうかというふうにふしぎそうな顔をするのであった。

「いま、岡君が倉庫の中を、ひさしぶりに整理しているんです。立つ鳥あとをにごさずといいますからね」

社長がそう言っているときに、重そうな倉庫のドアがあいて、中から岡主任がでてきた。運搬車に、紙くずやボロのつまった、きたないセメントだるをのせている。

「あ、岡さん。ぼくが鳥羽ひろしです」

　すると岡主任は車をとめて、坊主頭をくるりと鳥羽君にむけ、いやな目つきでジロリとみた。

「ふん、きみがおせっかいの鳥羽君か。きみのおかげで、わたしは大阪へ行くことになったよ。お礼を言うぜ」

　皮肉をこめた、いや味たっぷりな調子だ。

「大阪はたべ物が安くておいしいところですよ。うんとたべて、うんと肥ることですね」

「大きなおせわだ。くい物なんてどうでもいい。わしは東京をはなれるのがいやなんだ」

　岡はとがった目になり、かみつくようにどなった。

「それほど東京が好きならば、大阪へ転勤するのは、とり止めにしてもらったらいいでしょう。社長さん、そうしてください」

　鳥羽君があっさり言ったものだから、春川社長はぽかんとしている。事件のナゾを解くためには、ぜひとも岡主任を大阪へやらなくてはならぬと主張し、そしていまは、大阪へ転任させる必要はないと言うのである。鳥羽君は、そもそも何を考えているのだろうか。

　その疑問をいだかされたのは、社長ばかりではない。坊さんも警部も、当の岡主任もあっけにとられて鳥羽君をみている。

「岡さん、転勤する前に、倉庫の中をそうじしていく心掛けは、えらいものですね。ところで、そのたるの中味はなんですか」

「ごみですよ。このたるはごみ箱のかわりに倉庫の中においてあったんです。紙くずやボロくずがいっぱいはいっていますよ」

　岡主任はおだやかな目にもどり、ことばづかいもていねいになった。そしてたるの中から、パッキングのくずをつかみ出して見せた。

「岡さん、ぼくはたるの中味にとても興味があるんです。見せてくださいよ」

「いけません。手がよごれます。地下室におりて、ボイラーのたき口になげこんで、もやしてしまうのです」

　岡主任は、エレベーターのほうへ歩きだした。だが、鳥羽君は早くもたるにとびついて、中に片手をさしこんでいたのである。

「邪魔だ、どきなさい」

　主任はふたたびこわい目にかわり、しかりつけるように叫んだ。ひろし君はそれを無視して、手あたりしだいにボロくずをとりだして床になげすてていたが、やがて勝ちほこったように、高らかに言った。

「あった！　覚然さん、春川さん、あなた方がさがしていた仏像は、ここにあります！」

鳥羽君の説明

　そのあくる晩のことだった。春川社長は事件の関係者を銀座の中華料理店にまねいて、ごちそうをしてくれた。それは事件が解決しぶじに大聖歓喜天がもどったお祝いであると同時に、原守衛と和子に対するおわびの意味でもあった。

　原守衛はつらい夜のつとめから、楽なひるのつとめになり、しかも月給を二倍に上げてもらって、にこにこしている。和子もうれしそうだった。

　おいしい中華料理をたべながら、ひろし君は事件の推理を、こう語った。

「あの仏像が紛失したとき、まず犯人だとみなされるのは、カギをもっている原さんです。しかしよく考えてみると、もうひとり、怪しい人間がでてくるのです」

　鳥羽君はゆっくり水をのみ話をつづけた。

「それが岡主任です。倉庫にはいったのはあの人ひとりですし、そのチャンスを利用して仏像をどこかにかくしておいて、さもそれが盗まれたようにお芝居をすればいいわけですからね」

「だが、その重大な犯人を、なぜ大阪へ転勤させようなんて言ったのかね。みすみす犯人を逃がしてやるようなものじゃないか」

警部が、肉をたべながら質問をした。

「あれは作戦です。岡主任はつぎの日の朝大阪へ出発しなくてはなりません。ですから出発する前に、なんとか口実をもうけて、倉庫の中にかくしてある仏像をもちだすにちがいありません。ぼくはそれをねらったんです」

「鳥羽君、わたしにはどうもわからないんだが、プールの底にしずんだ仏像が、いつのまに倉庫の中にもどっていったのでしょうか」

坊さんが、キツネにつままれたような顔つきでたずねた。

「あそこが岡主任のうまいところです。あの共犯のわかものが、わざと大聖歓喜天をもって古道具屋をたずねたりしたものですから、ぼくらはそれに目がくらんでしまって、ほんものの仏像がまだ八階の倉庫の中にかくしてあるとは、夢にも思わなかったんです」

「あら、それじゃ古道具屋にみせにきた仏像は、ニセモノなの？」

「そう、あれは泥でこしらえたニセモノです。泥の上に金の粉をぬって、ほんものみたいに見せかけたのですよ」

「わかりました。だからプールの中でとけてしまったんだ」

「水をほしても、発見できないはずですよ」

坊さんと社長が顔を見合わせてわらった。

「あのわかものは、岡のむかしの部下の弟なのです。犯罪の片棒をかつがせたのはいいがたちのわるい男だから、あとでうるさいことを言われるとこまる。あとくされのないよう殺してやろうと考えたわけです。彼が金づちであることも知っていたのです」

「まあ」

「そこで、人に見られるとまずいからプールの底で会おう、仏像とひきかえに四百万円わたしてやるぜと、うそをついておびきだしたんです。夜だから、プールに水がはいっていることなんかわからない。わかものはプールにとびおりてあぷあぷとおぼれ死んでしまう。そういう計画でした。岡はそのころデパートの会議室でみなさんと会議をしています。だからあの男が犯人であるとは、だれにもわからない。りっぱなアリバイがあるわけだから」

だれもが、岡のわるがしこいのにあきれて黙りこんで

しまった。おなかがいっぱいになると、鳥羽君と和子さんは席を立って、ならんで窓から外をながめた。夜の銀座通りは、五色のネオンの洪水であった。

「鳥羽さん、お礼を申し上げますわ。おかげさまで……」

和子さんは感謝の思いをこめて、鳥羽君のあたたかい手をそっとにぎった。

悪魔の手

いやな手紙

挿絵・石原豪人

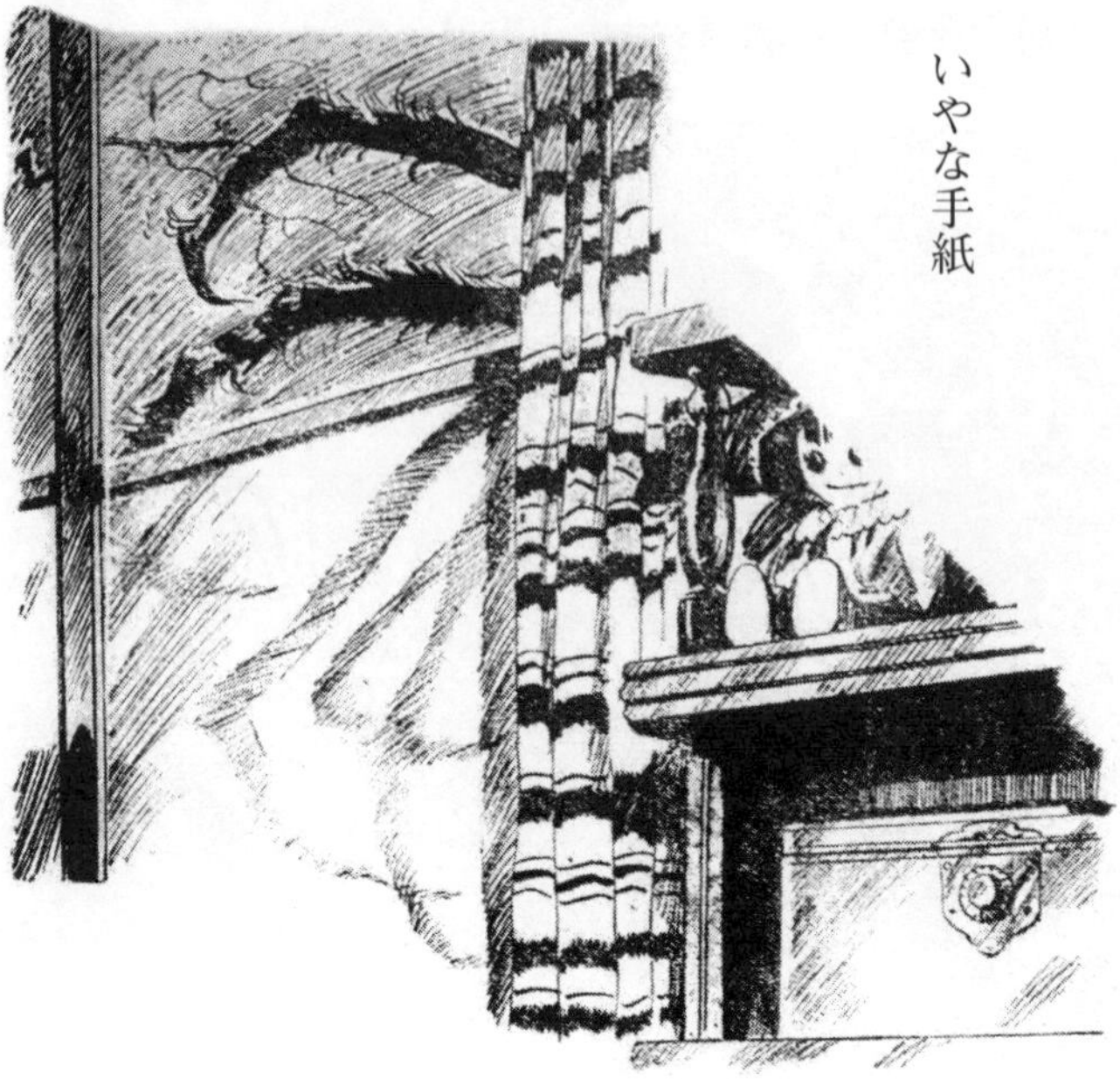

〝今夜一時に、金百万円也ちょうだいいたします〟

ぶきみな手紙である。そして、レター・ペーパーの上には、まっ黒いモジャモジャと毛のはえた、てのひらみたいなマークが、ペタリとおしてある。

「まあ、おそろしい。どうしようかしら……」

手紙をうけとった人は、女流ピアニストとして、ゆうめいな原田良子《よしこ》。まっ青な顔になって、ブルブルふるえていたが、

「ああ、いいことがあるわ。名探偵の藤巻さんに、おねがいしてみよう」

と、いって、電話のダイヤルをまわした。

「もしもし、藤巻さんをおねがいします。わたくし、ピアニストの原田良子です」

「お気のどくですが、藤巻探偵と、助手のアキラくんは、大阪へ出張しています」

「あら……」

良子はがっかりして、おもわず受話器を、コトンとおとしてしまったのである。

さて、その夜のこと——

ボーン……どこかで、柱時計がなった。夜中の一時である。良子は、しんぱいのあまり、すこしもねむれなかった。するとそのとき、電灯を消した部屋の中で、サッ、

サササッという、あやしい音が聞こえてくるのだ。なんだろう、あの音は？　そうかんがえて、まくらもとのスタンドに手をのばしたとき、良子はおもわず、「あっ」と、さけびそうになった。

寝室のすりガラスの窓に、月光をあびた黒い影が、うつっているではないか。それは、ちょうど人間の手のひらのような形をして、全体にモジャモジャと毛がはえている。その悪魔の手のような怪物が、指をギクギクとまげてガラス窓の上をなでている。サッ、ササッというのは、その音なのであった。

ふしぎな化け物を見ているうちに、良子はガタガタとふるえはじめ、やがて、バッタリと、気絶してしまった。そして、よく朝気がついたときには、金庫のお金がすっかりぬすまれていたのである。

童謡のおばさん

「ふしぎな事件ですなあ」

良子の話を聞いて、藤巻探偵とアキラ少年は、おもわず顔を見あわせた。

二人は今朝の急行で、大阪から帰ってきたのであった。

「もっと、おかしなことがありますわ」
「何ですか、それは?」
「夜が明けて、正気にかえったときにジャスミンのにおいが、プンプンしていましたの。とても、つよいにおいでしたわ」
ジャスミンというのは、菫《すみれ》の香水である。

「ふーむ。毛むくじゃらの手とジャスミンの香り……どうも、ふしぎだ」

さすがの藤巻名探偵も、しきりに首をひねっていた。

ところが、怪物悪魔の手は、つづいて童謡の先生、安田テル子をねらったのである。童謡のおばさん安田テル子のことは、読者のみなさんも、ラジオでよく聞いているることだろう。その日の朝、安田テル子は、放送局で童謡をうたって、家にかえってくると、郵便配達の人が、赤い封筒をとどけてくれた。

「あら、ありがとう」

と、いって、手紙を読んでいるうちに、童謡のおばさんは青い顔になって、ブルブルふるえはじめた。

〝今夜三時に、真珠の首かざりをちょうだいいたします〟

そして、黒い悪魔の手のような紋章が、ベッタリとおしてある。

「だれかの、いたずらなんだわ。こんなこと本気にしたら、あとでみんなにわらわれるにちがいないわ……」

そうおもいなおしてテル子は、じぶんでじぶんに元気をつけた。

その夜のこと——童謡のおばさんはしんぱいのあまり、やはりねむることができなかった。時計が一時をうったことも、二時をうったことも、ちゃんと聞いていた。そして、やがて午前三時が近づいてきたのである。

すると、たたみの上をそっとこするような、カサカサ、カサ……という音が、どこからともなく聞こえてくる。

何だろう？　あれは？

そうおもって、電灯をつけたとたんに、まっ黒い毛むくじゃらな怪物が、ヒョイと顔にとびかかった。

「キャーッ、助けてーっ」

童謡のおばさんはびっくりして、大声をあげた。すると、その化け物は、おばさんののどをチクリとさし、おばさんはたちまち気が遠くなって、たおれてしまった。

「おねえさま、どうなすったの？　おねえさまあ……」

いもうとのサチ子が、かけつけて、ねえさんのからだをゆすぶったが、童謡のおばさんは、もう口がきけなかった。

「テ……テ……」

「テがどうしたの、おねえさま」

「悪魔の手よ、悪魔の手……」

安田テル子は、それだけいうと、ガックリと気絶してしまった。

いもうとのサチ子は、お医者を呼ぼうとして、受話器

をとりあげたが、たちまち、

「あっ！」

と、さけんだのであった。ねえさんが首からはずして、テーブルにのせておいた真珠の首かざりが、ぬすまれていたからだ。

ふしぎなにおい

「藤巻さん、大へんふしぎな盗賊が東京にあらわれましたぞ」

警視庁の佐々木警部は、こうふんしたように息をはずませている。

「こんどは、童謡のおばさんの安田テル子さんが、真珠の首かざりをぬすまれたんです」

「警部さん、それはいつのことですか」

「昨夜の三時ごろですよ」

「なるほど、ところで、なにか変なことはありませんでしたか」

「そうですなあ。われわれがかけつけたとき、ジャスミンのにおいが、プンプンとしましたよ」

「ふーむ、ジャスミンのにおい……そして悪魔の手……」

藤巻探偵は、じーっとかんがえこんでしまった。タバコの灰が、ポトリとズボンの上におちたが、それにも気づかぬくらいにむちゅうになってかんがえている。

やがて、一時間ばかりすぎたころ、にわかに藤巻探偵は目をあけると、立ちあがって一冊の本をしらべた。

「ふーむ、そうだ。やっぱりそうだ……」

ひとりごとをいっていたが、警部の顔を見て、にっこりとわらうと、

「だいたい、けんとうはついたつもりです。こんど赤い封筒が配達されたら、犯人をつかまえてやります」

探偵は、自信のあるようにいった。

それから一週間目、むし暑い日だった。

「藤巻さん、藤巻さん、とうとう手紙がきましたぜ」

といって、警部はおでこの汗をふいた。

「どこに配達されたのです？」

「こんどは女流画家で、花山花子さんという人ですよ。これが、その手紙です」

佐々木警部は、ポケットから赤い封筒をだした。手紙をひろげてみると、

〝今夜二時に、ダイヤの指輪をちょうだいいたします〟

と、かいてあり、横にぶきみなスタンプが、黒々とお

してある。

「よし、今夜こそつかまえてやるぞ」

藤巻探偵は、キッパリと断言した。

冒険ずきのアキラくんは、腕がむずむずしてたまらない。悪魔の手といわれる怪物の正体を、じぶんでたしかめてみたいのだ。

「藤巻先生、ぼくにやらせてください」

「きみが？　あぶないぞ」

「大じょうぶです。先生や警部さんがいらっしゃると、盗賊が気づいて逃げてしまいます。ぼくはまだ子どもですから、むこうもゆだんするに、ちがいありません」

アキラ少年は、ねつしんにたのんだ。すると、横から警部が、

「そうだ。アキラくんのいうとおりだ。われわれは遠くで警戒しているほうがいい。そして、いざというばあいには、すぐにかけつけてあげよう」

と、いってくれた。

「よし、アキラくんが希望するならやってみたまえ。もし危険なことができたらば、この笛をふくんだな」

藤巻探偵は、ピカピカと光るホイッスルをくれた。

花山花子の家は、郊外のさびしい森のそばに、一軒ポツリとたっている。日がくれると、ホー、ホー……と、ふくろうの声が聞こえて、なんだか心ぼそくなるのだった。

夕方、その家をたずねると、花山さんが出てきた。

「あら、あなたが探偵さん？」

花山さんは、アキラくんがまだ子どもだから、びっくりしている。

「今夜は、ぼくがおばさんのかわりに、寝室でねることにします。おばさんは、どこか、あんぜんな部屋にいてください」

アキラくんはそういって、花山さんの部屋にねた。しかし、ねむってしまうといけないので、魔法ビンのコーヒーをのんで、目をさましている。

ホー、ホー、ホー……。ふくろうが、しきりになく。やがて、ボーン、ボーンと、二時をうつ時計の音……。

アキラくんは、キッときんちょうした顔になって、木刀をにぎったまま、スウスウと、ねむったふりをしている。

ツ、ツツツ、ツー。どこかで、かすかな音がする。と、天じょうからバサリととびおりたようすがした。いよいよ怪物がやってきたのだ。毛むくじゃらな、悪魔の手の正体は、なんであろうか？

アキラくんは、左手の懐中電灯をパッとてらした。

怪物の正体

「あっ！」

アキラくんは、おもわずさけんだのである。部屋のすみに、黒い野球のグローブほどもある大グモが、みどり色の目玉を光らせて、ジーッとアキラくんの、すきをねらっているではないか。

毛がモジャモジャとはえた八本の足で、サッ、サッとたたみをこすりながら、じわりじわりと近づいてくる。ちょっと見るとその怪物のかっこうが、人間の手によく似ているのだ。

あまりにぶきみな形なのでアキラくんは呼吸することもわすれたように、目をまるくして、大グモを見つめていた。サッ、ササッ……と、クモは近よってくる。目玉がサファイアのように、ピカピカとかがやいている。それが、アキラくんの顔をギロリとにらみつけているのだ。

大グモは、ピタッととまると、いまにもとびつこうとするかのように、足の関節をグイとまげて、ねらいをさだめた。アキラくんは、そーっと木刀をひきよせた。

すると、そのとき、懐中電灯のあかりがチラチラッとまたたいたかとおもうと、スーッと、消えてしまったのである。しまった、電池がきれたのだ。部屋の中は、たちまちまっくらになった。だが、大グモには嗅覚（においをかぐ感覚）があるから、くらくても平気なはずだ。ガサッと、たたみをける音が聞こえたとおもうと、アキラくんの顔に、パッととびついた。

「あっ、ちくしょう！」

アキラくんは、むちゅうで大グモをはらいのけた。だが、そのときすでに大ぐもは、アキラくんののどに、チクリと毒液を注射していたのである。ホイッスルを吹く時間もないほどの、あっというまの出来ごとであった。

アキラくんは、たちまち気が遠くなり、やがてバッタリと気絶してしまった。どこかで、プーンと香水のにおいがしたことを、アキラくんは、夢のように、かすかに感じていた。

怪賊つかまる

プーンというジャスミンのにおいをかぐと、大グモはそのかおりにさそわれて、ふたたび部屋のそとにでていった。

……それから二、三分すると、のっそり入ってきたのが黒マスクの怪人である。アキラくんが気絶しているのをみると、フフンとわらって、机のひきだしからダイヤの指輪をとりだした。

「フフフフ、これはおれさまがもらっていくぞ。フフフ……」

きみのわるい声でいうと、スーッと窓から庭へでていった。

「フフフ……うまくやったぞ。明日の晩は、松平元伯爵の、仏像をぬすんでやろう。ウフフフ……」

賊はマスクの下で、うれしそうな笑い声をだした。だが人間は、とくいになっているときは、ゆだんをしやすいものだ。怪人も、すっかりとくいになっていたものだから、ヤツデのかげに佐々木警部がかくれていたことに、すこしも気がつかなかった。

とたんに、ヤーッというするどい気合！

あっとおもったときには、賊は大地の上に投げとばされていた。

「アチチチ、痛い、はなせっ！」

「神妙にしろ！」

カチリという音とともに、賊の手には手じょうがはめられた。賊は、くやしそうな顔をして、ウームとうなっている。

そのころ、藤巻探偵は部屋の中に入って、アキラくんをだいて出てきた。

「藤巻さん、藤巻さん。アキラくんはどうしましたか」

「大じょうぶ。毒グモにさされたらしいが五時間ばかりたつと目がさめます。しんぱいはいらない」

と藤巻探偵は答えた。

やがて、探偵たちは賊をつれて自動車にのった。うしろの荷物入れには大きな木の箱がのせてある。その中には、毒グモが入っているのだ。

「ぼくは本でしらべたのですがね。イタリヤのタラント地方に、毒グモがたくさんいるのです。その毒グモの中には、ジャスミンのすきなやつがいます」

「この賊は、そのクモを利用したのですね」

「そう、毒グモが家の中の人間をさして、気絶させたころに、香水をつけた脱脂綿を箱の中にいれるのです。すると、クモはそれにさそわれて箱の中にもどってくる」

「そのあとで、じぶんがしのびこんで、ゆうゆうとぬすんでくるわけですな。いや、藤巻さんのおかげで、怪賊をつかまえましたよ」

と、警部がいった。すると、藤巻探偵はひざの上に、グッタリと気絶しているアキラくんの顔を見ながら、

「いいえ、この勇かんなアキラくんのてがらですよ」

と、こたえたのであった。

片目の道化師

挿絵・石原豪人

月夜の庭

夜の勉強をすませると、一郎とヨシ子は、バルコニーに出て、深呼吸をするのだった。夜空には、まるい月がのぼり、うつくしい星がチカチカとまたたいている。その星をながめながら、つめたい空気を胸いっぱいに吸うと、とても気もちがいい。

「しずかな夜だなあ」

一郎がつぶやいた。

「ほんとにしずかな晩だわね」

「ほら、見てごらん。あれが北斗七星だ。あそこにあるのが小熊座だよ」一郎は、妹に星座の名まえをおしえてやった。

「ねえ、おにいさん。病院の窓から、おかあさんも、お星さまを見ているかもしれないわね」

「うん、そうだね。おかあさんが入院して、もう一年たってしまったね」

「でも、あと三カ月すると、元気になって退院できるのよ。ヨシ子、うれしいわ」

「ぼくもうれしいさ。そのときはおとうさんと三人で、むかえにいこうね」

「ええ、おみやげをもってね」

ヨシ子は、声をはずませて答えた。

二人のおかあさんは、からだをこわして、長野県の病院にいる。東京から遠くはなれているので、見舞いにいくこともできないのだった。

おかあさんが入院してしまうと、家の中はとてもさびしくなった。ヨシ子はまだ小学校の四年生だから、夜中におかあさんの夢を見て、シクシク泣いていることもある。しかし、あと三カ月たつと、やさしいおかあさんが帰ってくるのだ。

二人は、バルコニーの上で、いろいろたのしい計画をたてた。

「あたし、おかあさんが帰ってきたら、お人形を買ってもらうの」

ヨシ子がそういったとき、一郎はそっと妹の手をつついて、きき耳をたてた。

「しーっ」

「……どうしたの、おにいさん?」

「ほら、庭のおくのほうで、コソコソという音がしているだろう」

いわれて、ヨシ子は耳をすました。なるほど、木の枝がゆれるような、カサカサという音がきこえてくる。

「犬だわよ、きっと……」

「うん」

一郎は、そういっただけで、だまって音がきこえてくるほうを、じーっとながめていた。

すると――やがて、つばきの木のあいだから、白いものがフワリとあらわれた。

「あっ」

「こわい、おにいさん」

と、ヨシ子は一郎にかじりついた。

「こわいことがあるものか。下にはおとうさんもいるし、トンカチさんもいるんだ」

一郎は、妹をげんきづけた。

トンカチさんというのは、空手三段の書生である。大学で空手部のキャプテンをやっている人で、釘をうつときトンカチでたたくかわりに、エーッと気合をかけてげんこつでたたいてしまう。だからトンカチさんという名まえがつけられてしまったのだ。

白い怪物は、バルコニーに一郎とヨシ子がいることをしらないらしく、足音をしのばせて、そーっと近づいてくる。

「あら、人間だわ。白い服をきているわ」

「うん、頭は三角のトンガリぼうしをかぶっているね。へんなぼうしだぞ」

「まあ、だぶだぶの服をきているわ」

と、ヨシ子は、あきれたようにささやいた。

だぶだぶの白服に、トンガリぼうしをかぶったすがたは、サーカスで見たピエロによくにている。

「あいつ、ピエロだ。だが、ピエロがなぜ庭の中に入ってきたのだろう?」

一郎は、ふしぎそうにつぶやいた。

ピエロは、一歩、一歩とゆっくりあるいてくる。やがて書斎の窓の前に立つと、ガラスにピタリと顔をおしつけて、カーテンのすきまから、中をのぞきはじめた。

書斎の中では、おとうさんが本をよんでいるはずだ。だが、そとからピエロが見ていることには、すこしも気がつかないらしい。

「どうしましょう?」

と、バルコニーの上で、ヨシ子がいった。

「ひとの家の中をのぞくなんて、けしからん。トンカチさんにいいつけて、つかまえてやろう」

一郎くんはそういうと、妹をさそって、そっとバルコニーから、家の中に入った。

消えたピエロ

二人は、かいだんをおりて、ろうかのはしにあるトンカチさんのところにいった。

ドアをとんとんとたたくと、中からライオンがほえるような声で、「オー」という。これが、トンカチさんのへんじなのである。

「やあ、坊ちゃんに嬢ちゃんか。わしはいま、勉強をしとったところだ」

トンカチさんはそういうと、ひげづらのほっぺたについているよだれをふいた。

「うそばっかり、ねむってたんでしょう」

ヨシ子にいわれて、

「アハハハ、ばれたかな」

ごうけつわらいをして、頭をかいた。

「ねえ、トンカチさん。庭にへんなやつがいるんです」

「へんなやつ？　どろぼうか？」

「そうらしいのです。おとうさんの書斎を、そっと、のぞいているんです」

それをきくと、トンカチさんはのっそり立ちあがった。そして、野球のグローブみたいに大きな手で、げんこつをつくると、それをペロリとなめて、

「よーし。そいつがどろぼうなら、わしがふんづかまえてやるぞ」

と、いった。

「庭の、書斎の窓だね？」

「そうよ。ピエロの服をきているの」

三人は玄関から庭へでた。月の光にてらされて庭は昼のようにあかるい。ピエロは、まだガラスに顔をおしつけて、一生けんめいに、中のようすをうかがっている。

「きみたち、そこでまっていろよ」

そうささやいたとき、トンカチさんの下駄が木のえだをふみしめたため、ガサッと音がした。ピエロはぎょっとしたように、こちらをむくと、ニタリとぶきみにわらい、そのまま、身をひるがえして、にげだした。

「やい、まてっ。ピエロ！」

トンカチさんは、ラウド・スピーカーみたいに大きな

声でどなりながらおいかけた。ピエロの白い服が、庭の中を、ヒラリ、ヒラリとにげまわる。

「やい、おとなしく降参しろ」

トンカチさんは、なおもさけびながら、おいかける。

「なんだ、どうした？」

そういって、窓から、おとうさんが顔をだした。

「どうしたんです、坊ちゃん」

運転手の島川さんもかけつけた。

「なにっ、ピエロのどろぼう？　よし、島川、おいかけろっ」

おとうさんはそう命令すると、じぶんも玄関から下駄をはいてとびだした。手に、ふといステッキをもっている。

おとうさんや、運転手のすがたをみると、ピエロはあわててサクラの木の下をくぐりぬけ、うら庭のほうへ走りだした。家のうらのへいには、女中のお花さんや、酒屋や魚屋の小僧さんたちが出入りするための小さなうら木戸がある。ピエロは、そこからそとへ、にげだすつもりなのだ。

「にがすなっ」

「まてっ！」

三人は、口々にさけんで、あとをおった。ピエロのすがたは角をまがって、見えなくなった。おとうさんやトンカチさんも、息をはずませて、うら庭にまわった。

「うら木戸が、あいてるぞっ」

「とうとうにげたな」

「かまわん、おいかけろ！」

トンカチさんたちは、そうどなりながら、木戸をくぐって、うら通りへでた。

つづいて、島川運転手が木戸をくぐろうとすると、台所のドアがあいて、女中のお花さんが顔をだした。このさわぎに、びっくりしたとみえて、こうふんしている。

「島川さん、どうしたの？」

「どろぼうがにげたんだ。ピエロのどろぼうが……」

「まあ、何をとられたの？」

「そんなこと知らないよ。つかまえればわかるさ」

「ピストルか、ナイフをもっているかもしれないわよ。気をつけてね」

「だいじょうぶさ」

島川運転手がそういっているところへ、一郎とヨシ子もかけつけてきた。

「坊ちゃんとお嬢ちゃんは、ここでまっていてください。あぶないですからね」

島川さんはそういって、木戸をくぐって通りにでた。

一郎も、そっとあとからのぞいてみる。すると、意外なことに、おとうさんとトンカチさんが、ふしぎそうな顔をして、くびをひねっているのだった。

「おかしいね、どこへ消えてしまったのだろう?」

「ふしぎですなあ……」

と、トンカチさんもわけがわからなそうな顔をしている。

「ピエロは、どうしたんです?」

島川運転手がきいた。

「それが、へんてこなんだよ。通りにでてみたら、あいつのすがたが見えないんだ」

うら通りは、右も左も、せの高いコンクリートのへいが、ズーッとつづいている。月の光にてらされているばかりでなく、ところどころに、電灯がついているから、猫の子があるいていても、すぐわかるはずである。それなのにピエロのすがたは、まるでじょうはつしてしまったように、見えないのだった。

「おかしなことが、あるものだな」

おとうさんは、まだ、くびをかたむけている。

「あの男は、忍術つかいかもしれませんな」

と、島川運転手がいった。

ピエロの手紙

そのつぎの日は、日曜だった。空が青くはれて、とてもすがすがしい。一郎とヨシ子は机の上にびんせんをひらいて、長野のおかあさんに、手紙をかいていた。

「昨夜のピエロのことも、知らせてあげるの」

「どろぼうのことなどかいて、おかあさんが、しんぱいするといけないよ」

二人が、そんなことをいっているとき、女中のお花さんが、お茶とお菓子をもって入ってきた。

「あ、おやつだ」

「今日はね、一郎さんのすきなシュークリームを買いにいったら、売りきれでしたの。だから、おまんじゅうで、がまんしてちょうだいね」

お花さんは、おぼんを机にのせると、

「あら、お手紙かいていらっしゃるのね」

「ええ、病院のおかあさんに……」

「あと三カ月で、ご退院なさるのね。うれしいでしょう?」

と、ニコニコしてきいた。それから、きゅうにまじめ

な顔になると、

「あたし、お菓子屋さんからの帰りみちで、ピエロにあったんですよ」

「えっ、ピエロに？」

一郎はびっくりして、大声をだした。

「おほほほ、おどろかないで。サンドイッチ・マンのピエロよ。左の目に眼帯をかけたサンドイッチ・マンなのよ」

「おどかすなあ。ぼく、お茶をひっくりかえすところだったよ」

「ほら、こんな広告マッチくれましたわ」

手にとってみると、どこかのおそば屋のマッチであった。何の気なしにあけてみた一郎は、マッチ棒といっしょに、小さくたたんだ紙きれが入っていることに気がついた。

「おや、なんだろう？」

とりだしてひらいてみると、おかしなことに、新聞からきりぬいた文字が、ベタベタとはりつけてある。

「あら、へんないたずらするのねえ」

ヨシ子が、あきれたような顔をして、のぞきこんだ。だが、ヨシ子も、一郎も、そしてお花さんも、そこにはりつけられた文字をよんでいくにしたがって、みるみるうちに、顔色がかわってしまった。その文字は、つぎのようにかいてあったのだ。

『近いうちに、プラチナのマリヤの像をもらいに行くぞ。どれほどげんじゅうに警戒しても、おれはかならず盗んでみせる。おれは魔法をつかって、けむりのように消えることも、かぎをかけた部屋に入ることも、自由自在なのだ。片目のピエロ』

逃げたピエロ

「おとうさん、大へんです。ほら、こんな手紙が来ました」一郎くんは、片目のピエロの手紙をもって、あわてておとうさんのところへ知らせにいった。

一郎くんのおとうさんは、市川教授という大学の先生である。そのときも、市川教授は書斎で本をよんでいたが、

「なに、手紙？　どれ、見せなさい」

といって、ピエロの手紙を読んだ。

「……ふーむ、けしからんやつだ。おい、トンカチくん、トンカチくんはいないか！」

おとうさんの声をきいてトンカチさんが、じぶんの部屋からとびだしてきた。

「きみ、お花といっしょに、片目のピエロをさがしてくれ」

「えっ、ピエロがまたあらわれたのですか?」

「そうだ、こんな手紙をお花にわたしたんだ」

トンカチさんは、手紙を読んでいたが、みるみる顔をまっかにして、ふんがいした。

「ば、ばかにしてやがる! よーし、こんどつかまえたら、ポカリとぶんなぐってやりますよ」

トンカチさんは、げんこつをにぎって、フーッと息をかけた。

「おいおい、らんぼうしてはいかん。あいつをみつけたら、あとをそーっとつけていくのだ」

「ピエロのかくれ家をつきとめるんですな? わかりました。きっと、うまくやります」

トンカチさんは、お花さんをつれてはりきって出ていった。

「お花さん、ピエロがその手紙の入った広告マッチをくれたのは、どこだい?」

「あの通りを、右にまがったところよ。ポストのそばだったわ」

二人は、ポストのところまではしってみたが、すでにピエロは、どこかへ立ち去ってしまったとみえ、かげも形もなかった。

「ざんねんだな、どこへ逃げたのかなあ?」

トンカチさんはそういいながら、あちらこちらさがしてみたけれども、とうとうピエロを見つけることはできなかった。そこで二人は、とぼとぼとおやしきにかえってきたのである。

藤巻名探偵

「なに? ピエロはもう逃げてしまったというのか」

おとうさんの市川教授は、がっかりしたようだった。

「先生、警察にとどけてきます」

と、トンカチさんがいった。

「まてまて、まだ警察に話すのは早すぎる。そうだ、私立探偵の藤巻さんにたのんで、マリヤを守ってもらおう」

市川教授はそうさけぶと、元気よく立ちあがって、外出のしたくをした。そして、島川運転手が運転する自動車にのって、藤巻探偵の事務所をたずねたのである。

「さ、その椅子におかけください。どんな事件ですか?」

藤巻探偵は、にこにこ笑いながら、市川教授の顔をじーっと見た。

そして、片目のピエロの話をすっかりきいてしまうと、

「市川さん、その手紙をもってきてくださいましたか?」

「ええ、ポケットに入れてもってきました」

「見せてください」

市川教授は、上衣のポケットに手を入れた。が、おかしいぞ、というふうな顔をして、こんどはズボンのポケットをさがした。

「へんだな。たしかに上衣のポケットに入れたんだがなあ」

「どうしたのですか?」

「手紙がないのですよ。おとすはずはない……。ふしぎだ……」

すると、藤巻探偵はいよいよにこにこして、

「市川さん、その手紙はおとしたのではありませんよ。片目のピエロに、ぬすまれてしまったのです」

「え? ピエロがぬすんだ?」

「そうです、わたしにその手紙を見られると、つごうのわるいことがあるのでしょう。だから、ぬすんだのです」

「でも、ふしぎですね。もしピエロがポケットの手紙をとりにきたとしたら、かならずだれかに見つかってしまうはずです。わたしの家は、子どもが二人、おとなが四人合計六人の人がいるんですからね」

と、市川教授はこたえた。あのダブダブの服をきたピエロが、だれにも見つからずに、家の中にしのびこめるわけがないのである。だが、それにもかかわらず、手紙はみごとにぬすまれてしまったではないか‼

「藤巻さん、片目のピエロは、なかなかふしぎなやつですね。まるで、魔法つかいのようだ」

「そうです。あの手紙にかいてあったように、かぎをかけた部屋に入ることも、けむりのように消えることも、自由自在なのです。しかし市川さん、片目のピエロがどんなに上手に魔法をつかったとしても、わたしはかならず、この男をつかまえてみせますよ」

藤巻探偵はそういうと、自信ありげに、にっこりと笑った。そして、

「今夜、おたずねしますから、マリヤの像を見せてください」と、いった。

マリヤの像

その日の夜の八時すぎに、藤巻探偵がやってきた。市川教授は、探偵を書斎につれこむと、耳に口をよせて、そっとささやいた。

「マリヤ像は、この部屋にかくしてあるのですよ」

市川教授は窓のカーテンをぴたりとしめたのち、部屋のすみにおいてある大きな金庫の前にひざまずくと、しずかにダイヤルをまわした。やがて、カタリという音がして、金庫の扉がひらかれた。

「おお、これはすばらしい！」

藤巻探偵はおどろいたようにさけんだ。市川教授の手のひらの上には、高さ十センチほどの銀色のマリヤ像が、ピカピカとかがやいている。

そのとき、コツコツとドアをたたく音がして、お花さんが紅茶と、お菓子をもってきてくれた。

「藤巻さん、お紅茶をどうぞ。だんなさまほかにご用はございませんかしら？」

「ああ、用ができたらベルをならすよ」

お花さんは、おじぎをして出ていった。市川教授は、お菓子をたべながら、

「このマリヤ像は、戦争のはじまる前に、あるイタリヤ人から買ったもので、ベンヴェヌート・チェルリーニの作です」

と、いった。チェルリーニというのは、むかしイタリヤにいた人で、彫刻と剣術の名人であった。つまり、日本人にたとえてみれば、左甚五郎と宮本武蔵をいっしょにしたような人だったのである。

「ずいぶんりっぱな美術品ですね。ねだんはどのくらいです？」

「イタリヤの博物館と、アメリカの美術館が、五千万円でゆずってくれとたのんできました。だが、どんなにたくさんのお金をくれても、わたしはこれを、手ばなす気もちにはなりません」

その大せつなマリヤ像を、片目のピエロはぬすもうとしているのである。

さて、藤巻探偵と市川教授が、書斎で紅茶をのんでいるころ……。

お花さんは、二階の勉強室にいる一郎くんとヨシ子さんのところにも、紅茶とショートケーキをもっていった。

「ありがとう、お花さん。……あーあ、この算数むずかしいなあ。頭がいたくなるよ」

一郎くんはそういうと、ガブリと紅茶をのんだ。

「ねえ、お花さん、藤巻探偵って、どんなかた？　ひげはやして、こわい顔してるでしょう？」

「いいえ、ひげなどはえていませんよ。やさしい、にこにこしている人ですよ」

「ふーん、いつか映画で見た探偵は、ピンとひげをはやして、虫めがねをもっていたわ」

お花さんは、笑いながら出ていった。つぎにお花さんは、台所にトンカチさんと島川運転手をよんで、紅茶をいれた。まい晩九時になると、おやつが出るのである。

トンカチさんは、指についたクリームをペロリとなめて、紅茶をのんだ。

「おや、今夜はショートケーキだな。すげえぞ」

「トンカチさん。鼻の頭にもクリームがついてるわよ」

「あ、こいつはいかん」

トンカチさんは、舌をのばして鼻の頭をなめようとするけれど、なかなかとどかない。島川運転手とお花さんは、おなかをかかえて笑った。ところが、しばらくすると島川さんが、きゅうにスプーンをとりおとして、大きなあくびをしたのである。

トンカチさんはびっくりして、

「おい、島川くん、どうした？」

「あーあ、なんだかねむくなったぞ」

「おいおい、台所でねてしまってはいかんぞ」

そういいながら、お花さんを見ると、どうしたことだろうか、お花さんもまたテーブルにうつぶせになって、スースーとねむっているではないか。

（これはへんだぞ？　紅茶の中に、眠り薬が入れてあったのかな？）トンカチさんは、そうかんがえながら立ちあがったが、そのまま床の上にたおれると、グーグーとねむってしまったのである。

玄関のホールにかけてある大時計が、ボーンと鳴った。ちょうど九時半だった。

二階の勉強部屋では、ヨシ子さんがようやく国語の宿題をすませたところだった。宿題がたくさんあったので、ヨシ子さんはお菓子をたべるひまも、紅茶をのむひまもなかったのである。

「あら、お紅茶すっかりつめたくなっちゃったわ」

ヨシ子さんは、ひとりごとをいいながら、スプーンで紅茶をかきまぜた。

「おにいさん、そのミルクとってちょうだい」

ヨシ子さんがそういっても、一郎くんは知らん顔をして、へんじをしない。

「おにいさん、ミルクとってよ。おにいさんたら、おにいさん。ツンボのおにいさん」

いくら声をかけても、一郎くんはだまってむこうをむいている。ヨシ子さんは、はらをたてて、一郎くんの肩に手をかけてゆすぶった。

「いじわるにいさん!」

すると一郎くんは、バタンと机の上に頭をぶつけ、そのままずるずるっと床の上にくずおれてしまった。びっくりしてよく見ると、ぐっすりとねむっているではないか。

「おにいさん、かぜをひくわよ。目をさましてちょうだい。おにいさんてば!」

それでも一郎くんは、ねむりつづけている。ヨシ子さんは、なんだか不安になってきた。ゆすぶっても、たたいても、耳もとで大きな声でよんでも、一郎くんは死んだように、ねむりつづけているのだ。どうしたのか?

ヨシ子さんは立ちあがると、お花さんをよんでこようとおもった。そして、ふと窓から庭を見たとたんに、おもわず立ちすくんでしまったのである。ヨシ子さんは、なにを見ておどろいたのだろうか?

また出たピエロ

昨日の夜とおなじように、月に照らされた庭は、ひるのように明るかった。

その庭の桜の木の下に、月光をあびた一人の男が、す

っくと立っている。頭に三角のトンガリぼうしをかぶり、ダブダブの服をきているのだ。

「あっ、片目のピエロだわ！」

ヨシ子さんは、おもわずさけんだ。おそろしさに、胸がドキンドキンとして、足がガクガクふるえた。

「そうだ。家には空手の名人のトンカチさんもいるし、藤巻名探偵もいるんだ。こわいことなんかないわ」

そこでヨシ子さんは元気をだすと、ろうかに出て、階段をおりた。そして、書斎の扉をあけたとたんに、ヨシ子さんは、またもびっくりしたのである。おとうさんも藤巻探偵も、一郎くんとおなじように、ぐっすりねむっているではないか。

「おとうさん、おきて。大へんよ大へんよ。片目のピエロがやってくるわ！」

だが、市川教授はねむりつづけている。

「探偵さん、目をさましてください。探偵さん！」

しかし藤巻探偵もねむりつづけている。

「どうしたらいいかしら……」

ヨシ子さんは、かわいいおかっぱ頭をかたむけてかんがえた。

「そうだ、トンカチさんのこと、すっかりわすれていたわ」

ヨシ子さんは、おそろしさのあまりすっかりあわてていたのである。だが、読者のみなさんは、豪傑のトンカチさんも、眠り薬にやられていることを知っているはずだ。

やがて、書斎のそとで、カタリ！　という音がした。

危機一髪

ヨシ子さんはおそろしさのあまり、足がガクガクふるえて、あるくことができなかった。

「たすけてえ……」と、さけびたくても、声が出ない。

ガチャン、バリバリッ……。大きな音をたてて、窓ガラスがやぶられた。

（ああ、どうしよう?）ヨシ子さんがそうおもったとき、ギイッと窓があけられた。おお、ピエロはついに窓をのりこえて、書斎の中にはいってきたのだ。

ヨシ子さんはむちゅうで、ソファのうしろにかくれた。

窓のカーテンが、ユラユラとゆらめいたかとおもうと、片目のピエロがのっそりと、あらわれた。赤い毒々しい口。こてこてとおしろいをぬった顔。ふきだしたくなるような、おどけたこっけいな顔だけれど、また、ゾーッとするような無気味な顔である。

ピエロの大きな口が、ヒクヒクとうごいている。声はきこえないが、ウフウフ、ウフフフフと笑っているにちがいない。

（トンカチさん、島川さん、はやくたすけにきてちょうだい）

ヨシ子さんは、心のなかでいのっていた。だが、だれもたすけにきてくれるものはない。マリヤの像は、テーブルの上にのせてある。銀色にかがやくマリヤは、なにも知らぬように、美しく、気高くほほえんでいた。

片目のピエロは手をのばすと、そのマリヤを、そーっとつかもうとした。

（ああ、おとうさまの大せつなマリヤがぬすまれる……）

ソファのうしろからのぞきながら、ヨシ子さんはハラハラしていた。そのときである。ぐっすりねむっていたはずの、藤巻探偵の目があくと、

「待てっ!」と、どなったのだ。

片目のピエロはおどろいたこと、まるで電流にうたれたように、ビクッと立ちすくんでいたが、つぎのしゅんかん、テーブルの上の紅茶茶碗をつかんだとおもうと、天井の電灯を目がけて、さっとなげつけた。

ガシャンという音とともに、電灯が消えて、へやの中はまっ暗になった。ガラスの破片がバラバラとおちてくる。

「しまった!」

藤巻探偵がさけんだ。ピエロはそのすきに、廊下へとびだすと、バタンとドアをたたきつけるようにしめて、逃げてしまったのである。

「先生、藤巻先生！」

「ああ、ヨシ子さんですね。うごいちゃあぶない。ガラスがとびちっているからけがをしますよ」

藤巻探偵はそういうと、ふわりとヨシ子さんをだきあげて、あかるい廊下につれだしてくれた。

「先生、片目のピエロを、はやく追いかけましょう！」

すると、探偵はすこしもあわてずににっこり笑って、

「大じょうぶ、アキラくんがそとで見はりをしているんです。このやしきから逃げだすものがいたら、アキラくんがすぐつかまえてくれますよ」

「あら、アキラくんて、どなた？」

「わたしの助手です。まだ中学二年生ですが、柔道は一級ですよ。なかなか勇かんな少年ですよ」

藤巻探偵はそういうと、廊下の窓から庭に首をだして、

「アキラくん！」と、よんだ。

「はーい」という声が、高いところからきこえる。よく見ると、電柱の中ほどに黒いものがのぼっているのだった。

「あれがアキラくんです。あすこで、見はっていると、逃げだすもののすがたがよくわかるのですよ」

藤巻探偵はヨシ子さんにそういってから、

「アキラくん。この家から出たものはいないかね？」

と、どなった。

「まだいませんよ……」

「よし、見つけたらすぐ知らせてくれたまえ」

「わかりましたあ……」

アキラくんは、ピエロを見つけたら、すぐ笛を吹いて、あいずをすることになっている。だが、まだピエロは逃げださない。

すると、あの怪賊は、このやしきの中にかくれていることになるのだった。

探偵の自信

「ヨシ子さん、おまわりさんをよんで、やしきの中をしらべてみましょう」

藤巻探偵はそういうと、電話を一一〇番にかけて、パトロール・カーに来てくれるようにたのんだ。三分ほどすると、サイレンの音をひびかせながら、一台の車が到

着して、四人の巡査がおりてきた。

「やあ、ごくろうさん」

藤巻探偵は、パトロールの警官とは友だちである。ヨシ子さんは、小さな胸をだきしめて、わくわくしていた。

「このやしきの中にね、片目のピエロがかくれているんです」

「片目のピエロ?」

「そう、だぶだぶの服をきた道化師ですよ。そいつを、さがしだしていただきたいのです」

四人の警官は藤巻探偵と力をあわせて、やしきの中をしらべはじめた。台所のドアをあけるとトンカチさんや、お花さんや、島川運転手がグーグーねむっている。

つぎにお風呂場をしらべた。物置も、寝室も、二階の勉強部屋も……。だが、まことにふしぎなことに、片目のピエロはどこにもいない。

「おい、きみたちは天井をさがせ。ぼくらは、床下をしらべる」

パトロールの巡査は、二手にわかれて、天井と床下にもぐりこんだ。懐中電灯をつけ、ねずみ一ぴき見のがさないようにさがしたけれど、やはりピエロは、どこにもいないのである。ああ、怪賊は、またふしぎな魔法をつかったのだ。煙のように消える片目の道化師!

藤巻探偵は、マリヤの像を金庫にしまうと、あらためて、市川教授をゆりおこした。眠り薬のききめがきれたとみえて、教授はようやく目をさました。お花さんも、トンカチさんたちも目をしょぼしょぼさせている。

「なんだか、頭がいたいな」

と、一郎くんはまだ、ねむそうな顔だった。

「おや、パトロールのお巡りさんもいますね。どうかしたのですか」

と、おとうさんの市川教授は、びっくりしている。

「みなさんが眠っているすきに、片目のピエロが、しのびこんできたのですよ」

「えっ」と、お花さんはふるえあがった。

「つ、つかまりましたか?」

「ところが、消えてしまったのです。あの怪人は、わたしがかんがえていたよりも、ずっとりこうな人間です」

「え? また消えた? 藤巻さん、あの男は、魔法をつかうのですね」

市川教授も、びっくりしている。藤巻探偵は、ざんねんそうな顔で、首を横にふった。

「いいえ、ちがいます。二十世紀の世の中に、魔法などはありません」

「それはそうだが……しかし、魔法でもつかわないと、消えることはできないことでしょう」

「われわれは、ピエロにだまされているのですよ。だから、ピエロが消えたように見えるのです。手品や奇術に種があるように、ピエロが消えたことにも、種があるはずなのです。その種を見やぶることができれば、ピエロの正体が、だれであるかがわかります。また、ピエロの正体が、だれであるかがわかれば、ピエロが消えたわけもわかるのです」

藤巻探偵の話は、ヨシ子さんにも、一郎くんにもむずかしくて、よくのみこめなかった。しかし、だいたいの意味は、わかるのだった。

「藤巻さん、たのみます。どうかピエロの正体を、見やぶってください」

と、市川教授がいった。

「ええ。今夜のピエロは、マリヤをぬすむことにしっぱいした。しかし、わたしもピエロに逃げられて、しっぱいしたのです。だから、名誉にかけても、きっと正体を見やぶってみせますよ」

藤巻探偵の自信ある声を、島川運転手もお花さんも、たのもしそうにきいていた。

図書室の怪人

それから十日ばかり、ピエロはすこしも姿を見せなかった。日にちがたつにつれて、きんちょうしていた人の気もちも、だんだんにゆるんできた。

「片目のピエロったら、とうとうマリヤをあきらめたのね」

「わしの空手がおそろしくて、よりつかないのですよ。ははは……」

トンカチさんは、後藤又兵衛みたいな声で笑った。

「今度やってきたら、頭からソースをかけてたべちゃうぞ」

「あら、島川さん、くいしんぼうね」

お花さんも、そういって笑った。だが、みなさん、一郎くんたちは、あまりにピエロを見くびりすぎてはいないだろうか。ピエロは人がゆだんをするのを、しんぼうづよく待っているのではないだろうか。あのマリヤ像を、ピエロがあきらめるはずはないのである。

——さて、それは十一日目の夜のことだった。島川運転手の部屋で、トンカチさんが将棋をさしていると、ドアを、どんどんたたくものがある。

「どうぞ……」と、いうと、入ってきたのは、お花さんだった。

「やあ、お花さんか。おやつはまだかい」トンカチさんがさいそくする。

「おや、お花さんの顔色がわるいぜ。がたがたふるえてるよ」

「かぜをひいたな?」

すると、お花さんはトンカチさんと島川さんを、じーっと見て、

「いいえ、寒くて、ふるえるんじゃないのよ。こわいからよ」

「こわい? なにがこわいんだ?」

「だって、図書室の中で、ゴトゴトとへんな音がするんですもの」

市川教授は学者だから、図書室にたくさんの本がある。

「先生が本を見ていらっしゃるのだろう」

「いいえ、先生はお二階よ」

「よし、島川くん。いってみよう」

三人は部屋を出ると、足音をしのばせて図書室に近づいた。トンカチさんが、ドアに耳をおしつけてみる。だが、なんの音も聞こえなかった。ドアには、かぎがかかっている。

「よし、ぼくは庭へまわって窓からのぞいてみよう」

島川運転手はそうささやいて、そっと立ち去った。お花さんも、あとにつづく。二人は庭に出た。庭はくらかった。北風がヒューとふいている。やがて、図書室の窓のところまでくると、島川運転手はせのびをして、そーっと中をのぞいた。

「あかりがついてるぞ。……おや、いるいる。あたまの先が見える。ああ、ざんねんだなあ。もうすこしせが高ければ、よくわかるのだがな」

「島川さん、わたしがふみ台になるわ。わたしのせなかにのりなさいよ」

お花さんは、地面の上にひざまずいた。

「大じょうぶかね、どっこいしょっ」

島川さんは、せなかにのると、ふたたび窓の中をのぞきこんだ。すると、なにかを見たのだろうか、あっと声をたてたかとおもうと、ステンところがりおちたのである。

「あいたた……」

「どうしたの、島川さん?」

「た、た、た、大へんだ」

あわてて、どもっている。

「なにが大へんなのよ」

「ピ、ピエロがいるんだ」

「まあ……」お花さんもびっくりした。そして、二人はあわてて家の中にとびこんだのである。

「ト、トンカチさん、ピ、ピエロがいるんだよ」

「なに、片目のピエロがか?」

「そうなんだ。ま、窓から見てみろ!」

三人はまた庭に出て、窓からのぞいた。こんどは、島川運転手のせなかに、トンカチさんがのったのである。

「おお、いるぞ。机にむかって、なにか本をよんでいるらしいぞ……」

片目のピエロは、こちらにうしろをむけて、机の前にすわっている。身うごきもせずに、ねっしんによみふけっているのだ。トンカチさんは、ポンと地面におり立った。島川さんも立ちあがって、手の土をはらった。

「おい、どうする?」

「まず、二階の先生にお知らせしよう」

「ぼくは藤巻さんと、警官に知らせる」

「ばか、あんなピエロ、わし一人でたくさんだ。わしの腕前を見せてやるぞ」

トンカチさんは、くらい庭の中で、腕をぐるぐるとふりまわした。

ピエロあやうし

「そりゃ、いかんよ。やはり藤巻さんや、警察にも知らせなくてはならん」

市川教授は、女中のお花さんに命じて、藤巻探偵の事務所と、警視庁に電話をかけさせた。

寒い夜だった。空には星もなく、電線が北風に吹きつけられて、ヒュー、ヒューとうなっている。

窓の下で番をしているトンカチさんはぶるっとふるえたかとおもうと、ハクションと、大きなくしゃみをした。

「シーッ……」島川運転手はギクリとして、おそるおそる窓の中をのぞいてみた。

「大じょうぶだ。まだ気がつかずに、一生けんめい本を読んでるぞ」

「なんの本だろう?」

と、一郎くんがいった。

「よく見えないのですが、しかし、よほどおもしろいらしい。さっきから夢中になってます」

そんな話を、ひそひそとしているうちに、藤巻探偵と佐々木警部が、警官隊をひきつれてやってきた。助手のアキラくんも、にこにこして自動車からおりると、一郎くんのせなかを、ポンとたたいた。アキラくんのきらきら輝く目は、今夜こそつかまえるぞと、語っているように見えた。

「ピエロは、まだ図書室におります。これが、ドアのカギです」と、市川教授。

「あたし、こわいわ」と、ヨシ子さん。

「女の人や一郎くんは、じぶんの部屋にかくれていてください。あぶないですからね」

佐々木警部が注意してくれた。

「ぼく、いやです。ピエロをつかまえるところが見たいんです」

一郎くんががんばると、藤巻探偵がわらいながら、

「なかなか元気がありますね。では、わたしのそばにいればいい。ヨシ子さんとお花さんの二人は、じぶんの部屋に、ひきこもってください」

やがて一同は、めいめいの守備位置をきめた。運転手の島川さんは、三人の巡査とともに表門をまもる。市川教授は、四人の巡査といっしょに、裏木戸をまもることになった。

「野球でいうなれば、外野だね」

と、島川運転手が、みなをわらわせた。

「トンカチさんとわたしは、図書室にドアから入ります。藤巻さんたちは、窓の下にはりこんでいてもらいます」

警部は、みなに命令をくだすと、「さあ、でかけよう」と、いった。

一郎くんは、アキラくんや藤巻探偵とともに、足音をしのばせて庭に出た。三人は、物置からリンゴ箱をもちだすと、それをふみ台にして、窓の中をのぞいてみた。

「あいつ、まだ気がつかないぞ」

一郎くんは、胸をわくわくさせながらささやいた。もうすぐピエロがつかまるのだ。怪人の正体は、なんであろうか。そうおもうと、じっとしていられない気持だ。

「あっ、一郎くん、アキラくん、あれを見たまえ」

と、探偵がいう。ああ、図書室のドアが、音もなくうごきはじめたのだ。一センチ、また一センチ……。やがてドアは、五十センチほどひらいた。佐々木警部とトンカチさんの、きんちょうした顔が見える。

だが、ピエロはまだ気がつかない。警部は片手にピストルをかまえて、ソロリと一歩ふみ入った。トンカチさんは右手をふりかぶり、いざとなれば電光石火、とくいの空手の妙技で、一撃のもとに、ピエロを気絶させてやろうという計画だ。

（ああ、からだ中が、ぞくぞくするぞ）

一郎くんが、そうおもったしゅんかん、

「えやーっ！」

窓ガラスがわれそうな、するどい気合がかかって、トンカチさんは床をけると、飛鳥《ひちょう》のように、ピエロにとびついた。

ピエロの正体

「やったぞ！」

アキラくんもこうふんして、大声でさけんだ。ところが、トンカチさんは、ピエロの上におりかさなってドテーンとばかり、床になげだされてしまったのである。そして、いきおいあまったトンカチさんは、おでこをカベにぶつけると、それきりウーンと、気絶してしまったのだ。

佐々木警部は、寝技の名人だ。このすきを見のがすはずはない。

それっとばかりに、たおれているピエロにおそいかかった。……と、おかしなことがおきたのである。

どうしたわけか、警部は、のこのことおきあがって、部屋をよこぎると、一郎くんたちがのぞいている窓に手をかけて、ガラリとあけた。

「佐々木くん、ピエロはどうした？」

「みごとにやられた。あれは人形だよ」

「えっ！」

と、アキラくんも一郎くんも意外な話に物もいえず、口をぱくぱくさせた。

いそいで図書室にはいってみると、なるほど、警部のいうとおりだった。床の上にころがっているのは、だぶだぶの服をきて三角ぼうしをかぶった、ピエロの人形だったのである。

「ちくしょうめ。こんなインチキにだまされて、くやしいなあ」

と、一郎くんはざんねんがった。

藤巻探偵は、ふしぎそうに首をひねり、

「うーむ、片目のピエロはなんの目的で、こんなまねをしたのだろうか？」

腕をくんで、じっとかんがえている。

片目のピエロは、けっしておもしろ半分に、こんないたずらをするはずはない。ピエロのほんとうの目的はなんであったか。

「おお、そうだ。それに気がつかなかったとは、ぼくもばかだったぞ」

藤巻探偵はいきなり大声をだすと、バッと廊下にとびだした。一郎くんたちも、あわててあとを追いかける。

やがて、藤巻探偵は、市川教授の書斎にかけこんだ。

「間にあったぞ。ああ、よかった」

藤巻探偵は、ほっとしたようにさけぶ。

見よ、金庫の扉は、酸素熔接器で焼き切ろうとした穴

があいているではないか。ああ、じつにあぶないところだった。藤巻探偵は、床の上にころがっている熔接器を、手にとってながめていたが、

「しょくん、片目のピエロがなぜ図書室に人形をおいたのか、そのわけはおわかりになったとおもいます。われわれを図書室にむけておいて、そのすきに、この金庫からマリヤ像をぬすみだすためだったのです」

あと二分おそかったら、マリヤはぬすまれていたはずである。危機一髪だった。

「そうだったのか。きみが早く気がついたものだから、ピエロのやつ、途中であわてて逃げだしたのだな」

と、警部がいった。まもなく外から、市川教授や、島川さんがもどってきた。

「マリヤはぶじだったのか。ほんとに助かった。これもみなさんのおかげです」

と、市川教授はあつく礼をのべた。

ヨシ子さんとお花さんは、図書室にマーキュロとほうたいをもちこんで、いましがた、ようやく息をふきかえしたトンカチさんを、かいほうしていた。

「ち、ちくしょうめ。そ、それでお花さん、ピエロはどうした。あいたた……」

「それが、ふしぎなのよ。警部さんたちが家の中を、

すっかりさがしたんだけど、とうとう見つからないの」

「外に逃げだしたんだろう」

「逃げるはずはないわ。表門にも裏木戸にもお巡りさんが見はっているんですもの……」

お花さんやヨシ子さんがいうとおり、道化師はまたもや消えてしまったのだった。

逃げるピエロ

それから二週間のちの朝のことである。空はよく晴れて、藤巻探偵事務所も、春のようにポカポカとあたたかかった。アキラくんは、窓ぎわのさくら草や、パンジーに水をやりながら、

「先生、片目のピエロもとうとうマリヤを、あきらめたようですね」

「どうしてかね」

「だって、もう二週間にもなるというのに、すこしも姿をあらわさないからですよ」

アキラくんがそういうと、藤巻探偵は首をふって、

「いやいや、あんしんしてはいけない。片目のピエロというのは、なかなか頭のいいやつなんだ。われわれをゆだんさせておいて、マリヤをぬすむつもりなんだよ」

藤巻探偵がそういったとき、おもてに自動車がとまる音がして、市川教授がはいってきた。

「ふ、藤巻さん、大へんです。またピエロから手紙がきましたぞ」

教授は、しんぱいのあまり顔が青い。

「こ、この手紙を見てください」

藤巻探偵は手紙をうけとった。ひろげてみると、例のごとく、新聞を切りぬいた文字がはりつけてある。


『今月十五日の夜十一時に、マリヤをぬすみに行く。こんどは、かならず成功してみせるぞ。

片目の道化師』

なんという大たんな怪人であろうか。泥棒に入る時刻を、ちゃんと予告しているのである。

「先生、十五日というと今日ですね」

「そうだ。こんどこそ、ピエロをつかまえてやらねばならん。アキラくん、すぐに佐々木警部に電話をかけてくれたまえ」

と、藤巻探偵は元気よく命じた。

さて——その晩のことである。市川教授の家のまわりを、五十人ちかい武装警官がひそかにとりまいていた。表門にも裏木戸にも、庭の中にも、家の中にも、警官の

いないところはない。書斎の金庫の前には、藤巻探偵と市川教授が椅子に腰かけて、警戒している。

もうじき、やくそくの十一時だ。ピーヒャラヒャラ……。裏のあたりを、笛をふいて中華そば屋がやってきた。すぐに佐々木警部がはしっていって、懐中電灯をつきつける。

「もしもし、そば屋さん。今夜はここを、とおらないでください」

するとそば屋は、にやりとわらって、

「へへへ、だんな。あたしがだれだか、わかりますかね」

「なに、だれだ、きみは?」

そば屋は、きたない帽子を手にとり、顔にぬったドーランも手ぬぐいでこすった。それを見た警部は、びっくり仰天、

「あっ、アキラくん」

「あははは……やっと気がつきましたね」

アキラくんは、そば屋に変装して、警戒しているのだ。

「あと五分で十一時ですね。ピエロのやつ、どこからでてくるかな」

「きみも、しっかりたのむよ」

やがて、アキラくんは警部とわかれて、笛をふきながらあるきだす。ピーヒャララ……ピーヒャラリー……。

三百メートルばかりいったとき、とつぜんアキラくんは、ハッとしたように、電柱のかげにからだをかくした。一台のタクシーが、すっととまったかとおもうと、ドアをあけており立った人影――。おお、それは正しく道化師の姿をしているではないか。

ピエロは、あたりのようすをうかがうと足音をしのばせて、すべるように近づいてくる。アキラくんは、ピエロをやりすごしておいて、呼び笛《こ》を口にくわえると、ピイーと、力いっぱい吹きならした。

「しまった!」

ピエロはどら声で叫ぶやいなや、くるりとうしろをむいて、ばたばた逃げだした。

「待てっ!」

電柱のかげからアキラくんがとくいのタックルでかじりつく。

「小僧、なにしやがるっ!」

ピエロはすごく力がつよかった。組みあったまま、くるくると二回転、アキラくんはポンとはねとばされてしまった。ピエロはタクシーにとびのる。

「お巡りさん、あの車です。早く、早く」

かけつけた警官が、警察のジープで追いかける。アキ

ラくんもとびのった。

ピエロの車も必死だ。夜の大通りを、フルスピードではしりぬける。追いかけるジープは、三台、四台、五台……。風を切ってはしる、はしる。

「ちくしょう、どこまで逃げる気だ」

ハンドルをにぎる警官も一生けんめいだ。

「おや、上野の森へ逃げこむつもりだな」

ピエロの車は、くらい静かな上野の山の中に逃げこんだ。そして、五重の塔の前で、ピタリととまる。だぶだぶの服をきたピエロは、ちらりとこちらを見ると、あわてて塔の中にはしりこんだ。
キ、キイッ。ジープが急停車する。アキラくんたちも塔の入口にかけつけた。中はまっ暗だ。階段をのぼっていくピエロの足音がきこえる。警官がピストルを片手に、大声でどなった。
「待て、ピエロ！　早く降参しておりてこいっ！」

鋼鉄のロープ

暗い塔の中で、ピエロの階段をかけのぼっていく足音が、ガタガタガタと聞こえてくる。アキラくんは、パッと懐中電灯をてらしてみた。だが、階段は、途中でまがっているので、上のほうまで光がとどかない。

ちょうどそこに、佐々木警部もかけつけてきた。

「アキラくん。のぼってみよう」

懐中電灯をもったアキラくんを先頭にたてて、警部と二人の警官はピストルをにぎり、暗い木の階段を、一段一段とのぼりはじめた。あとの警官たちは外に立って、塔のまわりを、ぐるりと、とりまいている。

ピエロは、ねずみとりにかかったねずみとおなじことだった。もはや、逃げだす道はないのである。

「おい、ピエロっ。もういいかげんに降参しないか」

警部がどなる。……だが、ピエロはウンともスンとも、へんじをしない。はるか上のほうで、足音が聞こえるだけだ。

「世話をやかせるやつだな」と、佐々木警部はつぶやいた。

やがて、アキラくんたちは、四階までのぼった。追いつめられたピエロは暗やみの五階にじーっとかくれて、ピストルかナイフを手にもったまま、身がまえているにちがいない。だから、アキラくんたちも、そのつもりで、用心しなくてはならなかった。警部は上をむくと、

「おい、おとなしくつかまったらどうだ。手むかいす

ると射つぞ！」

と、いった。だが、やはりピエロはだまっている。

「よし、へんじをしないなら、こちらから行ってやる」

四人は、ふたたび階段をのぼりはじめた。とうとう五階にあがった。アキラくんの懐中電灯の光が、すばやくあたりをてらす。ところが、おかしなことに、ピエロのすがたが見えない。五階は三メートル平方ほどの広さで、まん中に、ふとい柱がヌーッと立っている。ピエロは、そのかげにかくれているのかもしれない。

「おい、そんなところにかくれていないで、出てこい！」

佐々木警部は、そういいながらゆだんなくピストルをかまえて、柱のむこうがわをのぞいた。

「おや、ここにもいないぞ」

「おかしい」

「へんだぞ」

四人は、すみからすみまでしらべたが、ピエロはかくれていない。

「ひょっとすると、とびおりたかな?」そこで、佐々木警部は塔の外をのぞいて、

「おーい、ピエロがとびおりなかったかあー」

と、地上の警官にたずねた。

「いいえ、とびおりません。どうかしましたか?」

「ピエロがいないんだ。また消えてしまったんだ」

そのとき、アキラくんは、ふと妙なものに気づいた。塔の手すりのところに、なにか綱のようなものが、むすびつけられている。電灯でてらしてみると、ふとさが一センチほどの鋼鉄のロープである。そのロープが、空中にピーンと張ってあるのだ。

それを見たとたん、アキラくんの頭の中で、ピエロの消えた謎が、スーッととけたのである。

「佐々木さん、ピエロの逃げた道を見つけましたよっ」

「えっ、どこだ、どこだ」

「ほら、ここに鋼鉄のロープが張ってあるでしょう。ピエロは、これをつたわって、逃げたのですよ」

「どれどれ……ふーむ」

警部は、懐中電灯にてらされたロープを見て、しばらくうなっていた。

「なるほど、さすがにピエロだ。ちゃんと準備しておいたのだな」

「ぼくも、そうおもいます。ぼくらを五重の塔におびきよせておいて、じぶんはロープをつたわってするすると逃げていったのですよ」

「ちくしょうっ、またやられたか」

警官たちは、じだんだふんで、ざんねんがった。

ついらく

佐々木警部はロープの方角をしらべて、

「おい、このロープは西北をむいているから、ピエロは不忍池《しのばずのいけ》の上をこえて、むこうがわの高台に着陸するにちがいないぞ」

と、いうと、塔から首をだして、地上の警官たちに命令した。

「おーい、ピエロはロープをつたって、本郷弥生町《ほんごうやよいちょう》方面へ逃げたらしい。追跡しろっ」

「わかりました。すぐ急行しまーす」

地上の警官は、ただちにジープにのってはしり去った。赤いテールライトが、森のかげに消えてしまうと、地上はふたたびまっ暗になる。

すると、いままでだまっていたアキラくんが、

「警部さん、このロープに耳をおしつけてごらんなさい」

と、いう。そこで、いわれたとおりにしてみると、ロープをつたわって、キキキ……グルルルと、へんな音が聞こえる。

「なんだろう、あの音は?」

「滑車がまわる音ですよ。ピエロは、ケーブルカーみたいに、滑車にぶらさがっているんです。だから、すごいスピードで、はしっているにちがいないですよ」

「ふーん、頭のいいやつだ。ジープが、間にあってくれるといいがな」

すると、そのとき、ロープに耳をおしつけていたもう一人の警官が、びっくりした声で、

「おやっ。こりゃ、へんだぞ」

「どうしたんだ?」

「ブツン……と、いう音が聞こえたんです。ロープが、切れたのかも知れません」

「あ、ほんとだ。ほら、こんなにゆるくなっている」

アキラくんがさけぶ。警部たちは、ロープをひっぱってみた。

いかにもアキラくんのいうとおり、それまでピーンとはっていた鋼鉄の綱は、いまはだらりとゆるんで、死んだ蛇のようにたれさがっている。

「おい、ピエロのやつ、ついらくしたのかもしれんぞ。行ってみよう!」

それっとばかりに、四人は階段をかけおりた。ジープ

にのって、暗い森をはしりぬけ、不忍池のほとりに出る。まわりが、千二百メートルもある大きな池だ。はすの葉が、風にふかれてゆらゆらとゆれている。

「ヘッドライトで、てらしてみろ!」

ジープの光が、黒々とした池の上をすべるようになでていく。

すると、ちょうど池の中央まできたとき、アキラくんがさけんだ。

「おやっ。警部さん、あれはなんでしょう」

ヘッドライトが、ぴたりととまる。百メートルばかりはなれたところに、まるで、池から生えた二本の棒のように、ニョッキリと足がでているではないか。

「おお、あいつだ。ピエロの足だ」

たしかにそれは、ピエロの足であった。

片目のピエロは、ロープが切れたため、空中からついらくして、まっさかさまに池の底に、ズブッと、めりこんでしまったのである。

「警部さん、はやくたすけてやりましょう」

「舟はないかな」

「警部どの、あそこにボートがあります」

「よし、ボートにのれっ」

四人は、すぐに舟にのると、オールをにぎってこぎはじめた。風がふきつけるために、なかなか速力が出ない。それでも、四分ほどたったのち、ようやくピエロの近くに、こぎつけることができた。

「それ、足をもて。いいか、一、二、三」

力をあわせて、足をひっぱる。ボートがゆらゆらゆれて、なかなかうまくゆかない。

それでも、ようやくピエロを、舟にひきあげることができた。ヘッドライトの光にてらしてみると、顔も服も泥だらけである。

「さ、病院へつれていこう」

四人は、ふたたびオールをにぎって、岸へむかってこぎはじめた。風はつめたいけれど、みんなのひたいには、汗がタラタラとながれている。だが、ピエロは死んだようにうごかない。もう、死んでいるのかもしれなかった。

意外!!

ピエロがつかまったという知らせで、市川教授は藤巻探偵といっしょに、自動車をとばして不忍池にかけつけた。

「おお、警部さん。とうとうピエロが、つかまったそうですね」

市川教授の声は、よろこびにふるえている。

「ええ、……しかし、すぐ病院へかつぎこんだのですが、手おくれでしたよ。池におちたために、ちっ息して死んでいたのです」

せっかくつかまえたのに、死んでしまって……と、警部はざんねんそうであった。

「あのように世間をさわがせた怪賊としては、まことにあっけないさいごですね」

「あわれなものですよ」

「しかし、これでわたしもあんしんです。いままでは、マリヤがぬすまれては一大事だとおもって、夜も、おちおちねむれませんでした」

ほっとしたように、市川教授がいった。すると、それまでだまっていた藤巻探偵が、

「佐々木さん、切れたロープを見せてくれませんかね」

「ああ、いいとも。あそこにおいてある」

岸辺にまるめておいてあるロープのはしを、藤巻探偵は懐中電灯でねっしんにしらべていたが、やがて重々しくうなずくと、

「やはり、ぼくが、かんがえていたとおりだ。ほら、これを見たまえ。このロープはしぜんに切れたものではないですよ」

と、おもいがけないことをいった。警部が手にとってみると、なるほど、しぜんにプッツリと切れたのではなくて、ペンチかなにかで、きずをつけたあとがある。

「ややっ、こいつはへんだぞ」

「わかりましたか。ピエロにとってこのロープは、文字どおり命の綱だったんですよ。その大せつな綱に、ある人が、まえもって、そーっとペンチで、きずをつけておいたのです。すぐ切れるようにね」

「ふーむ。それを知らずに、ピエロがぶらさがったから、たちまちついらくしたというわけだな」

「そうです」

アキラくんにとっても、それは、おどろくべき話であった。市川教授もびっくりして、

「藤巻さん。ある人というのは、いったいだれです」

ところが、藤巻探偵のへんじが、またもや、おもいがけぬことだったのである。

「ロープにきずをつけた人物こそ、本物の片目のピエロなのですよ」

「な、なんだって？　するときみ、池におちたやつは、ピエロのにせ者だというのか」

と、おもわず警部も大きな声をだした。

「そうです。いいですか、よくきいてくださいよ。今夜あらわれたピエロは、本物のピエロにやとわれた、アルバイトのピエロなんです。本物から、たくさんのお金をもらって、ああした冒険をやったのです」

「では……では、なぜロープにきずをつけておいて、その人を死なせてしまったのです？」

と、市川教授が聞く。

「わけはかんたんです。ピエロが死んだことになれば、市川さんも、警視庁も、やれやれとおもって、すっかり安心してしまいます。その、ゆだんをしたところをねらって、マリヤをぬすもうというのが、本物のピエロの計画なんですよ」

「なんという、けしからぬ男だろう」

と、警部がふんがいした。

「だが、わたしは本物の正体をちゃんと知っているのです。そいつが、どうやって、すがたを消したか、その謎もわかっています」

「ふ、藤巻さん。だれですか、そのピエロの正体というのは？」

「もう二、三日まってください。わたしは、ワナをしかけようとおもっているのです」

暗くてよく見えないけれども、藤巻探偵は、にこにこわらっているようだった。

「ピエロの正体は、じつは意外なやつですよ」

「わたしの知っている人ですか?」

「そう。市川さんも佐々木さんも、それからアキラくんも、知っている人物です」

「先生、おしえてください。だれですか?」

アキラくんがたずねたが、藤巻探偵は、答えてくれない。ただ笑っているだけであった。

マリヤ盗まる

そのつぎの夜——。一郎くんの家では、すき焼きパーテーがひらかれていた。すき焼きなべには、肉やネギが、おいしそうににえている。

おとうさんの市川教授は、にこにこして、

「とうとうピエロのやつは、亡びてしまった。これで、わたしも、安心してねむることができるよ」

と、お花さんに話しかける。

「だんなさま、ほんとうにようございましたわ」

「うん、今夜はそのお祝いだからな。たくさんたべてくれよ」

「しかし先生、天罰てきめんですな」

ビールをのんで、赤い顔をした島川運転手がいった。

トンカチさんは、あつい肉をほおばって、しばらく目を白黒させていたが、やがて、ごくりとのみこむと、

「だけど、死んでしまったのは残念だったなあ。わしの空手の腕前を、見せてやりたかったですよ」

「でも、このあいだは、みごとに気絶したわね」

ヨシ子さんがそういうと、トンカチさんは、あははと豪傑笑いをして、

「あのときはいたかったな。まだタンコブができている」

おどけた顔をして、おでこをなでるのだった。

マントルピースの上には、銀色にかがやいたプラチナのマリヤ像がのせてある。それを見た一郎くんは、ふと心配そうに、

「おとうさん。このマリヤ、金庫にしまっておいたほうがいいんじゃないかなあ」

「なに、大じょうぶさ。なにしろ、ピエロは死んでしまったのだからね。もう心配することはいらないよ」

おとうさんの市川教授は、すっかり安心しているようすだった。

だが、諸君! 教授は片目のピエロが、まだ生きていることを、知っているはずではなかったか⁉ 不忍池に

ついらくして死んだピエロは、アルバイトの、にせ者であったはずだ。それなのに、なぜ、お祝いのビールをのんでいるのだろうか?

そうだ! これはきっと本物のピエロをあざむくための、計略にちがいない。わざとゆだんをしてみせる作戦なのだ。そんなこととは知らないピエロは、そーっと食堂の中をのぞいて、「ふふふ、うまくいったわい」と、おもいながら、にたにた笑っているかも知れない。

「……ああ、ぼくたべすぎちゃった」

一郎くんは、ズボンのバンドをゆるめた。

「あら、いやだ。証城寺の狸みたいな、おなかをしてるわ」

ヨシ子さんが笑う。

すき焼きパーテーがおわって、テレビを見たのち、みんなが寝たのは、十時ごろであった。市川邸の中は、ひっそりとしずかになる。……一時間たち二時間たち……やがて、ホールの時計が、ボーンと一つ鳴った。午前一時だ。

ちょうどそのころ、廊下をすべるように、音もなくあるいていく人影がある。

三角のトンガリ帽子、おしろいをぬった白い顔に赤い大きな口、そして、ダブダブの服……。おお、それはまぎれもなく、片目のピエロであった。

ピエロは食堂のドアの前に立つと、そっと左右を見まわしたのち、しずかにドアをおした。

食堂のテーブルの上は、きれいにかたづけられ、みどり色の笠《シェード》の電気スタンドがのせてある。その光をあびて、マントルピースの上のマリヤ像が、キラキラとかがやいていた。

片目のピエロは、つかつかとマントルピースに近よると、むんずとばかりに、マリヤ像を手にとった。ついに、秘宝をわがものとしたピエロは、さも満足そうに、ほおをヒクヒクさせて、マリヤをながめている……。すると、そのとき、

「ちょっと待ってくれ、片目のピエロくん!」とつじょとして降ってわいた声に、ピエロはぎくりとして立ちすくむ。正面の窓のカーテンがさっとはらわれ、アキラくんの姿があらわれた。

「ピエロくん、そのマリヤを、もとの場所においてくれたまえ」

いやだ! というように首をふると、ピエロは小わきにマリヤをかかえたまま、ドアのほうへはしった。そして、廊下に出ようとしたとたん、またもぎょっとして、立ちすくんでしまったのである。そこには、佐々木警部

がピストル片手に、すっくと立ちふさがっているではないか。警部のうしろには、藤巻探偵と市川教授の顔がならんでいる。

ピエロは、じりじりと食堂の中に後もどりして、やがて、壁ぎわにピタリと追いつめられてしまった。もう絶体絶命である。

「片目のピエロ、うまくわなにかかったな。さあ、そのマリヤをよこせ！」

警部はマリヤをとりもどすと、市川教授にわたした。

「さあ、こんどは、きみの顔にかぶっているプラスチックのピエロの面を、とらせてもらうぜ！」

警部はそういうと、ふたたび手をのばして、ピエロのお面をピリッとはいだ。ああピエロの正体は、何者であったろうか？

犯人の正体

「おお、これは……」

おどろいてさけんだのは、佐々木警部自身であった。

意外、意外、男だとばかりおもっていたピエロの正体は、なんと女であったのだ。

「やっ、お前はお花じゃないか！」

市川教授もびっくりしたあまり、そうさけんだきり、あとは何もいえなかった。

「お花さんが犯人だったのか。ああ……」

アキラくんもそうつぶやいたまま、目を大きくひらいて、立ちつくしていた。

「お花さん、きみが犯人であるとは、ぼくも長いこと、わからなかったよ」

と、藤巻探偵がいった。お花さんは、無念そうな顔をして、下をむいている。藤巻探偵は、ことばをつづけて、

「しかし、きみを犯人として計算してみると、答がピタリと合うんだ。ピエロが消えたふしぎな事件も、ちゃんと謎がとけるのだよ。だからぼくは、きみが犯人にちがいないと、かんがえたんだ」

すると、それまでだまっていた市川教授が、ようやく気をとりなおして、

「藤巻さん、はじめてピエロがあらわれた夜のことなのですが、あのときは、どんなふうにして、姿を消したのですか？」

と、たずねた。読者諸君もおぼえているでしょう。トンカチさんや市川教授が逃げるピエロを追いかけて、裏木戸から外に出てみると、ピエロは、煙のように消えて

いたはずです。

「なーに、かんたんなことですよ。追いかけられたピエロは、角をまがると、台所にとびこんだのです」

「ふーむ、それを知らずに、われわれは台所の前を通りこして、裏木戸の外にはしって出たわけですな？」

「そうです。台所にかくれたピエロは、すばやくトンガリ帽子をぬぎお面をとり、服をぬいで、もとのお花さんの姿にもどると、台所のドアから何くわぬ顔をだして、島川運転手と話をしたのです」

「なーるほど、そうだったのか」

と、教授はうなずいて、

「ねむり薬のはいった紅茶をのまされて、われわれがねむらされたこともありましたが、あれもお花のしわざですね」

「そのとおりです。お花さんは、みながグーグーとねむりだしたのを見て、すばやくピエロに扮装すると、マリヤをぬすむために書斎にはいっていったのです。ところがわたしとヨシ子さんに発見されて、あわてて台所に逃げかえると、いそいで服をぬいだ。そして、いかにもじぶんも、ねむり薬をのまされたふりをして、たぬきねいりをしていたというわけです」

みなさん、これで片目の道化師が姿を消したわけが、おわかりになったとおもいます。

「道化服は、ダブダブしているから、着物の上にきることができる。また、それをぬぐと、たちまちお花さんの姿にもどることもできます。こんな便利なものは、ほかにはありませんからね」

「そうだな。それにこのプラスチックの面がまた便利なものだ。やわらかくて、ほんとのピエロの顔そっくりにできているぜ」

そういって、警部はピエロのお面をかぶってみた。いかめしい警部の顔が、とたんに、不気味なピエロになってしまう。

「ははは……どうだ、似合うかね？」

と、いう警部の声までが、気味わるく聞こえるのである。人々がピエロのお面に気をとられて、そこにわずかなすきができた。犯人が、それを見のがすわけがない。

ガターン！　と、大きな音をたてて、テーブルをひっくりかえすと、女道化師は、からだを窓にぶつけるようにして、庭にとびだした。

「あっ！」

「こら、待てっ！」

あわてたのは警部だ。ピエロのお面をかなぐりすてると、ポンと庭にとびだした。

「止まれっ、止まらぬと撃つぞ！」

「待てっ、止まれっ！」

市川教授も、大声でさけぶ。だが、ピエロが止まるはずもない。木立のあいだを、ひらひらと服をひるがえしてはしると、門の外にとびだした。

「し、しまった。ジープで、乗り逃げされる！」

警部が悲痛な声をだした。門の前には、一同が乗ってきたジープがおいてある。犯人は、それに乗って逃げるにきまっているのだ。はたして、門のほうでエンジンをかける音、そして、高らかに笑う犯人の声が聞こえた。

「おほほほ……とんまの警部さん、よくおきき。あたしゃ山猫お銀という女泥棒なんだよ。お前さんにつかまえられてたまるかい。あばよ！」

警部はプリプリおこりながら、必死ではしる。市川教授も、ハーハーいいながら、門の外にとびだした。

「ちくしょう、待てーっ」

地だんだふんで、警部がどなる。だが、時すでにおそく、ジープは百メートルほど先をはしっていた。もはやピストルをうったところで、ぜったいにあたらない。

あばよーっと、お銀が手をふってみせる。ところがそのとたん、妙なことがおこったのである。ジープはバタンバタンと車体をゆすぶったきり、その場にとまってしまったのだ。それを見た警部は、大よろこびだ。それっとばかりにかけだす。お銀はあわててジープからとびおりると、バタバタ逃げだしたが、警部の足にはかなわない。たちまちつかまえられて、手錠をかけられてしまった。

「なんだい、この安物のジープ」

お銀は、さも腹だたしそうに、ジープの横っ腹をけとばした。それを見て、きゅうに笑いだしたのは藤巻探偵だ。

「ははは……たぶん、こんなことになるだろうとおもって、ジープのガソリンをぬいておいたのだよ。あははは……」

藤巻探偵は、勝ちほこったように、夜空をあおいで笑いつづけていた……。

楽しい旅行

山猫お銀がつかまって、片目のピエロ事件は、みごとに解決した。

「へえー、おどろいたなあ。あのお花さんが大泥棒だったのかい」

島川運転手とトンカチさんは、あいた口がふさがらない。一郎くんもヨシ子さんも朝になってはじめてそのことを聞かされ、びっくりしていた。

「だがそれを見破った藤巻探偵もえらいもんだなあ」

と、トンカチさんは、つくづく感心したようにいうのであった。

一郎くんもヨシ子さんも、事件が解決したことはうれしかった。しかし、それよりもっとうれしいのは、長野の病院にいるおかあさんが、いよいよ退院することになったからである。

ある空のよく晴れた日、一郎くんたちはおとうさんにつれられて、島川運転手の車で、新宿駅にのりつけた。そして、トンカチさんにおくられて、長野行きの列車にのった。やがてベルが鳴りおわって、ガタンとうごきだしたとき、汗をふきながら、アキラくんがかけつけてくれた。

「おかあさんによろしくね」アキラくんがさけぶ。

「いってらっしゃい」

と、トンカチさんと島川さんがさけぶ。それにこたえて、一郎くんたちは手をふった。電気機関車は高らかにホイッスルをならすと、ますますスピードをあげた。電柱や、家や、人や犬が猛れつな早さで、あとへとんでいく。列車は走りつづける。なつかしいおかあさんの待っている長野へ、長野へ――。

魔人鋼鉄仮面

挿絵・中村猛男

ふしぎな男

「きみは、少年探偵のアキラくんじゃないかね?」

夜の銀座をさんぽしていると、いきなりよびとめるものがある。

「そうですよ。ぼく、藤巻探偵の助手の、アキラです」

アキラくんは、両手をスプリングコートのポケットにいれたまま、ゆだんなく相手を見つめた。そこには、まっかなネオンの光りをあびて、一人の男が立っているのだ。

「わしはずっとまえから、きみにあいたいと思っていた。どうだね。アキラくん、ひまだったら、わしの話をきいてくれんか」

「きいてあげてもいいけど、いったい、おじさんはだれです?」

「いや、名をなのることは、かんべんしてもらいたい。いずれそのうちわかるようになる」

男はそういうと、さきに立ってあるきはじめた。黒いオーバーのえりをたてて、ソフト帽子を深くかぶっているから、どんな顔をしているのかわからない。ともかく、アキラくんが一ども見たことのない男である。

やがて近くのコーヒー店にはいって、テーブルにむかいあってすわると、男は、

「おい、モカを二つ」と、注文した。そして、はこばれたコーヒーを下をむいてかきまぜながら、

「アキラくん、わしがきみにあいたかったのは、近い将来に、わしが泥棒をするということを、きみに話しておきたかったからなのだ」

その男は、少年名探偵のアキラくんに、大胆ふてきなことをいうのである。

「泥棒を? おじさんが泥棒をやるのですか」

と、アキラくんは、びっくりしてききかえした。

「そうだ、わしがやる」

「なにをぬすむのです?」

「設計図だ。きみはアメリカ海軍で、原子力潜水艦が進水した話をきいているだろう?」

「ええ」

「ところが、日本には、その半分の原子力で走る、Z4号という潜水艦が設計されているのだ。アメリカにはもちろん、ソ連にもこんな優秀な発明はまだない」

意外な話に、アキラくんはびっくりして、

「そんなすばらしい原子力潜水艦が、日本で設計されているのですか」

「そうだ。わしがねらっているのは、このZ4号の、原子力エンジンの設計図なのだ」

アキラくんは、ごくりとコーヒーをのんで、

「だれからぬすむのです？」

「うむ、エンジンの設計図は、六枚にわかれている。六枚そろわなくては、なにもならないのだ。その六枚の設計図を、六人の男が一枚ずつもっている。だから、わしがねらっている相手は、六人いるわけだ」

男は、話をしているときも、けっして上をむかない。うつむいて顔をかくしたまま、ゆっくりとコーヒーをかきまぜている。

鉄仮面

「アキラくん、わしは魔法をしっているのだ。だから、鍵をかけた家のなかに、スーッとはいることもできるし、けむりのようにきえることもできる。猿飛佐助の忍術ではないが、あっというまに、百キロも二百キロもとべるのだ」

その男は、こんなふしぎな話をするのだった。アキラくんは、男がでたらめをいっているのだろうと思っていたが、あとになってみると、それがほんとうであることがわかるのである。

「いったいぜんたいおじさんは、だれですか」

と、アキラくんはもう一どたずねてみた。

すると男は、ククク……と、ふくみ笑いをして、

「それほどわしの名がしりたいかね。名まえをいうわけにはいかないから、顔をみせてやろう。いいかね。ゆっくりとながめて、よくおぼえておくがいいぜ」

男はコーヒーをかきまぜる手をやめて、オーバーのえりをたおし、ソフト帽子をぬいで、むっくり顔をあげた。それを見て、アキラくんは、思わず、あっとさけんだの

である。

　おどろくのもむりはない。男の顔には、頭から鉄のお面がスッポリとかぶせられていたからだ。顔のまんなかに、ぶかっこうな鼻がついている。目のところに小さな穴が二つあいて、その穴から、キラキラ光るひとみが、アキラくんをじーっと見つめている。

「どうだ、おどろいたろう……」

　ものをいうときには、口のあたりがパックリとさけて、青白く光るしたが、チラッと見える。なんというぶきみなお面だろう。

「いいか、アキラくん。この鉄仮面が魔法をつかう人間、つまり魔人であることを、わすれてはだめだぞ」

　鉄仮面はそういうと、ポケットから小さな金《かね》の箱をとりだして、テーブルの上にのせた。ふたをあけたアキラくんは、またもギョッとさせられたのである。箱の中には、あのグロテスクなサソリが、毒針のついた尾をピンとあげて、アキラくんのゆびをさそうと、じっとみがまえているではないか！

　アキラくんがおどろいているすきに鉄仮面はすばやく立ちあがると、夜の銀座へでていってしまった。

奇妙なハガキ

　銀座の四丁目に、山野という美術店がある。宝石や、こっとう品を売っている。銀座でもゆびおりの古い店だ。

　四月一日の朝、この山野美術店に、一通のハガキがは

いたつされた。番頭が手にとってみると、『四月二日午前一時』とかいてあるきり。その横に、黒いサソリのスタンプが、ペタリとおしてある。

「なんだね。これは?」

番頭は、わけがわからなそうな顔をした。

「いたずらですわ。きょうは四月馬鹿じゃありませんか」

わかい女の店員が、そういってホホホホと笑ったので、番頭もきょうがエイプリル・フールであることに、はじめて気がついた。読者諸君もごぞんじのように、四月一日にはこっけいなウソをついて、したしい友人をだましてもよいことになっている。

「このハガキ、きみがだしたのかね?」

「あたしじゃありませんわ」

「だれのいたずらかな?」

番頭は首をひねって、いたずらをしそうな人びとの名まえを考えていた。

午前一時の客

服部《はっとり》時計店の時計塔が、ゴーンと夜中の一時をつげた。この時刻になると、銀座もようやく人どおりがたえてくる。ずらりとならんだ商店も、ボツボツあかりをけして、寝るしたくをはじめる。

そのころ、山野美術店のショー・ウインドウを、ひとりの男が熱心にのぞいていた。ショー・ウインドウの中には、古ぼけた仏像だの、徳川時代の置時計だの、ふちのかけた花びんなどが、たいせつそうにかざってある。しかし男がのぞいているのは、仏像や花びんではなくて、そのうしろにかけてある、トラのえのかけじくらしい。

やがて、男は店のなかにはいっていくと、番頭をよんだ。

「あのかけじくを見せてくれ」

「へいへい」

番頭はペコリとおじぎをしたが、客の顔を見てギョッとした。その客は、鉄のお面をかぶっているからだ。

「このかけじくは、浜田製鉄会社の社長、浜田連三氏がもっていたものじゃないかね」

「へえ、よくごぞんじで………」

「いくらだ」

「五万円でございます」

「五万円はたかい、もっとまけろ」

「お客さま、これは一円もまけられません」

男はざんねんそうに、うーむとうなって、

「あの油絵はいくらだ」

と、正面のかべをゆびさした。番頭はうしろをむいて、

「どれでございます?」

「もっと右だ」

「これでございますか、こちらでございますか………」

いくらきいても返事がないので、番頭はクルリとふりむいたが、たちまち妙な顔になった。お客がいない。店の中をキョロキョロさがしたけれど、どこにもいないのである。かけじくをもって、にげたにちがいない。

「しまった、泥棒! 泥棒ーっ」

番頭はどなりながら、外にとびだした。だが、ふしぎなことに、男のすがたはどこにも見えない。五秒か十秒くらいのことだから、まだ五十メートルとは走れぬはずである。それなのに、右を見ても左を見ても、人間はおろか、犬の子一ぴきもみえない。鉄仮面は、けむりのようにきえてしまったのだ。

どこからか、ククク……と、ふくみ笑いがきこえたような気がする。番頭は思わずゾーッとなって、店のなかにとびこんでしまった。

名探偵藤巻三郎

番頭が警察に電話したので、すぐに佐々木警部と五人の警官がかけつけた。そして、いろいろとしらべたが、鉄仮面が、どうしてすがたをけしたのか、そのふしぎななぞについては、だれにもわからなかった。

そこで佐々木警部は、名探偵の藤巻三郎に電話をかけたのである。

すると、三十分もたたないうちに、藤巻三郎は助手のアキラ少年をつれて、タクシーでやってきた。藤巻探偵は、いままでに何十回となくむずかしい事件をといた、有名な私立探偵なのだ。

「やあ、こんばんは」

藤巻三郎は、にこにこしながら、一同にあいさつをした。そして佐々木警部と番頭から、くわしい話をきいていたが、やがて大きくうなずいた。

「わたしは、鉄仮面がどうやってすがたをけしたか、ちゃんとわかっています」

「え？　もうわかったのですか？　われわれは一時間半もしらべたが、さっぱりけんとうがつかんのですよ。鉄仮面は、いったいどんな方法できえたのですか」

佐々木警部は、こうふんしたように大きな声をだした。

「それはあとから説明します。そのまえに、鉄仮面がなぜあのかけじくをぬすんだのか、それをはっきりさせる必要があるのです」

「五万円もするかけじくだもの、ぬすんでいくのはあたりまえですよ」

「ところが、鉄仮面は、あのかけじくなど、少しもほしくなかったのです」

「ではなぜぬすんだのですか？」

「あのかけじくは、浜田製鉄会社の社長、浜田連三氏がもっていた品物です。浜田氏がきょねん死んだのち、おくさんはなにもしらないものだから売ってしまったのですが、あのかけじくには、たいへんなものがかくしてあったんです」

「なんです。それは？」

「新型潜水艦Ｚ４号の、原子力エンジンの設計図です。おそらくクルクルとまいて、じくのなかにいれてあったにちがいありません」

「ふーむ」

一同は意外な話に、ただうなるばかりだった。

藤巻探偵の実験

「では藤巻さん、鉄仮面はどうやってすがたをけしたのでしょう？　ふしぎでなりません」

と、番頭がきいた。

「よろしい。その方法をお話しするまえに、おもしろい実験をやってみましょう」

藤巻三郎は、アキラ少年の耳に口をよせて、なにごとかヒソヒソとささやいた。アキラ少年はニヤリと笑って、だまってこっくりをする。

「それじゃ、もう一ど、あのときのことをくりかえしてみようと思います。このアキラくんに鉄仮面の役をやらせます。お巡りさん、ちょっと警棒をかしてください。かけじくのかわりにしますから」

警官の警棒をまえにおくと、

「アキラくん、はじめてくれたまえ」

といった。すると、アキラ少年は番頭にむかって、

「あのかべにかかっている油絵は、いくらですか」

と、鉄仮面のまねをはじめた。番頭はむこうをむいて、

「これですか、それとも、こちらですか……」

番頭がそういっているまに、アキラ少年は警棒をつかむと、さっと、そとにとびだしていった。

「十秒たったら、あとを追いかけるのです」

藤巻探偵がいう。一同は時計をにらんでいたが、十秒をすぎると、それっとばかり走りだした。

だが、アーラふしぎ、アキラ少年のすがたは、どこにも見えない。

警官たちは右と左にわかれて、百メートルほどさきまで、さがしにいったけれど、アキラ少年を見つけることはできなかった。

人びとが首をひねりながら、ガヤガヤとかえってくると、おどろいたことには、アキラ少年がイスにかけてニヤニヤしている。

「アキラくん、どうやってすがたをけしたのかね？」

佐々木警部が、わけのわからなそうな顔をした。だがアキラ少年は、ただだまって笑っているだけである。

「その方法は、わたしが説明しましょう」

藤巻三郎もニコニコ笑いながら、一同にむかって、そういった。

鉄仮面とアキラ少年は、いったいどうやってきえたのであろうか？

たねあかし

藤巻探偵は、店員がはこんできた茶をひと口のんで、

「鉄仮面がどうやってきえてしまったのか、たねあかしをすると、とても簡単なことなんですよ。いまの実験でも、みなさんは道路の上ばかりしらべたが道路の下はしらべなかった。それがいけなかったのです」

「地面の下ですって？　それじゃ鉄仮面は、モグラみたいに穴をほってにげたのですか」

佐々木警部は、信じられないような顔つきだ。

「いいえ、地面をほるひつようはないですよ。穴はちゃんとあいています」

「穴があいていたら、われわれだって見のがしはしませんよ」

「私がいうのは、そんな穴ではありません。下水がながれている、マンホールの穴です」

「えっ、マンホール？　そうだったのか、しまった、それは気がつかなかった」

佐々木警部をはじめ、警官たちは、鉄仮面がすがたを消したナゾが、ようやくわかった。

なるほど、この山野美術店のまえの大どおりのまん中に鉄のふたをかぶせたマンホールがある。かけじくをもってにげだした鉄仮面は、すばやくマンホールにもぐると、上からガタンとふたをしてしまったのだ。

「こんなつまらないトリック（しかけ）をつかったところをみると、鉄仮面も大した男じゃありませんよ。そのうち警察につかまるでしょう」

名探偵藤巻三郎は、ニコニコしながらいった。ところがどうして、鉄仮面は第二の事件で、もっとふしぎなトリックをつかって、へやの中からほんとうに消えてしまったのである。

こいのぼり

鉄仮面が、銀座の山野美術店のかけじくをとってにげてから、はやくもひと月たった。だが、鉄仮面のゆくえはどうしてもわからなかった。

そろそろ五月のせっくも近づいてきたので、コバルト色の大空には、こいのぼりや五色のふきながしが、いせいよくおよいでいる。蛇原《へびはら》博士の庭にも黒いこいのぼりがたっていた。

五月一日の朝のこと、博士は顔をあらうと、庭にでてしんこきゅうをしながら、自分のこいのぼりを見あげた。が、たちまちあっとおどろいたのである。

　きのうの夕がたまでは、黒いこいが元気よくひるがえっていたのに、けさはそのこいのかわりに、みるもぶきみなサソリののぼりが、ひらひらと風にはためいているではないか!

「お花、お花はいないか」

「はーい」

　博士によばれて、女中のお花さんが、あわてててでてきた。

「なんでございますか」

「あれを見なさい。あんないたずらをしたのは、お花か」

「まあ……」

　お花さんも、黒い大きなサソリののぼりを見て、びっくりしている。

「あたくし、存じません。きのうまではこいのぼりでしたのに……」

「そうだ、夜中に、だれかがサソリと、とりかえたのだろう。けしからんやつだ」

　二人はつなをひいて、サソリを地上におろした。そばで見ると、よけいにきみがわるい。長さは十メートルほどもあるもめんで、頭には銀紙の目玉がはりつけてある。

「だんなさま、あんなところに、カードがついていますよ」

　お花さんがサソリの腹をゆびさした。そこには、ハガキぐらいの白いカードが、ピンでとめてある。

「どれどれ、フーム……」

　蛇原博士が手にとって見ると、『五月二日午後十二時』とかいてあるだけだ。

「へんだな。黒いサソリ……、五月二日午後十二時……」

　博士は、口の中でブツブツとつぶやいていたが、にわかにハッと顔いろをかえた。黒いサソリは、鉄仮面のマークではないか!　すると、このカードは、鉄仮面があすの夜十二時にくるという、予告状にちがいないのだ。

「これはたいへんだ」

　博士は洋服をきると朝のごはんもたべないで、タクシーにのって警察へかけつけたのであった。

鉄仮面あらわる！

「アキラくん、いよいよ鉄仮面があらわれるぜ」

藤巻探偵は、うれしそうにニコニコしている。

「いつですか」

「こんやの十二時、工学博士の蛇原家へやってくるんだ」

「蛇原博士ってだれですか」

「蛇原博士は、浜田製鉄の技術こもんをしているんだ。この人も、原子力潜水艦Ｚ４号の設計図をもっている。鉄仮面は、それをねらっているのさ」

「こんどこそは、つかまえたいものですね」

「うむ、佐々木警部もはりきって、警官二〇〇人をつれて、博士の家をぐるりととりまいているよ。さあ、きみもしたくしたまえ」

二人はタクシーにのって、目黒の蛇原博士の家へむかった。一〇〇メートルほど手まえまでくると、三人の警官が懐中電灯をふって、とまれっとタクシーに命じた。

「やあ、藤巻さんにアキラくんでしたか」

「やあ、ごくろうさんです。なかなかげんじゅうな警戒ですなあ」

「はあ、博士の家に近づくものは、アリ一ぴきでも見のがしませんよ」

藤巻探偵は助手のアキラくんに、

「きみは、ここでがんばってくれ、ぼくは家の中で見はっているから……」

といって、アキラくんをおろすと、博士の家の門のなかに、車をのりいれた。

庭のあちこちにも、武装警官がたくさんいる。藤巻三郎のすがたを見つけると、佐々木警部が走ってきた。

「すぐ蛇原博士にあってください。あと十分で十二時です」

家にはいると、女中のお花さんがガタガタふるえながら二階の博士のへやに案内してくれた。ドアをあけると西洋風にかざった書さいの中を、蛇原博士は動物園のクマみたいに、ぐるぐるとあるきまわっている。

「ああ、藤巻さんですか。よくきてくださいました。わしは心配で、じっとしておれんのですよ。あと九分で鉄仮面がくると思うと、むねがドキドキします」

「なに、そんなに心配しないでください。警官が二〇〇人もいるのですからね」

藤巻探偵は蛇原博士を力づけて、へやの窓のかぎをしらべた。窓は三つあるが、どれもしっかりとかぎがかかっているから、外がわからあけることはできない。

「では、われわれはろうかにでて、見はっています。あなたは心配しないで本でもよんでいてください」

探偵と警部はバタンとドアをしめると、ろうかのはしのイスに腰かけて、十二時になるのをじっとまつことにした。

厳重な警戒

アキラくんは、警官たちといっしょに、草むらにかくれて、鉄仮面がやってくるのを、いまか、いまかとまちかまえていた。

「アキラくん、十二時四分まえだよ」

となりの警官が、そっとささやいた。アキラくんは、ぶるっと武者ぶるいをした。月が雲にかくれて、あたりはまっくらだ。地面の中で、地虫がジーッとないている。遠くのほうで、犬がほえていたがすぐになきやんだ。

まもなく、雲のかげから、月がすーっとでてきた。すると、そのとき、どこかでククク……と笑うものがある。ひょいと首をのばしてみると二〇メートルばかりさきの松の木の下に、鉄仮面がこちらをむいて、立っているではないか！

「あっ、鉄仮面がでましたよっ！」

「うぬ、やいまてっ！　またんかっ！」
五、六人の警官が、パッと立ちあがって、ピストル片手に鉄仮面にむかっていく。アキラくんもむちゅうではしりだした。だが、暗いうえになれない場所なので、石につまづいてころんだり、木のみきにぶつかったり、なかなか早くかけられない。
ククク……。鉄仮面は、警官たちをバカにしたように笑いながら、ひらりひらり、ひらり、と身をひるがえして、にげていく。

「とまれっ、とまらないと、うつぞっ！」

パン、パーン……。警官が、ピストルを地面にむけて、いかく射げきをした。鉄仮面は平気な顔をして、ククク……と笑いながら、まもなく暗《やみ》のなかに消えてしまった。

ぶきみな笑い声

そのころ、藤巻探偵と佐々木警部は、ろうかのイスにこしかけて、四方八方を警戒していた。ろうかの窓から下を見おろすと庭のなかには、ものものしい警官のすがたが三十人ちかくいる。

パン、パーン……というピストルの音が、はるかむこうのほうからきこえた。

「鉄仮面がでたかな？」

「いくら鉄仮面が魔法をつかっても、あれだけ、警官がいますからね。ここまでやってくるはずはないです。鉄仮面もこんやは、みごとにつかまってしまいますよ」

佐々木警部は、自信ありげに、ハッハッハッと笑った。

やがて、博士のへやの時計が、ボーン、ボーン……と十二時をうちはじめた。すると、そのとき、へやのなかから、横笛《フルート》の音《ね》がきこえてきたのである。

「おや？」

二人は顔をみあわせた。

「博士がふいているのかな」

「そんなはずはないでしょう。博士は心配で心配で、じっとしていられないほどですよ」

「おかしいぞ、見てこよう」

藤巻三郎が立ちあがろうとしたとき、フルートのメロディーはパタリとやんだ。そして博士のへやのドアが、ガタリとあくと、いがいなことに、なかから鉄仮面がヌーッと首をだしたのである。

鉄仮面は、あっとおどろく二人をじーっと見ながら、ククク……と、ひくい声で笑っている。

「まてっ！」

佐々木警部が走りよって、ピストルをつきつけた。

「いたいっ！」

警部のピストルは、ろうかの床の上に、ゴトンとおちた。鉄仮面が、フルートで警部の手をピシリとたたいたからである。

藤巻探偵がピストルをひろうすきに、鉄仮面はパタンとドアをしめると、なかからガチャリとかぎをかけてしまった。

「あけろっ、おい、あけろっ!!」

「そとには警官がなん百人もいるのだ。にげようとしたってにげることはできないぞ」

「あけろっ、おとなしくこうさんしろっ」

二人はドアをひっぱりながら、さけんだ。

「蛇原博士、蛇原博士……」

いくら声をかけても、蛇原博士のへんじはない。きこえるのは、鉄仮面のクククという笑い声ばかりである。博士はどうなったのだろう?

「警部どの、どうしたのですか」
五、六人の警官があわててかけつけた。
「うむ、このへやのなかに、鉄仮面がいるのだ。窓からにげるかもしれない。庭のほうを警戒しろっ!」

「はっ」

一人の警官が、すぐに下におりていった。ドアのむこうからは、鉄仮面のクククク……という笑い声が、まだきこえてくる。

「よーし、こんどこそはにがさんぞ。それっ、このドアをたたきこわせっ!」

佐々木警部は、大きな声でどなった。

五人の警官が、ドアをめがけて、ドシーン、ドシーンとからだをぶっつけた。四どめに、メリメリーッとドアがこわされた。

ぬすまれた設計図

「そら、ゆだんするなっ!」

「鉄仮面、しんみょうにしろっ!」

警部を先頭に、警官たちは博士のへやになだれこんだ。だが、どうしたわけだろう。鉄仮面は、けむりのように消えて、どこにもいないのである。

「おや?」

「どこへいったんだ?」

藤巻探偵はすぐに窓のかぎをしらべた。どのかぎも、しっかりとかかっている。

「窓からにげたはずはない」

「おかしいな」

「博士はどうした?」

蛇原博士は、へやのまんなかにあおむけにたおれて、グーグーといびきをかいている。

「警部どの、ねむっています」

「ねむりぐすりをかがされたんだろう。もしもし、蛇原博士、もしもし……」

佐々木警部が肩をゆすぶると、蛇原博士はようやく目をさました。

「どうしたのですか」博士は、キョロキョロとあたりを見まわして、

「わしがイスにかけていると、うしろからだれかがハンカチで鼻をおさえたのです。ハンカチにねむりぐすりがつけてあったとみえて、そのままねむってしまいました」

「あなたをねむらせたのは鉄仮面ですよ」

「えっ」と、博士はびっくりして、

「て、鉄仮面が！」

「そうです」

「つかまりましたか」

「いや、ざんねんながら、にげてしまいました。二〇〇人の警官が見はっているのにどこからはいってきたのかさっぱりわからんのです」

警部も警官たちも首をひねっている。

「ふしぎだ、じつにふしぎだ。どこからやってきたのだろう。どこからにげていったのだろう……」

蛇原博士はまだはっきりと目がさめきらないらしく、フラフラと立ちあがって金庫のとびらをあけた。

「あっ」

「どうしたんです？」

「やられたっ、せ、設計図がないっ」

博士はがっかりして、イスの上にどしんとこしかけると、頭をかかえてしまった。

はたして怪人鉄仮面は、魔法をつかったのだろうか。だが、名探偵藤巻三郎は鉄仮面がどうやって消えてしまったのかちゃんと見ぬいていたのである。

アキラくんの冒険

アキラくんたちは、蛇原博士のへやに鉄仮面がしのびこんだことを、まだ知らない。だから、見うしなった鉄仮面をさがして、手わけをしてあちこちをしらべていた。

そのうちにアキラくんと太田巡査の二人は、杉の林のところまできた。博士の家《うち》から五百メートルほどはなれたさびしい場所である。どこかで、ホーホー……とふくろうがないている。

「おや、アキラくん、あんなところに自動車がおいてあるぞ」

と、太田巡査がいった。かいちゅう電灯でてらしてみると、まっ赤なオープン・カーだ。

「太田さん、番号札《ナンバー》を見てごらんなさい。どろがぬっ

てありますよ」

「なるほど。どろがはねたようにみせかけて、番号札《ナンバー》の数字をかくしているのだ」

「うむ、あやしい車だぞ?」

太田巡査がしゃがんでどろをおとして番号をしらべようとしたとき、だれかが歩いてくる足音がした。二人はすばやく杉の木にかくれて、ようすをみていた。

やがてやってきたのは黒いソフトに長いマントをきた一人の男である。よく見ると、男の顔には、まっ黒い鉄のお面がスッポリとかぶさっている。

「あ、鉄仮面だ!」

「シーッ」

鉄仮面は、ククク……とうれしそうにわらいながら、手にもっていた紙の一つをスルスルとひろげて、月の光でながめている。

「アキラくんあれは原子力エンジンの設計図だぜ」

と太田巡査が、ささやくようにいった。

「ざんねんだなあ、とうとう二枚めもとられてしまったのか」

アキラくんは、くやしがった。そこで設計図をとりもどすために、鉄仮面のあとをつけることにきめた。二人はなにごとかヒソヒソと作戦をねっていたが、やがて太田巡査が鉄仮面のまえにさっととびだした。右手にピストルをかまえ、左手にかいちゅう電灯をパッとてらして、

「鉄仮面、手をあげろっ」と、どなった。

鉄仮面はすこしもおどろかない。

「なんだ、そんなピストルの弾丸《たま》がこわいものか。わしは不死身だぞ。ピストルでうたれても、刀できられても、どくをのまされても、火の中になげこまれても、この鉄仮面はビクともしないのだ」

「うそをいうな。にげるとうつぞっ!」

「うつなら、うってみろ。弾丸《たま》がむだになるだけだ」

鉄仮面は、バカにしたようにククク……とわらうと、クルリとうしろをむいて、自動車にのってしまった。

パン、パンと太田巡査がピストルを空にむけて、いかく射げきをした。だが、鉄仮面はへいきな顔をして、アクセルをふむと、車はものすごいスピードで、みるみるうちに見えなくなってしまった。

しかし、さすがの鉄仮面も、太田巡査のほうに気をとられて、車の下にアキラくんがぶらさがっていることにはちょっと気がつかなかったのである。それが二人の作戦だったのだ。

きえたオープン・カー

「藤巻さん、鉄仮面はどんな方法できえたのでしょう？　わたしにはさっぱりわからんのです。天井にも、床にもかべにも、ぬけ穴はないし、窓にはカギがかかっている。だから、ぜったいにげることはできないはずですよ」

蛇原博士の庭のかたすみで、佐々木警部は首をひねっていた。

藤巻探偵は、いつものようにニコニコして、

「そうしんぱいしないでいいですよ。鉄仮面がきえた方法は、わたしには、ちゃんとわかっています」

「え？　わかっているなら、はやくおしえてください」

と警部は大きな声をだした。

「鉄仮面は、だいたんふてきな、あなたもびっくりするような方法で、すがたをけしたのです。それも、とてもかんたんな方法ですが、しっかりしたしょうこをつかんでから、おしえます」

藤巻探偵がそうこたえたところへ、バタバタッと太田巡査がはしってきた。

「警部どの、鉄仮面が自動車にのってにげてしまいました」

「なに、鉄仮面がか！」

「は、赤い色をした中型のオープン・カーです。車の下にアキラくんがぶらさがっています」

アキラくんは、器械体操の名人である。

「よし、パトロール・カーにれんらくしてつかまえさせる。藤巻さん、黒い自動車とちがって、赤い自動車は、かずがすくないから、すぐつかまりますよ」

警部は自信ありそうにいうと、すぐ警視庁に電話をかけた。

パトロール・カーというのは、無線電話をそなえつけた、白い小型自動車である。二人の警官がのって、東京中をグルグルとまわっている。そして、警視庁の司令室から無電のれんらくをうけると、すぐに事件のあった場所へかけつけるのである。東京警視庁のパトロール・カーは、数十台もある。

そのときも、全部のパトロール・カーに、つぎのような指令がだされた。

「こちらは東京本部。鉄仮面が目黒から赤ぬりの中型オープン・カーにのって逃走中。三号車、十七号車、三十二号車、東海道をかためてください。六号車、十一号

車、京浜国道を警戒ねがいます。そのほかの全車は赤いオープン・カーに注意してください。鉄仮面が目黒から逃走中」

パトロール・カーだけでなく、東京中の交番にもれんらくがとられた。どこの交番でも、巡査が目を大きくあけて、赤いオープン・カーをつかまえようとして努力していた。

だが、五分たっても十分たってもオープン・カーを発見することはできないのである。佐々木警部は、イライラしてきた。

赤いオープン・カーは、大東京の闇の中にきえてしまったのだ。ああ、鉄仮面は、またもふしぎな魔法をつかったのである。

魔法つかい

さて、鉄仮面がそうじゅうする自動車は、なぜみつからないのであろうか?

鉄仮面は、蛇原博士の家《うち》から三分ばかり走ると、あるビルディングのまえで、自動車をとめた。

このビルは戦争でこわされたままで、だれもすんでいない。こわれた水道の栓から、ポタリポタリと水がたれている。

車をおりた鉄仮面は、ホースを水道につなぐと、栓をひねって、車体をジャージャーとあらいはじめた。すると、いがいなことには、車の赤い色がとけて、一分のちには灰色の自動車になってしまった。灰色の車ならば、パトロール・カーだって気がつかないし交番の巡査だって見のがしてしまう。鉄仮面はそのことをちゃんとかんがえて、赤いえのぐをぬっておいたのである。

「あたまがいいやつだなあ……」

車の下からそーっとのぞいていたアキラくんは、思わずかんしんしてしまった。

鉄仮面はふたたび車にのると、ビューッとスピードをだして、三十分ののちには、ある高台のやしき町にはいっていた。道の両がわには高いへいがずうっとつづいていて、その内がわには大きな木がうえられている。ま夜中だから、どのやしきも灯《ひ》をけして、ねむっている。

鉄仮面の車は、烏森《からすもり》というやしきのまえで、ピタリととまった。

「ああ、くたびれた。ずいぶん走ったな。ここはどこだろう?」

アキラくんは車の下にねて、体をやすませながら、鉄仮面がおりるのをまちかまえていた。……一分……二分……三分。車の上では、コトリとも音がしない。どうしたのだろう。

そこでアキラくんは、ソロソロとはいだして、そうっと車の中をのぞいてみた。

ああ、なんというふしぎなことだろう。鉄仮面のすがたは、どこにもいない。

「おかしいな。ぼくが見はっていたのだから、車をおりたはずはない。すると、鳥のように空をとんでにげたのかな?」

アキラくんは、ふしぎでたまらない。

車をしらべていたアキラくんはうんてん台をのぞいたとき、思わずあっとさけんだ。一匹のサソリが毒のはりをぴんとあげて、アキラくんをじっとにらんでいるのである。

鉄仮面はサソリをのこして、またも魔法をつかってしまったのだ。

ぬすまれたオープン・カー

まもなく、とおりかかった人にたのんで、交番にれんらくしてもらった。そして二十分ほどまっていると、藤巻探偵や佐々木警部たちが、三台の自動車でかけつけてくれた。

「ああ、アキラくん。ぶじでよかったなあ」

と、佐々木警部はうれしそうにいった。藤巻三郎もニコニコしている。

「鉄仮面がどうかしたのかね?」

と藤巻探偵にきかれたので、アキラくんはくわしい説明をした。

話を聞きおわると、佐々木警部も本田巡査もあたまをひねって、

「ふしぎだじつにふしぎだ!」

と、かんがえている。

一同がガヤガヤと話をしていると、鳥森家の門がギイッとあいて、中から若い男がくびをだした。そして、オープン・カーをみると、

「あっ、これはうちの車です。ガレージにいれておい

たのに、だれがこんなことをしたのですか?」

「鉄仮面ですよ」

「えっ、て、鉄仮面? ……」

わかい男はびっくりしたらしく、目をまるくしている。

「きみはだれですか?」

「はあ、わたしは、この烏森家の運転手で、黒竹半平《くろたけはんぺい》というものです。庭にガレージがあって、その二階にひとりでねています。夜中に水をのみたくなって、下におりてみますと、ガレージに車がありません。そこでおどろいてさがしにきたのです」

「フーム、すると鉄仮面は、烏森家の車をぬすんでのったのだな。だが、なぜわざわざ烏森家の自動車をつかったのだろう?」

と、警部がひとりごとをいった。

あとになってみると、鉄仮面が烏森家の車をつかったことには、ちゃんとしたわけがあったのである。だが、いまだれも、そのわけには気がつかなかった。

読者諸君は、烏森と黒竹という名まえをよくおぼえていてください。

手品のたね

黒竹半平がかえっていったあとで、それまでだまっていた藤巻探偵は、警部のほうをむくと、

「鉄仮面が、どんな方法をもちいて蛇原博士のへやからきえたか、それはまだ話すことはできませんが、そのかわりに鉄仮面がこの自動車からきえた魔法をおしえてあげます」

といった。さすがは名探偵だけあって、だれにもわからないひみつをちゃんと見ぬいてしまったのである。

「ぜひおしえてください」

佐々木警部も、太田巡査やほかの警官たちも、藤巻探偵のまわりを、グルリととりまいた。

藤巻三郎はアキラくんの耳に口をよせて、ヒソヒソとささやいた。アキラくんはおもしろそうにわらいながら、うなずいている。やがて、話がおわると、アキラくんは烏森家の門の中にはいっていった。

藤巻探偵は一同のほうをむくと、

「では、タネあかしをしましょう。グリムの童話じゃありませんから、鉄仮面が魔法をつかうはずはないので

す。どんなにふしぎに見えても、かならずタネやしかけがあるわけです。そのタネやしかけを知らないうちは、とてもふしぎに見えるのです」

「すると、手品みたいなものですな」

と警部がいった。

「そのとおり」と藤巻探偵はニコニコしながら、

「鉄仮面がこの車からけむりのようにきえてしまった手品にも、ちゃんとタネがあります」

「なんですか、そのタネというのは」

「あれです」と藤巻三郎は上のほうをゆびさした。

「あの木の枝が、手品のタネなのですか」

「そうです」

烏森家の庭には、たくさんの木がうわっている。そして、一本の木の枝がへいの上から道路のほうへ、にゅーっとのびている。暗くてよく見えないがサクラの木らしい。

「鉄仮面は、あの枝をつたわって、へいの内がわ、つまり烏森家の庭におりたのです。そうして、どこかへにげてしまったのですよ」

名探偵のさしずで、アキラくんはサクラの木にのぼると、枝をつたわって道路の上にでてきた。

「アキラくん、そこにつながまいてあるはずだ」

「つな？　あっ、あります」

「それをほどいて下にたらしてごらん」

アキラくんがいわれたとおりにするとつなはちょうど運転台の上までとどいた。

「どうです、鉄仮面はちゃんとつなを用意しておいたのですよ。これをつたわれば、カエルでなくとも、枝にとどくわけでしょう」

「なるほど、そうだったのか」

「タネあかしをすると、かんたんなことですよ」

名探偵はそういいながら、上をむくと、

「アキラくん、ごくろうさん、もうおりてきていいよ」

といった。

藤巻三郎は、鉄仮面の魔術を、かたはしから見やぶってしまう。だが鉄仮面もわるがしこいやつ、ニタリニタリとわらいながら、あと四枚の設計図をねらっているのである！

（未完）

そんな『コース』もあったね

北村　薫

1

そんな時代もあったね——と中島みゆきは歌った。だが、『時代』もあれば『コース』もあった。

何のことか分かるのは、ある程度以上の年齢の方だ。これがすんなり通じた、半世紀ほど前、わたしはワセダミステリクラブにいた。毎日のように、夕方から古書店巡りに出掛けた。

クラブ内で話題となる探求書があった。早川ポケミスでいえば、ハメットの『デイン家の呪』が、見つからない本の代表とされていた。これは本当で、わたしはついに出会うことがなかった。

自分の守備範囲では、クイーン、カー、そして鮎川哲也を揃えるのが当面の目標になった。当時、鮎川作品を探す道しるべとなったのは、『現代推理作家シリーズ3　鮎川哲也』（宝石社）巻末に付いていた著作と著書のリストだった。無論、島崎博編である。

単行本で読めない作を、雑誌で見つけると嬉しい。中川透名義の「甌」が載っている昭和三十一年の『探偵実話』二月号も掘り出した。《新鋭の軽妙な一作》とされ、巻頭を飾っている。読んで首をかしげ、《いくら何でも、これが再録されることはないだろう》と思った。

単行本で見つけにくかったのが、桃源社の『冷凍人間』。『推理小説名作文庫』の一冊——短編集である。表題作が気になった。昭和三十二年の『探偵倶楽部』六月号に載ったものだ。この年、同誌三月号には「絵のない絵本」、五月号には「誰の屍体か」が書き下ろされている。名作の列に続くものではないか。期待はたかまる。しかも、じらすように、島崎氏のリストでは、この短編「冷凍人間」が、『誰の屍体か』（春陽文庫）にも収められていることになっている。その文庫なら持っていた。ところが、開いても「冷凍人間」の影も形もないのである。

わたしは単純に、島崎氏のミスだと思った。後から知ったが、春陽文庫版『誰の屍体か』には、「冷凍人間」の入っている版もあったのだ。

——読みたい、読みたい。

といっていた。さて、ミステリクラブはひとつの古書探求機関のようなものである。わたしも敬愛する先輩が探していた至誠堂から出たチャペクの『ひとつのポケットから出た話』を発見、感謝された。

桃源社版の『冷凍人間』は、後に幻影城に入社した山本秀樹君が見つけて来てくれた。

2

さて、山前譲氏が『少年探偵王』（光文社文庫）に寄せた解説によれば、『黒いトランク』刊行以前の鮎川先生が書いたのが、昭和三十年の少年物『魔人鋼鉄仮面』だという。これは発表誌『太陽少年』休刊のため中絶。その後、『片目の道化師』などの少年物を発表していた。

少年物といえば、挿絵を抜きにしては語れない。今回の論創社版ではそれも復刻されるという。まことに嬉しい。これらの絵を見れば明らかなことだが、当時、圧倒的な人気を得ていた江戸川乱歩の少年探偵団シリーズの影響が著しい。おそらく鮎川先生の意向というより、編集者の要請によるものだろう。

一方で昔の子供たちには親が安心して買ってくれる学習雑誌があり、代表的なのが旺文社の『——時代』、学習研究社の『——コース』だった。ちなみにわたしは、《ホームズ》と《ルパン》なら《ルパン》派。《鉄腕アトム》と《鉄人28号》なら《鉄人》派。《コース》と《時代》なら《時代》派だった。巨人と阪神を意識する以前のことである。

鮎川先生の少年物といえば、『悪魔博士』（光文社文庫）で、《こんな『時代』もあったのか》と思ったが、今回、『中学一年コース』の作品にも出会えて、まことに嬉しい。中でも『冷凍人間』は、前記の大人物をベースとしている。珍しいことではない。昔はひとつのストーリーをまず書き、ついでそれを捕物帳で使い、最後に少年物にするのが当たり前だった。それによって子供たちをミステリの面白さに導いたのだ。

前節で触れた昔は入手困難だった作品も、その後全て、何らかの形で刊行された。「冷凍人間」もそうだ。

——これは、他の人は持っていないだろう。

とニンマリするのもマニアの楽しみだが、それも意地悪だろう。はたして巨匠は、原作をどのようにアレンジしたか。読み比べてみるのも楽しい。

編者解題

日下三蔵

《論創ミステリ叢書》から『鮎川哲也探偵小説選』の二巻と三巻を刊行することになった。目次を見ていただければお分かりのように、これは《鮎川哲也少年小説コレクション》（全3巻）として予告していた作品集を、二冊に再編集してお届けするものである。

二〇〇五年に本の雑誌社から出した《都筑道夫少年小説コレクション》（全6巻）は、続刊企画を論創社に引き受けてもらい、二〇一二年に《山田風太郎少年小説コレクション》（全2巻）、二〇一三年に《仁木悦子少年小説コレクション》（全3巻）を刊行した。引き続き、鮎川哲也と高木彬光の少年ものを集成すべく編集作業を行っていたが、刊行が延び延びになってしまった大きな理由のひとつが売れ行きの不振であった。

そこで編集部と協議のうえ、既に固定読者の付いている《論創ミステリ叢書》に組み込むことにした次第。この『鮎川哲也探偵小説選Ⅱ』、『同Ⅲ』に続いて『高木彬光探偵小説選Ⅱ』以降も刊行される。編者としては《少年小説コレクション》シリーズの形態にも愛着はあるが、何よりもまずは作品を刊行することを優先すべきと考えたからである。読者諸兄姉のご理解とご支援をいただければ幸いである。

多くの鮎川ファンが少年向けミステリの存在を知ったのは、一九八八年五月に光文社文庫から作品集『悪魔博士』が刊行された時だっただろう。同書は学年誌に七回にわたって連載された表題の中篇と、連作「鳥羽ひろし君の推理ノート」全十二話のうち、「灰色の壁」「鯉のぼりの歌」を除く十話を収めた文庫オリジナル短篇集であった。

山前譲氏による解説には、一九五七（昭和三十二）年から六三年にかけて旺文社の学年誌に発表された主要なミステリ作品の一覧表が挿入されており、当時大学生になったばかりのミステリ・ファンだった私は、その圧倒的な情報量に目がくらむ思いがしたのをハッキリと覚えている。

佐野洋『赤外音楽』、山村正夫『怪人くらやみ殿下』、岡田鯱彦『黒い太陽の秘密』、都筑道夫「どろんこタイムズ」（桃源社『さよなら犯人くん』所収）など、その時点で単行本化されていた作品の初出データが一挙に判明したばかりか、山田風太郎、島田一男、小沼丹、笹沢左保らの未刊行作品が存在することも教えられた。このうち山田風太郎の「冬眠人間」と「暗黒迷宮党」は二〇〇二年に私が編集した光文社文庫『山田風太郎ミステリー傑作選9 少年篇 笑う肉仮面』で、小沼丹『春風コンビお手柄帳』は二〇一八年に幻戯書房の同題作品集で、初めて単行本化されている。

鮎川哲也にも「鳥羽ひろし君の推理ノート」の他に「一夫と豪助シリーズ」という全十六話の連作があり、山前氏は解説文中に「〈一夫と豪助シリーズ〉はまた別にまとめられる予定である」と明記している。なるほど、鮎川哲也の少年ものがもう一冊出るのか、と首を長くして待っていたが、一向に出る気配がない。結局、「一夫と豪助シリーズ」は二〇〇二年四月に鮎川哲也・監修、芦辺拓・編で光文社文庫から刊行されたアンソロジー『少年探偵王 本格推理マガジン』に、「空気人間」「呪いの家」「時計塔」の三篇が再録されたに留まった。

後に編集者となって、山前さんの知遇を得た私は「なぜ鮎川ジュブナイルの二冊目は出なかったのですか?」と訊いてみた。答えは単純で、「『悪魔博士』が売れなかったからだよ」とのこと。現在でこそ一万部を切る文庫も出てきたとはいえ、昭和末期の文庫初刷部数は数万部だった。逆に言うと、そのくらいは売れる本でないと文庫にはならなかったのである。

鮎川哲也は著名なミステリ作家であり、通常の作品では安定した売り上げが見込める固定読者を持っていたが、わざわざ少年ものを買って読もうとするほどコアな読者というと数が限られるのも道理である。絵本や児童書は基本的に子供が楽しむための書物であり、大人の読者は想定していない。

江戸川乱歩ファンの中には〈少年探偵団〉シリーズを愛読している人が多いが、それは子供の頃の話で、大人になってからわざわざ少年ものは読まない、という読者もいる。松本清張『高校殺人事件』のように、学年誌連載→カッパ・ノベルスで単行本化→文春文庫→光文社文庫、というルートで一般向け作品と同じように読まれているケースが例外で、ほとんどの少年小説は児童書として刊行されるのだから、年齢による断絶が生じるのは、むしろ自然である。

対象年齢の低い少年ものは、文章やストーリーが簡素で物足りない、という側面はあるにせよ、一方でお馴染みのシリーズ探偵が登場したり、一般向け作品のトリックやシチュエーションが再利用されていたりと、それぞれの作家の熱心なファンにとっては、決して無視できない魅力に満ちているのだ。

謎解きメインの本格推理の第一人者だった鮎川哲也の場合はなおさらで、一話一話にきちんとトリックが盛り込まれており、クオリティの点では申し分ない。今回の二冊で、その面白さを、ぜひ味わっていただきたいと思っている。

鮎川哲也の少年ものは、前述の『悪魔博士』と『少年探偵王 本格推理マガジン』所収の三篇を除くと、推理ドラマのシナリオをまとめた『この謎が解けるか？ 鮎川哲也からの挑戦状！ 2』（12年4月／出版芸術社）に推理クイズ形式の「あなたは名探偵になれるか」が付録として収録されているだけである。《論創ミステリ叢書》版の作品集では、これらも含めて、現在、存在が確認されている鮎川哲也のジュブナイルを、すべて収録した。また、初出誌から挿絵を可能な限り再録してある。印刷物からの復刻なので見づらい箇所もあるかも知れないが、雰囲気を楽しんでいただければ幸いである。

本書に収めた作品の初出は、以下の通り。

冷凍人間

「中学一年コース」昭和35年4月号〜9月号

透明人間

「中学一年コース」昭和35年10月号〜36年3月号

→「中学二年コース」36年4月号〜7月号

鳥羽ひろし君の推理ノート

テープの秘密

「中学時代　高校進学版」昭和34年4月号～5月号
灰色の壁
「中学時代　高校進学版」6月号～7月号
真夏の犯罪
「中学時代　高校進学版」8月号～9月号
幻の射手
「高校受験　中学時代」10月号～11月号
クリスマス事件
「高校受験　中学時代」12月号～35年1月号
冬来たりなば
「高校受験　中学時代」2月号～3月号
油絵の秘密
「高校受験　中学時代」4月号～5月号
鯉のぼりの歌
「高校受験　中学時代」6月号～7月号
幽霊塔
「高校受験　中学時代」8月号～9月号
黒木ビルの秘密
「高校受験　中学時代」10月号～11月号
ろう人形のナゾ
「高校受験　中学時代」12月号～36年1月号
斑鳩の仏像
「高校受験　中学時代」2月号～3月号

悪魔の手
「少年画報」昭和31年9月号

片目の道化師
「少年画報」昭和32年1月号～6月号

魔人鋼鉄仮面
「太陽少年」昭和30年4月号～6月号
※中川透名義、中絶

誌名に「コース」が付くのは学習研究社、「時代」が付くのは旺文社が発行していた学年誌である。『悪魔博士』に収録された「鳥羽ひろし君の推理ノート」の十篇以外は、すべて単行本初収録。

巻頭の二つの中篇「冷凍人間」と「透明人間」は、くつみがきの三吉少年の事件簿。それぞれ表題となっている怪人が巻き起こす事件を扱っているが、もちろんこれはSFではなく本格ミステリなので、すべての不可思議な現象には科学的、現実的な解答が用意されている。初出時の挿絵は、いずれも古賀亜十夫。なお、「冷凍人間」は「読切特撰集」昭和三十二年四月号に発表された一般向けの同題短篇をベースに少年向けにリライトしたもの。冷凍人間誕生のシチュエーションとそのトリックは踏襲しているが、枚数は倍以上に増えているのでストーリーの細部は、かなり異なっている。

円谷プロ制作の特撮ドラマ「怪奇大作戦」の第13話「氷の死刑台」と設定が似ているが、こちらが放映されたのは昭和四十三年であり、一般向け短篇、少年向け中篇ともに鮎川作品の方が早い。

「鳥羽ひろし君の推理ノート」の掲載誌は「中学時代三年生」が昭和三十三年九月号から誌名を変更したもの。受験生を対象にしていることを明確化するための改題と思われる。昭和三十六年四月号から再び「中学時代三年生」に誌名が戻っており、この作品が連載されていた二年間は、ちょうど誌名が変更されていた期間に含まれている。

第一話の掲載ページに「読者のみなさんへ」と題した著者のコメントが載っているので、本書でも「鳥羽ひろし君の推理ノート」の冒頭に再録した。連載時の挿絵は小林久三（二年目は白井哲名義）。小林久三は光文社文庫版『悪魔博士』のカバー画を描いたイラストレーターの津神久三氏の本名で、初期にはこの名義で活躍していた。松竹の脚本家、プロデューサーから乱歩賞作家になった小林久三氏とは同名異人である。

最終話「斑鳩の仏像」に登場する「正創院」は実際には「正倉院」だが、創作なので実名を出すのを遠慮して表記の一部を変更したものであろう。また、初出誌では宝物展の開催期間が「一月下旬から三月上旬にかけての二週間」となっていたが、ここは光文社文庫版『悪魔博士』で「二月下旬から」に訂正されているので、本書でもこれを踏襲した。

山前さんは『悪魔博士』の解説で、鮎川哲也の少年ものは小酒井不木の「少年科学探偵」シリーズを参考にしているのではないか、と指摘している。「少年科学探偵」シリーズは大正十三年から「子供の科学」に連載された短篇連作で、何度も本にまとまっているから、若き日の鮎川哲也が読んでいても不思議はない。この連作は二〇〇四年に《論創ミステリ叢書》から刊行された『小酒井不木探偵小説選』で、単行本未収録作品まで含めた全篇が初めて集成されている。

「鳥羽ひろし君の推理ノート」は短篇シリーズだから活劇の要素はあまりないが、本書に収めた長めの作品「冷凍人間」「透明人間」「片目の道化師」などを読んでいただければ、鮎川哲也が意外なほどに少年ミステリの骨法に通じていることに驚かれるのではないだろうか。

ケレン味のある怪人（悪人）の設定、少年主人公が遭遇する不可思議な現象とその解明、危機的状況と脱出の組み合わせによる緩急のついたサスペンスと、江戸川乱歩の「少年探偵団」シリーズにも通じる正統派の少年ミステリばかりで、大人向けの作品とはまったくちがう筆致で書かれているのだ。特に巻末にまとめた藤巻探偵とアキラ少年が活躍する一連の作品に顕著である。

本書を手に取るほどのファンなら、先刻ご承知のことと思うが、鮎川哲也は昭和二十年代にデビューして、那珂川透、中河通、中川淳一、薔薇小路棘麿、青井久利とさまざまな筆名を使いながら、主に本名の中川透名義で活動していた。昭和三十一年七月に講談社《書下し長篇探偵小説全集》の長篇公募に当選した『黒いトランク』が刊行されたのを機に鮎川哲也と改名し、以後はほぼこの名前で活躍している。

例外は本叢書既刊『鮎川哲也探偵小説選』に収録した「読切特撰集」の「探偵絵物語」シリーズくらいで、これは藤巻一郎、猿丸二郎、畷三郎、五反田四郎の四つの筆名を使い分けて発表されたイラスト主体の推理クイズであった。

掲載誌の休刊にともなって未完に終わったため、参考作品として末尾に収録したが、昭和三十年に発表された「魔人鋼鉄仮面」が、現在確認できる鮎川ジュブナイルで、もっとも早い作品である。改名前の作品であるので、当然のことながら中川透名義で発表されている。連載第一回のみ著者名が「中川弘」と誤植されていて驚くが、まあ大らかな時代だったといえるだろう。

妙義出版社の少年向け月刊誌だった「太陽少年」は末期には発行元が太陽社となっていて、ラスト三号に掲載された本篇は、すべて太陽社の発行である。挿絵は第一回が中村武男、第二回と第三回が深尾徹哉であった。作中で鉄仮面の狙う潜水艦の設計図が六枚であることから、全六話か全十二話の予定で始まった連載ではないかと思われるが、前述の通り第三話の載った六月号で「太陽少年」が休刊となったため、二枚目の設計図が奪われたところでストーリーは未完に終わった。創刊と違って休刊の記録は残っていないため、七月号が発行された可能性はゼロではないが、さまざまな情報を総合すると、六月号で休刊したと考えて、ほぼ間違いないだろう。

「太陽少年」は公共図書館の所蔵がほとんどなく、二〇一三年の段階でテキスト入手の目処が立っていたのは、第一回と第三回のみであった。未完のうえに途中の三分の一がないという状態でも、収録しないよりはマシだろうと思っていたところ、二〇一六年に海外ミステリ研究家の森英俊さんが、たまたま古書店で買った五月号のテキストを提供してくださり、発表された三回分をすべて

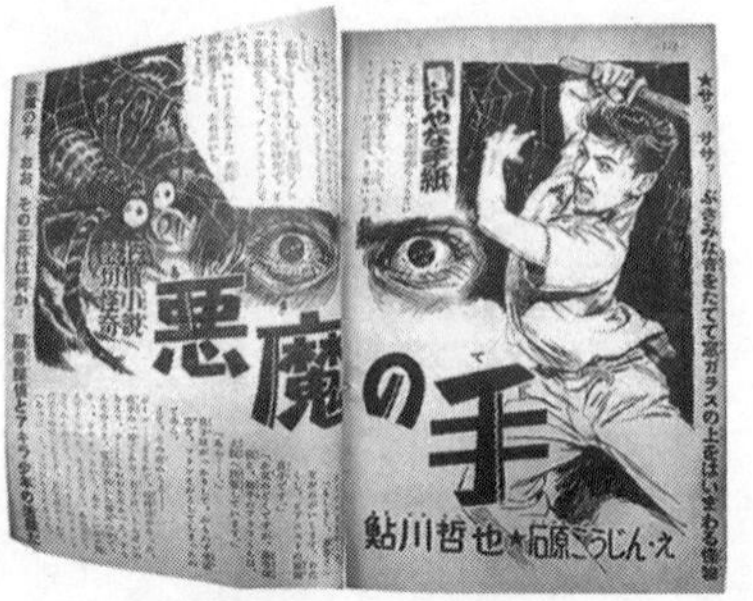

収録することが出来た。これは刊行が遅延して良かった唯一の点で、思わぬ怪我の功名であった。また、四月号のテキストについては、出版美術史研究家の三谷薫さんからご提供いただいた。森、三谷の両氏に感謝いたします。

藤巻探偵ものは発表舞台を少年画報社の月刊誌「少年画報」に移して、短篇「悪魔の手」と中篇「片目の道化師」が発表された。挿絵はいずれも石原豪人。「片目の道化師」は昭和三十二年十二月号まで連載された柴田錬三郎の熱血小説「大地をふんで」の後を承けた連載で、十二月号には以下のような予告が掲載されていた。

怪奇探偵小説　片目の道化師　次号より新れんさい!!　鮎川哲也先生・作

ひきつづき新年特大号からの本誌読物陣をかざる長編小説はこれだ!!

風のごとく現れ、風のごとく消える怪盗片目の道化師!　その正体は、はたして何者か?　藤巻名探偵と、少年助手アキラくんの大かつやくがはじまった!!

おもわず手に汗をにぎるおもしろさ、おそろしさ!!

「片目の道化師」の連載が終った次の号からは島久平

「発光人間」が半年にわたって連載された。「魔人鋼鉄仮面」で藤巻三郎となっていた探偵のフルネームは、「片目の道化師」の本文中には出てこないが、第二回の扉ページに書かれたリードには「さあ、いよいよわれらの名探偵藤巻次郎の登場だ‼」とある。次郎か三郎かハッキリとは決まっていなかったようだ。「探偵絵物語」シリーズの筆名のひとつに藤巻一郎があったから、この時期に藤巻という名字を気に入って使っていただけで、下の名前はどうでも良かったのかもしれない。

「少年画報」も公共図書館の所蔵が少なく、現物を入手するのも困難な雑誌である。二〇一三年の時点で編者の手元には全六回中三回分のコピーしかなかった。残る三回分については少年画報社のご厚意で同社の資料室に保存されていた当該号の写真を撮らせていただき（痛みが激しくてコピーも取れない！）、そこから文字を起こして、何とか収録することが出来た。多忙な業務の最中に、われわれの閲覧作業に立ち会ってくれた少年画報社編集部の筆谷芳行、三重遼河の両氏に感謝いたします。

本書の編集および本稿の執筆に当たっては、文中でお名前を挙げた方の他に、浜田知明、戸田和光、藤元直樹、里見哲朗、弥生美術館・中村圭子、竹久夢二美術館・石川桂子、一般社団法人 日本児童出版美術家連盟事務局、一般社団法人 日本美術著作権連合事務局、一般社団法人 日本美術家連盟・池谷愼一郎の各氏より貴重な資料と情報の提供を受けました。ここに記して感謝いたします。

それでは引き続き、『鮎川哲也探偵小説選Ⅲ』でお目にかかりましょう。

［著者］**鮎川哲也**（あゆかわ・てつや）
1919年生まれ。本名・中川透。50年に『宝石』100万円懸賞の長篇部門へ投稿した「ペトロフ事件」（中川透名義）が第一席で入選、56年に講談社「書下し長篇探偵小説全集」の第13巻「十三番目の椅子」へ応募した「黒いトランク」が入選して鮎川哲也と改名。60年に「憎悪の化石」と「黒い白鳥」で第13回日本探偵作家クラブ賞長編賞を、2001年に第1回本格ミステリ大賞特別賞を受賞。2002年逝去。没後、第6回日本ミステリー文学大賞が贈られた。

［編者］**日下三蔵**（くさか・さんぞう）
1968年、神奈川県生まれ。ミステリ・SF研究家、アンソロジスト、フリー編集者。編書『天城一の密室犯罪学教程』で第5回本格ミステリ大賞を受賞。

［巻末エッセイ］**北村 薫**（きたむら・かおる）
1949年、埼玉県生まれ。89年に覆面作家として作家デビュー。91年に『夜の蝉』で第44回日本推理作家協会賞を、2009年に『鷺と雪』で第141回直木賞を受賞。

「冷凍人間」と「透明人間」の挿絵を描かれた古賀亜十夫氏の著作権者と連絡がとれませんでした。ご存じの方はお知らせ下さい。

鮎川哲也《あゆかわてつや》探偵小説選《たんていしょうせつせん》Ⅱ　〔論創ミステリ叢書117〕

2019年5月20日　初版第1刷印刷
2019年5月30日　初版第1刷発行

著　者　鮎川哲也
編　者　日下三蔵
装　訂　栗原裕孝
発行人　森下紀夫
発行所　論 創 社
〒101-0051 東京都千代田区神田神保町2-23 北井ビル
電話 03-3264-5254　振替口座 00160-1-155266
http://www.ronso.co.jp/

印刷・製本　中央精版印刷
組版　フレックスアート

ISBN978-4-8460-1817-7